고려시대 산물 읽기

고려시대 산문 읽기

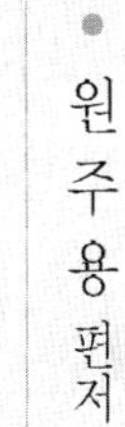

원주용 편저

文之難尙矣 而不可學而能也
蓋其至剛之氣 充乎中而溢乎貌
發乎言而不自知者爾 苟能養其氣
雖未嘗執筆以學之 文益自奇矣
養其氣者 非周覽名山大川
求天下之奇聞壯觀 則亦無以自廣胸中之志矣
是以蘇子由以爲於山見終南嵩華之高
於水見黃河之大 於人見歐陽公韓大尉
然後爲盡天下之大觀焉

KSI 한국학술정보[주]

머리말

이 책은 三國統一을 전후한 시기의 대표적인 儒學者인 薛聰을 필두로 高麗 末 두 임금을 섬기지 않겠다며 落鄕한 吉再에 이르기까지 열네 사람의 散文作品 61편을 모아서 註釋을 달고 國譯과 鑑賞을 적은 것이다. 내용파악을 용이하게 하기 위해 임의대로 문단을 나누었으며, 가능한 한 의역보다는 직역을 위주로 하였고, 좀 더 깊은 이해를 要하는 독자를 위해 참조가 될 만한 논문이나 책을 끝에 간략히 제시하였다. 다만 지면상 많은 감상을 제시하지 못하였고, 이 외에도 많은 훌륭한 文人들의 산문작품들이 있으나 다 싣지 못한 점이 못내 아쉬움으로 남는다.

필자는 개인적으로 漢文學에 있어서 散文 영역에 관심을 가지고 공부를 하고 있는 중이다. 三國時代에서 高麗時代까지의 散文史를 보면, 散文과 駢文이 상호 교착되고 전화하면서 전개되어 오다가 산문 창작이 지위를 확고히 굳히는 것으로 요약될 수 있다. 그런데 이러한 散文史를 관념적으로만 이해하기보다는 실제 작품을 통해서 살펴보아야지만 散文史의 흐름을 명확히 이해할 수 있을 것이다. 또한 산문 작품을 보다 올바르게 이해하기 위해서는 작품의 구조를 이해하고, 그 속에서 이루어지는 修辭나 문맥상의 흐름, 즉 작가와 독자의 관계나 사회역사적 흐름을 간파해야 한다. 부족하나마 이러한 이해를 위한 작업의 결과로 나온 것이 이 책이다.

학문적으로 또는 이 책이 나올 수 있게 도와주신 선생님은 일일이 거론할 수 없을 정도로 많기에 마음속에 깊은 감사의 마음을 새겨두고자 하며, 오늘의 이러한 결과물이 나오기까지 어려운 여건 속에서도 언제나 용기를 주셨던 어머니와 형제들, 그리고 늘 곁에서 말없이 고생을 참아주며 함께해 주었던 아내와, 아빠에게 공부할 수 있게끔 공간을 할애해 주었던 어린 두 딸 혜원이 다원이에게도 고마움을 전하고 싶다.

모쪼록 이 책이 고려시대 散文을 공부하고 싶은 사람이나 任用考査를 준비하는 학생들에게 작게나마 보탬이 되었으면 한다.

目 次

1. 〈花王誡〉薛聰[1)]

王以仲夏之月 處高明之室 顧謂文臣薛聰曰 今日宿雨初歇 薰風微凉 雖有珍饌哀音 不如高談善謔以舒伊鬱 吾子必有異聞 盍爲我陳之 聰曰 惟臣聞 昔花王之始來也 植之以香園 護之以翠幕 當三春而發艶 凌百花而獨出 於是自邇及遐 艶艶之靈 夭夭之英 無不奔走上謁 惟恐不及 忽有一佳人 名曰薔薇 朱顔玉齒 鮮粧靚服 伶俜而來 綽約而前曰 妾履雪白之沙汀 對鏡淸之海面 沐春雨而去垢 快淸風而自適 聞王之令德 期薦枕於香帷 王其容我乎 又有一丈夫 名曰白頭翁 布衣韋帶 戴白持杖 龍鍾而步 傴僂而來曰 僕在京城之外 居大道之傍 下臨蒼茫之野景 上倚嵯峨之山色 竊謂 左右供給雖足 膏粱以充腹 茶酒以淸神 巾衍儲藏 須有良藥以補氣 惡石以蠲毒 故曰 雖有絲麻 無棄菅蒯 凡百君子 無不代匱 不識王亦有意乎

---

1) 설총 新羅十賢의 한 사람이며, 强首・崔致遠과 함께 新羅三文章으로 불린다. 字는 聰智. 아버지는 元曉이고, 어머니는 요석공주(瑤石公主)이다. 태종무열왕 때인 654~660년에 태어난 것으로 추정된다. 천성이 明敏했으며 經史와 문학에 널리 통했다고 한다. 설총은 六頭品 출신으로서 자신의 학문적 식견을 바탕으로 왕의 총애와 신임을 얻음으로써 신분적 한계 속에서도 어느 정도의 정치적 진출을 이루었다. 682년(신문왕 2) 國學의 장인 卿이 설치됨으로써 국학이 교육기관으로서의 정식기능을 발휘하게 되었는데, 아마도 설총은 이러한 국학의 설립과 교육에도 크게 공헌한 것으로 생각된다. 그는 九經을 우리말(方言)로 읽어 학생들에게 강론하여 유학 발전에 기여했으며, 중국 문자에 토를 다는 방법을 만들어 당시 중국 학문의 섭취에 도움을 주었다. 후세에 이르러, 특히 고려 말기에서 조선시대로 들어오면서 설총이 우리말로 경서를 읽는 방법을 발견했다 하여 이를 이두(吏讀)의 창제로 보는 견해가 대두되었다. 그러나 이두로 쓴 기록이 이미 그 이전부터 나타나고 있는 점으로 미루어보아, 설총은 이때 이두를 창제한 것이 아니라 그것을 정리・집대성한 것으로 추정된다. 글을 잘 지었다고 하나, 碑銘 몇 점 외에는 전하지 않는다. 고려시대인 1022년(현종 13) 弘儒侯에 추봉되었다. 문묘에 배향되었다.

주석 〖仲夏(중하)〗 5월 〖宿雨(숙우)〗 장마 〖歇〗 개다 헐 〖饌〗 음식 찬 〖伊鬱(이울)〗 울적하다 〖翠〗 비취색 취 〖艶艶(염염)〗 빼어나게 아름다운 모양 〖夭夭(요요)〗 예쁜 모양 〖靚服(정복)〗 아름답게 꾸민 옷 〖伶俜(령빙)〗 똑바로 걷지 않는 모양 〖綽約(작약)〗 얌전함 〖垢〗 때 구 〖自適(자적)〗 마음이 가는대로 유유히 생활함 〖薦枕(천침)〗 여자가 윗사람을 모시고 잠자리를 같이함 〖龍鍾(용종)〗 노쇠한 모양 〖傴僂(구루)〗 등을 굽혀 걸음 〖蒼茫(창망)〗 넓고 멀어서 푸르고 아득한 모양 〖嵯峨(차아)〗 산이 우뚝 솟은 모양 〖巾衍(건연)〗 상자 〖惡石(악석)〗 병을 치료하는 돌침 〖蠲〗 덜다 견 〖菅蒯(관괴)〗 새끼를 엮는 띠풀 〖代匱(대궤)〗 부족할 때 대응함 〖雖有絲麻 無棄菅蒯 凡百君子 無不代匱〗 ≪좌전≫, 成公 9년 조에 나오는 글로, 원문에는 無가 莫으로 되어 있음

국역 왕이 5월에 궁궐에 있다가 문신인 설총을 돌아보며 말하기를, "오늘 장맛비가 막 개어 훈훈한 바람이 조금 서늘한데, 비록 맛있는 음식과 슬픈 음악이 있어도 고상한 이야기와 재미있는 농담으로 울적함을 펴는 것만 못하다. 그대는 반드시 특이한 이야기를 들었을 것이니, 혹시 나를 위해 말해주지 않겠는가?"라고 하니, 설총이 말하기를, "생각건대 제가 듣기로, 옛날 화왕이 처음 올 때 향기로운 동산에 심어 푸른 장막으로 보호했습니다. 늦봄이 되어 곱게 꽃이 피자, 온갖 꽃 가운데 유독 빼어났습니다. 그러자 가까운 곳에서부터 먼 곳에 이르기까지 고운 정령과 예쁜 꽃들이 달려와서 화왕을 뵙는데, 오직 미치지 못할까 두려워했습니다. 갑자기 이름이 장미라고 하는 한 미인이 붉은 입술에 하얀 이에 곱게 화장하고 아름다운 옷을 입고서 사뿐사뿐 걸어와서 얌전히 앞으로 나아가 아뢰기를, '저는 눈처럼 하얀 모래를 밟고 거울처럼 맑은 바다를 마주하고서 봄비에 목욕하고서 때를 씻고 맑은 바람에 상쾌해져 마음 가는 대로 생활하고 있습니다. 왕의 아름다운 덕망을 듣고 향기나는 장막에서 잠자리를 모시고자 하오니, 왕께서 저를 받아주시겠습니까?'라 하였습니다. 또 이름이 백두옹이라는 한 장부가 베옷에 가죽 띠를 띠고 흰 머리에 지팡이를 짚고 등을 굽혀 허리를 구부리고 걸어와서 아뢰기를, '저는 서울 밖 큰길가에 살고 있습니다. 아래로는 아득한 들 경치를 굽어보고 위로는 우뚝한 산색에 의지하

고 있습니다. 가만히 생각해보건대, 좌우에서 공급해 주는 것이 비록 넉넉하여 기름진 곡식으로 배를 채우더라도 차와 술로 정신을 맑게 해야 하고, 상자에 저장한 것 가운데 모름지기 좋은 약으로 기운을 보충하기는 하더라도 돌침으로 독을 제거하기도 해야 합니다. 그러므로 옛말에 '비록 실과 삼이 있더라도 띠풀을 버리지 말라. 무릇 모든 군자는 부족할 때 대응하지 않음이 없다.' 하였습니다. 왕께서도 이런 뜻이 있으신지 모르겠습니다.' 하였습니다.

或曰 二者之來 何取何捨 花王曰 丈夫之言 亦有道理 而佳人難得 將如之何 丈夫進而言曰 吾謂王聰明 識義理 故來焉 今則非也 凡爲君者 鮮不親近邪佞 疎遠正直 是以孟軻不遇而終身 馮唐郎潛而皓首 自古如此 吾其奈何 花王謝曰 吾過矣 吾過矣 於是王愀然作色曰 子之寓言 誠有深志 請書之 以爲王者之戒

주석 〖佞〗 아첨하다 녕 〖馮唐(풍당)〗 漢나라 文帝 때 名將이나 郎中署長을 지내는 데 그침 〖皓〗 희다 호 〖愀然(초연)〗 愁心에 잠겨 안색이 달라지는 모양 〖作色(작색)〗 얼굴색을 바꿈

국역 어떤 사람이 '두 사람이 왔으니, 누구를 취하고 누구를 버리시겠습니까?' 라고 아뢰니, 화왕이 말하기를, '장부의 말도 도리는 있지만, 미인은 얻기 어려우니 장차 어찌할까?' 하니, 장부가 앞으로 나아가 아뢰기를, '저는 왕께서 총명하시고 의리를 아신다고 생각하였으므로 여기에 왔는데, 지금 보니 아닙니다. 대개 임금이 된 분은 간사하고 아첨하는 자를 가까이하고, 정직한 자를 멀리하지 않은 이가 드물었기 때문에, 맹가는 불우하게 일생을 마쳤고 풍당은 겨우 郎이란 벼슬로 머리가 희어졌습니다. 예로부터 이러하니 저라고 어찌하겠습니까?'라고 하니, 화왕이 '내가 잘못했다. 내가 잘못했다.'라고 사죄했다고 합니다."라고 말하니, 이에 왕이 수심에 잠겼다가 얼굴색이 변하면서, "그대의 우언은 진실로 깊은 뜻이 있으니, 그것을 써서 王者의 경계로 삼고자 한다." 하였다.

감상 ● 統三以後 신라는 唐의 세력을 축출하기 위해 강력한 중앙집권제를 중심으로 국력을 응집하는 데 주력하고, 儒教의 통치이념을 근본으로 유교적 문학관을 중심으로 하였으나, 얼마 있지 않아 귀족들이 사치에 빠졌다. 이 글은 이렇게 사치에 빠진 神文王에게 王道 확립을 역설하기 위해, 화왕인 모란·아첨을 상징하는 장미·충간을 잘하는 할미꽃으로 擬人化한 假傳體로, ≪동문선≫에는 <諷王書>라는 제목으로 실려 있다. 이 작품은 四六의 정교한 對偶·疊字와 疊韻의 능란한 구사 등 상당히 정제되어 있는 변문으로 산문이 조금 섞여 있으며, 고려 말에 성행한 假傳體의 효시가 되는 동시에, 조선의 <花史>·<花王傳> 등에 영향을 끼치기도 하였다.

참고논문 손정인, <설총과 화왕계>, ≪영남어문학≫제20집, 영남어문학회, 1991.
권정화, <한국가전문학 연구－<화왕계>류를 중심으로>, 단국대 석사논문, 1999.

2. 〈鸞郎碑序〉崔致遠[2]

國有玄妙之道 曰風流 設敎之源 備詳仙史 實乃包含三敎 接化群生 且如入則孝於家 出則忠於國 魯司寇之旨也 處無爲之事 行不言之敎 周柱史之宗也 諸惡莫作 諸善奉行 竺乾太子之化也

주석 『仙史(선사)』 신선의 사적을 기술한 역사책 『司寇(사구)』 周나라 때 형벌이나 도난 등의 일을 맡은 벼슬로, 孔子가 52세 때 지낸 벼슬이니, 魯司寇는 孔子를 일컬음 『柱史(주사)』 柱下史의 준 말로, 도서를 맡은 벼슬인데, 老子가 주하사의

---

2) 최치원(857, 문성왕 19～?) 字는 孤雲・海雲. 6두품 출신으로, 868년(경문왕 8) 12세 때 唐나라에 유학하여 18세의 나이로 賓貢科에 장원으로 급제하고, 876년(헌강왕 2) 표수현위(漂水縣尉)로 임명되었다. 879년 고변이 황소(黃巢) 토벌에 나설 때 그의 從事官으로 서기의 책임을 맡아 表狀・書啓 등을 작성했다. 이때 軍務에 종사하면서 지은 글들이 뒤에 ≪桂苑筆耕≫ 20권으로 엮었으며, <檄黃巢書>는 명문으로 손꼽힌다. 885년 신라로 돌아왔는데, 문장가로서 능력을 인정받기는 했으나 골품제의 한계와 국정의 문란으로 당나라에서 배운 바를 자신의 뜻대로 펴볼 수가 없었다. 당나라에 있을 때나 신라에 돌아와서나 모두 난세를 만나 포부를 마음껏 펼쳐보지 못하는 자신의 불우함을 한탄하면서 관직에서 물러나 여러 지역을 유람하다 만년에 가족을 이끌고 가야산 海印寺에 들어갔으며 그 뒤의 행적은 알려지지 않고 있다. ≪삼국사기≫에는 고려 태조 王建이 흥기할 때 비상한 인물이 반드시 천명을 받아 개국할 것을 알고 "鷄林은 黃葉이요 鵠嶺은 靑松"이라는 글을 보내 문안했다고 한다. 그의 사상은 기본적으로 유학에 바탕을 두고 있었으며 스스로 유학자로 자처했다. 그러나 불교에도 깊은 이해를 갖고 있었고, 도교에도 일정한 이해를 지니고 있었다. 한편 문학 방면에서도 큰 업적을 남겼으며 후대에 상당한 추앙을 받았다. 그의 문장은 문사를 아름답게 다듬고 형식미가 정제된 騈儷文體였으며, 시문은 평이근아(平易近雅)했다. 고려의 李奎報는 ≪동국이상국집≫에서 ≪唐書≫ 列傳에 그가 立傳되지 않은 것은 당나라 사람들이 그를 시기한 때문일 것이라고까지 했다.

벼슬을 지냈음으로 老子를 일컬음. "處無爲之事 行不言之敎"는 ≪노자≫2장에 나오는 말임 〖竺乾太子(축건태자)〗 竺乾은 인도요, 釋迦가 슛도다나왕(淨飯王)의 왕자로 태어났기에 축건태자는 석가를 일컬음

국역 나라에 그윽하고 오묘한 도가 있으니 풍류라고 한다. 그 교를 설립한 근원은 선사에 자세히 실려 있으니, 실은 바로 삼교를 포함하여 여러 사람들을 가까이하여 교화하는 것이다. 또한 집에 들어오면 효도하고 나라에 나아가서는 충성하는 것은 魯나라 공자의 뜻과 같은 것이요, 무위로 일을 처리하고 말없는 가르침을 행함은 周나라 노자의 宗旨와 같은 것이요, 여러 악한 일은 하지 않고 모든 착한 일은 받들어 행하는 것은 인도 석가의 교화와 같은 것이다.

감상 ● 이 글은 ≪삼국사기≫권4 <眞興王條>에 실려 있는 내용으로, 최치원이 살았던 통일신라는 유교·불교·도교 三敎가 竝行했던 시대로 어느 특정 종교의 입장에 서지 않음을 보여준 글이다. 가정에서 효도하고 국가에서 충성하는 것은 孔子의 유교와 같고, 無爲로 일을 처리하고 말없는 가르침을 행하는 것은 老子의 도교와 같으며, 악을 하지 않고 선을 행하는 것은 석가의 불교와 같다는 것이다. 본문의 '且如'를 주목하면, 이는 유·불·도 삼교가 융합하여 풍류도가 이루어진 것이 아니라, 풍류라는 도가 群生을 接化하는 가운데 나타나는 가르침의 모습이 삼교 각각의 敎旨와 같다는 것으로, 이는 유교·불교·도교의 각 영역을 인정하면서도 삼교가 병행하는 모습이 風流라는 현묘한 道속에 있다는 것을 강조한 것이다.

참고논문 한종만, <孤雲의 佛教觀>, ≪孤雲 崔致遠≫, 민음사, 1989.
유영봉, <사산비명 연구>, 성균관대 박사논문, 1993.

3. 〈檄黃巢書〉崔致遠

廣明二年七月八日 諸道都統檢校太尉某 告黃巢 夫守正修常曰道 臨危制變曰權 智者成之於順時 愚者敗之於逆理 然則雖百年繫命 生死難期 而萬事主心 是非可辨 今我以王師則有征無戰 軍政則先惠後誅 將期剋復上京 固且敷陳大信 敬承嘉諭 用戢奸謀 且汝素是遐甿 驟爲勍敵 偶因乘勢 輒敢亂常 遂乃包藏禍心 竊弄神器 侵凌城闕 穢黷宮闈 旣當罪極滔天 必見敗深塗地

주석 〖檄黃巢書(격황소서)〗 황소는 唐나라 말기에 반란을 일으켜서 도성을 점령한 도적으로, 고병이 도통사로서 토벌하는 데 최치원이 그의 종사관으로서 대신하여 이 檄文을 지었음 〖上京(상경)〗 천자의 수도 〖敷〗 펴다 부 〖嘉諭(가유)〗 아름다운 가르침으로, 임금의 명령을 뜻함 〖戢〗 그치다 즙 〖甿〗 백성 맹 〖勍〗 세다 경 〖神器(신기)〗 帝位 承統의 표시로 하는 기물로, 옥새 같은 것. 전하여 帝位를 뜻함 〖穢黷(예독)〗 더럽힘 〖宮闈(궁위)〗 궁궐 〖滔天(도천)〗 하늘을 업신여긴다는 뜻으로, 죄악 등이 큼을 이름 〖塗地(도지)〗 피 같은 것을 땅에 발라 더럽힘. 전하여 敗滅함을 이름

국역 광명 2년(881년) 7월 8일에, 제도도통검교태위 아무개는 황소에게 고한다. 무릇 바른 것을 지키고 떳떳함을 행하는 것을 도라 하고, 위험한 때를 당하여 변통할 줄을 아는 것을 권이라 한다. 지혜 있는 이는 시기에 순응하는 데서 성공하고, 어리석은 자는 이치를 거스르는 데서 패하는 것이다. 그렇다면 비록 백 년의 매인 목숨에 죽고 사는 것은 기약하기 어려우나, 모든 일은 마음이 주장된 것이라 옳고

그른 것을 분별할 수 있는 것이다. 이제 우리 왕의 군대로 말하면 정벌은 있으나 싸움은 없는 것이요, 군정으로 말하면 은덕을 앞세우고 베어 죽이는 것을 뒤로 한다. 앞으로 서울을 수복하고 큰 신의를 펴고자 하여 공경하게 임금의 명을 받들어서 간사한 꾀를 부수려 한다. 또한 그대는 본래 먼 시골의 백성으로 갑자기 억센 도적이 되어 우연히 시세를 타고 문득 감히 강상을 어지럽혔다. 드디어 나쁜 마음을 품고 황제의 자리를 노려보며 도성을 침노하고 궁궐을 더럽혀, 이미 죄는 하늘에 닿을 만큼 최고조에 달했으니, 반드시 크게 패하여 망할 것이다.

噫 唐虞已降 苗扈弗賓 無良無賴之徒 不義不忠之輩 爾曹所作 何代而無 遠則有劉曜王敦覬覦晉室 近則有祿山朱泚吠噪皇家 彼皆或手握强兵 或身居重任 叱吒則雷奔電走 喧呼則霧塞煙橫 然猶暫逞奸圖 終殲醜類 日輪闊輾 豈縱妖氛 天網高懸 必除兇族 況汝出自閭閻之末 起於隴畝之間 以焚劫爲良謀 以殺傷爲急務 有大愆可以擢髮 無小善可以贖身 不唯天下之人皆思顯戮 抑亦地中之鬼已議陰誅 縱饒假氣遊魂 早合亡神奪魄

주석 〖苗扈(묘호)〗 묘는 舜에게 복종하지 않아서 토벌당한 나라고, 호는 夏나라에 복종하지 않아서 토벌당한 나라임 〖賓〗 복종하다 빈 〖無賴(무뢰)〗 교활하고 거짓이 많음 〖劉曜王敦(유요왕돈)〗 유요는 흉노의 후예로 西晉시기에 반란을 일으켰고, 왕돈은 東晋 때 반란을 일으켰다가 실패한 자들임 〖覬覦(기유)〗 분수에 넘치는 당치 않은 일을 바람 〖祿山朱泚(록산주자)〗 안록산은 唐 玄宗 때 반란을 꾀했고, 주자는 德宗 때 반역하여 장안을 점령함 〖噪〗 떠들썩하다 조 〖叱吒(질타)〗 큰소리로 고함침 〖逞〗 다하다 령 〖殲〗 멸하다 섬 〖輾〗 돌다 전 〖閭閻(여염)〗 마을 문으로, 민간 사람을 의미함 〖擢髮(탁발)〗 머리카락을 뽑는 것으로, 지극히 많음을 뜻함 〖贖〗 바꾸다 속 〖顯戮(현륙)〗 죄인을 죽여 그 시체를 대중에게 보이는 형벌 〖抑亦(억역)〗 또한, 아마, 아니면의 뜻 〖縱〗 가령 종 〖饒〗 뿐만 아니라 요 〖合〗 마땅히 합

국역 아! 요순 때로부터 내려오면서 묘나 호 따위가 복종하지 아니하였으니, 양

심 없고 교활한 무리와 불의불충한 너 같은 무리의 하는 짓이 어느 시대인들 없었겠는가? 옛적에 유요와 왕돈이 晉나라를 엿보았고, 가까운 시대에는 녹산과 주자가 唐나라를 향하여 개 짖듯 하였다. 그들은 모두 손에 막강한 병권을 잡았거나 몸이 중요한 지위에 있어서, 호령만 떨어지면 우레와 번개가 달리듯 하고 시끄럽게 떠들면 안개나 연기가 자욱하듯 하였지만, 오히려 잠깐 동안 간사한 꾀를 펴다가 끝내는 더러운 종자들이 섬멸되었다. 햇빛이 활짝 펴니 어찌 요망한 기운을 그대로 두겠는가? 하늘의 그물이 높이 쳐졌으니, 반드시 흉한 족속들을 없애고 말 것이다. 하물며 너는 평민 출신으로 농촌에서 일어나, 불 지르고 겁탈하는 것을 좋은 꾀라 하며 살상하는 것을 급한 임무로 생각하여, 지극히 많은 큰 죄만 있을 뿐 속죄할 수 있는 조그마한 착함은 없으니, 천하 사람들이 모두 너를 죽이려고 생각할 뿐만 아니라, 또한 땅속의 귀신까지도 이미 몰래 죽이려고 의논하였을 것이다. 설령 기운을 빌리고 혼을 놀리나, 벌써 정신이 죽었고 넋이 빠졌음이 틀림없다.

凡爲人事 莫若自知 吾不妄言 汝須審聽 比者我國家 德深含垢 恩重棄瑕 授爾節旄 寄爾方鎭 爾猶自懷鴆毒 不斂梟聲 動則齧人 行唯吠主 乃至身負玄化 兵纏紫微 公侯則犇竄危途 警蹕則巡遊遠地 不能早歸德義 但養頑兇 斯則聖上於汝有赦罪之恩 汝則於國有辜恩之罪 必當死亡無日 何不畏懼于天

주석 〖比〗 근래 비 〖節旄(절모)〗 天子가 칙사에게 符信으로 주는 깃대 〖鴆毒(짐독)〗 鴆은 廣東省에 사는 毒鳥로, 짐독은 짐새의 깃을 술에 담근 독으로 害毒이 심한 자를 비유함 〖梟〗 올빼미 효, 올빼미는 예부터 어미새를 잡아먹는다고 잘못 믿어 不孝鳥라 일컬음 〖動〗 자칫하면 동 〖齧〗 깨물다 설 〖玄化(현화)〗 성스러운 덕과 교화 〖纏〗 얽히다 전 〖紫微(자미)〗 天子가 거처하는 곳으로, 天子의 대궐 〖犇竄(분찬)〗 달아남 〖警蹕(경필)〗 古代 天子가 출입할 때, 지나는 길에 행인을 없게 하는 것=辟除(벽제) 〖辜〗 저버리다 고 〖無日(무일)〗 며칠 남지 아니함, 오래가지 아니함

국역 무릇 사람의 일이란 자기가 아는 것 만한 것이 없다. 내가 헛말을 하는

것이 아니니, 너는 모름지기 살펴 들으라. 요즈음 우리 국가에서 덕이 깊어 더러운 것도 참아주고 은혜가 중하여 결점을 따지지 아니하여, 너에게 병권을 주고 너에게 지방을 맡겼다. 너는 오히려 스스로 짐새와 같은 독심만을 품고 올빼미의 소리를 거두지 아니하여, 걸핏하면 사람을 물어뜯어 하는 짓이 개가 주인 짖듯 하여, 마침내는 몸이 임금의 덕화를 저버리고 군사가 궁궐에까지 몰려들어, 공후들은 위태로운 길로 달아나고 임금의 행차는 먼 지방으로 떠나게 되었다. 그런데도 너는 일찍 덕의에 돌아올 줄 모르고 다만 완악하고 흉악한 짓만 늘어간다. 이렇다면 임금께서는 너에게 죄를 용서하는 은혜가 있었는데, 너는 국가에 은혜를 저버린 죄가 있을 뿐이니, 반드시 얼마 아니면 죽게 될 것이다. 어찌 하늘을 무서워하지 아니하는가?

況周鼎非發問之端　漢宮豈偸安之所　不知爾意終欲奚爲　汝不聽乎　道德經云　飄風不終朝　驟雨不終日　天地尙不能久　而況於人乎　又不聽乎　春秋傳曰　天之假助不善　非祚之也　厚其凶惡而降之罰　今汝藏奸匿暴　惡積禍盈　危以自安　迷以不復　所謂燕巢幕上　漫恣騫飛　魚戲鼎中　卽看燋爛　我緝熙雄略　糾合諸軍　猛將雲飛　勇士雨集　高旌大旆　圍將楚塞之風　戰艦樓船　塞斷吳江之浪

주석 〖周鼎(주정)〗 禹임금이 九鼎을 만들어 후세에 전해 오는데, 帝王이 그것을 수도에 두었다. 周나라 말기에 강성한 제후인 楚王이 사람을 보내어 九鼎이 가벼운가를 물었는데, 그것은 곧 자신이 천자가 되어 九鼎을 옮겨 가겠다는 뜻이었음 〖漢宮(한궁)〗 漢나라가 가장 융성하였을 뿐 아니라 궁궐이 가장 웅장하였음으로, 漢을 唐의 대명사로 써서 唐나라 궁궐의 의미 〖偸安(투안)〗 눈앞의 편안함을 도모함 〖飄〗 회오리바람 표 〖驟〗 갑작스럽다 취 〖騫飛(건비)〗 날다 〖燋爛(초란)〗 불에 삶겨 살이 문드러짐 〖緝熙(즙희)〗 이어 넓힘 〖糾〗 모으다 규 〖旆〗 기 패 〖楚塞(초새) 吳江(오강)〗 당시 고병이 회남 절도사였기 이렇게 일컬은 것임 〖艦〗 싸움배 함

국역 하물며 周나라 솥은 물어볼 것이 아니요, 漢나라 궁궐이 어찌 너 같은 자가 편안히 여길 곳이랴? 너의 생각은 마침내 어떻게 하려는 것인지 모르겠다. 너는

듣지 못하였느냐? ≪도덕경(道德經)≫에 이르기를, “회오리바람은 하루아침을 가지 못하고, 소낙비는 하루를 가지 못한다.” 하였으니, 천지도 오히려 오래갈 수 없는데 하물며 사람이랴? 또 듣지 못하였느냐? ≪춘추전(春秋傳)≫에 이르기를, “하늘이 잠깐 나쁜 자를 도와주는 것은 복이 되게 하려는 것이 아니라 그의 흉악함을 쌓게 하여 그에게 벌을 내리려는 것이다.” 하였으니, 이제 너는 간사한 것도 감추고 사나운 것을 숨겨서 악이 쌓이고 재앙이 가득하였는데도, 위험한 것을 스스로 편하게 여기고 미혹을 돌이킬 줄 모르니, 옛말에 이른바 제비가 장막 위에다 집을 짓고 (불이 장막을 태우는데도) 멋대로 날아드는 것과 물고기가 솥 속에서 놀지만 바로 삶긴 꼴을 보는 격이다. 나는 웅장한 군략을 가지고 여러 군대를 모았으니, 날랜 장수는 구름같이 날아들고 용맹스런 군사들은 비 쏟아지듯 모여들어, 높고 큰 깃발은 장차 초새의 바람을 에워싸고 군함은 오강의 물결을 막아 끊을 것이다.

陶太尉銳於破敵 楊司空嚴可稱神 旁眺八維 橫行萬里 旣謂廣張烈火 爇彼鴻毛 何殊高擧泰山 壓其鳥卵 卽日金神御節 水伯迎師 商風助肅殺之威 晨露滌昏煩之氣 波濤旣息 道路卽通 當解纜於石頭 孫權後殿 佇落帆於峴首 杜預前驅 收復京都 剋期旬朔 但以好生惡殺 上帝深仁 屈法申恩 大朝令典 討官賊者不懷私忿 諭迷途者固在直言 飛吾折簡之詞 解爾倒懸之急 汝其無成膠柱 早學見機 善自爲謀 過而能改 若願分茅列土 開國承家 免身首之橫分 得功名之卓立 無取信於面友 可傳榮於耳孫 此非兒女子所知 實乃大丈夫之事 早須相報 無用見疑

주석 〖陶太尉(도태위)〗 晉나라 陶侃으로, 成帝 때 蘇峻 등의 반역자를 평정한 名將 〖楊司空(양사공)〗 隋나라 楊素로, 陳을 칠 때 배를 타고 양자강을 내려가는 데 威儀가 엄숙하니, 사람들이 보고 ‘江神과 같다’고 했다함 〖眺〗 바라보다 조 〖八維(팔유)〗 =八方 〖爇〗 불사르다 설 〖金神(금신)〗 五行의 金은 계절상 가을에 해당하므로, 金神은 가을신임 〖水伯(수백)〗 물귀신, 水神 〖商風(상풍)〗 =秋風 〖肅殺(숙살)〗 가을 기운이 초목을 말라죽게 함 〖滌〗 씻다 척 〖纜〗 닻줄 람 〖孫權(손권)〗 삼국 시대 오왕 손권으로, 석두성에 도읍함 〖帆〗 돛 범 〖杜預(두예)〗 두예는 晋나라 장수로, 吳나라와 대치하여 峴山에 있었음 〖剋〗 정하다 극 〖折簡(절간)〗 가운데를 접은 짧은 편지 〖膠柱(교주)〗 膠柱鼓瑟의 준말로, 기러기발을 아교로 붙여놓고 거문고를 탄다는 것으로, 고지식하여 조금도 변통성이 없음을 이름 〖見機(견기)〗 기회를 봄 〖茅土(모토)〗 天子가 諸侯를 봉할 때 그 방향의 빛깔의 흙을 白茅에 싸서 하사한 것으로, 封域을 일컬음 〖面友(면우)〗 겉으로만 사귄 친구 〖耳孫(이손)〗 玄孫의 曾孫이나 玄孫의 아들 〖此非兒女子所知〗 황소가 귀순하려 하는 것을 그의 妻妾들이 말린 것을 두고, 그 말을 듣지 말라는 의미임

국역 나는 도태위처럼 적을 부수는 데 날래었고, 양사공처럼 엄숙함이 신이라 일컬었다. 널리 팔방을 돌아보고 거침없이 만 리를 횡행하였으니, 맹렬한 불을 놓아져 기러기 털을 태우는 것과 같고 태산을 높이 들어 그 새알을 눌러 깨는 것과 무엇이 다르랴? 가을을 맡은 신이 계절을 맡았고 물을 맡은 신이 우리 군사를 맞이하는 이때, 가을바람은 초목을 말라죽게 하는 위엄을 도와주고 새벽이슬은 혼잡한 기운을 씻어주니, 파도도 일지 않고 도로도 통하였다. 석두성에서 뱃줄을 놓으니 손권이 후군이 되었고 현산에 돛을 내리니 두예가 앞이 되었다. 서울을 수복하는 것이 열흘이나 한 달이면 되겠지만, 다만 생각건대 살리기를 좋아하고 죽이기를 싫어하는 것은 상제의 깊으신 인자함이요, 법을 늦추고 은혜를 펴려는 것은 국가의 좋은 제도이다. 나라의 도적을 치는 이는 사적인 원한을 생각하지 않는 것이요, 길에서 헤매는 자를 일깨우는 이는 진실로 바른 말을 하여 주어야 한다. 나의 짧은 편지를 보내 너의 거꾸로 매달린 듯한 다급함을 풀어주려 하니, 고집을 하지 말고 일찍 기회를 잘 알아서 스스로 계책을 잘하여 잘못했더라도 고쳐라. 만일 땅을 떼어 봉해주어 나라를 세우고 집을 계승하여 몸과 머리가 두 동강으로 되는 것을 면하고 높은 공명을 얻기를 원한다면, 겉으로만 사귄 무리의 말을 믿지 말아야 영화로움을 후손에까지 전할 수 있을 것이다. 이것은 아녀자가 알 바가 아니라 실로 대장부의 일이니, 모름지기 일찍 알려줄 것이요 쓸데없이 의심은 두지 말라.

我命戴皇天 信資白水 必須言發響應 不可恩多怨深 或若狂走所牽 酣眠未寤 猶將拒轍 固欲守株 則乃批熊拉豹之師 一麾撲滅 烏合鴟張之衆 四散分飛 身爲齊斧之膏 骨作戎車之粉 妻兒被戮 宗族見誅 想當燃腹之時 必恐噬臍不及 爾須酌量進退 分別否臧 與其叛而滅亡 曷若順而榮貴 但所望者 必能致之 勉尋壯士之規 立期豹變 無執愚夫之慮 坐守狐疑 某告

주석 〖皇天(황천)〗 하늘의 敬稱 〖拒轍(거철)〗 螳螂拒轍의 준말로, 사마귀가 성을 내어 발로 마차의 통로를 막는다는 것으로, 제 힘은 생각지도 아니하고 큰 적에 대항함을 이름 〖批〗 치다 비 〖拉〗 꺾다 랍 〖麾〗 휘두르다 휘 〖撲〗 치다 박 〖守株(수주)〗 守株待兎의 준말 〖烏合(오합)〗 烏合之卒의 준말 〖鴟張(치장)〗 올빼미가 날개를 편 것처럼 사나운 위세를 떨침 〖齊斧(제부)〗 날카로운 도끼 〖燃腹(연복)〗 漢나라 역적 董卓이 죽음을 당한 뒤에 군사들이 그의 배꼽에다 불을 켰더니, 살이 쪄서 3일 동안이나 탔다고 함 〖噬臍不及(서제불급〗 噬臍莫及과 같은 말로, 노루가 배꼽의 사향 때문에 사람에게 잡힌 줄 알고 배꼽을 물어뜯으려 해도 입이 닿지 아니한다는 뜻으로, 후회하여도 이미 늦음을 비유하는 말 〖否臧(부장)〗 善과 惡, 좋은 것과 나쁜 것 〖與其A曷若B〗 A하는 것이 어찌 B하는 것만 하겠는가? 〖期〗 바라다 기 〖豹變(표변)〗 표범의 무늬가 뚜렷하고 아름다운 것같이 사람의 性行이 갑자기 착해져서 면목을 일신함 〖坐守(좌수)〗 =固守 〖狐疑(호의)〗 여우처럼 의심이 많아 결정하지 못함

국역 나는, 명령은 하늘을 머리에 이고 있고 믿음은 강물에 맹세하였으니, 반드시 말이 떨어지면 메아리처럼 응할 것이요, 은혜가 많지 원망이 깊게 되지는 않을 것이다. 만일 미쳐 덤비는 무리에게 끌려 취한 잠이 깨지 못하고 마치 사마귀가 수레바퀴에 항거하듯이 어리석은 고집만 부린다면, 이에 곰을 잡고 표범을 잡는 우리 군사가 한 번 휘둘러 없애버릴 것이니, 까마귀처럼 모여 올빼미같이 덤비던 군중은 사방으로 흩어져 도망갈 것이다. 너의 몸은 날카로운 도끼의 기름이 될 것이요, 뼈는 군용차 밑에 가루가 될 것이며, 처자식도 잡혀 죽고 종족들도 베일 것이다. 생각

하건대, 동탁의 배를 불로 태울 때가 되어서는 반드시 아마 후회하여도 때는 늦을 것이니, 너는 모름지기 진퇴를 헤아리고 옳고 그른 것을 분별하라. 배반하다가 멸망되는 것이 어찌 귀순하여 영화롭게 되는 것만 하겠는가? 다만 바라는 것은 반드시 이루게 될 것이니, 장부의 할 일을 부지런히 찾아서 갑자기 변하기를 바랄 것이요, 어리석은 사람의 생각에 매여 여우처럼 의심에 사로잡히지 말라. 모는 고한다.

감상 ● 韓國漢文學의 鼻祖로 일컬어지는 최치원은 다양한 양식의 산문작품을 창작하였을 뿐 아니라, 散文의 지위와 가치를 적극적으로 주장하여, 산문의 독립된 가치에 대해 처음으로 뚜렷한 인식의 진전을 보여주고 있다(<無染和尙碑銘>참조).

최치원의 산문 중에서 가장 널리 알려진 것이 이 작품으로, 2007년 임용고사에 출제되기도 했다. 檄文은 적을 聲討하는 군용문서로, 먼저 盛勢를 펴서 적의 간담을 빼어 군사적 위엄을 보이는 글이다. 격문을 쓸 때 한편으로는 자기의 인자함을 말하고 한편으로는 적의 포악함을 말하여 하늘의 뜻이 어디로 돌아갈지를 분명히 지적하고 민심이 어디로 향할지를 진술하여야 한다. 최치원은 이러한 격서의 원리에 충실하여, 황소가 이 글을 읽다가 "천하 사람들이 모두 너를 죽이려고 생각할 뿐만 아니라, 또한 땅속의 귀신까지도 이미 몰래 죽이려고 의논하였을 것이다."라는 구절에 이르러서는 자기도 모르게 걸상에서 떨어졌다고 한다. 이 글은 변려문의 結晶을 보여주는 글로, 최치원의 변려문은 중국의 대문장가와 필적할 만한 정도라고 하니, 우리나라에서는 空前絶後의 것임은 의심의 여지가 없다고 하겠다.

참고논문 최신호, <최치원론>, ≪한국한문학작가론≫, 형설출판사, 1992.
이강옥, <남북국시대 최치원의 문학과 역사적 성격>, ≪민족문학사 강좌≫ 상, 창작과비평사, 1995.

4. 〈進三國史記表〉金富軾[3)]

臣某言 古之列國 亦各置史官以記事 故孟子曰 晋之乘 楚之檮杌 魯之春秋一也 惟此海東三國 歷年長久 宜其事實 著在方策 乃命老臣 俾之編集 自顧缺爾 不知所爲 中謝

3) 김부식(1075, 문종 29~1151, 의종 5). 字는 미상, 號는 雷川. 얼굴이 검고 우람하였으며, 고금의 학식에 있어서 그를 당할 사람이 없었다. 신라 무열왕계의 후예로 김부식은 13, 14세 무렵에 아버지를 여의고 편모의 슬하에서 자랐다. 그를 포함해 4형제의 이름은 송나라 문호인 소식(蘇軾) 형제의 이름을 따서 지었다고 한다. 1096년(숙종 1) 과거에 급제해 司錄과 참군사(參軍事)를 거쳐, 直翰林에 발탁되었다. 이후 20여 년 동안 한림원 등의 文翰職에 종사하면서 자신의 학문을 발전시켰고, 한편으로 예종·인종에게 經史를 講하였다. 1126년(인종 4) 인종의 외조부인 이자겸 난으로 개경의 궁궐이 불에 타자 妙淸 일파가 서경천도설을 주장해 1135년(인종 13) 서경에서 난을 일으켰다. 이때 元帥로 임명되어 진압을 담당하였는데, 출정하기에 앞서 개경에 있던 묘청의 동조세력인 鄭知常·金安 등의 목을 베었다. 관직에서 물러난 후 왕은 그를 도와줄 8인의 젊은 관료를 보내어 ≪삼국사기≫의 편찬을 명하였으며, 인종이 죽기 직전 인종 23년(1145) 50권의 ≪삼국사기≫를 편찬해 바쳤다. ≪삼국사기≫의 편찬체제를 스스로 정하였고, 이에 따라 참고직(參考職)의 조수를 시켜 사료를 발췌, 정리시켰으며, 사론은 자신이 직접 쓰기도 하였다. 또한 문학가인 그는 한림원에 있을 때 선배인 金黃元과 이궤(李櫃)와 함께 古文體 문장의 보급에도 대단한 노력을 하였다. 당시 유행하던 육조풍의 四六騈儷文體에서 당·송시대에 발전한 고문체를 수용하려는 것이었다. ≪삼국사기≫의 중찬도 이러한 문체운동과 깊은 관련이 있다. 문집은 20여 권이 되었으나 현전하지 않으며, 많은 글이 ≪東文粹≫와 ≪동문선≫에 전하는데, 우리나라 고문체의 대가라 할 수 있다. 송나라 서긍(徐兢)은 ≪高麗圖經≫의 인물조에서 그를 "博學强識해 글을 잘 짓고 고금을 잘 알아 학사의 신복을 받으니 능히 그보다 위에 설 사람이 없다."라고 평하였다. 만년에는 개성 주위에 觀瀾寺를 원찰로 세워 불교수행을 닦기도 하였다. 의종이 자기의 아들 김돈중을 2등의 자리에서 장원 급제자로 고침에 동의하였고, 김돈중이 상장군 정중부에게 무례한 언행을 하였다가 구타를 당하자 그 처벌을 요구하기도 하였다. 시호는 文烈이다.

주석 〖方策(방책)〗 =方冊 역사책 〖俾〗 하여금 비 〖缺爾(결이)〗 부족한 모양 〖中謝(중사)〗 表文에 쓰는 공경의 말로, "誠惶誠懼 頓首頓首(진실로 황송하고 두려워서 머리를 조아립니다)" 여덟 자를 줄인 말

국역 신 김부식은 아룁니다. 옛날의 열국은 또한 각기 사관을 두어 일을 기록하였습니다. 그러므로 맹자는 '진나라의 ≪승≫과 초나라의 ≪도올≫과 노나라의 ≪춘추≫는 한가지다.'라고 하였습니다. 이것을 생각건대, 우리 해동 삼국은 역사가 오래되었으니, 마땅히 그 사실이 역사책에 기록되어 있어야 합니다. 그래서 늙은 저에게 명령하시어 그것을 편집하게 하신 것인데, 스스로 돌아볼 때 지식이 부족하여 어찌할 바를 모르겠습니다. 중사

伏惟聖上陛下 性唐堯之文思 體夏禹之勤儉 宵旰餘閒 博覽前古以謂 今之學士大夫 其於五經諸子之書 秦漢歷代之史 或有淹通而詳說之者 至於吾邦之事 却茫然不知其始末 甚可歎也 況惟新羅氏高句麗氏百濟氏 開基鼎峙 能以禮通於中國 故范曄漢書 宋祁唐書 皆有列傳 而詳內略外 不以具載 又其古記 文字蕪拙 事跡闕亡 是以君后之善惡 臣子之忠邪 邦業之安危 人民之理亂 皆不得發露以垂勸戒 宜得三長之才 克成一家之史 貽之萬世 炳若日星

주석 〖唐堯(당요)〗 =陶唐氏 처음 陶에 봉함을 받았다가 후에 唐으로 옮긴 堯임금 〖文思(문사)〗 천지를 經緯하여 다스리는 文과 도덕의 純一한 完備인 思 〖宵旰(소간)〗 宵衣旰食의 준말로, 날이 새기 전에 일어나 옷을 입고 해가 진후에 늦게 저녁을 먹는다는 뜻에서, 천자가 政事에 부지런함을 뜻함 〖淹〗 넓다 엄 〖茫然(망연)〗 어리둥절한 모양 〖鼎峙(정치)〗 솥발과 같이 세 곳에 나누어 서다는 뜻으로, 나라를 세움 〖露〗 드러내다 로 〖三長(삼장)〗 史家가 되는 데 필요한 才智・學問・識見 3가지의 장점 〖貽〗 끼치다 이 〖炳〗 빛나다 병

국역 엎드려 생각건대, 성상 폐하께서는 요임금의 문사를 타고나시고, 하나라 우임금의 근검을 체득하시어, 부지런히 정무를 돌보신 여가에 전고를 널리 보시고,

"지금의 학사와 대부들은 오경·제자의 서적과 진·한 역대의 역사에 대해서는 간혹 두루 통하고 상세히 설명하는 자가 있으나, 우리나라의 일에 이르러서는 도리어 아득하여 그 시말을 알지 못하니, 매우 한탄스럽다."라고 말씀하셨습니다. 하물며 생각건대, 신라·고구려·백제가 토대를 열고 나라를 세우고서는 예로써 중국과 상통하였으므로, 범엽의 ≪한서≫나 송기의 ≪당서≫에는 모두 열전을 두었는데, 중국의 일은 자세히 기록하고 외국의 일은 소략히 하여 갖추어 싣지 않았습니다. 또 그 고기라는 것도 글이 거칠고 볼품없으며 사적이 누락되어 있습니다. 이 때문에 군후의 선악과 신자의 충성과 간사함, 국가의 안위와 인민의 치란을 모두 드러내어 경계로 삼을 수 없었습니다. 그러니 재주와 학문과 식견을 갖춘 인재를 얻어 일가의 역사를 이루어서 만세에까지 끼쳐 해와 별처럼 빛나게 해야 합니다.

如臣者 本非長才 又無奧識 洎至遲暮 日益昏蒙 讀書雖勤 掩卷卽忘 操筆無力 臨紙難下 臣之學術 蹇淺如此 而前言往事 幽昧如彼 是故疲精竭力 僅得成編 訖無可觀 秖自媿耳 伏望聖上陛下 諒狂簡之裁 赦妄作之罪 雖不足藏之名山 庶無使墁之醬瓿 區區妄意 天日照臨 謹撰述本紀二十八卷 年表三卷 志九卷 列傳十卷 隨表以聞 上塵天覽

주석 〖奧〗 깊다 오 〖洎〗 미치다 기 〖蹇〗 굼뜨다 건 〖訖〗 마침내 글 〖秖〗 다만 지 〖諒〗 살펴알다 량 〖赦〗 용서하다 사 〖藏之名山(장지명산)〗 옛날 帝王이 책을 완성하면 正本은 書府에 보관하고, 副本은 명산에 보관함 〖墁〗 바르다 만 〖醬瓿(장부)〗 장담은 항아리 〖區區(구구)〗 작은 모양으로, 자기의 謙稱 〖塵〗 더럽히다 진 〖天覽(천람)〗 天子가 봄

국역 신과 같은 자는 본래 재주가 뛰어나지도 않고, 또 깊은 학식이 없으며, 늘그막에 이르러서는 날이 갈수록 정신이 어두워져, 비록 부지런히 글을 읽긴 하나 책을 덮으면 바로 잊어버리고, 붓을 잡으면 힘이 없어 종이에 대고 써 내려가기가 어렵습니다. 신의 학술이 이처럼 비루하며 얕고, 예전 말과 지나간 일에 대해 어두

운 것이 저와 같습니다. 그러므로 정력을 기울여 겨우 책을 완성할 수 있었으나, 마침내 볼만 한 것이 없어 다만 스스로 부끄러워할 따름입니다. 엎드려 바라옵건대, 성상 폐하께서는 어설픈 솜씨를 이해해 주시고 함부로 지은 죄를 용서하시어, 비록 명산에 보관할 것은 못 되지만, 간장 단지를 바르는 데에나 쓰이지 않았으면 합니다. 저의 망령된 뜻을 성상께서 굽어 살피소서. 삼가 본기 28권 · 연표 3권 · 지 9권 · 열전 10권을 찬술하여, 표와 함께 아뢰어 위로 성상께서 보심을 더럽힙니다.

감상 ● 고려전기는 신라말기의 문풍을 답습하여 騈儷文과 晩唐風, 科詩와 科文이 문단의 주류를 이루었다. 睿宗과 仁宗 연간에 儒學의 수준이 심화되면서 문단의 일각에서 浮華한 詞章을 비판하는 기운이 고조된다. 이 무렵 宋詩風과 古文運動이 이러한 배경에서 대두되기에 이른다. 결국 예종과 인종 연간의 고려문단은 만당풍과 송시풍, 변려문과 古文 등 상호 이질적인 문풍이 함께 혼류하고 대립되었던 문학사의 전환기라 볼 수 있다. 이러한 때에 古文의 정착과 文風의 변화에 가장 큰 역할을 했던 이가 김부식이다. 그런데 막상 남아 있는 김부식의 산문 65편 가운데 <惠陰寺新創記>와 <進三國史記表> 2편만이 古文이고 나머지는 모두 변려문이다.

이 글은 表文으로, 신하가 임금에게 진술하거나 청구하는 글이 表이다. 表는 秦나라 때 일어나서 東漢 때에 성행했는데, 唐宋 이후로는 변려문을 많이 썼다. 김부식은 古文으로 이 작품을 썼는데, 이후로 쓰인 表는 대부분이 변려문이다. 이 작품은 두 번째 단락에 "군후의 선악과 신자의 충성과 간사함, 국가의 안위와 인민의 치란을 모두 드러내어 경계로 삼을 수 없었습니다."라는 부분에 ≪삼국사기≫의 편찬의도가 담겨 있어 주의 깊게 읽어야 한다. ≪삼국사기≫는 당시의 지식층들이 自國의 역사에 소략했던 비주체성을 극복하고, 유교적 역사의식과 유교적 역사체계를 빌려서 자국의 역사를 재구성하기 위해 지었던 것으로 간주되며, 그것은 다분히 治亂의 역사를 통한 教訓性을 강조하기 위한 것이라고 할 수 있다.

참고논문 이종문, <고려전기의 문풍과 김부식의 문학>, 계명대 석사논문, 1982.
임형택, <≪삼국사기 열전≫의 문학성>, ≪한국한문학연구≫ 제12집, 한국한문학회, 1989.

5. 〈上李學士書〉林椿4)

文之難尙矣 而不可學而能也 蓋其至剛之氣 充乎中而溢乎貌 發乎言而不自知者爾 苟能養其氣 雖未嘗執筆以學之 文益自奇矣 養其氣者 非周覽名山大川 求天下之奇聞壯觀 則亦無以自廣胸中之志矣 是以蘇子由以爲於山見終南嵩華之高於水見黃河之大 於人見歐陽公韓大尉 然後爲盡天下之大觀焉

---

4) 임춘(?~?) 고려 竹林高會의 한 사람이다. 字는 耆之, 號는 西河. 고려 건국공신의 자손으로, 아버지 광비(光庇)와 큰아버지 종비(宗庇) 모두 한림원의 학사직을 지내 구귀족사회에서 일정한 정치적·경제적 기반을 지니고 있었다. 큰아버지 종비 아래에서 학문을 배우면서 청년기부터 문명을 날리며 귀족자제다운 삶을 누렸다. 나이 20세를 전후한 1170년(의종 24)에 무인란이 일어나자 그의 삶은 일대 전환을 맞게 되었다. 1차 대살륙 때 일가가 화를 당하여 조상대대의 功蔭田조차 일개 병사에게 빼앗겼다. 개경에서 5년 정도 숨어 지내면서 出仕의 기회를 엿보았으나 친지들로부터도 경원당하자 살아남은 가속을 이끌고 상주의 개령으로 옮겨가 7년여의 流落生活을 했다. 남아 있는 그의 글 중 많은 부분이 이 당시에 쓰인 것인데 대부분 실의와 고뇌에 찬 생활고를 하소연하는 것들이다. 당시 정권에 참여한 아는 인사들을 통해 여러 번 自薦을 시도하여 정권에 편입하려 했다. 1180, 1183년에 절친한 친구였던 이인로와 오세재가 연이어 과거에 합격했는데 이때쯤 개경으로 다시 올라와 과거준비를 한 것으로 보인다. 그러나 뜻을 이루지 못하고 얼마 뒤 경기도 長湍으로 내려가 실의와 곤궁 속에서 방황하다가 30대 후반에 요절한 것으로 보인다. 이인로·오세재 등과 더불어 竹林高會에 나가 술을 벗하며 문학을 논하여 고려 중기 문단을 대표하는 문인 중의 한 사람으로 꼽힌다. 개성을 중시하는 문장론을 주장했으며, 故事를 많이 사용하여 문장을 아름답게 수식하는 변려문을 남겼으나 속으로는 韓愈가 주장했던 古文運動에 찬동하여, <答靈師書>에서 名儒라고 했던 사람은 모두 당·송대의 古文家였다. 김부식 이래로 소동파의 영향을 많이 받았던 당시 文風에서 크게 벗어나지는 않았다. 문집으로 ≪서하집≫이 있으며, 한국 假傳文學의 선구적 작품인 <麴醇傳>·<孔方傳>을 남겼다.

주석 〖尙〗 높게 하다 상 〖溢〗 넘치다 일 〖爾〗 뿐이다 이 〖蘇子由(소자유)〗 子由는 宋나라 古文家 蘇轍의 字로, 아버지 蘇洵・형 蘇軾과 함께 唐宋八大家의 한 사람임

국역 문장을 잘하기는 어렵고, 배워서 잘할 수도 없습니다. 대개 지극히 강한 기운이 가슴속에 채워지면 얼굴에 넘치고, 말에 나타나지만 스스로 알지 못할 뿐입니다. 만약 자신의 기운을 기를 수 있다면 비록 일찍이 붓을 잡고 배우지 않았더라도 문장은 더욱 저절로 기이할 것입니다. 그 기운을 기르는 사람이 명산과 대천을 두루 구경하여 천하의 기이한 이야기와 장관을 구하지 않는다면, 또한 스스로 가슴속에 있는 뜻을 넓힐 수 없을 것입니다. 그러므로 소자유는, "산으로는 종남산과 숭산・화산의 높음을 보아야 하고, 물에서는 황하의 큼을 보아야 하며, 사람으로는 구양수와 한유를 본 뒤에야 천하의 큰 구경을 다한 것이다." 하였습니다.

恭惟 閤下以雄文直道 獨立兩朝 爲文章之司命 一時多士莫不仰而宗師 僕常願摳衣函丈 執弟子禮 與其門人賢士大夫 然後將以退理其文 而自難以來 久去京師 卑賤之迹 愈遠而疏 故肩不摩於夫子之墻 名不聞於賓客之末 恐遂埋沒 無以激發其志也 近者伏聞 閤下語及鄙著 趣令寫進 因竊自謂幸以薄技得效於前 覩賢人之光耀 聞言以自法 則雖不見終南嵩華黃河高且大 歐韓二公之奇偉 而足以無憾焉 所著逸齋記 謹錄以獻左右 儻垂一字以示褒貶 則終身之幸 終無以過也 謹啓

주석 〖閤下(합하)〗 閣下와 같은 말로, 옛날 三公 大臣은 모두 대문에 閤을 설비해 놓은 데서 이름 〖司命(사명)〗 임금의 詔令을 주관함 〖宗師(종사)〗 존숭할 만한 학자 〖摳衣函丈(구의함장)〗 摳衣는 옷을 걷어 예를 표하는 것이고, 函丈은 스승의 자리와 자기 자리 사이에 한 길의 餘地를 둔다는 뜻으로 스승을 뜻함 〖摩〗 비비다 마 〖趣〗 빨리 촉 〖效〗 바치다 효 〖逸齋記(일재기)〗 ≪서하집≫ 권5에 실려 있음 〖儻〗 혹시 당 〖褒貶(포폄)〗 칭찬함과 貶論함 〖啓〗 아뢰다 계

국역 삼가 생각해보니, 합하께서는 웅장한 글과 바른 도로써 홀로 두 조정에

서서 문장을 맡는 사람이 되었으므로, 한 시대의 많은 선비들이 우러러 존숭할 만한 학자로 삼지 않은 이가 없었던 것입니다. 제가 늘 원하기는, 옷깃을 여미고 여지를 두어 제자의 예를 잡고 그의 문인 중 어진 선비와 대부들과 교제를 한 뒤에 물러나와 그 문장을 다스리고자 하였습니다. 그러나 난을 만난 뒤로부터 오랫동안 서울을 떠나 비천한 자취가 더욱 멀어지고 소홀하게 되었으므로 어깨는 선생님의 담에 닿지 못하였고, 이름은 빈객의 말석에도 들리지 못하였던 것입니다. 마침내 매몰되어 그 뜻을 떨쳐 나타낼 수 없을 것을 걱정하였습니다. 근자에 엎드려 들으니, 합하께서 저의 저작을 언급하며 빨리 써 내라고 하셨다 하니, 이에 속으로 스스로 생각하기를, "다행히 이 천박한 재주를 앞에 바칠 수 있으니, 현인의 빛을 보고 말씀을 듣고서 스스로 법을 삼는다면, 비록 종남산이나 숭산·화산과 황하의 높고 큰 것이나, 구양수·한유 두 분의 기이하고 위대함을 보지 못하였다 하더라도 유감이 없을 수 있을 것이다." 하였습니다. 지은 <일재기>를 삼가 써서 좌우에 바치나니, 만일 한 글자라도 내려주시어 칭찬과 비판을 보여주신다면 죽을 때까지의 행복이 끝내 이보다 더할 것이 없겠습니다. 삼가 아뢰었습니다.

감상 ◗ ● 이 글은 편지글로, 書는 죽간에 쓴 것을 簡이라 하고, 비단에 쓴 것을 帖이라 하며, 목편에 쓴 것을 牘이나 札이라 하며, 종이에 쓴 것을 箋이라 하고, 봉투를 사용한 것을 函이라 한다. 기러기가 書信을 전한다는 고사에서 書信을 鴻이라고도 하며, 尺牘이니 尺素니 尺翰이란 명칭도 있다.

고려전기는 국왕을 중심으로 한 문신관료의 詞章的 文風이 두드러진 시기였다. 하지만 古文을 사용한다고 탄핵을 당했던 김황원 등이 화려한 문풍을 극복하고 朴實한 문풍을 추구하고자 한 경향이 태동하기도 하였다. 임춘은 文氣論에 바탕을 두고 古文創作을 주장하는데, 이것은 儒家文學論의 핵심인 文以載道論과 관련이 있다고 하겠다.

"만약 자신의 기운을 기를 수 있다면 비록 일찍이 붓을 잡고 배우지 않았더라도 문장은 더욱 저절로 기이할 것입니다."라는 임춘의 언급은 내용이 형식을 결정한다는 것으로, 氣는 창작 주체의 개성을 결정짓는 요소일 것이며, 이에 기초한 글을 지을 때 비로소 작가의 개성이 드러나는 진실한 문장이 된다는 것이다. 이 글은 비록 자신의 곤궁한 처지를 탈피하여 당대 名士들과 노닐면서 자신의 氣를 소탕하게 하고 싶다는 의도를 드러내고 있기는 하지만, 文氣論을 주장하며 바람직한 글쓰기는 어떠해야 하는지를 언급하고 있다는 점에서 문학사적 의미를 부여할 수 있을 것이다.

참고논문 ▶ 이동환, <林椿論－고려 문신집권하 문인지식층의 의식의 한 단면>, ≪어문논촌≫제19·20합집, 고려대 국어국문학회, 1979.
심호택, ≪고려 중기 문학론 연구≫, 계명대 한국학연구소, 1991.

6. 〈畵鴈記〉 林椿

道人惠雲持一畫鴈圖 就予以觀 凡三十九鴈 而狀之不同者十有八焉 其翔集飮啄起伏伸縮之形 曲盡而無遺矣 是亦精强之至者也

주석 〖翔〗 날다 상 〖啄〗 쪼다 탁 〖縮〗 움츠리다 축 〖曲〗 자세하다 곡

국역 도인 혜운이 기러기를 그린 그림 1장을 가지고 나에게 와서 보여주었다. 기러기가 모두 39마리인데, 모양이 서로 같지 않은 것이 18마리였다. 그 날아오르는 것, 모여드는 것, 물 마시는 것, 쪼는 것, 일어나는 것, 엎드린 것, 펴고 있는 것, 움츠린 것 등 모양들이 자세하게 빠짐없이 들어 있으니, 이것은 또한 정밀하게 힘씀이 지극한 것이었다.

道人之言曰 此吾家舊物也 工之名氏則不知也 以其奇且古 蓄之久矣 始則甚寶惜之 今乃釋然 蓋君子不可以留意於物 但寓意而已 況爲浮屠者 旣輕死生去嗜欲 而反重畫 豈不謬錯而失其本心哉 今將歸江南 以畫付吾弟某者而去焉 子若書其形數以畀 則異日讀之 雖不見畫 可以閉目而盡識也 余笑曰 爲是畫者 當其畫時 必先得成形於胸中 奮筆直遂而後乃得至此 則心識其所以然 而口不能言之 余雖巧說 若工之所不能言者 安得而盡之

주석 〖浮屠(부도)〗 승려 〖謬錯(류착)〗 잘못됨 〖付〗 주다 부 〖畀〗 주다 비 〖直〗 바로 직 〖遂〗 이루다 수

국역 도인이 말하기를, "이것은 우리 집안의 오래된 물건입니다. 화가의 이름은 알 수 없지만, 그것이 기이하고 또 오래되었기 때문에 이것을 간직한 지 오래되었습니다. 처음에는 굉장한 보물로 여기고 이를 아꼈으나, 지금은 마침내 풀어졌습니다. 대개 군자는 사물에 뜻을 두어서는 안 되며, 다만 은연중에 의미를 기탁할 뿐입니다. 하물며 중이 된 사람은 이미 죽고 사는 것을 가볍게 여기며 욕심을 버려야 하는데, 도리어 그림을 중히 여긴다면 어찌 잘못되어 본심을 잃어버린 것이 아니겠습니까? 이제 강남으로 돌아가려 하여, 이 그림을 나의 아우인 아무개에게 주고 가려 합니다. 당신이 만일 그 모양과 수를 글로 지어서 주신다면, 뒷날 그것을 읽을 때 비록 그림을 보지 못한다 하더라도 눈을 감고서 모두 기억할 수 있을 것입니다." 하였다. 내가 웃으며 말하기를, "이 그림을 그린 사람은 그가 그림을 그릴 때에, 반드시 먼저 구체적인 형상을 마음속에 구상하여 놓고, 붓을 들어 바로 이루어낸 뒤에야 여기에 이를 수 있었을 것입니다. 곧 마음으로는 그렇게 만들어진 까닭을 알았으나 입으로는 그것을 표현하지 못하였을 것입니다. 내가 비록 아무리 말을 잘 만든다 하더라도, 화가가 말할 수 없었던 그러한 것을 어떻게 모두 설명할 수 있겠습니까?" 하였다.

必欲存其形與數之粗者 則有兩對伏而交頸相叉者 纍纍然微見背脊於崖岸之交者 聳趐欲翔而未起者 昂其首而伏者 伸其吭而跂者 且步且啄者 几立而不動者 群聚者 圜而向赴飮者 駢而爭翹者 拳其足㗊者 披其羽其又傍睨者 廻眄者 刷者 戲者睡者 此其大略也 余因其言 爲甲乙帳而授之耳 非所以爲記也

주석 〖叉〗 깍지끼다 차 〖纍纍然(루루연)〗 피로한 모양 〖脊〗 등성마루 척 〖聳〗 솟아오르다 용 〖趐〗 날다 시 〖昂〗 머리를 들다 앙 〖吭〗 목 항 〖跂〗 발돋움하다 기 〖且－且〗 동시상황을 뜻함 〖几〗 진중하다 궤 〖圜〗 에워싸다 환 〖赴〗 나아가다 부 〖駢〗 나란하다 병(변) 〖翹〗 발돋움하다 교 〖拳〗 부지런하다 권 〖㗊〗 밟다 살 〖睨〗 곁눈질하다 예 〖眄〗 돌아보다 면 〖刷〗 떨쳐 일어나다 쇄 〖睡〗 졸다 수 〖甲乙(갑

을)』 하나 둘의 수나, 하나하나 열거함을 뜻함 『帳』 장막 같은 것을 세는 수사 장

국역 반드시 그 형태와 수의 대략을 남기려 한다면, 두 마리가 마주보고 엎드려서 목을 갖다 대고 서로 걸치고 있는 것, 피곤한 듯 언덕이 교차되는 곳에 등이 어렴풋이 보이는 것, 날개를 솟구쳐 날아오르려 하나 아직 일어나지 않는 것, 머리를 쳐들고 엎드린 것, 그 목을 늘이고 발을 들고 있는 것, 걸어가면서 쪼아 먹는 것, 우뚝 서서 움직이지 않는 것, 무리로 모여 있는 것, 둥글게 돌아서서 서로 보다가 물을 마시려고 가는 것, 나란히 서서 다투어 발돋움하는 것, 발을 재게 놀리는 것, 그 날개를 펼치고 또 곁눈질하는 것, 돌아다보는 것, 날개를 퍼덕이는 것, 장난치는 것, 조는 것 등등 이것이 그 대강이다. 나는 그의 말에 따라 하나 둘 수를 적어서 그에게 줄 뿐이요, 기문을 지은 것은 아니다.

감상 ▶ ● 이 글은 記文 중에서 人事雜記에 해당하는 것으로, 주변에서 일어나는 여러 가지 일을 기록하는 방식이다. 대분의 記가 樓亭記인데, 이 글은 그림을 보고 그 그림에 담긴 내용을 기록하고 있다. 記의 작가는 '記는 사실의 기록이다'라는 記의 특성에 의해 대개 史家로 인식하고 있었다. 그러므로 어떤 사실을 기록하여 후세에 전하여야 하지만, 이 글의 성격은 그렇지 않기에, 임춘은 마지막에 "나는 그의 말에 따라 하나 둘 수를 적어서 그에게 줄 뿐이요, 기문을 지은 것은 아니다." 라고 언급하고 있는 것이다.

이 글은 마지막 단락에 있는 그림의 묘사부분이 뛰어나다. '詩中有畵'가 아니라 '記中有畵'라 할 수 있듯이, 반복된 類字와 동작이나 동작성을 띄는 글자를 통해 눈앞에 생생히 기러기의 모습을 재현하고 있다. 類字는 문자의 기세를 씩씩하게 하고 文義를 넓히는 수법으로, 散文에서 여러 구에 걸쳐 한 가지 글자를 쓰는 것을 말한다. 韓愈의 글이 古文의 으뜸이 된 것은 이 방법에 각별히 유의했기 때문이다. 임춘은 한유의 글 중 대부분 이런 수법을 사용하고 있는 <畵記>를 模擬하여 이 작품을 지은 것 같다.

참고논문 ▶ 원주용, <李奎報의 記에 관한 考察>, 성균관대 석사논문, 1998.
남현희, <高麗後期 山水遊記 硏究>, 성균관대 석사논문, 1998.

7. 〈與皇甫若水書〉林椿

啓 近有京師人至 言試圍當罷 而首以足下爲稱 若果爾 誠所賀也 僕豈不素料之耶 但喜與平昔之望偕焉耳 近世取士 拘於聲律 往往小兒輩咸能取甲乙 而宏博之士多見擯抑 故朝野嗟寃 吾恐玆弊已久 不可一旦矯之 今乃僅而獲足下 僕在遠地 不能盡識其餘 亦得人之盛也

주석 〖試圍(시위)〗 =試場 과거시험 보는 곳 〖平昔(평석)〗 평소 〖偕〗 맞다 해 〖甲乙(갑을)〗 여기서는 甲科와 乙科를 일컬음. 科擧에서 성적을 나눌 때 甲・乙・丙의 세 과가 있는데, 甲科는 첫째로 壯元郞, 둘째로 榜眼郞, 셋째로 探花郞의 세 사람이며, 乙科는 넷째로부터 열째까지의 일곱 사람이며, 丙科는 열한 번째 이하의 사람들임 〖嗟寃(차원)〗 탄식하고 원통해함

국역 아뢥니다. 근래 어떤 서울 사람이 와서 이르기를, "과거는 마땅히 없어져야 한다."라고 하면서, 시초는 그대가 그렇게 말한 것이라 하니, 만약 과연 그렇다면 진실로 축하할 일입니다. 제가 어찌 평소에 그것을 헤아리지 않았겠습니까만, 평소에 바라던 것과 같이 되었음이 기쁩니다. 근세에 선비를 뽑는데 성률에 구애를 받으므로, 가끔 소인의 무리들이 모두 갑과・을과에 합격될 수 있었으며 박식한 선비는 많이들 버림을 받게 되었습니다. 그러므로 조정이나 민간에서도 모두 슬퍼하고 원통해하였던 것입니다. 저는 이러한 폐단이 이미 오래되어 하루아침에 바로잡을 수 없을 것을 걱정하였더니, 이제 바로 겨우 그대를 얻었으니, 제가 먼 곳에 있어서 그 나머지의 일을 다 알 수는 없으나, 역시 국가에서 우수한 사람을 얻은 것이라 생각합니다.

足下以名父之子 大振家聲 學精業茂 年又甚少 其濯髮雲漢 垂光虹霓 躔文昌登禁掖者 不旦卽夕也 譬如趫者之升梯 擧足愈多而身愈高 人愈仰耳 苟非奕世文章之冑 能如是耶 僕廢錮淪陷 爲世所笑 屛居僻邑 坐增孤陋 學不益加 道不益進 遂爲庸人矣

주석 〖濯〗 씻다 탁 〖雲漢(운한)〗 은하수 〖虹霓(홍예)〗 무지개 〖文昌(문창)〗 文昌星으로, 북두칠성의 첫 번째로 문장을 맡은 별임 〖禁掖(금액)〗 궁중 〖趫〗 재빠르다 교 〖梯〗 사다리 제 〖奕世(혁세)〗 여러 代 〖冑〗 자손 주 〖廢錮(폐고)〗 일생 동안 벼슬을 하지 못하게 하는 처분 〖淪〗 빠지다 륜 〖屛〗 물러나다 병 〖僻〗 치우치다 벽 〖庸人(용인)〗 평범한 사람

국역 그대는 이름 높던 아버지의 아들로써 그 집안의 명성을 크게 떨쳤고 학업이 정통하고 무성하였으며, 게다가 나이가 매우 젊었을 때 은하수에 머리를 씻고 무지개에 빛을 드리웠으니, 문창성을 밟고 궁중에 오르는 일은 아침이 아니면 저녁나절이었던 것입니다. 비유하자면 재빠른 사람이 계단을 오를 때 발 옮김이 많을수록 몸은 더욱 높아지고 사람들은 더욱 우러러보게 되는 것과 같으니, 만약 여러 대 문장가의 후손이 아니라면, 이와 같을 수 있겠습니까? 나는 벼슬할 수 없는 처지에다 모함에 빠져 세상의 웃음거리가 되어 외진 고을에 물러나 살면서 저절로 고루함만 늘어나게 되었으니, 학문은 더 더해짐이 없고 도는 더 나아가지 못한 채, 드디어 보통사람이 되어 버렸습니다.

凡作文 以氣爲主 而累經憂患 神志荒敗 眊眊焉眞一老農也 其時時讀書 唯欲不忘吾聖人之道耳 假令萬一復得應科擧登朝廷 吾已老矣 無能爲也 所念者 吾家俱以文章 名於當代 僕若棄遐荒 莫承遺緖 則亦終身之恥也 然至此豈非命歟 是以放情丘壑 無處世意 常與獵夫漁者 上下水陸 游蕩相狎 略無拘檢 如此足以無恨矣

주석 〖眊眊焉(모모언)〗 흐린 모양 〖遐〗 멀다 하 〖遺緖(유서)〗 =遺業 선대로부터

내려오는 일 〖獵〗 사냥하다 렵 〖蕩〗 방자하다 탕 〖狎〗 친압하다 압

국역 무릇 글을 짓는 것은 기를 주로 삼는 것인데, 여러 차례 우환을 겪고 나니 정신과 뜻이 황폐되어 흐리멍덩한 한 늙은 농부가 되었습니다. 때때로 글을 읽음은 오직 우리 성인의 도를 잊어버리지나 말자는 것뿐입니다. 그러니 가령 만일 다시 과거에 응시하여 조정에 오른다 하더라도, 나는 이미 늙었으니 할 수 있는 일이 없습니다. 생각나는 것은 우리집안이 모두 문장으로 당대에 이름이 있었는데, 제가 만약 멀고 황폐한 곳에 버려져서 선대의 업을 잇지 못한다면 역시 죽을 때까지의 부끄러운 일일 것입니다. 그러나 이 지경에 이르는 것이 어찌 운명이 아니겠습니까? 그리하여 골짜기에 마음을 두고 세상에 살 뜻을 없애어, 늘 사냥꾼과 어부와 더불어 물과 육지를 오르내리면서, 방탕하게 놀고 서로 친하며 조금도 구애를 받지 않았으니, 이렇게 살면서도 한이 없을 수 있었습니다.

自頃年已來 一時交遊者 零落殆盡 使人悲傷 僕完支體 以至今日 苟卒以樂死 是亦幸矣 是非榮辱 又何足道耶 況僕以疏狂 獲罪於世 吠者成群 非困辱如此 何以悅其仇嫉者之心耶 此尤所以甘如飴者 僕略觀當世士大夫 志於遠且大者甚少 但以科第爲富貴之資而已 其遒然霈然 橫行闊視於綴述之場 可以興西漢之文章者 捨足下誰耶 勉之勉之 所寄去二篇 亦欲觀吾志之所存者 不具 謹啓

주석 〖頃〗 근자에 경 〖殆〗 거의 태 〖支體(지체)〗 몸 〖嫉〗 미워하다 질 〖飴〗 엿 이 〖僕〗 저 복 〖遒然(주연)〗 견고한 모양 〖霈然(패연)〗 비가 억수같이 오는 모양 〖闊視(활시)〗 시야를 넓혀서 사방을 봄 〖綴述(철술)〗 =著述 〖西漢(서한)〗 前漢의 수도인 長安이 後漢의 수도인 洛陽의 서쪽에 있는 데서 前漢의 별칭임 〖勉〗 힘쓰다 면 〖寄〗 부치다 기

국역 그런데 지난해부터 한때 교유하던 이가 거의 다 죽어버려 사람을 슬프고 아프게 합니다. 저는 몸이 튼튼하여 오늘까지 이르렀으니, 만약 편안히 죽는다면 이 역시 다행한 일일 것이니, 시비와 영욕이야 또한 어찌 말할 수 있겠습니까? 더욱이

저는 거칠고 법도가 없어서 세상에서 죄를 얻었고 짖어대는 자들이 떼를 이루었으니, 곤욕이 이렇지 않다면 어떻게 저를 원수같이 미워하는 자의 마음을 기쁘게 하겠습니까? 이것이 더욱 엿처럼 달갑게 여기는 까닭입니다. 제가 대략 요사이 사대부를 보니, 원대한 뜻을 지닌 이가 매우 적고, 다만 과거를 부귀하게 되는 바탕으로 삼고 있을 뿐입니다. 그 굳세고도 세차게 저술하는 마당에 거리낌 없이 활보하며 서한의 문장을 일으킬 자는 그대를 버려두고 그 누구이겠습니까? 힘쓰고, 힘쓰십시오. 부쳐 보내는 두 편 역시 제 뜻이 있는 곳을 보여드리고 싶은 것입니다. 갖추지 못하고 삼가 아뢰었습니다.

감상 ▶ ● 皇甫若水는 임춘이 자신과 의식을 공유한 것이 많다고 생각한 知友로, 이 글에서는 場屋文學에 대한 폐단을 잘 보여주고 있다. 성률에 구속된다는 것은 장옥문학이 추구하는 형식주의적이요 唯美主義的 문풍을 의미하는 것이니, 章句만을 아로새기다 보면 문장의 본령인 道의 반영은 요원해진다는 것이다. 고려전기에 시도된 儒學 진흥책은 載道的 관점의 문학론이 태동하도록 하는 계기를 마련하게 하였으며, 임춘은 이러한 시대적 분위기를 가장 잘 반영하였다고 할 수 있다. 즉 김황원, 김부식 이래 점진적으로 진작된 古文風의 산문 창작 경향이 본격화되는 단초를 엿볼 수 있다는 데 의의가 있는 것이다. 이처럼 임춘이 장옥문학을 비판하고 古文을 숭상하였는데, 그 古文의 형태는 唐宋古文보다는 西漢古文에 가까웠다. 임춘이 이렇게 고문을 지향하면서 굳이 서한고문을 지향하는 것은 그만큼 당대의 유미주의적 문풍에 대한 반감이 크게 작용했기 때문이다.

참고논문 ▶ 홍성욱, <임춘 산문 연구>, ≪민족문화연구≫ 제32호, 민족문화연구소, 1999.

8. 〈與眉叟論東坡文書〉林椿

僕觀近世 東坡之文大行於時 學者誰不伏膺呻吟 然徒翫其文而已 就令有撏撦竄竊 自得其風骨者 不亦遠乎 然則學者但當隨其量 以就所安而已 不必牽强橫寫 失其天質 亦一要也 唯僕與吾子 雖未嘗讀其文 往往句法已略相似矣 豈非得於其中者闇與之合耶 近有數篇 頗爲其體 今寄去 幸觀之以賜指敎 不具

주석 〖伏膺(복응)〗 =服膺 흠모함 〖呻〗 읊다 신 〖翫〗 즐기다 완 〖就令(취령)〗 만약 〖撏撦(잠차)〗 이것저것 여러 가지를 땀 〖竄竊(찬절)〗 =剽竊 〖風骨(풍골)〗 풍채와 골격, 모습이나 상태 〖量〗 재능 량

국역 제가 보니, 근세에 동파 소식의 글이 한 시대에 크게 유행하여 학자라면 누구나 가슴에 담아 읊지 않는 사람이 없습니다. 그러나 다만 그의 글을 음미할 뿐이니, 만약 그를 모방하고 표절함만 있다면 스스로 그의 골격을 얻은 자와는 어찌 멀지 않겠습니까? 그렇다면 학자는 다만 그의 능력에 따라서 그가 편안한 곳으로 나아갈 따름이요, 반드시 억지로 남을 모방하여 그의 본바탕을 잃지 않는 것도 역시 하나의 중요한 일인 것입니다. 오직 저와 그대는 비록 일찍이 그의 글을 읽은 적은 없었으나, 가끔 구법이 이미 대략 서로 비슷하였으니, 어찌 그 마음에서 얻은 것이 우연히 그와 합해진 것이 아니겠습니까? 요즘 몇 편을 지었는데 제법 그 바탕이 이룩되었기에, 이제 부쳐 보내니 살펴본 뒤에 가르쳐 주기를 바랍니다. 예를 갖추지 못했습니다.

감상 ▶ ● 東坡 蘇軾은 당시 고려의 문단을 풍미할 정도로 큰 영향을 끼친 인물이었다. 그의 문학이 형식에 구애받지 않으면서도 사물의 이치를 새롭게 해석하고 이를 건실하게 詩文으로 묘사했기 때문에 고려의 문인들은 누구를 막론하고 거기에 빠져들게 마련이었다. 그러나 임춘은 동파 문학을 좋아하는 고려 문인들이 대부분 동파 문학작품의 요체인 참신하고 독특한 풍골을 배우기보다는 文飾을 그대로 모방하고 표절하는 데 몰두하고 있는 것을 걱정하고 있다. 이 글은 미수 李仁老에게 주는 편지이니, 임춘이나 이인로가 동파의 글을 읽어보지 않았으면서도 동파 문학의 실체에 가깝게 닿을 수 있다는 것은 결국 이들이 동파의 古文精神에 近似란 문학적 성향과 작품세계를 지니고 있음을 말해주는 것이다.

참고논문 ▶ 박성규, <임춘의 문체 개혁>, ≪고려후기 사대부문학 연구≫, 고려대출판부, 2003.

심호택, <임춘의 문학사상>, ≪한국문학사상사≫, 계명문화사, 1991.

9. 〈雙明齋詩集序〉李仁老[5)]

昔卜商序詩曰 在心爲忠 發言爲詩 楊子雲亦曰 言心聲 蓋心也者 雖際天蟠地而常潛於寂默杳冥之間 不可以得見其形狀 必托於言而後顯 發於詩而後著 如金石無聲物也 叩之卽鳴 是以屈宋之憀慄 陶謝之閑澹 李杜之俊逸 雖千百載後 讀其詩 可以想見其爲人 皎然無一毫遺 則求欲知古人之情狀者 捨其詩奚以哉

주석 〖卜商(복상)〗 춘추시대 衛나라 사람으로, 字는 子夏며 孔子의 제자임 〖際〗 닿다 제 〖蟠〗 서리다 반 〖杳冥(묘명)〗 그윽하고 어두움 〖叩〗 두드리다 고 〖憀慄(료률)〗 슬퍼하고 가슴아파함 〖皎〗 깨끗하다 교

국역 옛날에 복상이 ≪시경≫서문에 이르기를, "마음에 있는 것이 충이 되고, 말

---

5) 이인로(1152, 의종 6~1220, 고종 7). 초명은 得玉. 字는 眉叟, 號는 雙明齋. 문벌귀족의 가문 출신이지만, 일찍이 부모를 여의고 華嚴僧統 요일(寥一) 밑에서 자랐다. 1170년(의종 24) 정중부의 난을 피해 승려가 되기도 했다. 환속하여 1180년(명종 10) 문과에 급제한 뒤 한림원에 보직되었다. 당시의 이름난 선비인 오세재·임춘 등과 죽림고회를 만들고 시와 술을 즐겼는데, 중국의 竹林七賢을 흠모한 문학 모임이었다. 그의 문학세계는 선명한 繪畫性을 통하여 탈속의 경지를 모색했으며, 文은 韓愈의 古文을 따랐고 詩는 蘇軾을 숭상했다. 최초의 詩話集인 ≪破閑集≫을 저술하여 한국문학사에 본격적인 비평문학의 길을 열었다. 이 책에는 자작시가 많이 들어 있는데, 자작시만 들어 있는 것도 13話에 이르고 있다. 또한 그는 用事 위주의 시론을 전개했다. 즉 시를 지음에 있어서 용사의 정묘함을 제일로 쳤으나, 그에 상응하는 여러 가지 요소가 갖추어져야 한다고 주장했다. 험벽(險辟: 뜻이 어렵고 잘 쓰지 않는 글자로, 이런 글자가 들어 있으면 시의 흐름이 매끄럽지 못함)한 용사는 배격했으며, 남의 문장을 본떠서 형식을 바꾸어도 새로운 뜻을 낼 수 없다고 했다. 또한 좋은 詩란 표현기교가 뜻을 따라야 하며 이를 위해서는 갈고 닦는 공을 더해야 한다고 했다. 그러나 이 역시도 가식을 뜻하는 것이 아니며 천연미를 위한 것이라고 했다. 저서로 ≪銀臺集≫ 20권, ≪後集≫ 4권, ≪쌍명재집≫ 3권, ≪파한집≫ 3권을 저술했다고 하나, 현재 ≪파한집≫만 전한다.

로 드러난 것이 시가 된다." 하였고, 양자운이 또한 말하기를, "말은 마음의 소리다." 하였다. 대개 마음은 비록 하늘에 닿고 땅에 서려 있지만, 항상 고요하고 잠잠하며 아득한 사이에 잠겨서 그 형상을 얻어 볼 수 없는 것이요, 반드시 말에 의탁한 뒤에야 나타나고 시에 나타난 뒤에야 드러나는 것이니, 마치 쇠나 돌은 소리 없는 물건이지만, 두들기면 울리는 것과 같다. 그러므로 굴원(屈原)·송옥(宋玉)의 요율이나, 도잠(陶潛)·사조(謝眺)의 한담이나, 이백(李白)·두보(杜甫)의 준일은, 비록 천백 년이 지난 뒤에도 그 시를 읽으면 그 사람됨이 깨끗하여 털끝만 한 흠도 없는 것을 상상할 수 있으니, 옛사람의 실상을 찾아서 알고자 하려면 그 시를 버려두고 어디에서 찾겠는가?

今我公 德爲一世師 位爲百辟長 旣納政居里第 怡神養性 不與世交 窅然獨遊無何有之鄕 其氣也浩浩 其心也休休 則其所以發於外而聲於詩者 可知也 公嘗與耆老諸公 始會於雙明齋 作詩以敍其事 弟大師公繼之 其詞雅麗而實有典刑宜播樂府 以傳於世 使後人皆得知我公不世之高致 則雖白公七老之會 無以尙矣僕爵與齒懸殊 不可以得列於數 而屢詣後塵 獲承咳唾之音 故集其詩而序之 凡屬和者 雖不詣會 皆列于左 謹序

주석 〖百辟(백벽)〗 =諸侯 〖怡神(이신)〗 정신을 위로하여 즐겁게 함 〖窅然(면연)〗 정신이 멍한 모양 〖無何有之鄕〗 ≪장자≫에 나오는 말로, 아무것도 없는 시골이라는 뜻으로, 세상의 번거로운 일이 없는 허무 자연의 樂土를 이름 〖浩浩(호호)〗 광대한 모양 〖休休(휴휴)〗 편안하고 한가로운 모양 〖耆老(기로)〗 耆老會로, 崔讜(1135~1211)이 쌍명재를 짓고 아우 崔詵(?~1209)과 함께 당시의 높은 벼슬아치 7명과 만든 모임 〖典刑(전형)〗 =正法 〖高致(고치)〗 고상한 운치 〖七老會(칠로회)〗 백거이가 만년에 洛陽에 살면서 9명의 친구를 초청하여 잔치를 벌였는데, 그중에 胡杲·吉皎·鄭據·劉眞·盧眞·張渾·白居易가 모두 70세 이상이라 七老會라 칭함 〖懸殊(현수)〗 현격한 차이가 남 〖後塵(후진)〗 사람이 지나간 뒤의 먼지로, 남과 자리를 같이한 것을 겸손하게 이름 〖咳唾(해타)〗 기침과 침으로, 기침과 침은 말할 때 나오므로 어른의 말의 敬稱으로 쓰임 〖屬〗 좇다 속 〖詣〗 가다 예

국역 지금 우리 공은 덕이 한 세상의 스승이 되고, 지위가 백관의 장이 되었으며, 이미 벼슬을 거두고 향리에 거처하여 정신을 즐겁게 하고 본성을 수양하며 세상과 더불어 교제하지 않았다. 그리고 모든 것을 다 잊고 홀로 무하유의 향에 노니니, 그 기운이 광대하고 그 마음이 화평하여, 그 겉에 나타나고 시에 들리는 것을 알 수 있다. 공이 일찍이 기로회의 여러 사람과 더불어 비로소 쌍명재에 모여 시를 지어 그 사실을 서술하고, 아우 태사공 최선이 그를 이었는데, 그 시가 아려하여 실로 전형이 있다. 마땅히 악부에 전파하여 세상에 전하게 하고, 후세 사람으로 하여금 모두 우리 공의 불세출의 고상한 풍치를 알 수 있게 한다면, 비록 백거이의 칠로회도 이보다 더할 수 없을 것이다. 나는 벼슬이나 나이가 많이 차이가 나서 그 기로회의 수에 들지는 못하나, 여러 번 말석에 나아가 말씀을 들을 수 있었다. 그러므로 그 시를 모아 서문을 쓴다. 무릇 따라 화답한 자는 비록 모임에 참여하지 아니하였더라도 모두 왼편에 열거하였다. 삼가 서한다.

감상 ● 이인로는 竹林高會의 중심적 인물로, 최당의 기로회에 아주 어린 나이에 참여하여 詩文 100여 수를 짓기도 하였다. 이인로는 이 글에서 기로회가 백거이의 칠로회보다 낫다고 찬미하고 있다. 이 점은 이인로가 중심이었던 죽림고회를 중국의 竹林七賢과 대비한 서술에서 새로운 해석이 가능하게 한다. 즉 이 죽림고회는 급진적 모임이 아니라, 무신의 세력 밑에서 문인의 동호인적 모임으로 자신들의 현실적 위치를 확보하는 작업이었다고 해야 할 것이다.

이 글은 詩는 心이라는 詩의 기원을 제시하고, 心과 詩는 내용과 형식의 관계로, 무형물인 心은 유형물인 詩를 빌려 자신을 드러내고 詩는 心이 없으면 존립할 수 없기 때문에 양자는 상보적 관계이다. 詩의 내용을 意라 하고 표현을 語라 할 때, 이인로는 이 중 어느 한쪽에 비중을 두지 않고 양자의 조화를 이상으로 삼고 있다.

참고논문 심호택, <이인로의 문학관>, ≪한국학논집≫제13집, 계명대 한국학연구소, 1986.

10. 〈臥陶軒記〉李仁老

讀其書考其世 想見其爲人 怳然如目擊 相與遊於語默之表 此孟軻所謂尙友也 誠不以古今爲阻 昔顏子曰 舜何人也 予何人也 有爲者亦若是 且舜以匹夫受帝堯之禪 五十載垂衣而理天下 至今仰之如日月 而顏子陋巷中一瓢之士也 自以爲鷄鳴而起 孜孜爲善 卽舜之用心也 何遠之有哉 此雖名分不同 而以意慕之者也

주석 〖怳然(황연)〗 비슷함 〖阻〗 막다 조 〖禪〗 물려주다 선 〖垂衣(수의)〗 帝王이 無爲로 다스림을 칭송한다는 뜻 〖一瓢之士(일표지사)〗 가난한 선비 〖孜孜(자자)〗 부지런한 모양

국역 그의 책을 읽으며 그의 세대를 고찰하고 그의 사람됨을 상상해 보면, 마치 눈으로 보는 듯하여 서로 말과 침묵 너머에서 교유할 수 있는 것이다. 이것이 맹가가 말한, "옛 사람과 사귀는 것"이니, 정말 예와 지금이라는 장벽이 없는 것이다. (≪맹자≫에) 옛날 안연이 말하기를, "순은 어떤 사람이며 나는 어떤 사람인가? 할 것이 있으면 또한 그와 같이 될 수 있다." 하였다. 또한 순은 평범한 사람으로서 요에게서 천하를 양도받아 50년 동안 옷을 드리우고 천하를 다스리어, 지금에 이르기까지 그를 해나 달처럼 우러르고 있다. 안자는 빈궁한 거리에서 가난하게 지낸 선비였으나, 스스로 "닭이 울면 일어나서 부지런히 선을 행하는 것이 곧 순의 마음 씀이었으니, 어찌 먼 데에 있겠는가?"라고 생각하였으니, 이것은 비록 명분은 같지 않을지라도 마음속으로 그를 사모한 것이다.

司馬長卿慕藺相如之爲人 自以爲名 夫相如趙之勇將也 完璧還趙 而使秦人束手 叱秦擊缶 而令趙史亦書 其雄恣偉膽 凜凜猶生 而長卿迺一介白面生耳 豈可以得其髣髴哉 然觀其二賦之作 雄偉不常 則其氣足以呑咸陽於胸中 而視秦皇不啻如机上肉 可知矣 此則事業不同 而以氣慕之者也

주석 『司馬長卿』 前漢의 문인인 司馬相如로 長卿은 그의 字이다. <子虛賦>·<上林賦> 등 賦에 뛰어나 양웅이 "장경의 賦는 인간에게서 나온 것이 아니라 신의 조화로 이룬 것이다."라고 할 정도였다고 함 『完璧(완벽)』 인상여가 秦나라의 요구에 옥을 온전히 하여 趙나라로 되돌려온 것에서, 완전무결을 의미함 『叱』 꾸짖다 질 『缶』 술을 담는 그릇으로, 동이처럼 생겼는데 엎어놓고 연주함 『凜凜(름름)』 위풍이 있는 모양 『髣髴(방불)』 비슷함 『啻』 뿐 시 『机』 도마 궤

국역 사마상여는 인상여의 인품을 사모하여 스스로 그의 이름을 자기의 이름으로 삼았다. 상여는 조나라의 용맹한 장수였다. 구슬을 완전히 간수하여 조나라에 돌려보냈으나 진나라 사람이 속수무책이었고, 진나라의 왕을 꾸짖어 부를 두들기게 하고 조나라의 사관으로 하여금 이를 기록하게 하였다. 그의 씩씩한 모습과 대담한 뱃심은 살아 있는 듯 위풍이 당당하였다. 그런데 장경은 이에 한낱 백면서생일 뿐이니, 어찌 그와 비슷한 점을 찾아볼 수 있겠는가? 그러나 그가 지은 부 두 작품을 보면 씩씩하고 대담함이 보통이 아니었다. 곧 그의 기운은 함양을 가슴속에 집어삼킬 듯하였고, 진시황 보기를 도마 위에 올려놓은 고기 덩이만큼도 생각하지 않았다. 이것은 사업은 서로 다르더라도 기로써 그를 사모한 것임을 알 수 있다.

夫陶潛晉人也 僕生於相去千有餘歲之後 語音不相聞 形容不相接 但於黃卷間時時相對 頗熟其爲人 然潛作詩 不尙藻飾 自有天然奇趣 似枯而實腴 似踈而實密 詩家仰之 若孔門之視伯夷也 而僕呻吟至數千篇 語多滯澁 動有痕纇 一不及也 潛在郡八十日 卽賦歸去來 乃曰 我不能爲五斗米 折腰向鄕里小兒 解印便去 而僕從宦三十年 低徊郎署 鬚髮盡白 尙爲齷齪樊籠中物 二不及也 潛高風逸迹

爲一世所仰戴 以刺史王弘之威名 親邀半道 廬山遠公之道韻 尙呼蓮社 而僕親交者棄 孑然獨處 常終日無與語者 三不及也 至若少好閑靜 懶於參尋 高臥北窓淸風自至 此則可以拍陶潛之肩矣 是以闢所居北廡 以爲棲遲之所 因取山谷集中臥陶軒以名之

주석 〖黃卷(황권)〗 옛날 책이 좀 먹는 것을 방지하기 위해 황벽나무의 內皮로 염색한 황색종이를 썼으므로, 책을 이름 〖藻飾(조식)〗 문장을 수식함 〖腴〗 기름지다 유 〖澁〗 껄끄럽다 삽 〖痕〗 자취 흔 〖纇〗 흠 뢰 〖低徊(저회)〗 고개를 숙이고 배회함 〖郎署(랑서)〗 중요하지 않는 公務에 종사하는 하급관리 〖鬚〗 수염 수 〖齪〗 작다 착 〖樊籠(번롱)〗 새장으로, 자유를 속박당한 좁은 경계 〖戴〗 받들다 대 〖韻〗 운치 운 〖孑〗 외롭다 혈 〖懶〗 게으르다 라 〖參尋(참심)〗 방문함 〖拍〗 치다 박 〖闢〗 넓히다 벽 〖廡〗 집 무 〖棲遲(서지)〗 은퇴하여 살거나 놀며 지냄

국역 저 도잠은 진나라 사람이요, 나는 서로의 거리가 1천여 년이나 뒤에 난 사람이다. 말소리도 서로 듣지 못하였고 얼굴도 서로 대하지 못하였으나, 다만 책을 통하여 때때로 서로 대하게 되어 그의 인품을 상당히 익숙하게 알게 되었다. 그런데 도잠은 시를 짓는 데 수식을 숭상하지 아니하면서도 저절로 자연스러운 특수한 운치가 있었다. 메마른 듯하나 사실은 풍부하였고, 엉성한 듯하나 사실은 치밀하였다. 시인들은 그를 우러러보기를 공자의 문하에서 백이를 보는 것과 같이 생각하였다. 그런데 나는 신음하듯 시를 지은 것이 수천 편에 달하였으나 말이 막히고 껄끄러운 것이 많고 걸핏하면 흔적이 남아 있다. 이것이 내가 첫째로 미치지 못하는 것이다. 잠은 군수로 있은 지 80일 만에 곧 <귀거래사(歸去來辭)>를 읊으며, 이르기를, “나는 쌀 다섯 말 때문에 시골 어린아이에게 허리를 굽힐 수 없다.” 하고 인끈을 풀어놓고 곧 떠나 버렸다. 그런데 나는 벼슬살이 30년에 낭서에서 머뭇거리면서 수염과 머리털이 다 허옇게 되었는데도, 오히려 악착스럽게 새장 속의 물건이 되었으니, 이것이 둘째로 내가 미치지 못하는 것이다. 잠은 고상한 풍모와 뛰어난 행적이 한 시대 사람들이 우러러보는 바가 되어, 자사인 왕홍같이 위엄과 명망이 있는

이도 친히 오는 중간 지점까지 마중을 나오게 했으며, 여산의 혜원(慧遠)같이 도와 운치 있는 사람도 오히려 백련사(白蓮社)에 불러들였다. 그런데 나는 친구들에게 모두 버림을 받고 외롭게 홀로 있으면서 언제나 하루 종일 같이 얘기할 사람이 없으니, 이것이 내가 셋째로 미치지 못하는 것이다. 다만 어려서부터 한가롭고 고요함을 좋아하였으며 사람을 방문하는 데에 게으르고, 북으로 난 창 앞에 높이 누워 있으면 맑은 바람이 저절로 불어오니, 이것은 도잠과 어깨를 나란히 할 수 있을 것이다. 그러므로 살고 있는 집의 북쪽 행랑을 넓혀서 거처하는 곳으로 만들고, 이어 황산곡(黃山谷)의 시집 가운데에 나오는 '와도헌'이란 말을 가지고 그것에 이름을 붙였다.

或者疑之曰 子於陶潛 所同者無幾 而所不可及者多矣 猶自以比之宜歟 僕應之曰 夫騏驥之足 一日千里 駑馬十駕亦至 溪澗之水 萬折而東流 終至於海 僕雖不及陶潛高趣之一毫 苟慕之不已 則亦陶潛也 不猶愈於以意慕舜而以氣慕藺者乎 李太白有詩云 陶令日日醉 不知五柳春 淸風北窓下 因謂羲皇人 雖於我亦云可也 記

주석 〖騏驥(기기)〗 =千里馬 〖澗〗 산골물 간 〖羲皇人(희황인)〗 伏羲氏 시대인 태곳적의 사람이라는 뜻으로, 속세를 떠나 한가히 지내는 사람을 이름

국역 어떤 사람이 그것을 의심하여 말하기를, "그대는 도잠과 서로 같은 것은 거의 없고 미치지 못하는 것이 많은데도, 오히려 스스로 그에게 견주는 것이 마땅한가?" 하였다. 나는 그에게 대답하기를, "저 천리마의 발이 하루에 천 리를 달리는데, 노둔한 말이라도 10배를 달리면 또한 따를 수 있고, 계곡의 물도 만 번을 굽이치면 동쪽으로 흐르다가 마침내는 바다에 이르게 되는 것이다. 내가 비록 도잠의 높은 뜻을 조금도 미치지 못하나, 만일 그를 사모하기를 그치지 않는다면 또한 도잠이 될 수 있을 것이다. 이것이 오히려 마음으로 순을 사모하고 기로 인상여를 그리워하는 것보다 낫지 않겠는가?" 하였다. 이태백의 시에 이르기를, "도잠은 매일매일 술에 취하여, 오류에 봄이 온 줄 미처 모르네. 맑은 바람 부는 북쪽 창 아래에

서, 태곳적 사람이라 자칭한다지.”라 하였으니, 비록 나에게도 또한 이렇게 말해도 괜찮을 것이다. 기를 쓴다.

감상 ● 이인로는 임춘과는 달리 성실론자요 신중론자였다. 그렇기에 글을 지음에 있어서도 鍊琢을 중요시하였다. 위의 글은 이러한 연탁의 문제를 잘 보여주고 있다. 이인로가 “나는 신음하듯 시를 지은 것이 수천 편에 달했다.”라는 구절은 이인로가 평생토록 염두에 두었던 문학상의 한 경향으로서 문학론에서의 다른 어떤 문제보다도 연탁을 중시하였음을 알 수 있다. 이 글은 안연과 사마상여, 도잠과 자신과의 대비를 통해 제시하고자 하는 주제를 선명히 부각시키고 있다. 또한 혹자와의 문답이나 이태백의 詩를 삽입하는 것으로, 記의 사실성 전달만의 기능에서 벗어나고자 하는 작자의 고도의 의식을 엿볼 수 있다.

참고논문 이종묵, <李仁老의 漢詩作法과 詩世界>, ≪한국한시작가연구 1≫, 태학사, 1995.

11. 〈答全履之論文書〉李奎報[6]

月日 某頓首履之足下 間闊未覿 方深渴仰 忽蒙辱損手教累幅 奉翫在手 尙未釋去 不惟文彩之曄然 其論文利病 可謂精簡激切 直觸時病 扶文之將墮者已 甚善甚善 但書中譽僕過當 至況以李杜 僕安敢受之 足下以爲世之紛紛效東坡而未至者 已不足道也 雖詩鳴如某某輩數四君者 皆未免效東坡 非特盜其語 兼攘取其意 以自爲工 獨吾子不襲蹈古人 其造語皆出新意 足以驚人耳目 非今世人比 以此見褒抗僕於九霄之上 玆非過當之譽耶

주석 〖足下(족하)〗 대등한 사람에 대한 敬稱 〖覿〗 만나보다 적 〖辱〗 남에게 분수에 넘치는 호의를 받아서 이를 욕되게 하였다는 뜻으로, 대단히 죄송한 동시에

6) 이규보(1168, 의종 22~1241, 고종 28). 字는 春卿, 초명은 인저(仁低), 號는 白雲居士 · 止軒 · 三酷好先生. 9세 때 이미 신동으로 알려졌으며 소년시절 술을 좋아하며 자유분방하게 지냈는데, 科擧의 글을 하찮게 여기고 竹林高會의 詩會에 드나들었다. 이로 인해 16, 18, 20세 3번에 걸쳐 司馬試에서 낙방했다. 23세 때 진사에 급제했으나 이런 생활을 계속함으로써 출세의 기회를 얻지 못했다. 개성 천마산에 들어가 백운거사를 자처하고 시를 지으며 莊子사상에 심취했다. 26세 때 개성에 돌아와 궁핍한 생활을 하면서 당시 문란한 정치와 혼란한 사회를 보고 크게 각성하여 <東明王篇> 등을 지었다. 그 뒤 최충헌 정권에 詩文으로 접근하여 문학적 재능을 인정받고 32세부터 벼슬길에 오르게 되었다. 권력에 아부한 지조 없는 문인이라는 비판이 있으나 대 몽골 항쟁에 강한 영도력이 필요하다는 판단으로 정권에 협조했다고 보는 시각도 있다. 그는 우리 민족에 대해 커다란 자부심을 갖고 외적의 침입에 대해 단호한 항거정신을 가졌다. 국란의 와중에 고통을 겪는 농민들의 삶에도 주목, 여러 편의 시를 남기기도 했다. 그의 문학은 자유분방하고 웅장한 것이 특징인데, 당시 이인로 계열의 문인들이 형식미에 치중한 것에 반해 氣骨 · 意格을 강조하고 新奇와 創意를 높이 샀다.

영광스럽다는 겸사말 〚損〛 상대방 편지에 대한 경칭 〚手敎(수교)〛 상대방의 편지를 높인 말 〚翫〛 즐기다 완 〚曄〛 빛나다 엽 〚激切(격절)〛 과격하고도 절실함 〚況〛 비유하다 황 〚噵〛 =道 말하다 도 〚特〛 다만 특 〚攘〛 훔치다 양 〚襲蹈(습도)〛 답습함 〚褒〛 칭찬하다 포 〚抗〛 들다 항 〚九霄(구소)〛 =九天 하늘

국역 모월 모일 아무개는 이지 족하에게 머리를 조아립니다. 한참 동안 보지 못하여 바야흐로 매우 목마르게 사모하던 차에, 갑자기 보낸 여러 폭 편지를 받게 되어, 받들고 보느라 손에 들고 언제까지 놓지를 못하였습니다. 문채가 빛날 뿐만 아니라, 문장의 이익과 병폐를 논한 것이 정밀하고도 간결하며 과격하고도 절실하여 바로 시속의 병폐를 찔러, 장차 무너지게 된 문장을 붙잡은 것이라 하겠으니, 매우 훌륭하고도 훌륭한 일입니다. 다만 편지 안에 나를 지나치게 추어올려 이백과 두보에게 비하기까지 하였으니, 내가 어찌 감히 감당할 일이겠습니까? 족하가 생각하기를 '세상에서 어지럽게 동파 소식(蘇軾)을 모방하여 따라가지 못한 사람들은 이미 말할 것도 없고, 비록 시로 명성이 있는 아무개 몇 사람들도 모두 동파를 모방하는 데에서 벗어나지 못하여, 다만 그의 어구를 도용할 뿐 아니라 아울러 그 뜻까지 낚아채어 스스로를 뛰어나다고 여기는데, 홀로 그대만이 옛사람의 것을 답습하지 아니하고 만든 말이 모두 새로운 뜻에서 나와, 사람들의 이목을 놀라게 할 만하니, 요즘 사람들에 비할 바가 아니다.' 하여, 이로써 나를 하늘 위로 칭찬하며 추어올려 주시니, 이는 지나친 칭찬이 아니겠습니까?

獨其中所謂之創造語意者　信然矣　然此非欲自異於古人而爲之者也　勢有不得已而然耳　何則　凡效古人之體者　必先習讀其詩　然後效而能至也　否則剽掠猶難　譬之盜者　先窺諜富人之家　習熟其門戶墻籬　然後善入其室　奪人所有　爲己之有　而使人不知也　不爾　未及探囊胠篋　必見捕捉矣　財可奪乎　僕自少放浪無檢　讀書不甚精　雖六經子史之文　涉獵而已　不至窮源　況諸家章句之文哉　旣不熟其文　其可效其體盜其語乎　是新語所不得已而作也

주석 〖剽掠(표략)〗 =剽竊 남의 문장을 훔침 〖窺諜(규첩)〗 몰래 엿보다 〖爾〗 그러하다 이 〖囊〗 주머니 낭 〖胠〗 열다 거 〖篋〗 상자 협 〖六經(륙경)〗 ≪易經≫·≪書經≫·≪詩經≫·≪春秋≫·≪禮記≫·≪樂記≫ 여섯 가지 경서 〖涉獵(섭렵)〗 여러 가지 책을 널리 읽음

국역 다만 그중에 말한 '어의를 창조했다'는 것은 진실로 그러합니다. 그러나 이것은 스스로 옛사람과 다르게 하려고 한 것이 아니라, 사세가 부득이 그렇게 된 것일 뿐입니다. 왜냐하면 무릇 옛사람의 체를 본뜨는 자는 반드시 먼저 그의 시를 익숙하게 읽은 후에 본받아 이르게 되는 것이요, 그렇지 않으면 표절하기도 오히려 어려운 것입니다. 비유컨대, 도둑은 먼저 부잣집을 엿보아 그 문과 담장에 익숙해진 뒤에야, 그 집에 슬쩍 들어가 남의 소유를 훔쳐 자기 것으로 만들면서도 남들이 알지 못하게 하는 것과 같은 것입니다. 그렇지 않으면 주머니를 더듬고 상자를 들추기도 전에 반드시 잡힐 것이니, 재물을 훔칠 수 있겠습니까? 나는 젊어서부터 방랑하고 단속함이 없었으며 글 읽음이 그다지 정밀하지 못하여, 비록 육경·자·사 같은 글도 섭렵만 하였을 뿐 근원을 궁구하지 못하였는데, 더구나 제가의 장구를 다룬 글이겠습니까? 이미 그 글에 익숙하지 못하면서 그 체를 본뜨고 그 어구를 표절할 수 있겠습니까? 이것이 신어가 부득이 만들어지게 된 이유입니다.

且世之學者 初習場屋科擧之文 不暇事風月 及得科第 然後方學爲詩 則尤嗜讀東坡詩 故每歲榜出之後 人人以爲今年又三十東坡出矣 足下所謂世之紛紛者是已 其若數四君者 效而能至者也 然則是亦東坡也 如見東坡而敬之可也 何必非哉 東坡近世以來 富贍豪邁 詩之雄者也 其文如富者之家金玉錢貝 盈帑溢藏無有紀極 雖爲寇盜者所嘗攘取而有之 終不至於貧也 盜之何傷耶 且孟子不及孔子 荀楊不及孟子 然孔子之後 無大類孔子者 而獨孟子效之而庶幾矣 孟子之後無類孟子者 而荀楊近之 故後世或稱孔孟 或稱軻雄荀孟者 以效之而庶幾故也向之數四輩 雖不得大類東坡 亦效之而庶幾者也 焉知後世不與東坡同稱 而吾子何拒之甚耶 然吾子之言 亦豈無所蓄而輕及哉 姑藉譽僕 將有激於今之人耳

주석 『場屋(장옥)』 科擧 시험장 『榜』 방목 방(과거 급제자의 성명을 공시하는 발표서) 『帑』 창고 탕 『紀極(기극)』 끝 『大類(대류)』 매우 비슷하다 『軻雄(가웅)』 軻는 孟子의 이름이고, 雄은 楊子의 이름임 『姑』 잠시 고 『藉』 구실삼다 자 『激』 격려하다 격

국역 또 세속의 배우는 사람들은 처음에는 과장의 과거 공부를 익히느라 풍월을 익힐 틈이 없다가, 과거에 합격한 후에야 바야흐로 시 짓기를 배우게 되는데, 더욱 동파의 시를 즐겨 읽으므로 해마다 방이 나붙게 되면 사람들이 '올해도 동파가 30명 나왔다.'고 하게 되는 것입니다. 그대가 말한 '세상에서 어지러운' 자가 이들입니다. 그중의 서너 사람은 모방하여 이를 수 있는 사람들입니다. 그렇다면 이 역시 동파이니, 동파를 보는 듯이 공경함이 옳지, 어찌 꼭 비방할 필요가 있겠습니까? 동파는 근세 이래로 부섬하고 호매하여 시에 뛰어난 사람입니다. 그의 문장은 마치 부잣집에 금옥과 돈·패물이 창고에 가득하고 넘쳐 끝이 없어, 비록 도둑이 훔쳐 가지더라도 끝내 가난해지지 않는 것과 같으니, 도둑질한들 어찌 해롭겠습니까? 또한 맹자는 공자에 미치지 못하고, 순자·양자는 맹자에 미치지 못합니다. 그러나 공자 다음에는 공자와 똑같은 사람이 없이 홀로 맹자가 본받아 거의 공자에 달했고, 맹자 다음에는 맹자와 같은 사람이 없이 순자·양자가 가까웠습니다. 그러므로 후세에 혹은 공·맹이라 하고, 혹은 가·웅이니 순·맹이니 하는 것은, 본받아 거의 달했기 때문입니다. 앞의 세네 사람들이 비록 동파와 매우 비슷할 수는 없으나 역시 본받아 거의 달했으니, 어찌 후세에 동파와 같이 일컫지 않을지 알겠습니까만, 그대가 어찌 이다지도 거절하십니까? 그러나 그대의 말이 또한 어찌 쌓인 것이 없이 경솔하게 언급한 것이겠습니까? 잠시 나를 추켜올려줌으로써 장차 요즈음 사람들에게 충격을 주려는 것일 것입니다.

昔李翺曰 六經之詞 創意造言 皆不相師 故其讀春秋也 如未嘗有詩 其讀詩也 如未嘗有易 其讀易也 如未嘗有書 若山有恒華 瀆有淮濟 夫六經者 非欲夸衒詞華 要其歸 率皆談王霸論道德與夫政教風俗興亡理亂之源者也 其辭意宜若有相

襲 而其不同如此 所謂今人之詩 雖源出於毛詩 漸復有聲病儷偶依韻次韻雙韻之制 務爲雕刻穿鑿 令人局束不得肆意 故作之愈難矣 就此繩檢中 莫不欲創新意臻妙極 而若攘取古人已道之語 則有許底功夫耶

주석 〖師〗 본받다 사 〖瀆〗 큰강 독(四瀆은 揚子江·黃河·淮水·濟水) 〖夸衒(과현)〗 자랑해 과시함 〖率〗 대강 솔 〖聲病(성병)〗 평측·성률이 맞지 않는 것 〖儷偶(려우)〗 =對偶 〖依韻(의운)〗 和韻의 일종으로, 原作의 문자에 구애하지 않고 동일한 운속의 글자를 사용하는 것 〖次韻(차운)〗 남이 지은 시의 韻字를 그대로 사용해서 짓는 것 〖雙韻(쌍운)〗 두 글자로 된 숙어의 위아래 글자의 발음이 다 같이 자음으로 되는 雙聲과 같은 운으로 어미뿐만 아니라 위 글자도 또한 同韻인 疊韻 〖穿鑿(천착)〗 =牽强附會 〖繩檢(승검)〗 바로잡고 단속함 〖臻〗 이르다 진 〖許底(허저)〗 무슨, 어떤의 의미로 語錄體에 쓰임

국역 옛날 이고가 말하기를 '육경의 말은 뜻을 만들고 말을 만들어 모두 서로 모방하지 않았기 때문에, ≪춘추≫를 읽을 적에는 일찍이 ≪시경≫이 있지 않은 듯했고, ≪시경≫을 읽을 적에는 일찍이 ≪역경≫이 있지 않은 듯했으며, ≪역경≫을 읽을 적에는 일찍이 ≪서경≫이 있지 않은 듯하여, 마치 산에 항산(恒山)과 화산(華山)이 있고, 강에 회수(淮水)와 제수(濟水)가 있는 것과 같다.'고 하였습니다. 무릇 육경은 화려하게 말을 과시하려 한 것이 아니라, 그 귀추를 요약하면 대략 모두 왕도와 패도를 말하고 도덕을 논하며, 그 정교와 풍속, 흥망과 치란의 근원을 말한 것이니, 그 말의 뜻이 마땅히 서로 답습되었을 듯하나, 그 같지 않기가 이러합니다. 소위 요즈음 사람들의 시라는 것은 비록 그 근원이 ≪시경≫에서 나온 것이나, 점차로 다시 성병·여우·의운·차운·쌍운이니 하는 격식이 있어, 아로새기고 견강부회에 힘쓰느라 사람으로 하여금 속박되어 뜻대로 할 수 없게 하므로 짓기가 더욱 어렵습니다. 그러나 그런 제약 속에서도 새로운 뜻을 창작하고 묘미를 극대화하려 하지 않을 수 없으니, 만일 옛사람이 이미 말한 어구만 낚아챈다면 무슨 공부가 되겠습니까?

請以聲律以來 近古詩人言之 有若唐之陳子昂李白杜甫李翰李邕楊王盧駱之輩 莫不汪洋閎肆 傾河淮倒瀛海 騁其豪猛者也 未聞有一人效前輩某人之體 刲剝其骨髓者 其後又有韓愈皇甫湜李翺李觀呂溫盧同張籍孟郊劉柳元白之輩 聯鑣竝轡 馳驟一時 高視千古 亦未聞效陳子昂若李杜楊王而屠割其膚肉者 至宋又有王安石司馬光歐陽脩蘇子美梅聖兪黃魯直蘇子瞻兄弟之輩 亦無不撐雷裂月 震耀一代 其效韓氏皇甫氏乎 效劉柳元白乎 吾未見其刲剝屠割之迹也 然各成一家 梨橘異味 無有不可於口者

주석 〖聲律(성률)〗 平・上・去・入의 四聲 규칙에 의해 짓는 시 〖近古(근고)〗 연대가 과히 멀지 아니한 옛적 〖汪洋(왕양)〗 넓고 큰 모양 〖閎肆(굉사)〗 문장의 내용이 풍부하고 필치가 변화무쌍함 〖瀛〗 큰바다 영 〖騁〗 펴다 빙 〖刲剝(규박)〗 베어 벗겨냄 〖鑣〗 재갈 표 〖轡〗 고삐 비 〖驟〗 달리다 취 〖屠〗 죽이다 도 〖撐〗 밀다 탱 〖耀〗 빛나다 요 〖橘〗 귤 귤

국역 청컨대, 성률이 생긴 이래 근고의 시인들을 말한다면, 당대의 진자앙・이백・두보・이한・이옹・양형・왕발・노조린・낙빈왕의 무리는 왕양하고 굉사하여 황하와 회수를 기울이고 큰 바다를 넘어뜨린 듯 그 호맹한 기운을 구사하지 않은 사람이 없으나, 하나도 선배 아무의 체를 본받아 그 골수를 빼어 먹었다는 말은 아직 듣지 못하였습니다. 그 후에 또 한유・황보식・이고・이관・여온・노동・장적・맹교・유우석・유종원・원진・백거이의 무리가 말 재갈과 고삐를 나란히 하고 한때에 달려 모여 천고에 높이 보였으나, 또한 진자앙이나 이백・두보・양형・왕발을 모방하여 그의 살과 고기를 베어 먹었다는 것을 듣지 못하였습니다. 송대에 와서 또한 왕안석・사마광・구양수・소자미・매성유・황노직・소자첨 형제의 무리가 있어 또한 우레를 헤치고 달을 밝히듯 한 시대에 휘황하지 않은 적이 없었지만, 그들이 한유나 황보식을 모방하고, 유우석・유종원・원진・백낙천을 모방하였습니까? 나는 빼어 먹거나 베어 먹은 자취를 보지 못하였습니다. 그러나 제각기 일가를 이룸으로써, 배와 귤이 맛은 다르나 입에 맞지 않는 것이 없는 것과 같았습니다.

夫編集之漸增 蓋欲有補於後學 若皆相襲 是沓本也 徒耗費楮墨爲耳 吾子所以貴新意者蓋此也 然古之詩人 雖造意特新也 其語未不圓熟者 蓋力讀經史百家古聖賢之說 未嘗不熏鍊於心 熟習於口 及賦詠之際 參會商酌 左抽右取 以相資用 故詩與文雖不同 其屬辭使字 一也 語豈不至圓熟耶 僕則異於是 旣不熟於古聖賢之說 又恥效古詩人之體 如有不得已及倉卒臨賦詠之際 顧乾涸無可以費用則必特造新語 故語多生澁可笑 古之詩人 造意不造語 僕則兼造語意無愧矣 由是世之詩人 橫目而排之者衆矣 何吾子獨過美若是之勤勤耶

주석 〖沓〗 겹치다 답 〖楮〗 종이 저 〖熏〗 감동시키다 훈 〖賦詠(부영)〗 詩歌 등을 지음 〖參會(참회)〗 회합하다 〖商酌(상작)〗 헤아리고 참작함 〖屬〗 엮다 속 〖使〗 쓰다 사 〖美〗 칭찬하다 미

국역 무릇 편집된 것이 점차 많아짐은 대개 후학들에게 보탬이 있으려는 것인데, 만약 모두 서로 답습만 한다면 이는 탑본을 하는 것이니, 다만 종이와 먹을 허비하는 짓입니다. 그대가 새로운 뜻을 귀중히 여김은 대개 이래서일 것입니다. 그러나 옛 시인들이 비록 만든 뜻이 특히 새로워도 그 어구가 원숙하지 않은 것이 없었던 것은 대개 경·사·백가와 옛 성현의 말을 힘써 읽어 일찍이 마음에 훈도시켜 세련되지 않은 것이 없고 입에 익숙하지 아니한 것이 없어서, 시를 지을 즈음에는 참조하고 헤아려 여기저기서 가져다가 서로 바탕으로 썼기 때문입니다. 그러므로 시와 문이 비록 같지 않지만 말을 만들고 글자를 씀이 한결같았던 것이니, 어구가 어찌 원숙하게 되지 않겠습니까? 나는 이와 달라 이미 옛 성현의 말에 익숙하지 못하고, 또한 옛 시인의 체를 모방하기를 부끄러워하여, 만일 부득이하거나 창졸간에 시를 짓게 될 경우가 생겨서, 생각해도 고갈되어 가져다가 쓸 말이 없으면 반드시 새로운 어구를 특별히 만들기 때문에, 어구가 생소하고 까다로운 것이 많으니 우스운 일입니다. 옛 시인들은 뜻을 창조하였지 어구를 창조하지는 않았는데, 나는 뜻과 어구를 아울러 창조하고도 부끄러움이 없습니다. 이 때문에 세상의 시인들이 눈을 부릅뜨고 배격하는 사람이 많은데, 어찌 그대만이 이와 같이 힘써 과찬을 하십니까?

嗚呼 今世之人 眩惑滋甚 雖盜者之物 有可以悅目 則第貪翫耳 孰認而詰其所由來哉 至百世之下 若有人如足下者 判別其眞贋 則雖善盜者 必被擒捕 而僕之生澁之語 反見褒美 類足下今日之譽 亦所未知也 吾子之言 久當驗焉 不宣 某再拜

주석 〖滋〗 더욱 자 〖第〗 다만 제 〖詰〗 묻다 힐 〖贋〗 가짜 안 〖澁〗 껄끄럽다 삽

국역 아! 요즘 세상 사람은 현혹됨이 더욱 심하여, 비록 도둑놈의 물건이라도 눈을 기쁘게 할 수 있는 것이 있으면 다만 탐하며 구경하려들 뿐입니다. 누가 알아보고 그 유래를 따지겠습니까? 백세 뒤라도 만일 그대와 같은 사람이 있어, 그 진짜인지 가짜인지를 판별하게 된다면, 비록 도둑질을 잘하는 사람이더라도 반드시 잡힐 것입니다. 나의 생소하고 깔깔한 말이 도리어 그대의 오늘날 칭찬과 같이 기리고 칭찬받게 되니, 정말 알 수 없는 일입니다. 그대의 말은 오래되어야 마땅히 증험하게 될 것입니다. 다 말하지 못하고, 모는 재배합니다.

감상 ● 이 글은 이규보의 문학사상이 잘 나타나 있는 중요한 글이다. 이 글에서 이규보는 화려한 문장을 기본으로 한 詞章 중심의 科擧文學과 맹목적인 蘇軾의 문학을 수용하는 태도에 대해 부정적 시각을 지니고 있음을 보여주고 있다.

또한 이규보는 자신의 詩作 원칙은 독창적인 造語(新語)나 造意를 통해 神意를 추구하는 데 있음을 객관적으로 전달하고 있다. 아울러 그는 당시의 사람들이 성률, 대우 등의 시의 형식적 요소에 구속되어, 전정한 意境을 창출하는 데 한계가 있음을 비판하였다. 이러한 인식에서 그는 당시의 지배적인 경향에 반발하여 기존의 관습을 답습하지 않고 자신만의 독특한 창작 방법을 내세웠던 것이다.

참고논문 하강진, ≪이규보의 문학이론과 작품세계≫, 세종출판사, 2001.
김시업, <이규보의 신의론과 시의 특질>, ≪한국한문학연구≫제3－4집, 한국한문학회, 1978～1979.

12. 〈論詩中微旨略言〉李奎報

夫詩以意爲主 設意尤難 綴辭次之 意亦以氣爲主 由氣之優劣 乃有深淺耳 然氣本乎天 不可學得 故氣之劣者 以雕文爲工 未嘗以意爲先也 蓋雕鏤其文 丹青其句 信麗矣 然中無含蓄深厚之意 則初若可翫 至再嚼則味已窮矣

주석 〖綴〗 짓다 철 〖雕〗 새기다 조 〖嘗〗 항상 상 〖鏤〗 아로새기다 루 〖翫〗 즐기다 완 〖嚼〗 음미하다 작

국역 대저 시는 뜻을 주로 삼으니, 뜻을 베푸는 것이 가장 어렵고, 말을 만드는 것이 그 다음이다. 뜻은 또 기를 주로 삼으니, 기의 우열에 따라 이에 얕고 깊음이 생기게 된다. 그러나 기는 하늘에 근본을 둔 것이니, 배워서 얻을 수는 없다. 그러므로 기가 졸렬한 사람은 문장을 수식하는 것을 뛰어나다고 여겨, 항상 뜻을 우선으로 삼지 않는다. 대개 그 문장을 다듬고 문구를 수식하니, 진실로 화려하기는 하나 속에 함축된 심후한 뜻이 없으면, 처음에는 볼 만한 것 같지만, 재차 음미하면 이미 그 맛이 없어지고 만다.

雖然 凡自先押韻 似若妨意 則改之可也 唯於和人之詩也 若有險韻 則先思韻之所安 然後措意也 至此寧且後其意耳 韻不可不安置也 句有難於對者 沈吟良久 想不能易得 則卽割棄不惜 宜矣 何者 計其間儻足得全篇 而豈可以一句之故至一篇之遲滯哉 有及時備急則窘矣 方其構思也 深入不出則陷 陷則着 着則迷迷則有所執而不通也 惟其出入往來 左之右之 瞻前顧後 變化自在 而後無所礙

而達于圓熟也 或有以後句救前句之弊 以一字助一句之安 此不可不思也 純用淸苦爲體 山人之格也 全以姸麗裝篇 宮掖之格也 惟能雜用淸警雄豪姸麗平淡 然後備矣 而人不能以一體名之也

주석 〖押韻(압운)〗 같은 운자를 句脚에 넣는 것 〖險韻(험운)〗 잘 쓰이지 않은 운자 〖沈吟(침음)〗 깊이 생각함 〖良久(량구)〗 한참 지남 〖儻〗 혹시 당 〖窘〗 군색하다 군 〖構〗 얽다 구 〖瞻〗 보다 첨 〖自在(자재)〗 지장이 없음 〖礙〗 막다 애 〖淸苦(청고)〗 시문이 淸峻하고 寒苦함 〖宮掖(궁액)〗 대궐

국역 비록 그렇기는 하지만, 무릇 스스로 먼저 압운한 것이 뜻을 해칠 것 같으면 운자를 고치는 것이 좋다. 오직 다른 사람의 시에 화답할 경우에, 만약 험운이 있으면 먼저 운자의 안치할 곳을 생각한 다음에 뜻을 안배해야 한다. 여기에 이르러서는 차라리 그 뜻을 다음으로 할지언정 운자는 안치하지 않을 수 없다. 글귀 중에 대를 맞추기가 어려운 것이 있으면 한참 동안 깊이 생각하고 나서 쉽게 얻을 수 없는 것이라고 생각되면 곧 베어 버리고 아까워하지 않는 것이 마땅하다. 왜냐하면 생각하는 그 사이에 혹 전편을 지을 수도 있기 때문이니, 어찌 한 글귀 때문에 한 편이 지체되어서야 되겠는가? 그때를 당하여 급하게 지으면 군색하기 마련이다. 바야흐로 구상할 때에 깊이 들어가서 벗어나지 못하면 빠지게 되고, 빠지면 고착되고, 고착하면 미혹되고, 미혹하면 집착되어 통하지 못하게 된다. 오직 출입왕래하며 좌우전후로 두루 생각하여, 변화가 자재하게 한 뒤에야 막힌 바가 없어 원숙함에 이른다. 혹은 뒷글귀로 앞글귀의 폐단을 구제하기도 하고, 한 글자로 한 글귀의 완전함을 돕기도 하는 것이 있으니, 이것은 생각하지 않을 수 없는 것이다. 순전히 청고로 시체를 삼으면 산에 사는 사람의 격이요, 순전히 화려한 말로 시편을 장식하면 궁액의 격이다. 오직 청경·웅호·연려·평담을 섞어 쓸 수 있는 다음에야 제대로 갖추어진 것이니, 사람들은 한 가지 체로 이름 낼 수 없다.

詩有九不宜體 是予所深思而自得之者也 一篇內多用古人之名 是載鬼盈車體也

攘取古人之意 善盜猶不可 盜亦不善 是拙盜易擒體也 押强韻無根據處 是挽弩不勝體也 不揆其才 押韻過差 是飮酒過量體也 好用險字 使人易惑 是設坑導盲體也 語未順而勉引用之 是强人從己體也 多用常語 是村父會談體也 好犯語忌 是凌犯尊貴體也 詞荒不刪 是莨莠滿田體也 能免此不宜體格 而後可與言詩矣

주석 〖攘〗 훔치다 양 〖擒〗 사로잡다 금 〖强韻(강운)〗 =險韻 〖弩〗 쇠뇌 노 〖揆〗 헤아리다 규 〖差〗 등급, 정도 차 〖坑〗 구덩이 갱 〖莨〗 수크령 랑(소나 말에게 먹이는 풀의 일종) 〖莠〗 가라지 유(밭에 난 강아지풀)

국역 시에는 9가지의 마땅하지 않은 체가 있으니, 이것은 내가 깊이 생각해서 스스로 터득한 것이다. 한편 내에 옛사람의 이름을 많이 쓰는 것은 바로 귀신을 수레에 가득 싣고 가는 체요, 옛사람의 뜻을 훔치는 것으로 잘 훔치는 것도 오히려 불가한데, 잘못 훔친다면 이는 바로 엉성한 도둑이 쉽게 잡히는 체다. 그리고 강운에 근거가 없는 것은 바로 쇠뇌를 당기면서 이기지 못하는 체요, 그의 재주를 헤아리지 않고 운자를 정도에 지나치게 내는 것은 술을 마시는 데 양이 지나친 체요, 험한 글자를 쓰기 좋아하여 사람으로 하여금 의혹되기 쉽도록 하는 것은 구덩이를 만들어 두고 맹인을 인도하는 체요, 말이 순조롭지 못한데 굳이 인용하여 쓰는 것은 다른 사람이 자기를 따르도록 강요하는 체요, 상스러운 말을 많이 쓰는 것은 촌로들이 모여 말하는 체요, 꺼리는 말을 쓰기 좋아하는 것은 존귀한 사람을 능멸하는 체요, 말이 거친데 산삭하지 않는 것은 바로 잡초가 밭에 가득찬 체다. 이 구불의체를 면한 뒤에야 더불어 시를 말할 수 있다.

人有言詩病者 在所可喜 所言可則從之 否則在吾意耳 何必惡聞 如人君拒諫終不知其過耶 凡詩成 反覆視之 略不以己之所著觀之 如見他人及平生深嫉者之詩 好覓其疵失 猶不知之 然後行之也 凡所論 不獨詩也 文亦幾矣 況古詩者 如以美文句斷押韻者佳矣 意旣優閑 語亦自在 得不至局束也 然則詩與文 亦一揆歟

주석 〖拒〗 막다 거 〖略〗 대강 략 〖覔〗 구하다 멱 〖疵〗 흠 자 〖幾〗 가깝다 기 〖優閑(우한)〗 =優雅 〖揆〗 법칙 규

국역 시의 병통을 말해 주는 사람이 있으면 기쁜 일이다. 말한 것이 옳으면 그것을 따르고 옳지 않으면 나의 뜻대로 할 뿐이다. 어찌 반드시 듣기 싫어하기를 마치 임금이 간언을 거절하여 끝내 그 허물을 모르는 것과 같을 필요가 있겠는가? 무릇 시가 이루어지면 반복해서 살펴야하는데, 대략 자기가 지은 것으로 그것을 보지 말고 다른 사람이나 또는 평생 매우 미워하는 자의 시를 보듯 하여, 그 흠을 열심히 찾아도 오히려 흠을 알 수 없는 뒤에야 그 시를 세상에 내놓는다. 무릇 논한 것은 시뿐만 아니라 문도 그러하다. 더구나 고시 중에 아름다운 문구에 운자를 단 매우 아름다운 것 같은 것임에랴? 뜻은 이미 우아하고 말도 자유로워서 구속받는 점이 없다. 그렇다면 시와 문은 역시 한 법칙일 것이다.

감상 ● 이 글 역시 이규보의 문학사상이 잘 나타나 있는 중요한 글이다. 첫 번째 단락에서의 綴辭보다 設意를 중요시 여긴 것은 문학의 독창성을 강조한 것이다. 이 부분을 두고 이인로는 綴辭를 강조하고 이규보는 設意를 강조해서 양자가 차이를 보이고 있다고 보기도 한다. 綴辭를 존중하는 이인로의 문학관은 고려전기, 특히 睿宗 때에 문벌귀족들이 누렸던 것과 같은 안정과 영화가 사라지는 데 대해 미련을 가진 보수적인 입장에서 나온 것이라면, 設意를 존중하는 이규보의 문학사상은 현실을 바람직한 방향으로 개조하고자 하는 신흥사대부의 진취적인 자세에서 나온 것이다.

그리고 셋째 단락의 '詩有九不宜體'는 실제 창작에 있어서 用事와 독창성·換骨奪胎·압운·난해성·논리성·참신성·윤리성·시적 형상화 등 詩를 창작함에 있어서 실패하기 쉬운 문제점들을 비유적 수법을 통해 두루 제시하고 있다.

참고논문
김진영, ≪이규보 문학 연구≫, 집문당, 1984.
조동일, <이규보>, ≪한국문학사상사시론≫, 지식산업사, 1982.

13. 〈屈原不宜死論〉李奎報

古有殺身以成仁 若比干者是已 有殺身以成節者 若伯夷叔齊是已 比干當紂時 其惡不可不諫 諫而被其誅 是死得其所而成其仁也 虎王伐紂 猶有慙德 凡在義士 不可忍視 故孤竹二子 扣馬而諫 諫而不見聽 恥食其粟而死 是亦死得其所而成其節也

주석 〖虎王(호왕)〗 周 武王을 일컬음 〖慙德(참덕)〗 언행에 결함이 있어 마음에 부끄러움이 있음 〖忍〗 차마 못하다 인 〖孤竹國二子(고죽국이자)〗 고죽국의 왕자였던 伯夷와 叔齊 〖扣〗 당기다 구

국역 옛날에 자신을 죽여서 인을 이룬 사람이 있었으니 비간 같은 이가 바로 그런 사람이요, 자신을 죽여서 절의를 이룬 사람이 있었으니 백이·숙제 같은 이가 바로 그런 사람이다. 비간은 주임금 당시에 그 악함을 간하지 않을 수 없었으며, 간하다가 그에게 죽임을 당했으니, 이는 죽을 곳에 죽어서 그 인을 이룬 것이다. 무왕이 주를 치는 데 오히려 부끄러운 덕이 있었으니, 무릇 의로운 선비로서는 차마 볼 수 없는 일이었다. 그러므로 고죽군의 두 아들이 말고삐를 붙잡고 간하였으며, 간하여도 듣지 않자 그의 곡식 먹는 것을 부끄럽게 여겨 죽었으니, 이도 역시 죽을 곳에 죽어서 그 절의를 이룬 것이다.

若楚之屈原 擧異於是 死不得其所 祇以顯君之惡耳 夫讒說之蔽明 邪諂之害

正 自古而然 非楚國君臣而已 原以方正端直之志 爲王寵遇 專任國政 宜乎見同列之妬嫉也 故爲上官大夫所譖 見疏於王 此固常理 而不足以爲恨者也 原於此時 宜度王之不寤 滅迹遠遁 混于常流 庶使其王之惡 漸久而稍滅也 原不然 復欲見容於襄王 反爲令尹子蘭所讒 放逐江潭 作湘之纍囚 至是雖欲遁去 其可得乎 是故憔悴其容 行吟澤畔 作爲離騷 多有怨曠譏刺之辭 則是亦足以顯君之惡 而乃復投水而死 使天下之人深咎其君 乃至楚俗爲競渡之曲 以慰其溺 賈誼作投水之文 以弔其冤 益使王之惡大暴於萬世矣 湘水有盡 此惡何滅

주석 〖擧〗 모두 거 〖祇〗 다만 지 〖讒〗 참소 참 〖上官(상관)〗 楚나라의 관직명 〖譖〗 참언하다 참 〖混〗 섞이다 혼 〖流〗 무리 류 〖庶〗 바라건대 서 〖稍〗 점점 초 〖令尹(령윤)〗 楚나라의 관직명 〖纍囚(루수)〗 죄수 〖憔悴(초췌)〗 파리함 〖怨曠(원광)〗 남자가 없는 怨女와 여자가 없는 曠夫가 신세를 슬퍼함 〖譏刺(기자)〗 비난함 〖咎〗 나무라다 구 〖競渡(경도)〗 굴원이 빠진 5월 5일 날, 이날을 기념하기 위해 배를 빨리 저어 건너는 경기를 하였는데, 이때 부르는 노래가 競渡曲임 〖投水之文(투수지수)〗 <弔屈原賦>를 말함 〖暴〗 드러내다 폭

국역 초나라의 굴원 같은 이는 모두 이와 달라서, 죽을 곳에 죽지 못하고 그 임금의 악만 드러냈을 뿐이다. 대저 참소한 말이 임금의 총명을 가리는 것과 간사하고 아첨함이 올바른 사람을 해치는 일은 예부터 그런 것이요, 초나라의 군신만 그런 것이 아니다. 굴원은 바르고 곧은 뜻을 가지고 임금의 총애를 받아 국정을 오로지 도맡았으니, 동료들의 질시를 받는 것은 당연한 일이다. 그러므로 상관대부의 참소를 입어 왕에게 소외당하였으니, 이것은 예사로 있을 수 있는 것이요, 유감으로 여길 만한 것이 못 된다. 굴원은 이때에 마땅히 왕이 깨우치지 못할 것을 알아차리고, 종적을 감추고 멀리 숨어 보통 무리에 섞이어, 왕의 잘못이 시간이 흐르는 동안에 차차로 없어지기를 바랬어야 할 것이다. 그런데 굴원은 그렇게 하지 않고 다시 양왕에게 등용되려고 하다가 도리어 영윤인 자란에게 참소를 당하여 강과 못이 있는 곳에 추방되어 상강(湘江)의 죄수가 되었으니, 이때에 와서는 비록 도망가려 한

들 될 수 있었겠는가? 이런 때문에 수척한 얼굴로 못가에 다니면서 시를 읊어 <이소>를 지었는데, 거기에는 한탄하고 비난하는 말들이 많으니, 이것은 또한 임금의 잘못을 드러낼 만한 것이었다. 다시 물에 몸을 던져 죽어서 천하 사람으로 하여금 깊이 그의 임금을 책망하게 하였으며, 심지어 초나라의 풍속은 경도곡을 만들어 그의 익사를 위로하기까지 하였고, 가의는 물에 던지는 글을 지어서 그의 억울함을 조상하여 더욱 임금의 잘못을 크게 만세에 드러나게 하였으니, 상강의 물은 마르는 한이 있을지라도 이 임금의 악이야 어찌 없어지겠는가?

且紂之惡 久已浮於天下 雖比干不死 未免爲獨夫 而取刺於萬世矣 虎王擧大義忘小嫌 卒王天下 功業施于萬世矣 則其德不以二子之死大損也 況二子非虎王之臣也 乃紂之臣 諫伐其君而死 以成其節也 何與於虎王哉 若懷王則聽讒疏賢而已 當時此事 無國無之 原若不死 則王之惡 想不至大甚 吾故曰 原死非其所以顯其君之惡耳 予之此論 乃所以雪原之冤 而益貶其君之惡 庶以諷後之信讒斥賢耳 非固譏原也 惜也 其死之非其所宜也 嗚戲

주석 〖獨夫〗 惡政을 행하여 전 국민에게 배반당한 君主 〖刺〗 꾸짖다 자 〖嫌〗 혐의 혐 〖雪〗 씻다 설 〖貶〗 덜다 폄

국역 또 주의 악은 오래전부터 이미 천하에 드러나 있었기 때문에, 비록 비간이 죽지 않았더라도 독부를 면치 못하여 만세에 비난을 받을 것이다. 무왕은 대의를 들고 조그마한 혐의는 문제로 삼지 아니하여, 마침내 천하의 왕이 되었으며 공업이 만세에 베풀어졌으니, 그의 덕은 두 사람(백이와 숙제)의 죽음 때문에 크게 덜어질 것이 없다. 하물며 두 사람은 무왕의 신하가 아니며 곧 주의 신하였으므로, 자기의 임금을 치는 것을 간하다가 죽어서 그의 절의를 이룬 것이니, 무왕과 무슨 관계가 있겠는가? 초나라 회왕과 같은 경우는, 참소를 받아들여 어진 사람을 소원하였을 뿐이다. 이때에는 이런 정도의 일은 어느 나라고 없지 않았으니, 굴원이 만일 죽지 않았더라면 임금의 악은 아마 매우 큰 데까지는 이르지 않았을 것이다. 그러므

로 나는 '굴원은 죽지 않을 데 죽어서 그 임금의 악만 드러냈을 뿐이다.'라고 한 것이다. 나의 이 논은 곧 굴원의 억울함을 씻어 주고 더욱 그 임금의 악을 줄여, 후세에 참소를 믿고 어진 사람을 배척하는 임금을 깨우쳐 주기 위함일 뿐이요, 본시 굴원을 비난하려는 것은 아니다. 애석하다, 그의 죽음이 마땅한 곳이 아님이여! 슬프다.

감상 ● 이 글은 屈原이 <離騷>만을 남기고 멱라수에 몸을 던져 스스로 죽은 것을 죽을 장소에서 죽은 것이 아니요, 그 임금의 나쁜 것을 드러내었을 뿐이라 하고, 比干과 伯夷, 叔齊의 죽음과도 비교하여 굴원의 죽음이 마땅하지 못하다고 주장하고 있다. 그러나 말미에 가서는 논의를 반전시켜 이 論이 굴원을 비난하려는 데 있는 것이 아니라 후세 사람이 참소를 믿고 어진 이를 배척하는 일이 없도록 깨우쳐 주려는 데에 의도가 있다는 것으로 이제까지의 주장을 뒤집어 놓고 있다. 말미에 묘미가 담겨 있다고 하겠다.

참고논문 최승범, <이규보의 수필세계>, ≪국어문학≫제21집, 전남대 국어국문학회, 1980.

14. 〈驅詩魔文〉李奎報

夫累土而崇曰丘陵　瀦水而濬曰溝井　其或木也石也屋宇也墻壁也　是皆天地間無情之物　鬼或憑焉　騁怪見妖　則人莫不疾而忌之　且呪且驅　甚者夷丘陵塞溝井斬木椎石　壞屋滅墻而後已　人猶是焉　厥初質樸無文　淳厚正直　及溺之於詩　妖其說怪其辭　舞物眩人　可駭也　此非他故　職魔之由　吾以是敢數其罪而驅之曰

주석 〖瀦〗 괴다 저 〖濬〗 깊다 준 〖憑〗 붙다 빙 〖騁〗 펴다 빙 〖呪〗 저주하다 주 〖夷〗 평평하게 하다 이 〖椎〗 치다 추 〖厥〗 =其 그 궐 〖淳厚(순후)〗 순박하고 인정이 두터움 〖舞〗 환롱하다 무(자유자재로 꾸며 농락함) 〖駭〗 놀라다 해 〖職由(직유)〗 원인 〖數〗 책하다 수(죄목을 일일이 세어 책망함)

국역 대저 흙을 쌓아서 높인 곳인 언덕과 물을 괴어 된 깊은 곳인 우물과 또는 나무·바위·집·담은 다 천지 간의 무정한 물건이다. 귀신이 여기에 붙어 괴상함과 요사스러움을 나타내면 사람들은 그것을 미워하고 꺼리며, 저주하면서 쫓아낸다. 심한 경우에는 언덕을 평평하게 하고 우물을 메우며, 나무를 자르고 바위를 부수며, 집을 헐고 담을 무너뜨리고야 만다. 사람도 이와 같다. 그 처음에는 질박하고 문채가 없으며 순후하고 정직하던 사람이, 시에 빠지게 되면 말을 요상이하고 그 말을 괴상히 하여 사물을 환롱하고 사람을 현혹시키니 놀랄 만하다. 이것은 다른 이유 때문이 아니라 마귀 때문이다. 나는 이 까닭으로 감히 그 죄를 하나하나 들추어 쫓아내려고 한다. 그 내용은 이러하다.

人始之生 鴻荒樸略 不賁不華 猶花未萼 錮聰塗明 猶竅未鑿 孰闇其門 以挺厥鑰 魔爾來闖 酋然此託 耀世眩人 或髹或臞 舞幻騁奇 勃屑翕霍 或媚而婩 筋柔骨弱 或震而聲 風豗浪擢 世不爾壯 胡踊且躍 人不汝功 胡務刻削 是汝之罪一也 地尚乎靜 天難可名 昒乎造化 瞞若神明 沌沌而漠 渾渾而冥 機關閟邃 且鐍且扃 汝不是思 偵深諜靈 發洩幾微 搪突不停 出脅兮月病 穿心兮天驚 神爲之不悆 天爲之不平 以汝之故 薄人之生 是汝之罪二也

주석 〖鴻荒(홍황)〗 태고 〖賁〗 꾸미다 비 〖萼〗 꽃피다 악 〖錮〗 막다 고 〖塗〗 지우다 도 〖竅〗 구멍 규 〖闇〗 소홀이하다 혼 〖挺〗 뽑다 정 〖鑰〗 자물쇠 약 〖闖〗 쑥내밀다 틈 〖酋〗 닥치다 추 〖耀〗 미혹하다 요 〖髹〗 검붉은빛 휴 〖臞〗 인명 거(이 글자는 오자인 듯하나 의미가 불명확함) 〖勃屑(발설)〗 비틀비틀 걷는 모양 〖翕〗 모이다 흡 〖霍〗 흩어지다 곽 〖婩〗 예쁘다 개 〖筋〗 힘줄 근 〖豗〗 치다 회 〖擢〗 화살이 맞는 소리 백 〖踊躍(용약)〗 좋아 날뛰며 기뻐함 〖刻削(각삭)〗 잔인함 〖昒〗 어둑새벽 물 〖瞞〗 밝지 아니하다 망(瞞 '희미하다 망'의 오자인 듯함) 〖神明(신명)〗 하늘의 신령과 땅의 신령 〖沌沌(돈돈)〗 천지가 아직 개벽되지 않아 모든 사물이 확실히 구별되지 않는 상태 〖渾〗 흐리다 혼 〖機關(기관)〗 어떤 에너지를 기계력으로 변환시키는 장치 〖閟邃(비수)〗 깊다 〖鐍〗 자물쇠 휼 〖扃〗 닫다 경 〖偵〗 염탐하다 정 〖諜〗 염탐하다 첩 〖洩〗 새다 설 〖幾微(기미)〗 일의 야릇한 기틀 〖搪突(당돌)〗 부딪침 〖脅〗 겨드랑이 협 〖悆〗 기뻐하다 여

국역 "사람이 처음 세상에 태어났을 때에는 태고의 순박함이 있었으니, 꾸밈도 걷치레도 없음이 마치 꽃이 아직 피지 않은 듯하고, 총명함이 가려져 있음은 마치 구멍 즉 눈·귀 따위가 아직 뚫리지 않은 듯하였다. 누가 그 문을 허술하게 지켜 자물쇠를 끌러 놓았기에, 마귀 네 놈이 느닷없이 들어와서 버젓이 이에 의탁하여 세상과 사람을 현혹시켜 아름다움을 꾸미고, 요술을 부리고 괴상한 짓을 하여 비틀거리고 모였다 흩어졌다 하며, 혹은 아양을 떨어 뼈마디가 녹게도 하고 혹은 진동하여 풍랑이 일게도 하는가? 세상이 너를 장하게 여기지도 않는데 너는 어찌 좋아

날뛰며, 사람들이 너를 공이 있는 것으로 여기지도 않는데 너는 어찌 잔인함에 힘쓰느냐? 이것이 너의 첫째 죄이다. 땅은 고요함을 숭상하고 하늘은 형언하기 어려워 조화를 부리고 신령 같으며, 혼돈의 상태에서 오묘한 신비를 마치 자물쇠로 잠근 듯이 굳게 간직하고 있는데, 너는 이것을 생각하지 않고 신비를 염탐하여 천기를 누설시키는 데에 당돌하기 그지없으며, 달이 무색할 정도로 달의 마음을 밝혀내고, 하늘이 놀랄 정도로 하늘의 마음을 꿰뚫으므로 신명은 못마땅하게 여기고 하늘은 불평하게 여긴다. 너 때문에 사람의 생활은 각박하게 되었으니, 이것이 너의 둘째 죄이다.

雲霞之英　月露之粹　蟲魚之奇　鳥獸之異　與夫芽抽萼敷　草木花卉　千態萬貌　繁天麗地　汝取之無愧　十不一棄　一矚一吟　雜然坌至　攢羅戢孨　無有窮已　汝之不廉　天地所忌　是汝之罪三也　遇敵卽攻　胡礮胡壘　有喜於人　不袞而賁　有慍於人　不刃而刺　爾柄何鉞　惟戰伐是恣　爾握何權　惟賞罰是肆　爾非肉食　謀及國事　爾非侏儒　嘲弄萬類　施施而夸　挺挺自異　孰不猜爾　孰不憎爾　是汝之罪四也　汝着於人　如病如疫　體垢頭蓬　鬚童形腊　苦人之聲　矉人之額　耗人之精神　剝人之胸膈　惟患之媒　惟和之賊　是汝之罪五也

주석 〖霞〗 노을 하 〖芽〗 싹 아 〖抽〗 싹트다 추 〖敷〗 초목무성하다 부 〖卉〗 풀 훼 〖矚〗 보다 촉 〖坌〗 먼지 분 〖攢羅(찬라)〗 모여서 늘어섬 〖戢孨(즙잔)〗 보잘것없는 것을 거둠 〖廉〗 검소하다 렴 〖礮〗 돌쇠뇌 포 〖壘〗 진 루 〖袞〗 곤룡포 곤 〖鉞〗 도끼 월 〖握〗 쥐다 악 〖肆〗 방자하다 사 〖肉食(육식〗 고기를 먹는 사람으로, 고관대작을 의미함 〖侏儒(주유)〗 광대 〖嘲〗 비웃다 조 〖施施(시시)〗 기뻐하는 모양 〖挺〗 빼어나다 정 〖猜〗 시기 시 〖疫〗 돌림병 역 〖垢〗 때묻다 구 〖蓬〗 흐트러지다 봉 〖童〗 대머리가 되다 동 〖腊〗 마르다 석 〖矉〗 찌푸리다 빈 〖額〗 이마 액 〖剝〗 찢다 박 〖膈〗 가슴 격

국역 구름과 노을의 빼어남, 달과 이슬의 순수함, 벌레와 물고기의 기이함, 새와 짐승의 특이함, 그리고 피어난 새싹과 무성한 꽃받침, 초목과 화훼 등은 천태만

상으로 천지에 번화하고 있는 것을 너는 그것들을 취하는 데 부끄러움이 없어 하나도 남김없이 보는 대로 읊는다. 그 잡다하게 작은 것들을 한량없이 취하므로 너의 검소하지 못함을 하늘과 땅이 꺼린다. 이것이 너의 셋째 죄이다. 적을 만나면 즉시 공격할 것이지, 무슨 돌쇠뇌를 준비하고 무슨 보루를 설치하느냐? 어떤 사람을 좋아할 경우에는 곤룡포(袞龍袍)가 아니라도 훌륭하게 꾸며 주고, 어떤 사람을 미워할 경우에는 칼이 아니라도 찔러 죽이니, 너는 무슨 도끼를 가졌기에 전벌을 함부로 하고, 너는 무슨 권세를 잡았기에 상벌을 멋대로 하는가? 너는 고관대작도 아니면서 나라 일에 관여하고, 너는 광대도 아니면서 모든 것을 조롱하는가? 시시덕거리며 허풍치고 유달리 잘난 척하니, 누가 너를 시기하지 않고 누가 너를 미워하지 않겠는가? 이것이 너의 넷째 죄이다. 네가 사람에게 붙으면 병에 걸린 듯 염병에 걸린 듯 몸은 더러워지고 머리는 헝클어지며, 수염은 빠지고 형용은 메말라지며 사람의 소리를 괴롭게 하고 사람의 이마를 찌푸리게 하며, 사람의 정신을 소모시키고 사람의 가슴을 찢어, 환란을 매개하고 화평을 해친다. 이것이 너의 다섯째 죄이다.

負此五罪 胡憑人爲 憑於陳思 凌兄以馳 豆泣釜中 果困于萁 憑於李白 簸作顚狂 捉月而去 江水茫茫 憑於杜甫 狼狽行藏 羈離幽抑 客死耒陽 憑於李賀 誕幻怪奇 才不偶世 夭死其宜 憑於夢得 譏詆權近 偃蹇落拓 卒躓不振 憑於子厚 鼓動禍機 謫柳不返 誰其爲悲 嗟乎爾魔 爾形何乎 歷誤幾人

주석 〖爲〗 ~인가 위(의문이나 반어를 나타냄) 〖陳思(진사)〗 삼국시대 曹植으로, 陳왕에 봉해졌고 시호가 思이다. 조식은 글재주가 뛰어나 형인 文帝가 그를 꺼려한 나머지 七步 이내에 시를 짓지 못하면 죽인다고 하자, 다음 시를 지어 죽음에서 벗어났다. “콩을 삶는 데 콩대를 때니, 콩이 솥 속에서 우네. 본디 같은 뿌리에서 났으면서, 서로 끓이는 것이 어찌 그리 심한가(煮豆燃豆萁, 豆在釜中泣. 本是根同生, 相煎何太急)” 〖凌〗 업신여기다 릉 〖萁〗 콩대 기 〖簸〗 까부르다 파 〖顚〗 미치다 전 〖捉〗 잡다 착 〖江水茫茫(강수망망)〗 茫茫은 넓고 멀어 아득한 모양으로, 이백은

采石江에서 뱃놀이하다가 술에 취해 물속에 들어가 달을 따려다 죽었음 〖狼狽(낭패)〗 실패함 〖行藏(행장)〗 세상에 나아가 道에 맞는 일을 행함과 물러섬 〖羈離(기리)〗 타향으로 유랑함 〖幽抑(유억)〗 우울함 〖李賀(이하)〗 이하는 詩文에 뛰어났는데, 唐 憲宗 때 꿈에 어떤 사람이 와서 "옥황상제가 白玉樓를 짓고 그대를 불러 記文을 지으려 한다." 하더니, 결국 27세에 죽음 〖誕幻(탄환)〗 허황됨 〖偶〗 짝 우 〖夢得(몽득)〗 劉禹錫의 字로, 세도를 믿고 권세 있는 인사들을 함부로 대하다가 벼슬을 빼앗기고 가련한 신세가 되어 비분한 뜻에서 竹枝詞와 賦를 지음 〖譏詆(기저)〗 비난함 〖偃蹇(언건)〗 젠체하고 거드럭거리는 모양 〖落拓(락탁)〗 기상이 큼 〖躓〗 넘어지다 지(질) 〖子厚(자후)〗 柳宗元의 字로, 唐 順宗 때 감찰어사로 있으면서 병권을 장악하여 천하를 제압하려고 음모하는 王叔文의 당에 가담하였다가 그 일이 발각되자 그에 연좌되어 柳州刺史로 좌천됨 〖鼓〗 부추기다 고 〖歷〗 두루 력

국역 이 다섯 가지의 죄를 짊어지고 어찌 사람에게 붙느냐? 진사에게 붙어서는 날렵한 재주로써 그 형을 업신여기다가 하마터면 죽을 뻔했고, 이백에 붙어서 광증을 유발시켜 달을 잡으려다 물에 빠져 죽게 하였으며, 두보에게 붙어서 행함과 물러섬에 낭패하여 쓸쓸한 타향살이를 하다가 뇌양에서 객사하게 하였으며, 이하에게 붙어서는 허황되고 기괴하여 세상에서 뛰어난 재주를 가짐으로써 요절하게 하였으며, 몽득에게 붙어서는 권세 있는 사람을 헐뜯으며 거드럭거리다가 끝내는 쓰러져 재기하지 못하게 했으며, 자후에게 붙어서는 재앙을 자초하여 유주로 귀양 가서 돌아오지 못하게 하였다. 누가 그런 슬픈 일을 꾸몄던가? 아, 너 마귀야! 네 모양이 어떻게 생겼기에 이렇게 많은 사람을 차례로 그르쳤느냐?

又鍾於吾 自汝之來 萬狀崎嶇 悅然如忘 饋然如愚 如瘖如聵 形慹跡拘 不知飽渴之逼體 不覺寒暑之侵膚 婢怠莫詰 奴頑罔圖 園翳不薙 屋痡不扶 窮鬼之來亦汝之呼 傲貴凌富 放與慢俱 言高不遜 面强不媮 着色易惑 當酒益麤 是實汝使 豈予心歟 猖猖吠怪 寔繁有徒 我故疾汝 且呪且驅 汝不速遁 搜汝以誅

주석 〖鍾〗 모이다 종 〖悗〗 흐리다 민 〖戇〗 어리석다 당 〖瘖〗 벙어리 음 〖聵〗 귀머거리 외 〖慹〗 꼼작하지 못하다 접 〖逼〗 닥치다 핍 〖詰〗 꾸짖다 힐 〖圖〗 다스리다 도 〖翳〗 가리다 예 〖薙〗 깎다 체 〖痡〗 앓다 부 〖傲〗 거만하다 오 〖慢〗 거만하다 만 〖媮〗 즐거워하다 유 〖麤〗 거칠다 추 〖狺〗 으르렁거리다 은 〖寔〗 진실로 식

국역 또 나에게 붙었구나. 네가 온 뒤로 모든 일이 기구하기만 하다. 흐릿하게 잊어버리고 멍청하게 바보가 되며, 벙어리와 귀머거리가 되고, 형체와 흔적에 구애되고, 주림과 목마름이 몸에 닥치는 줄도 모르고, 추위와 더위가 피부에 파고드는 줄도 깨닫지 못하며, 계집종이 게으름을 부려도 꾸중할 줄 모르고 사내종이 미련스러운 짓을 하더라도 다스릴 줄 모르며, 동산에 초목이 우거져도 깎아낼 줄 모르고 집이 쓰러져가도 바로잡을 줄 모른다. 궁한 귀신이 온 것도 역시 네가 부른 것이다. 그리고 귀인에게 오만하고 부자를 능멸하는 것, 방종하고 거만함을 다 갖춘 것, 언성이 높아 공손하지 못하고 안색이 강해 부드럽지 못하는 것, 여색을 대하면 쉽사리 고혹되는 것, 술을 마시면 더욱 거칠게 되는 것은 실로 네가 그렇게 만든 것이지, 어찌 나의 마음이 그렇겠느냐? 그 괴이함을 짖어대는 개들이 실로 많아서, 나는 너를 미워하여 저주하며 쫓게 되니, 네가 빨리 도망하지 않으면 너를 찾아내어 베리라."

是夕疲臥而枕上騷 窣然有聲 若色袖文裳而煌煌者 卽而告余曰 甚矣 子之訧我也斥我也 何疾我之如斯 我雖魔之微 亦上帝所知 始汝之生 帝遣我以隨 汝孩而赤 亦潛宅而不離 汝童而丱 竊竊以窺 汝壯而幘 鶱鶱以追 雄子以氣 飾子以辭 場屋較藝 連年中之 欻天動地 名聲四飛 列侯貴戚 聳望風姿 是則我之輔汝不薄 天之豐汝不貲 惟口之出 惟身之持 惟色之適 惟酒之歸 是各有使 非吾所尸 子胡不愼 以狂以癡 實子之咎 非予之疵 居士於是 是今非昨 局縮忸怩 磬折以拜 迎之爲師

주석 〖騷〗 떠들다 소 〖窣〗 갑작스럽다 솔 〖袖〗 소매 수 〖煌〗 빛나다 황 〖訧〗

탓하다 우 〖孩〗 낳은 지 얼마 안 되는 아이는 孩, 15세 이하의 아이를 童이라 함 〖赤〗 벌거벗다 적 〖丱〗 총각 관 〖幘〗 갓 책 〖騫騫(건건)〗 경박한 모양 〖場屋(장옥)〗 科擧 시험장 〖較〗 겨루다 각 〖欻〗 바람이 일다 훌 〖聳〗 공경하다 송 〖風姿(풍자)〗 모습 〖不貲(부자)〗 많아서 이루 셀 수 없음 〖尸〗 주관하다 시 〖狂〗 경망하다 광 〖癡〗 어리석다 치 〖疵〗 흠 자 〖是今非昨(시금비작)〗 =今是昨非 과거의 잘못을 오늘 처음 깨달음 〖局縮(국축)〗 몸을 움츠리는 모양 〖忸怩(뉵니)〗 겸연쩍어함 〖磬折(경절)〗 경쇠 모양으로 몸을 굽혀 인사를 함

국역 이날 밤에 피곤해서 누웠는데 베갯머리에서 시끌시끌 갑자기 무슨 소리가 나더니 빛깔 있는 소매에 무늬 있는 옷을 화려하게 입은 자가 다가와서 나에게 이렇게 말하였다. "자네가 나를 나무라는 말과 나를 배척하는 말은 너무 심하다. 왜 나를 이처럼 미워하는가? 내 비록 미미한 마귀이지만 역시 상제가 알아주는 자다. 처음에 자네가 이 세상에 태어날 때 상제께서는 나를 보내어 따르게 하였네. 자네가 어려서 벌거벗었을 때에는 집에 숨어서 떠나지 않았고 자네가 총각이 되어 머리를 땋았을 때에는 슬며시 엿보고 있었으며, 자네가 장성하여 갓을 썼을 때에는 뒤따라 다녔네. 자네에게 기개가 웅장하게 하였고 자네에게 수사(修辭)의 법을 가르쳤네. 과거장에서 문예를 겨룰 때에는 해마다 합격하게 하여, 하늘과 땅을 놀라게 하고 명성이 사방에 떨치게 하였으며, 고귀한 사람들이 모두 자네의 모습을 공경하게 하였네. 이것은 내가 자네를 적지 않게 도운 것이며 하늘이 자네를 한량없이 후하게 대우한 것이네. 말하는 것이며 몸가짐이며 여색을 좋아하는 것이며 술을 따르는 것은 각각 시키는 이가 있으며, 내가 주관하는 것이 아니네. 자네는 어찌 신중하지 못하고 경망하며 어리석은가? 이것은 실로 자네의 잘못이지 나의 허물이 아니네." 거사는 이에 과거의 잘못을 이제야 깨닫고는 몸을 움츠리며 겸연쩍어하는 표정으로 허리를 굽혀 절하고 그를 맞아 스승으로 삼았다.

감상 ● 이 글은 부제+에서 <效退之送窮文>이라고 달고 있음에서도 알 수 있듯이, 韓愈의 <送窮文>을 모방하여 지은 글로, 일종의 戱作으로써 詩魔, 즉 자신의

詩創作에 대한 열정을 詩魔로 표현하여 그 죄 5가지를 제시하고 있다. 첫째, 詩는 사람을 들뜨게 한다. 둘째, 詩는 造化와 神明의 靈妙함을 누설한다. 셋째, 詩는 거침없이 취하고 읊어 끝이 없이 자부심을 갖게 한다. 넷째, 詩는 賞罰을 멋대로 한다. 다섯째, 詩는 靈肉을 다 여위게 한다. 物에서 感興을 느끼니 들뜨지 않을 수 없고, 物의 본질을 캐고자 하니 자연히 숨은 비밀을 누설하게 되며 그러한 과정에서 자부하게 되고 物의 본질이 무엇이며 어떠해야 함을 알게 되니 자연 是非를 가려 賞罰을 내리게 될뿐더러, 이 같은 詩의 창조가 결코 쉽사리 이루어질 수 없는 것이므로 靈肉이 야위고 傷心될 수밖에 없는 노릇이다. 결국 이 글은 詩의 본질이 感興으로부터 출발하여 사물의 本源을 추구하는 것이라는 인식을 보여준 것이라 하겠다.

참고논문 ▶ 송병렬, <이규보의 문학세계에 있어서의 戱作的 傾向>, 성균관대 석사논문, 1987.

15. 〈白雲居士傳〉李奎報

白雲居士 先生自號也 晦其名顯其號 其所以自號之意 具載先生白雲語錄 家屢空 火食不續 居士自怡怡如也 性放曠無檢 六合爲隘 天地爲窄 嘗以酒自昏 人有邀之者 欣然輒造 徑醉而返 豈古陶淵明之徒歟 彈琴飮酒 以此自遣 此其錄也 居士醉而吟 自作傳 自作贊 贊曰 志固在六合之外 天地所不囿 將與氣母遊於無何有乎

주석 〖屢〗 자주 루 〖火食(화식)〗 일상의 밥 〖怡〗 기뻐하다 이 〖放曠(방광)〗 마음이 활달하여 남의 구속을 받지 않음 〖六合(륙합)〗 天地와 四方 〖隘〗 좁다 애 〖窄〗 좁다 착 〖嘗〗 항상 상 〖欣〗 기뻐하다 흔 〖造〗 가다 조 〖徑〗 곧, 마침내 경 〖豈~歟〗 아마~일지도 모른다 〖彈〗 타다 탄 〖囿〗 얽매이다 유 〖氣母(기모)〗 우주의 元氣의 근원 〖無何有(무하유)〗 아무것도 없음

국역 백운거사는 선생의 자호이니, 그 이름을 숨기고 그 호를 드러낸 것이다. 그가 이렇게 자호하게 된 뜻은 선생의 <백운어록>에 갖추어 실려 있다. 집에 자주 식량이 떨어져서 끼니를 잇지 못하였으나 거사는 스스로 유쾌히 지냈다. 성격이 활달하여 단속할 줄을 모르며, 천지사방을 좁게 여겼다. 항상 술을 마시고 스스로 혼미하였는데, 초청하는 사람이 있으면 그때마다 반갑게 가서 잔뜩 취해가지고 돌아왔으니, 아마도 옛적 도연명의 무리인 듯하다. 거문고를 타고 술을 마시며 이렇게 세월을 보냈다. 이것은 그의 기록이다. 거사는 취하면 시를 읊으며 스스로 전을 짓고 스스로 찬을 지었다. 그 찬은 이러하다. “뜻이 본래 천지사방의 밖에 있으니, 하늘과 땅도 그를 얽

매지 못하리로다. 장차 원기의 근원과 함께 무한한 공허의 세계에 노닐 것이다.”

감상 ● 傳은 제왕과 제후 이외의 역사인물을 기록하는 列傳, 자기의 일생 사적을 기록하는 自傳, 남을 위해 지은 本傳(家譜에 넣는 家傳, 역사서에 넣는 史傳을 합친 것)과 本傳의 기록을 보충하는 別傳, 正史에 기록되지 않았거나 正史에 이미 기록되었어도 별도로 전을 만들어 軼聞와 逸事를 기록하는 것을 外傳, 인물의 평생 사적을 간단하게 기록하는 小傳, 인물이 아닌 흔히 볼 수 있는 생활주변의 사물을 입전하는 假傳 등이 있다. 이 작품은 우리 문학사상 초유의 自傳으로, 이규보가 20대에 쓴 글이다. 이규보는 이 작품에서 출사하지 못하고 처사에 머물러 있던 자신의 생각과 모습을 표출하는 것을 통해 그러한 처지의 자신이 취하고 있던 행동과 뜻을 합리화하기 위해 지은 것이다. 그는 自傳이라는 기술방식을 통해 현실에 맞서 자신의 입장과 처지를 정당화시키지 않을 수 없었던 것이다. 또한 이규보 자신의 처지를 정당화하고 자위하기 위해서 집필된 것이지만, 그러나 그것이 그러한 개인적 의미에만 머물지 않고 이 시기 역사에 등장하는 신진사대부의 의식을 대변해준다고 볼 수도 있겠다.

참고논문 박희병, ≪韓國古典人物傳硏究≫, 한길사, 1993.

16. 〈麴醇傳〉李奎報

麴聖字中之 酒泉郡人也 少爲徐邈所愛 邈名而字之 遠祖本溫人 恒力農自給 鄭伐周 獲以歸 故其子孫或布於鄭 曾祖史失其名 祖牟徙酒泉 因家焉 遂爲酒泉郡人 至父醝始仕爲平原督郵 娶司農卿穀氏女 生聖

주석 〖徐邈(서막)〗 서막은 삼국시대 魏나라 사람으로, 당시 금주령이 엄한 속에서도 늘 술에 취했고, 술을 中聖人이라 높여 부르기도 하였음 〖自給(자급)〗 자기의 생활을 자기가 함 〖醝〗 흰술 차

국역 국성의 자는 중지이니, 주천 고을 사람이다. 어려서 서막에게 사랑을 받아 서막이 이름과 자를 지어주었다. 먼 조상은 온땅 사람으로 항상 힘써 농사지어 자급하더니, 정나라가 주나라를 칠 때에 잡아 데려왔으므로, 그 자손이 혹 정나라에 퍼져 있기도 하다. 증조는 역사 기록에 그 이름이 빠졌고, 조부모가 주천으로 이사하여 거기서 살아 드디어 주천 고을 사람이 되었다. 아비 차에 이르러 비로소 벼슬하여 평원독우가 되고, 사농경 곡씨의 딸과 결혼하여 성을 낳았다.

聖自爲兒時 已有沈深局量 客詣父目愛曰 此兒心器當汪汪若萬頃之波 澄之不淸 撓之不濁 與卿談不若與阿聖樂 及長 與中山劉伶潯陽陶潛爲友 二人嘗謂曰 一日不見此子 鄙吝萌矣 每見 移日忘疲 輒心醉而歸 州辟糟丘掾 未及就 又徵爲靑州從事 公卿交口薦進 上令待詔公車 居無何 召見目送曰 此酒泉麴生耶 朕

飮香名久矣 先是 太史奏酒旗星大有光 未幾聖至 帝亦以是益奇焉 卽拜爲主客郎中 尋轉爲國子祭酒 兼禮儀使 凡掌朝會宴饗宗廟蒸嘗酌獻之禮 無不稱旨 上器之 擢置喉舌 待以優禮 每入謁 命舁而升殿 呼麴先生而不名 上心有不懌 及聖入見 上始大笑 凡見愛皆此類也 性醞籍 日親近 與上無小忤 由是益貴幸 從上遊宴無節

주석 〖局量(국량)〗 재간과 도량 〖詣〗 이르다 예 〖汪汪(왕왕)〗 도량이 넓은 모양 〖澄〗 맑다 징 〖撓〗 어지럽히다 뇨 〖阿〗 호칭 옥(남을 부를 때, 친근한 뜻을 나타내기 위하여 위에 붙이는 말) 〖吝〗 인색하다 린 〖移日(이일)〗 짧지 않은 시간 〖辟〗 부르다 벽 〖公車(공거)〗 관청명으로, 章奏나 上書를 받는 곳 〖居無何(무하유)〗 얼마 있지 않아 〖酒旗星(주기성)〗 별자리로, 軒轅星 남쪽에 있음 〖未幾(미기)〗 머지않아 〖拜〗 벼슬주다 배 〖尋〗 이윽고 심 〖宴饗(연향)〗 잔치를 베풀어 손님을 대접함 〖蒸嘗(증상)〗 가을·겨울의 두 제사 〖稱〗 맞다 칭 〖器〗 그릇으로 여기다 기(훌륭한 인재를 중히 여김) 〖擢〗 뽑다 탁 〖喉舌(후설)〗 목구멍과 혀로, 모두 말하는 중요한 기관이므로 중요한 政務의 쓰임으로 비유 〖舁〗 수레 여 〖懌〗 기뻐하다 역 〖類〗 같다 류 〖醞籍(온자)〗 마음이 온화함(籍 온화하다 자) 〖忤〗 거스르다 오 〖貴幸(귀행)〗 천자가 아끼고 사랑함

국역 성이 어려서부터 이미 깊숙한 재간과 도량이 있어, 손님이 아비에게 왔다가 눈여겨보고 사랑스러워서 말하기를, "이 아이의 심기의 넓기가 만경의 물결과 같아 맑게 하려고 해도 맑아지지 않고 뒤흔들어도 흐려지지 않으니, 그대와 더불어 이야기함이 성과 즐김만 못하네." 하였다. 장성하자, 중산의 유령과 심양의 도잠과 더불어 벗이 되었다. 두 사람이 일찍이 말하기를, "하루만 이 친구를 보지 못하면 비루함과 인색함이 싹튼다." 하며, 서로 만날 때마다 며칠 동안 피곤을 잊고 마음이 취해서야 돌아왔다. 고을에서 조구연으로 불렀으나 미처 나가기도 전에 또 불러서 청주종사로 삼았다. 공경이 번갈아 천거하니, 임금이 공거에서 조령을 대기하게 하였다. 얼마 안 가서 불러 보고 눈으로 전송하며 말하기를, "이 사람이 주천의 국생

인가? 짐이 훌륭한 이름을 들은 지 오래되었노라." 하였다. 이에 앞서 태사가, 주기성이 크게 빛을 낸다고 아뢰었는데, 얼마 안 되어 성이 이르니 임금이 또한 이 때문에 더욱 기특히 여겼다. 곧 주객낭중에 임명하고, 이윽고 국자좨주로 올려 예의사를 겸하게 하니, 무릇 조회의 연향과 종묘의 모든 제사에서 잔을 올리는 예를 맡아 임금의 뜻에 맞지 않음이 없으므로, 임금이 그를 그릇으로 여겨 올려서 후설의 직에 두고, 후한 예로 대접하였다. 매양 들어가 뵐 적에 수레를 탄 채로 전에 오르라 명하며, 국 선생이라 하고 이름을 부르지 않으며, 임금이 불쾌한 마음이 있다가도 성이 들어와 뵈면 임금이 비로소 크게 웃으니, 무릇 사랑받음이 모두 이와 같았다. 성품이 온화하므로 날로 친근하며 임금과 더불어 조금도 거스름이 없으니, 이런 까닭으로 더욱 사랑을 받아 임금을 따라 함부로 잔치에 노닐었다.

子酷釀醳 倚父寵頗橫恣 中書令毛穎上疏劾奏曰 倖臣擅寵 天下所病 今麴聖以斗筲之用 幸登朝級 位列三品 酒有三品 內深賊 喜中傷人 故萬人呶號 疾首痛心 此非醫國之忠臣 乃實毒民之賊夫 聖之三子 憑恃父寵 橫行放肆 爲人所苦 請陛下并賜死以塞衆口 書奏 子酷等卽日飮酖自殺 聖坐廢爲庶人 鴟夷子亦嘗善聖 故亦墮車自死 初鴟夷子以滑稽見幸 與麴聖相友 每上出入 託於屬車 鴟夷子嘗困臥 聖戲曰 卿腹雖大 空洞何有 答曰 足容卿輩數百 其相戲謔如此

주석 〖橫〗 방자하다 횡 〖劾奏(핵주)〗 관원을 탄핵하여 임금에게 아룀 〖倖臣(행신)〗 임금의 총애를 받는 신하 〖斗筲(두소)〗 한 말들이 되와 한 말 두 되들이 竹器로, 작은 局量을 의미 〖賊〗 학대하다 적 〖中傷(중상)〗 사실무근의 말을 하여 남의 명예를 손상시킴 〖呶〗 떠들썩하다 노 〖憑〗 기대다 빙 〖放肆(방사)〗 방자함 〖酖〗 짐새 짐(毒鳥) 〖坐〗 연루 좌 〖鴟夷子(치이자)〗 술항아리 〖善〗 친하다 선 〖滑稽(골계)〗 익살 〖屬車(속거)〗 임금이 출행할 때 侍從하는 수레 〖洞〗 비다 동

국역 아들 혹·폭·역이 아비의 총애를 믿고 자못 방자하니, 중서령 모영이 상소하여 탄핵하기를, "행신이 총애를 독차지함은 천하가 병통으로 여기는 것인데, 이

제 국성이 보잘것없는 존재로서 요행히 벼슬에 올라 위가 3품(본문주: 술에 3품이 있다.)에 놓이고, 마음이 매우 가혹하여 사람을 중상하기를 좋아합니다. 그러므로 만인이 소리 지르며 골머리를 앓고 마음 아파하오니, 이는 나라의 병을 고치는 충신이 아니요 이에 실은 백성에게 독을 끼치는 적입니다. 성의 세 아들이 아비의 총애를 믿고 횡행 방자하여 사람들이 괴로워하니, 청컨대 폐하께서는 아울러 죽음을 내리셔서 뭇사람의 입을 막으소서." 하였다. 상소가 아뢰어지자, 아들 혹 등이 그날로 독이 든 술을 마시고 자살하였고, 성은 연좌되어 폐직되어 서인이 되고, 치이자도 역시 일찍이 성과 친했기 때문에 수레에서 떨어져 자살하였다. 일찍이 치이자가 익살로 임금의 사랑을 받아 국성과 서로 벗이 되어 매양 임금이 출입할 때마다 따르는 수레에 몸을 의탁하였는데, 치이자가 일찍이 곤하여 누워 있으므로 성이 놀려 말하기를, "자네 배가 비록 크나 속은 텅 비었으니, 무엇이 있는고?" 하니, 대답하기를, "자네들 수백은 담을 수 있네."라 하였으니, 서로 장난함이 이와 같았다.

聖既免 齊郡鬲州間 盜賊群起 上欲命討 難其人 復起聖爲元帥 聖持軍嚴 與士卒同甘苦 灌愁城一戰而拔 築長樂阪而還 帝以功封爲湘東侯 一年上疏乞退曰 臣本甕牖之子 少貧賤 爲人轉賣 偶逢聖主 虛心優納 拯於沈溺 容若江湖 有忝洪造 無潤國體 前以不謹 退安鄉里 雖薄露之垂盡 幸餘滴之得存 敢欣日月之明 更發醯鷄之覆 且器盈則覆 物之常理 今臣遇痟渴之病 命迫浮漚 庶一吐俞音 使退保餘生 帝優詔不允 遣中使齎松桂菖蒲等藥物 就其第省病 聖累表固辭 上不得已許之 遂歸老故鄉 以壽終 弟賢官至二千石 子酎醅醶醂 服桃花汁學仙 族子醑醺醶 皆籍屬萍氏云

주석 〖灌〗 물대다 관 〖拔〗 쳐서 빼앗다 발 〖甕牖(옹유)〗 깨진 항아리의 입을 창으로 한다는 뜻에서, 가난한 집을 형용 〖拯〗 건지다 증 〖忝〗 더럽히다 첨 〖洪造(홍조)〗 큰 은혜 〖滴〗 물방울 적 〖醯鷄(혜계)〗 술 따위에 잘 덤비는 파리 〖覆〗 넘어지다 복 〖痟〗 소갈증 소 〖漚〗 거품 구 〖迫〗 닥치다 박 〖俞〗 승낙하는말 유 〖優詔

(우조)』 은혜가 두터운 조서 『允』 승낙하다 윤 『齎』 보내다 제 『服』 먹다 복

국역 성이 파면되자, 제(=臍 배꼽 제)고을과 격(=膈 가슴 격)고을 사이에 뭇 도둑이 무리지어 일어났다. 임금이 토벌을 명하고자 하나 적당한 사람이 없어 다시 성을 기용하여 원수로 삼았다. 성이 군사를 통솔함이 엄하고 사졸과 더불어 고락을 같이하여 수성에 물을 대어 한 번 싸움에 함락시키고 장락판을 쌓고 돌아오니, 임금이 공으로 상동 후에 봉하였다. 1년 뒤에 상소하여 물러가기를 빌기를, "신은 본시 가난한 집의 아들로 어려서 빈천하여 사람에게 이리저리 팔려 다니다가, 우연히 성스러운 임금을 만나 성주께서 허심탄회하게 저를 후하게 받아 주시어 빠짐에서 건져내어 하해 같은 도량으로 포용해 주셨습니다. 그런데 큰 은혜에 누만 끼치고 국체를 윤택하게 하지 못하며, 앞서 삼가지 못한 탓으로 향리에 물러가 편안히 있을 때, 비록 엷은 이슬이 거의 다하였으나 요행히 남은 물방울이 있어, 감히 일월의 밝음을 기뻐하여 다시 파리가 덮인 것을 열어젖혔습니다. 또한 그릇이 차면 넘어지는 것은 물의 떳떳한 이치입니다. 이제 신이 소갈병을 만나 목숨이 뜬 거품보다 급박하니, 한 번 승낙을 내리시어 물러가 여생을 보전하게 해주소서." 하였으나, 임금은 조서를 내려 윤허하지 않고 중사를 보내어 송계·창포 등 약물을 가지고 그 집에 가서 병을 살피게 하였다. 성이 여러 번 표를 올려 굳이 사직하니, 임금이 부득이 윤허하자, 마침내 고향에 돌아가 살다가 천명을 다하였다. 아우 현(약주)은 벼슬이 2천석에 이르고, 아들 익(色酒)·두(重釀酒)·앙(막걸리)·남(果酒)은 도화즙을 마셔 신선술을 배웠고, 친척인 추·미·엄은 다 적이 평씨에 속하였다.

史臣曰 麴氏世本農家 聖以醇德淸才 作王心腹 斟酌國政 有沃帝心 幾致大平既醉之功 盛哉 及其泰寵 幾亂國經 雖禍及於子 無憾 然晩節知足自退 能以壽終 易曰見幾而作 聖庶幾焉

주석 『醇』 온화하다 순 『淸才(청재)』 탁월한 재능 『斟酌(짐작)』 요량하여 처리함 『沃』 부드럽다 옥 『幾』 거의 기 『經』 도덕 경 『晩節(만절)』 =晩年 『幾』 빌미

기 〖庶幾(서기)〗 가까움

국역 사신은 이렇게 평한다. "국씨는 대대로 농가 태생이며, 성은 온화한 덕과 탁월한 재능으로 임금의 심복이 되어 국정을 처리하고 임금의 마음을 흐뭇하게 하여 거의 태평을 이루었으니, 이미 이룬 공이 성대하도다. 그 총애를 극도로 받음에 미쳐서는 거의 나라의 기강을 어지럽혔으니, 그 화가 비록 자손에 미쳤더라도 유감될 것이 없었다. 그러나 만년에 분수에 족함을 알고 스스로 물러가 천명으로 세상을 마칠 수 있었다. ≪역≫에 이르기를 '기미를 보아 일어난다.' 하였으니, 성이 거의 그에 가깝도다."

감상 ▶ ● 이 작품은 假傳으로, 당시 사대부들의 立身과 治國澤民, 그리고 수난상을 제시하면서 安分知足의 지혜를 강조하고 있다. 이 작품은 林椿의 <麴醇傳>에 영향을 받아 지은 것으로, <국순전>의 麴醇이 亂臣賊子型의 奸臣인 데 비하여, <麴先生傳>의 麴聖은 오히려 國政에 힘이 되고 제왕을 도왔으며 태평세월을 이루게 하는 공신으로 의인화된 점이 크게 다르다. 이렇듯 <국순전>이 술의 나쁜 점을 작품의 소재로 취하여 현실을 풍자한 데 반해서, <국선생전>은 술의 좋은 점을 소재로 하여 국정에 도움을 주는 분별 있는 인물로 의인화하였음이 다르다. 이 두 작품은 후대 <愁城志>나 <天君衍義> 등의 구성에 영향을 주었다.

참고논문 ▶ 김현룡, <국순전과 국선생전 연구>, ≪한문학연구≫, 국어국문학회편, 정음문화사, 1988.

17. 〈四輪亭記〉李奎報

承安四年 予始晝謀 欲立四輪亭於園上 俄有全州之命 未得果就 越辛酉 自全州入洛閑居 方有命構之意 又以母病未就 恐因此不能便就 且失其謀晝 遂記之云 夫四輪亭者 隴西子晝其謀而未就者也 夏之日 與客席園中 或臥而睡 或坐而酌 圍棋彈琴 惟意所適 窮日而罷 是閑者之樂也 然避景就陰 屢易其座 故琴書枕簟 酒壺棋局 隨人轉徙 或有失其手而誤墮者 於是始設其計 欲立四輪亭 使童僕曳之 趨陰而就 則人與棋局酒壺枕席 摠逐一亭而東西 何憚於轉徙哉 今雖未就 後必爲之 故先悉其狀

주석 〖晝〗 꾀하다 획 〖俄〗 갑자기 아 〖果〗 해내다 과 〖命意(명의)〗 =用意 〖圍棋(위기)〗 바둑 〖彈〗 타다 탄 〖避〗 피하다 피 〖簟〗 대자리 점 〖壺〗 병 호 〖曳〗 끌다 예 〖憚〗 꺼리다 탄 〖悉〗 모두 내놓다 실

국역 승안 4년(1199, 신종 2)에 내가 처음으로 설계를 하여 사륜정을 동산 위에 세우려 하였는데, 갑자기 전주로 부임하라는 명이 있어서 이룩하지 못하였다. 그 뒤 신유년에 전주로부터 서울에 와서 한가하게 지내던 중에 바야흐로 지으려는 뜻이 있었으나, 또 어머니의 병환으로 성취하지 못하였다. 이런 까닭으로 곧 성취하지 못하고 또 설계한 계획을 잃을까 염려하여, 드디어 다음과 같이 기록한다. 대저 사륜정이라 한 것은 농서자가 그 계획을 설계하고 아직 짓지는 못한 것이다. 여름날 손님과 함께 동산에다 자리를 깔고 누워서 자기도 하고, 앉아서 술잔을 마시기도 하고, 바둑도 두고 거문고도 타며, 뜻에 맞는 대로 하다가 날이 저물면 파한다. 이것이 한가한 자의 즐거움이다. 그러나 햇볕을 피하여 그늘로 옮기면서 여러 번 그 자

리를 바꾸기 때문에 거문고·책·베개·대자리·술병·바둑판이 사람을 따라 이리저리 옮겨지므로 혹시 실수하고 잘못하여 떨어뜨리는 수가 있다. 그래서 비로소 설계하여 사륜정을 세우려고 한다. 아이 종으로 하여금 이것을 끌어 그늘진 곳으로 나아가게 하면, 사람과 바둑판·술병·베개·자리가 모두 한 정자를 따라서 동서로 이동하게 되리니, 어찌 옮기는 것을 꺼려하랴? 지금은 비록 성취하지 못했으나 뒤에 꼭 지을 것이다. 그러므로 먼저 그 형상을 자세히 설명하려 한다.

四其輪 作亭於其上 亭方六尺 二梁四柱 以竹爲椽 以簟蓋其上 取其輕也 東西各一欄 南北亦如之 亭方六尺 則摠計其間 凡三十有六尺也 請圖以試之 則縱而計之 橫而計之 皆六尺 其方如棋之局者亭也 於局之內 又周回而量各尺 尺而方如棋之方罫 罫線道間方井也 罫各方一尺 則三十六罫 乃三十有六尺也 以此而處六人 則二人坐於東 人坐四罫各方焉 縱二尺橫二尺 摠計二人凡八尺也 餘四罫之方者 判而爲二 各縱二尺 以二尺置琴一事 病其促短 則跨南欄而半竪 彈則加於膝者半焉 以二尺置樽壺盤皿之具 東摠十有二尺 二人坐於西亦如之 餘四罫之方者虛焉 欲使往來小選者 必由此路 西摠十有二尺 一人坐於北四罫之方者 主人坐於南 亦如之 中四罫之方者 置棋一局 南北中摠十二尺 西之一人 小進而與東之一人對棋 主人執酌 酌以一杯 輪相飮也 凡肴菓之案 各於坐隙 隨宜置焉 所謂六人者誰 琴者一人 歌者一人 僧之能詩者一人 棋者二人 幷主人而六也 限人而坐 示同志也 其曳之也 童僕有倦色 則主人自下袒肩而曳之 主人疲則客遞下而助之 及其酒酣也 隨所欲之而曳之 不必以陰 如是而侵暮 暮則罷 明日亦如之

주석 〖椽〗 서까래 연 〖欄〗 난간 란 〖間〗 칸 간 〖縱〗 세로 종 〖周〗 둘레 주 〖方罫(방괘)〗 罫는 가로 세로로 교차하여 친 줄로, 방괘는 바둑판의 네모반듯한 井字 〖事〗 양사 사(수량을 세는 단위) 〖促〗 짧다 촉 〖跨〗 걸치다 과 〖竪〗 세우다 수 〖膝〗 무릎 슬 〖樽〗 술통 준 〖盤〗 쟁반 반 〖小選(소선)〗 잠시 〖酌〗 잔, 따르다 작 〖輪〗 돌리다 륜 〖肴〗 안주 효 〖倦〗 고달프다 권 〖袒〗 웃통벗다 단 〖遞〗 번갈아 체 〖酣〗 한창 감 〖侵〗 차츰 나아가다 침

국역 그 바퀴를 넷으로 하고 그 위에 정자를 짓는데, 정자의 사방이 6척이고, 들보가 둘에 기둥이 넷이며, 대나무로 서까래를 하고 대자리를 그 위에 덮는데, 그것은 가벼움을 취한 것이다. 동서가 각각 난간 하나씩이요, 남북이 또한 그와 같다. 정자가 사방이 6척이니, 그 칸수를 모두 계산하면 무릇 36척이다. 그림을 그려서 시험해 보겠다. 세로로 그것을 계산하고 가로로 그것을 계산하면 모두가 6척인데, 그 평방이 바둑판같은 것이 정자이다. 판 안에 또 둘레로 돌아가며 각각 자로 헤아려 보면, 한자의 평방이 바둑판의 정간과 같다. (본문주: 정간이란 선사이의 정자처럼 네모반듯한 것이다.) 정간이 각각 1평방척이니, 36정간은 곧 36평방척이다. 이것을 사용하여 여섯 사람을 두는데, 두 사람이 동쪽에 앉되 각각 4평방 정간을 차지하고 앉는다. 세로 가로가 모두 2척인데 두 사람의 분을 총계하면 모두가 8평방척이다. 나머지 4평방 정간은 쪼개어 둘로 만들면 각각 세로가 2평방척이다. 2평방척에다가는 거문고 하나를 놓는다. 짧은 것이 흠이라면 남쪽 난간에 걸쳐서 반쯤 세워둔다. 거문고를 탈 때는 무릎에 놓는 것이 반은 된다. 2평방척에다가는 술동이·술병·소반그릇 등을 놓아두는데, 동쪽이 모두 12평방척이다. 두 사람이 서쪽에 앉는 데도 또한 이와 같이 하고, 나머지 4평방 정간은 비워 두어서 잠깐씩 왕래하고자 하는 자는 반드시 이 길로 다니게 한다. 서쪽도 모두 12평방척이다. 한 사람은 북쪽 4평방 정간에 앉고 주인은 남쪽에 앉는데 또한 이와 같다. 중간 4평방 정간에는 바둑판 하나를 놓으니, 남쪽과 북쪽 중간이 모두 12평방척이다. 서쪽의 한 사람이 조금 앞으로 나와 동쪽의 한 사람과 바둑을 두면, 주인은 술잔을 가지고 한 잔씩 부어서 돌려가며 서로 마신다. 안주와 과일 접시는 각각 앉은 틈에다 적당하게 놓는다. 이른바 여섯 사람이란 누구인가? 거문고 타는 사람 1인, 노래하는 사람 1인, 시에 능한 스님 1인, 바둑 두는 사람 2인, 주인까지 아울러 여섯이다. 사람을 한정시켜 앉게 한 것은 동지임을 보인 것이다. 사륜정을 끌 때, 아이 종이 힘든 기색이 있으면 주인이 스스로 내려가서 어깨를 걷어붙이고 끈다. 주인이 지치면 손님이 번갈아 내려가 돕는다. 술에 취한 뒤에는 가고 싶은 대로 끌고 가지, 꼭 그늘로만 갈 필요는 없다. 이렇게 하여 저물 때까지 놀다가 저물면 파한다. 명일에도 또한 이와 같이 한다.

或曰 已言亭方六尺 則其所以計之之意 非有難曉者 何至詳計曲算 以棋罫爲喩而期人之淺耶 曰 天圓地方 人所皆知 然說陰陽者 以蓋輿爲喩 至於縱橫步尺無不摠擧者 欲論萬物之入於方圓 皆應形器也 今以是亭計人而坐 至於陬隙中邊無使遺漏 皆入於用 則非詳計曲算而何耶 其以棋罫爲喩者 方圖畫之初 私自爲標 以備不惑耳 非款款指人也

주석 〖曉〗 깨닫다 효 〖曲〗 자세하다 곡 〖喩〗 비유하다 유 〖期〗 바라다 기 〖蓋〗 일산 개 〖形器(형기)〗 형상이 있는 물건 〖陬〗 구석 추 〖漏〗 새다 루 〖款款(관관)〗 충실한 모양

국역 어떤 사람이 말하기를, “이미 정자의 평방이 6척이라고 말하였는데, 그것을 계산한 뜻은 깨닫기 어려울 것이 없으나, 무엇 때문에 자세히 계산하여 바둑판 정간으로 비유를 삼아 사람이 천박해지기를 바라는가?” 하기에 대답하기를, “하늘이 둥글고 땅이 모난 것은 사람이 모두 아는 것이지마는, 음양을 말하는 자가 일산과 수레로 비유를 하니, 심지어 세로 가로의 보·척까지 모두 들어 말한 것은 만물이 모나고 둥근 데 들어가는 것이 모두 형태가 있는 물건의 모양에 응한다는 것을 논하려 함이다. 지금 이 정자에 사람을 계산하여 앉히는 데 있어, 심지어 구석이나 틈, 중간이나 가를 빠뜨림 없이 모두 쓰임에 맞도록 하자면 자세한 계산이 아니고서 어떻게 하겠는가? 바둑판 정간으로 비유한 것은 바야흐로 설계할 처음에 혼자서 표를 만들어서 현혹되지 않게 하자는 것이요, 남을 자세히 가르쳐 주려는 것은 아니다.” 하였다.

曰 作亭而輪其下 有古乎 曰 取適而已 何必古哉 古者巢居 不可以處 故始立棟宇以庇風雨 至於後世 轉相增制 崇板築謂之臺 複欄檻謂之榭 構屋於屋謂之樓 作豁然虛敞者謂之亭 皆臨機商酌 取適而已 然則因亭而輪其下 以備轉徙 庸有不可乎 雖曰取適 亦豈無謂 下輪而上亭者 輪以行之 亭以停之 時行則行 時止則止之義也 輪以四者 象四時也 亭六尺者 像六氣也 二梁四柱者 貳王贊政

杜四方之意也 嗚呼 亭成之後 當邀同志者落之 使各賦詩以記其詳 今取大概 先夸於朋友 欲令翹首而待成耳 辛酉五月日 記

주석 〖庇〗 감싸다 비 〖轉〗 더욱 전 〖制〗 법 제 〖崇〗 높다 숭 〖欄檻(란함)〗 난간 〖豁〗 넓다 활 〖敞〗 트이다 창 〖機〗 때 기 〖商酌(상작)〗 헤아림 〖庸〗 어찌 용 〖六氣(륙기)〗 천지간의 6가지 기운으로, 陰·陽·風·雨·晦·明 〖貳〗 돕다 이 〖贊〗 돕다 찬 〖落〗 낙성식을 하다 락 〖概〗 대강 개 〖夸〗 자랑하다 과 〖翹〗 들다 교

국역 어떤 사람이 또 말하기를, "정자를 짓는데 그 아래에 바퀴를 타는 것이 옛날에도 있었는가?" 하기에 이렇게 대답하였다. "알맞음을 취할 뿐이지, 어찌 반드시 옛것이어야 하겠는가? 옛날에 나무 위에 집을 짓고 살았으나 편안히 살 수 없으므로, 비로소 기둥 있는 집을 세워 풍우를 막았는데, 후세에 와서 점점 제도를 증가하여 판을 대어 높이 쌓은 것을 대라 하고, 난간을 겹으로 한 것을 사라 하고, 집 위에 집을 지은 것을 누라 하고, 넓게 툭 틔게 지은 것을 정이라 하였으니, 모두 시기에 임하여 참작해서 알맞음을 취했을 뿐이다. 그렇다면 정자에 말미암아 밑에다 바퀴를 달아서 굴려 옮기는 것을 대비하는 것이 무엇이 불가한가? 비록 알맞음을 취한다 하더라도 또한 어찌 말할 것이 없겠는가? 밑은 바퀴로 하고 위는 정자로 한 것은 바퀴로 굴러가게 하고 정자로 멈추게 한 것이니, 갈 때가 되면 가고 그칠 때가 되면 그치는 뜻이다. 바퀴를 넷으로 한 것은 사시를 상징한 것이고, 정자를 6척으로 한 것은 6기를 상징한 것이며, 두 들보와 네 기둥을 한 것은 임금을 보좌하여 정사를 도와 사방에 기둥이 된다는 뜻이다. 아! 정자가 이루어진 뒤에는 마땅히 동지들을 맞아서 낙성식을 행하고, 각자 시를 지어 그 자세한 것을 기록하게 해야겠지만, 이제 대략만을 취해서 먼저 친구에게 자랑하여 머리를 들고 성취되기를 기다리게 하는 바이다." 신유년 5월 일에 기를 쓴다.

감상 ● 이 작품은 이규보이 나이 34세에 지은 것으로, 실제로 존재하지 않는 사륜정에 대한 상세한 구조에 의미를 부여함으로써 宦路에 대한 자신의 의중을 암

시적으로 드러내었고, 亭子의 완성을 통해 宦路에의 소망이 빨리 이루어지기를 열망하고 있다. 지금까지 그 누구도 구상하거나 만들지 않았던 바퀴달린 亭子에 관한 奇想天外한 발상은 古人을 답습하지 않으려던 이규보의 사상에서 연유한 것이다. 또한 이 글은 "記란 사실의 기록이다(記者記事之文也)."처럼 사실을 기록해야 하는 記의 양식에서 벗어나 개성을 발휘하여 記 양식이 확대, 발전하는 데 기여했다고 하겠다.

참고논문 원주용, <李奎報의 記에 관한 考察>, 성균관대 석사논문, 1998.

18. 〈鏡說〉李奎報

居士有鏡一枚 塵埃侵蝕 掩掩如月之翳雲 然朝夕覽觀 似若飾容貌者 客見而問曰 鏡所以鑑形 不則君子對之 以取其淸 今吾子之鏡 濛如霧如 旣不可鑑其形又無所取其淸 然吾子尙炤不已 豈有理乎 居士曰 鏡之明也 姸者喜之 醜者忌之然姸者少醜者多 若一見 必破碎後已 不若爲塵所昏 塵之昏 寧蝕其外 未喪其淸萬一遇姸者而後磨拭之 亦未晩也 噫 古之對鏡 所以取其淸 吾之對鏡 所以取其昏 子何怪哉 客無以對

주석 〖枚〗 낱 매 〖埃〗 티끌 애 〖蝕〗 좀먹다 식 〖翳〗 가리다 예 〖濛〗 흐릿하다 몽 〖炤〗 비추다 조 〖姸〗 예쁘다 연 〖碎〗 부수다 쇄 〖拭〗 닦다 식

국역 거사에게 거울 하나가 있는데, 먼지가 끼어서 가린 모양이 마치 구름에 가려진 달과 같았다. 그러나 조석으로 들여다보고 마치 얼굴을 단장하는 사람 같았다. 손님이 보고 묻기를, "거울이란 모습을 비추는 것이요, 그렇지 않으면 군자가 그것을 대하여 그 맑은 것을 취하는 것인데, 지금 그대의 거울은 마치 흐릿한 것이 안개 낀 것 같으니, 이미 모습을 비출 수가 없고 또 맑은 것을 취할 것도 없네. 그런데 그대는 오히려 비추기를 그치지 않으니, 혹시 무슨 이치가 있는가?" 하였다. 거사는 말하기를, "거울이 밝으면 잘생긴 사람은 기뻐하지만 못생긴 사람은 꺼려하네. 그러나 잘생긴 사람은 적고, 못생긴 사람은 많네. 만일 (못생긴 사람이) 한 번 들여다보게 되면 반드시 깨버린 뒤에야 그만둘 것이네. 그러니 먼지가 끼어서 희미한 것만 못하네. 먼지가 흐리게 한 것은 그 겉만을 흐리게 할지언정 그 맑은 것은

상하게 하지 못하니, 만일 잘생긴 사람을 만난 뒤에 닦여져도 역시 늦지 않네. 아! 옛날 거울을 대한 사람은 그 맑은 것을 취하려는 때문이요, 내가 거울을 대하는 것은 그 희미한 것을 취하려는 때문인데, 그대는 무엇을 괴이하게 여기는가?" 하였더니, 손님은 대답할 수 없었다.

감상 ● 說은 논의가 중심이 되는 글이요, 論은 해설이 중심이 되는 글이다. 說에 橫說竪說적 성격이 있고, 論에 先敍後論적 성격이 있을 수 있지만, 조리를 따진다는 점에서는 양자가 일치된다. 說은 이처럼 論과 비슷하지만 자신의 의사를 좀 더 자세하고 여유 있게 표현하기 때문에 유연한 느낌을 주며, 直言보다는 寓意的 표현을 사용한다. 이 작품에서 이규보는 거울은 맑은 것이 용도에 맞는 것이지만 흐린 것을 사랑한다는 역설적 논리를 취하고 있으며, 숨겨진 주제는 세상살이에서는 어리석음이 곧 몸을 보호한다는 암유적 의도이다. 또한 이 작품의 '거울'은 젊은 시절 이규보 자신처럼, 능력은 있으나 벼슬을 얻지 못하여 미친한 듯이 살아나가면서 자신의 본 모습을 드러내지 않는 일군의 지식인들을 가리키는 寓言的 소재로 볼 수도 있다.

참고논문 최승범, <이규보의 수필세계>, ≪국어문학≫제21집, 전북대 국어국문학회, 1980.

19. 〈舟賂說〉李奎報

李子南渡一江 有與方舟而濟者 兩舟之大小同 榜人之多少均 人馬之衆寡幾相類 而俄見 其舟離去如飛 已泊彼岸 予舟猶邅廻不進 問其所以 則舟中人曰 彼有酒以飮榜人 榜人極力蕩槳故爾 予不能無愧色 因歎息曰 嗟乎 此區區一葦所如之間 猶以賂之之有無 其進也有疾徐先後 況宦海競渡中 顧吾手無金 宜乎至今未霑一命也 書以爲異日觀

주석 〖賂〗 뇌물주다 뢰 〖方〗 배나란히세우다 방 〖榜〗 배젓다 방 〖幾〗 거의 기 〖類〗 비슷하다 류 〖俄〗 잠시 아 〖泊〗 배대다 박 〖邅〗 머뭇거리다 전 〖蕩〗 움직이다 탕 〖槳〗 노 장(槳은 작은 노이고, 큰 노는 櫓) 〖區區(구구)〗 작은 모양 〖葦〗 거룻배 위 〖如〗 가다 여 〖霑〗 받다 점 〖一命(일명)〗 =初仕 〖異日(이일)〗 과거나 미래

국역 이자가 남쪽으로 가다가 어떤 강을 건너는데, 배를 나란히 해서 건너는 사람이 있었다. 두 배의 크기도 같고 사공의 수도 같으며, (배에 탄) 사람과 말의 수도 거의 비슷하였다. 그런데 조금 후에 보니, 그 배는 나는 듯이 떠나가서 이미 저쪽 언덕에 닿았지만, 내가 탄 배는 오히려 머뭇거리며 전진하지 않았다. 그래서 그 까닭을 물었더니, 배 안에 있는 사람이 말하기를, "저 배는 사공에게 술을 먹여서 사공이 힘을 다하여 노를 저었기 때문이오."하였다. 나는 부끄러워하지 않을 수 없었으며, 따라서 탄식하기를, "아! 이 조그마한 배가 가는 사이에도 오히려 그에게 뇌물을 줌이 있고 없음에 따라, 그 나아감에 빠르고 느림·앞서고 뒤처짐이 있거늘, 하물며 벼슬의 바다에서 다투며 건너는 도중에 있어서랴? 내 손에 돈이 없는 것을

생각하니, 오늘날까지 한 번의 명령도 받지 못한 것이 당연하구나." 하였다. 기록하여 후일의 볼거리로 삼으려 한다.

감상 ◗ ● 이 글에서 '강'은 인생의 길이나 벼슬길 등의 뜻을 함축하나, 동시에 순탄하지 않고 정당하게 경쟁이 이루어지지도 않는 길, 그런데도 나로서는 피할 수 없는 길임을 뜻한다. 강과 대조를 이루는 '宦海'는 특히 부당한 경쟁의 의미가 강하다. 함께 강을 건너는 '두 배'가 경쟁자를, 그중의 하나인 '머뭇거리는 배'가 지금까지 낮은 벼슬 하나 얻지 못한 나 자신을, '사공'이 뇌물의 유무에 따라 벼슬길을 좌지우지 하는 당시의 세도가를 뜻하며, '술'은 그러한 세도가를 움직이는 뇌물이다. 이 글의 주제는 하나는 뇌물에 따라 벼슬길이 열리고 닫히는 타락한 세태에 대한 비판이고, 또 하나는 돈이 없어 낮은 벼슬 하나 얻지 못하는 자신에 대한 한탄이다.

참고논문 ◗ 정진권, <舟賂說, 鏡說, 理屋說 考>, ≪국어교육≫59·60집, 한국국어교육연구회, 1987.

20. 〈虱犬說〉李奎報

客有謂予曰 昨晚見一不逞男子 以大棒子椎遊犬而殺者 勢甚可哀 不能無痛心 自是誓不食犬豕之肉矣 予應之曰 昨見有人擁熾爐捫虱而烘者 予不能無痛心 自誓不復捫虱矣 客憮然曰 虱微物也 吾見庬然大物之死 有可哀者 故言之 子以此爲對 豈欺我耶 予曰 凡有血氣者 自黔首至于牛馬猪羊昆蟲螻蟻 其貪生惡死之心 未始不同 豈大者獨惡死 而小則不爾耶 然則犬與虱之死一也 故擧以爲的對 豈故相欺耶 子不信之 盍齕爾之十指乎 獨拇指痛 而餘則否乎 在一體之中 無大小支節 均有血肉 故其痛則同 況各受氣息者 安有彼之惡死而此之樂乎 子退焉 冥心靜慮 視蝸角如牛角 齊斥鷃爲大鵬 然後吾方與之語道矣

주석 〖虱〗 이 슬 〖逞〗 단속하다 령 〖棒〗 몽둥이 봉 〖椎〗 치다 추 〖擁〗 끼다 옹 〖熾〗 성하다 치 〖爐〗 화로 로 〖捫〗 잡다 문 〖烘〗 때다 홍 〖憮然(무연)〗 失意한 모양 〖庬〗 크다 방 〖欺〗 깔보다 기 〖黔首(검수)〗 백성 〖螻〗 땅강아지 루 〖蟻〗 개미 의 〖爾〗 그러하다 이 〖的〗 적실하다 적 〖盍〗 어찌~아니하다 합 〖齕〗 깨물다 흘 〖拇〗 엄지 무 〖支節(지절)〗 뼈마디 〖氣息(기식)〗 숨 〖冥心(명심)〗 속된 생각을 없애고 심경을 깨끗하게 함 〖蝸〗 달팽이 와 〖斥鷃(척안)〗 메추리 〖鵬〗 붕새 붕(≪장자≫에 나오는 상상의 큰 새)

국역 어떤 손님이 나에게 말하기를, "어제 저녁에 어떤 불량한 남자가 큰 몽둥이로 돌아다니는 개를 쳐 죽이는 것을 보았는데, 그 광경이 너무 비참하여 아픈 마음을 금할 수 없었네. 이제부터는 개나 돼지고기를 먹지 않을 것을 맹세했네." 하기에, 내가 대응하기를, "어제 어떤 사람이 불이 이글이글한 화로를 끼고 이를 잡아 태워 죽이는 것을 보고, 나는 아픈 마음을 금할 수 없었네. 이제부터는 다시는 이를 잡지 않을 것이라 맹세했네." 하였더니, 손님은 실망한 태도로 말하기를, "이는 미물이다. 내가 큰 물건이 죽는 것을 보고 비참한 생각이 들기에 말한 것인데, 그대가 이런 것으로 대응하니, 혹시 나를 놀리려는 것인가?" 하기에, 나는 말하기를, "무릇 혈기가 있는 것은 백성으로부터 소·말·돼지·양·곤충·땅강아지·개미에 이르기까지 삶을 원하고 죽음을 싫어하는 마음은 처음부터 동일한 것이네. 어찌 큰 것만이 죽음을 싫어하고 작은 것은 그렇지 않겠는가? 그렇다면 개와 이의 죽음은 동일한 것이네. 그래서 그것을 들어 적절한 대응으로 삼은 것이지, 어찌 일부러 놀리려는 것이겠는가? 그대가 나의 말을 믿지 못하거든, 어찌 그대의 열 손가락을 깨물어 보지 않는가? 엄지손가락만 아프고 그 나머지는 아프지 않겠는가? 한 몸에 있는 것은 크고 작은 뼈마디를 막론하고 모두 피와 살이 있기 때문에 그 아픔이 동일한 것일세. 더구나 각기 숨을 받은 것인데, 어찌 저것은 죽음을 싫어하고 이것은 죽음을 좋아할 리 있겠는가? 그대는 물러가서 속된 생각을 없애고 고요히 생각해 보게나. 그리하여 달팽이 뿔을 쇠뿔과 같이 보고, 메추리를 큰 봉새처럼 동일하게 보게 된 그런 뒤에야 내가 바야흐로 그대와 도를 말하겠네." 하였다.

감상 ● 이 작품은 만물은 평등하다는 ≪莊子≫의 齊物論的 思考가 담겨 있다. 또한 이 작품에 표현된 '개'의 죽음은 충성스러운 신하가 정권이 바뀔 때 죽음을 당하는 것을 비유하고, '이'의 죽음은 독재정치를 하던 무신 정권의 지나친 착취를 견딜 수 없어 고향을 버리고 떠돌다가 반란을 일으키고 죽음을 당하던 민중을 비유한 것이다. 이규보가 속한 지배층의 사람들은 같은 계층의 인물이 죽은 것을 슬퍼하였을 것이다. 그러나 이규보는 지배 계층에 속한 인물의 죽음과 백성의 죽음을 같은 것으로 생각한다. 그는 자신의 생각을 직접적으로 표현하지 않고 비유를 통하여 간접적으로 표현하였다. 그는 이 작품에서 그와 같은 시대에 살던 집권 계층의 생각을 비판하고 있는 것이다.

참고논문 하강진, <이규보 수필의 구조와 의미>, ≪한국문학논집≫제18집, 한국문학회, 1996.

21. 〈忌名說〉李奎報

李子問吳德全曰 三韓自古以文鳴於世者多矣 鮮有牛童走卒之及知其名者 獨先生之名 雖至婦女兒童 無有不知者 何哉 先生笑曰 吾嘗作老書生 餬口四方無所不至 故人多知者 而連擧春官不捷 則人皆指以爲今年某又不第矣 以此熟人之耳目耳 非必以才也 且無實而享虛名 猶無功而食千鍾之祿 吾以是窮困若此 平生所忌者名也 其貶損如此 或以公爲恃才傲物 此甚不知先生者也

주석 〖吳德全(오덕전)〗 고려 중기 학자 吳世才로 이규보와 절친했으며, 德全은 그의 字임 〖走卒(주졸)〗 남의 심부름을 하러 다니는 하인 〖餬口(호구)〗 붙어먹음 〖春官(춘관)〗 禮曹를 말하는데, 예조에서 科擧일를 맡아 봄 〖捷〗 이기다 첩 〖第〗 급제하다 제 〖享〗 누리다 향 〖鍾〗 되이름 종 〖貶損(폄손)〗 내림 〖恃〗 믿다 시 〖傲〗 거만하다 오

국역 이자가 오덕전에게 묻기를, "삼한은 자고로 문장으로 세상을 울린 사람은 많으나, 목동이나 하인들에게까지 그 이름이 알려진 사람은 드문데, 선생의 이름만은 부녀자나 아동들까지도 모르는 사람이 없으니, 무엇 때문이오?" 하였더니, 선생은 웃으면서 말하기를, "내가 일찍이 늙은 서생이 되어 사방에서 얻어먹을 때, 가보지 않은 곳이 없기 때문에 아는 사람이 많으며, 나는 잇달아 과거를 보았으나 합격되지 못하였는데, 그때마다 사람들은 '금년에도 아무개가 또 급제하지 못하였다' 하므로, 이 때문에 남의 이목에 익숙하게 된 것뿐이요, 반드시 재주 때문이 아니라오. 더구나 실속 없이 허명만 누리니, 마치 공로도 없으면서 천 종록을 먹는 것과 같소.

나는 이런 까닭으로 이처럼 곤궁하게 지내니, 평생 꺼리는 것은 이름이오." 하였다. 그는 이처럼 겸손하였는데, 어떤 사람이 공을 '재주만 믿고 남에게 거만하다.'고 하니, 이 사람은 너무 선생을 모르는 사람이다.

감상 ◗ ● 이 작품은 오덕전이 이름나기를 좋아하고 거만한 사람으로 알려진 일반적인 평가가 사실이 아니고, 그가 이름이 난 것은 계속되는 불우한 삶과 곤궁함에서 오는 것이므로, 거부의 대상이 아니라 동정의 대상이 될 수 있다는 것이다. 오덕전은 당시 능력이 있으면서도 주위의 부정적 평가 때문에 불우하게 생활한 사람을 대표한다고 하겠다. 이규보는 작품에 이러한 인물에 동정을 나타내고, 능력 있는 사람을 불우하게 만든 당시 관료사회의 모순을 지적하고 있는 것이다.

22. 〈東明王篇幷序〉李奎報

世多說東明王神異之事 雖愚夫騃婦 亦頗能說其事 僕嘗聞之 笑曰 先師仲尼不語怪力亂神 此實荒唐奇詭之事 非吾曹所說 及讀魏書通典 亦載其事 然略而未詳 豈詳內略外之意耶 越癸丑四月 得舊三國史 見東明王本紀 其神異之迹 踰世之所說者 然亦初不能信之 意以爲鬼幻 及三復耽味 漸涉其源 非幻也 乃聖也 非鬼也 乃神也 況國史直筆之書 豈妄傳之哉 金公富軾重撰國史 頗略其事 意者公以爲國史矯世之書 不可以大異之事爲示於後世而略之耶 按唐玄宗本紀 楊貴妃傳 並無方士升天入地之事 唯詩人白樂天恐其事淪沒 作歌以志之 彼實荒淫奇誕之事 猶且詠之 以示于後 矧東明之事 非以變化神異眩惑衆目 乃實創國之神迹 則此而不述 後將何觀 是用作詩以記之 欲使夫天下知我國本聖人之都耳

주석 〖騃〗 어리석다 애 〖先師(선사)〗 돌아가신 선생 〖荒唐(황당)〗 언행이 거칠고 주책없음 〖詭〗 괴이하다 궤 〖魏書(위서)〗 北齊 魏收 撰으로, 論述이 불공평하다고 하여 穢史라 함 〖通典(통전)〗 唐 杜佑의 撰으로, 고대부터 唐 玄宗까지의 제도를 기록함 〖越〗 지나다 월 〖迹〗 자취 적 〖踰〗 넘다 유 〖幻〗 허깨비 환 〖耽味(탐미)〗 글의 깊은 맛을 충분히 즐김 〖涉〗 거닐다 섭 〖矯〗 바로잡다 교 〖並〗 결코 병(주로 부정사 앞에서 어기를 강하게 해줌) 〖方士(방사)〗 =道士 신선의 술법을 닦는 사람 〖淪〗 빠지다 륜 〖誕〗 거짓 탄 〖矧〗 하물며 신 〖創〗 비롯하다 창 〖述〗 짓다 술

국역 세상에서 동명왕의 신령하고 이상한 일을 많이 말한다. 비록 어리석은 남녀들까지도 자못 그 일을 말할 수 있다. 내가 일찍이 그 얘기를 듣고 웃으며 말하기

를, “선사 중니께서는 괴이함 · 무력 · 어지러움 · 귀신에 관해 말씀하지 않았다. 이것은 실로 황당하고 기괴하여 우리들이 얘기할 것이 못 된다.” 하였다. 뒤에 ≪위서≫와 ≪통전≫을 읽어 보니, 역시 그 일을 실었으나 간략하고 자세하지 않으니, 혹시 국내의 것은 자세히 하고 외국의 것은 소략히 하려는 뜻인가? 지난 계축년(1193, 명종 23) 4월에 ≪구삼국사≫를 얻어 <동명왕본기>를 보니 그 신이한 자취가 세상에서 얘기하는 것보다 더했다. 그러나 또한 처음에는 그것을 믿을 수 없어 마음속으로 귀나 환으로만 생각하였다. 세 번 반복하여 깊이 읽어서 점점 그 근원에 들어가니, 환이 아니고 성이며, 귀가 아니고 신이었다. 하물며 국사는 사실 그대로 쓴 글이니, 어찌 허탄한 것을 전하였으랴. 김부식이 국사를 거듭 편찬할 때에 자못 그 일을 생략하였으니, 생각건대 공은 국사는 세상을 바로잡는 글이니 크게 이상한 일을 후세에 보여서는 안 된다고 생각하여 생략한 것인가? <당현종본기>와 <양귀비전>을 살펴보니, 전혀 방사가 하늘에 오르고 땅에 들어갔다는 일이 없는데, 오직 시인 백낙천이 그 일이 사라질 것을 두려워하여 노래(<長恨歌>)를 지어 그것을 기록하였다. 저것은 실로 황당하고 음란하고 기괴하고 허탄한 일인데도, 오히려 그것을 읊어서 후세에 보여주었는데, 하물며 동명왕의 일은 변화의 신이한 것으로 여러 사람의 눈을 현혹한 것이 아니고, 실로 나라를 창시한 신기한 사적이니, 이것을 본받아 기술하지 않으면 후인들이 장차 어떻게 볼 것인가? 그러므로 시를 지어 그것을 기록하여, 우리나라가 본래 성인의 나라라는 것을 천하에 알리고자 하는 것이다.

감상 ▶ ● 12세기와 13세기에 있어서, 무신난이나 몽고 침입 등 전고에 없는 우리의 민족적 수난과 그것에 대한 민족적 저항은 시인으로 하여금 개인의 슬픔과 기쁨보다 민족의 운명, 즉 집단의 운명에 더 많은 관심을 가지게 했으며, 이러한 관심, 즉 집단의식을 기반으로 만들어진 작품이 <동명왕편>이다. 이규보는 단순한 說話的 관심과 흥미에서가 아니라, 우리 민족의 國基가 그렇게 유구하고 또한 우월한 민족이라는 점을 확신하는 민족적 자부심과 그에 대한 욕구에서 출발하여 이 民族敍事詩를 썼다. 이규보는 민족의식의 고취를 통하여, 다시금 단합되어 힘 있는 우리 민족의 재창조를 추구한 것이었다. 동명왕이 온갖 역경을 이기고 창업할 수 있었던 힘은 그의 事蹟을 믿는 고려인에게도 똑같이 주어짐으로써 당대의 國難을 극복할 수 있다는 믿음이었던 것이다.

참고논문 이우성, <고려중기의 민족서사시>, ≪한국의 역사인식≫, 창작과비평사, 1992.

주종연, <한국서사문학의 한 원형, <동명왕편>>, ≪이규보연구≫, 새문사, 1986.

23. 〈東人之文序〉崔瀣[7]

東方遠自箕子始受封于周　人知有中國之尊　在昔新羅全盛時　恒遣子弟于唐　置宿衛院以隷業焉　故唐進士有賓貢科　榜無闕名　以逮神聖開國　三韓歸一　衣冠典禮　寔襲新羅之舊　傳之十六七王　世修仁義　益慕華風　西朝于宋　北事遼金　熏陶漸漬　人才日盛　粲然文章　咸有可觀者焉　然而俗尙悖庬　凡有家集　多自手寫　少以板行　愈久愈失　難於傳廣　而又中葉失御武人　變起所忽　昆岡玉石　遽及俱焚之禍　尒後三四世　雖號中興　禮文不足　因而繼有權臣擅國　脅君罔民　曠棄城居　竄匿島嶼　不暇相保　國家書籍　委諸泥塗　無能收之　由玆已降　學者失其師友淵源　又與中國絶不相通　皆泥寡聞　流于浮妄　當時豈曰無秉筆者　其視承平作者　規模蓋不相侔矣

주석 〚隷〛 익히다 례 〚賓貢科(빈공과)〛 외국인이 응시하는 과거 〚榜〛 방목 방(과거 급제자의 성명을 공시하는 발표서) 〚闕〛 빠뜨리다 궐 〚逮〛 미치다 태 〚典禮(전례)〛

---

7) 최해(1287, 충렬왕 13～1340, 충혜왕 복위 1). 고려 후기의 문인. 字는 언명보(彦明父) 또는 壽翁. 號는 拙翁 또는 예산농은(猊山農隱). 시호는 文正. 최해는 문과에 급제하여 성균관 학유를 거쳐서 長興庫使에 임명된 뒤에 1320년(충숙왕 7) 安軸·李衍京 등과 함께 원나라의 과거에 응시했다가, 최해만 급제하고 5개월 만에 병을 핑계하고 귀국하였다. 성균관대사성이 되었다가, 말년에는 獅子岬寺의 밭을 빌려서 농사를 지으며 저술에 힘썼다. 최해는 평생 詩酒로 벗을 삼았으며, 李齊賢·閔思平과 가까이 사귀었다. 성품이 강직하여 세속에 아부하지 않고 거리낌 없이 남의 선악을 밝혔다. 그래서 윗사람의 신망을 사지 못하여 출세에 파란이 많았다. 그는 독서나 창작에 있어서 스스로 깨달음을 중하게 생각하였다. 말년에는 저술에 힘써 고려 명현의 詩文을 뽑아 ≪東人之文≫ 25권을 편찬하였다. 그가 남긴 문집은 ≪졸고천백(拙藁千百)≫ 2책이다.

일정한 의식 〖寔〗 진실로 식 〖襲〗 따르다 습 〖遼金(료금)〗 요는 거란의 태종이 내외 몽고 및 만주의 땅에 세운 나라로, 건국한 지 210년 만에 금나라에게 멸망되었음 〖熏陶(훈도)〗 사상이나 습관이 젖어들어 점점 동화됨 〖漬〗 물들다 지 〖粲〗 밝다 찬 〖惇〗 순후하다 돈 〖厖〗 풍후하다 방 〖板〗 판목 판(글자를 새긴 나무) 〖失御(실어)〗 국가를 통어하는 방법을 잘못함 〖昆岡玉石 遽及俱焚之禍(곤강옥석 거급구분지화)〗 =玉石俱焚 곤강에서 나는 옥이 가장 훌륭한데 돌과 함께 타버렸다는 것으로, 나쁜 사람이나 좋은 사람이나 같이 재난을 당함을 의미함 〖尒〗 =爾, 爾後=以後 〖禮文(례문)〗 한 나라의 제도 문물 〖惘〗 뜻잃다 망 〖曠〗 비우다 광 〖竄匿(찬닉)〗 도망해 숨음 〖嶼〗 섬 서 〖暇〗 겨를 가 〖委〗 버리다 위 〖泥塗(니도)〗 진창 길 〖泥〗 막히다 니 〖寡聞(과문)〗 아는 것이 적음 〖視〗 견주다 시 〖承平(승평)〗 나라가 오래 태평함 〖侔〗 같다 모

국역 동방이 멀리 기자로부터 비로소 주나라에서 봉함을 받아, 사람들이 높은 중국이 있음을 알았다. 옛날 신라 전성기에, 항상 자제들을 당나라에 보내어 숙위원에 두어 학업을 익히게 하였다. 그러므로 당의 진사에 빈공과가 있어 방에 이름이 빠진 적이 없었다. 신성이 국가를 열어 삼한이 통일됨에 미쳐서도, 의관과 전례는 진실로 신라의 구습을 이어받았으며, 16, 17의 왕을 전하도록 대대로 인의를 닦고 더욱 중화의 풍교를 사모하여 서쪽으로 송나라에 조회하며 북으로 요금을 섬기어, 훈도되고 점점 젖어들어 인재가 날로 번성하고 문장이 찬란하여 모두 볼 만한 것이 있었다. 그러나 풍속이 순박하여 무릇 집안의 문집에 있어서는 스스로 손수 베낀 것이 많고 판본으로 돌아다니는 것이 적었다. 그래서 더욱 오래일수록 더욱 유실되어 널리 전하기 어려웠다. 또 중엽에 이르러서는 무인에게 통어를 잘못하여 변란이 소홀한 데서 일어나니, 곤강의 옥과 돌이 갑자기 모두 불에 타는 화를 입게 되었다(무신란을 일컬음). 이후 3, 4세에 비록 중흥되었다고 칭하지만 예문이 부족하고 그대로 계속하여 권신이 국사를 농단하여 임금을 협박하고 백성을 失意하게 하니, 서울을 포기하고 섬으로 도망해 숨어서(강화도로의 천도를 일컬음), 서로 보호해줄 겨를이 없었고, 국가의 서적은 흙탕에 내버려져 수습할 수가 없었다. 이로부터 이래로

학자는 사우의 연원을 잃게 되고, 또 중국과 단절되어 서로 통하지 못하므로 다 과문한 데에 빠지고 근거가 없는 곳으로 흐르게 되었다. 당시에도 어찌 붓을 잡는 자가 없었겠는가? 그 나라가 평안한 시대의 작자에 견주어보면 대개 규모가 서로 짝이 되지 못할 정도였다.

幸遇天啓皇元 列聖繼作 天下文明 設科取士 已七擧矣 德化丕冒 文軌不異 顧以予之疏淺 亦嘗濫竊 掛名金榜 而與中原俊士得相接也 間有求見東人文字者 予直以未有成書對 退且恥焉 於是始有撰類書集之志 東歸十年 未嘗忘也 今則搜出家藏文集 其所無者 偏從人借 裒會採掇 校厥異同 起於新羅崔孤雲 以至忠烈王時 凡名家者 得詩若干首 題曰五七 文若干首 題曰千百 騈儷之文若干首 題曰四六 摠而題其目曰東人之文 於戲 是編本自得之兵塵煨燼之末 蠹簡抄錄之餘 未敢自謂集成之書 然欲觀東方作文體製 不可捨此而他求也 又嘗語之曰 言出乎口而成其文 華人之學 因其固有而進之 不至多費精神 而其高世之才 可坐數也 若吾東人 言語旣有華夷之別 天資苟非明銳而致力千百 其於學也 胡得有成乎 尙賴一心之妙 通乎天地四方 無毫末之差 至其得意 尙何自屈而多讓乎彼哉 觀此書者 先知其如是而已

주석 〖丕〗 크다 비 〖冒〗 덮어 가리다 모 〖文軌(문궤)〗 ≪중용≫의 "書同文 車同軌"에서 연유한 말 〖顧〗 도리어 고 〖濫竊(람절)〗 분수에 넘침 〖掛〗 걸다 괘 〖金榜(금방)〗 과거에 합격한 사람의 이름을 게시하는 방 〖搜〗 찾다 수 〖裒〗 모으다 부 〖採〗 캐다 채 〖掇〗 줍다 철 〖校〗 교정하다 교 〖於戲(오희)〗 감탄하는 소리 〖煨燼(외신)〗 타고 남은 재. 나머지 〖蠹簡(두간)〗 좀이 먹은 책(蠹 좀 두) 〖抄〗 베끼다 초 〖胡〗 어찌 호 〖尙〗 바라건대 상 〖賴〗 힘입다 뢰

국역 다행히 하늘이 원나라를 열어 여러 성인이 서로 계승하여 천하를 문명으로 이끌었고, 과거를 베풀어 선비를 뽑은 것도 벌써 7회나 거쳤다. 덕화가 크게 미치고 문이 다르지 않아, 도리어 비록 나 같은 얕은 재주로도 또한 일찍이 분수에

넘치게 이름을 금방에 걸고 중국의 뛰어난 선비들과 서로 접촉할 수 있었던 것이다. 간혹 우리나라 사람의 문자를 보기 원하는 자가 있으면, 나는 다만 아직 이루어진 책이 없다고 대답할 뿐이니, 물러나면서도 부끄러워하였다. 이에 비로소 유서의 문집을 편찬할 뜻을 두고 우리나라로 돌아와 10년 동안 일찍이 잊은 적이 없었다. 지금 집안에 간직된 문집을 찾아내고, 없는 것은 두루 남에게 빌려 모으고 채집하여 그 다르고 같음을 교정하였다. 신라 최고운에서 시작하여, 충렬왕 시대에 이르기까지 무릇 명가라 칭하는 사람의 시 몇 편씩을 얻어서 제목을 <오칠>이라 하고, 문 몇 편을 뽑아서 제목을 <천백>이라 하고, 변려문 몇 편을 뽑아서 제목을 <사륙>이라 하고, 총괄하여 제목을 ≪동인지문≫이라 하였다. 아! 이 편집은 본시 병란에 불타다 남은 재와 좀먹은 책이나 초록의 조각에서 얻은 것이니, 감히 스스로 집성된 책이라 이를 수는 없다. 그렇지만 동방의 작문 체제를 보고 싶다면, 이것을 버리고 달리 구할 길은 없다. 또 일찍이 말하기를, "말이 입에서 나와 글이 이루어지는데, 중국 사람의 배움은 본래 가지고 있던 것에 말미암아 배워 나가므로, 정신을 많이 허비하는 데 이르지 않는다. 하지만 뛰어난 인재는 앉아서 헤아릴 수 있을 정도이다. 우리 동인과 같은 경우는 언어가 이미 화이의 구별이 있으니, 타고난 자질이 진실로 명민한데다가 힘을 천백 배나 더 쓰지 아니하면, 그 배움에 있어 어찌 성공이 있을 수 있겠는가? 다만 바라건대 마음의 오묘함에 힘입어 천지 사방에 달통하여 털끝만큼도 차이가 없이 그 득의한 경지에 이른다면, 어찌 스스로 굴복하여 저들에게 많이 양보하겠는가? 이 책을 보는 자는 먼저 이와 같은 점을 알면 그만이다." 하였다.

감상 ● 최해는 詩文을 감상하는 안목이 특출하였기에 東人文을 選集하였던 것이다. 조선시대 서거정은 ≪동인지문≫이 散逸한 것이 매우 많다고 취약점을 지적했으나, ≪동문선≫의 모태였을 소지가 있다. 첫 단락에서 최해는 우리나라와 중국과의 문화교류를 설명하고 그 영향을 받으면서도 우리나라 사람들이 우수한 것을 자랑으로 여기고 있다. 마지막 문단에서는 언어의 차이가 있음에도 불구하고 이를 극복하고 득의의 경지에 이르러서는 중국인에게도 양보할 것이 없다는 표현은, 곧 고려 지식인의 문화적 자부심의 표현이라 할 것이다. 이러한 인식하에 그는 東國의 詩文을 모아 현전하지는 않지만 ≪동인지문≫을 편찬했던 것이다. ≪동인지문≫의 체재는 詩를 모은 <五七>, 文을 모은 <千百>, 변려문을 모은 <四六>이었으나, 지금 전하고 있는 것은 <四六>뿐이다.

참고논문
정경주, <졸옹 최해 문학의 역사적 성격>, ≪한국문학논총≫제11집, 한국문학회, 1990.
윤병태, <최해와 그의 東人之文四六>, ≪동양문화연구≫제5집, 동양문화연구소, 1978.

24. 〈東人四六序〉崔瀣

後至元戊寅夏 予集定東文四六訖成 竊審國祖已受冊中朝 奕世相承 莫不畏天事大 盡忠遜之禮 是其章表得體也 然陪臣私謂王 曰聖上 曰皇上 上引堯舜 下譬漢唐 而王或自稱朕予一人 命令曰詔制 肆宥境內曰大赦天下 署置官屬 皆倣天朝 若此等類 大涉譖踰 實駭觀聽 其在中國 固待以度外 其何嫌之有也 逮附皇元 視同一家 如省院臺部等號早去 而俗安舊習 玆病尙在 大德間 朝廷遣平章闊里吉思釐正 然後渙然一革 無敢有蹈襲之者 今所集定 多取未臣服以前文字 恐始寓目者不得不有驚疑 故題其端以引之 拙翁書

주석 〖訖〗 마치다 글 〖冊〗 칙서 책 〖奕世(혁세)〗 여러 대(奕 겹치다 혁) 〖遜〗 겸손하다 손 〖章表(장표)〗 둘 다 군주에게 올리는 글 〖陪臣(배신)〗 신하의 신하로, 곧 천자의 신하인 제후의 신하 〖予一人(여일인)〗 천자의 自稱 〖肆〗 방자하다 사 〖宥〗 용서하다 유 〖倣〗 본뜨다 방 〖涉〗 관계하다 섭 〖譖踰(참유)〗 譖은 僭과 통용되는 자로, 僭踰은 분수에 넘침을 뜻함 〖駭〗 놀라다 해 〖嫌〗 혐의 혐 〖逮〗 이르다 태 〖釐〗 다스리다 리 〖渙然(환연)〗 풀리는 모양 〖蹈襲(도습)〗 답습 〖臣服(신복)〗 신하로서 섬김 〖寓目(우목)〗 눈여겨 봄 〖端〗 첫 단 〖引〗 =序

국역 후지원(1335~1340) 무인년 여름에, 나는 <동문사륙>의 편집을 끝마쳤다. 마음속으로 살펴보건대, 국조가 이미 중국의 책봉을 받아 대대로 계승하여 천명을 두려워하고 대국을 섬기어 충성하고 겸손하는 예를 극진히 아니한 일이 없었다. 이것이 표장의 체가 생기게 된 이유이다. 그러나 배신이 사사로이 자기 왕을 성상 또는 황상이라 이르며, 위로 요순을 끌어당기고, 아래로 한당에 비긴다. 왕도 간혹 짐이나 여일인이라 자칭하고, 명령을 조・제라 하며, 국내의 죄수들을 멋대로 풀어주는 것을 '대사천하'라 하고, 관서를 두는 것과 관속도 다 중국을 본떴으니, 이와 같은 것들은 크게 분수에 넘쳐 실로 듣고 보는 자를 놀라게 한다. 중국에 있어서는 진실로 도외시하는 처지니, 무슨 혐의를 두었겠는가? 원나라에 부속됨으로부터는 한집안같이 보아주어 성・원・대・부 등속의 명칭은 진작 버렸으나, 풍속이 구습을 편안히 여겨 이 폐단이 아직도 있었는데, 대덕 연간(1297~1307)에 중국 조정에서 평장 활리길사를 보내어 정리한 뒤로, 환연히 고쳐져서 감히 인습하는 자가 없었다. 지금 편집한 것이 신복하기 이전의 문자를 많이 취하였기로, 처음 보는 자는 놀라 의심하게 될까 걱정되므로, 그 첫머리에 서문을 쓴다. 졸옹이 씀

감상 ● 최해가 살았던 당시는 元에 아부하는 친원파 권문세족에 의해 정치가 혼란한 상황이었다. 최해는 정치활동이 아닌 문학 활동을 통해 실의에 빠진 고려인들을 깨우쳐 자긍심을 주는 한편, 실추된 고려의 권위를 회복시켜 보려고 노력했다. 이 굴욕적인 시대를 살았던 최해는 ≪동인문≫을 편찬하면서 원에 臣服되기 이전의 용어를 그대로 사용하면서, 그 이유를 '신복되기 이전의 글을 많이 취하였기 때문'이라 하고 있지만, 사실은 元에 의해 격하된 본래의 명칭과 용어를 살려내어 고려인들로 하여금 자긍심을 잃지 않도록 하기 위해서였던 것이다.

참고논문 한영규, <崔瀣의 詩文學과 選詩意識>, 성균관대 석사논문, 1992.
이상희, <졸옹 최해의 ≪拙藁千百≫에 나타난 작가의식 연구>, 계명대 석사논문, 1995.

25. 〈猊山隱者傳〉崔瀣

隱者名夏屆 或稱下逮 蒼槐其氏也 世爲龍伯國人 本非覆姓 至隱者 因夷音之緩 倂其名而易之 隱者方孩提 已似識天理 及就學 不滯於一隅 纔得旨歸 便無卒業 其汎而不究也 稍壯 慨然有志於功名 而世莫之許也 是其性不善於伺候 而又好酒 數爵而後 喜說人善惡 凡從耳而入者 口不解藏 故不爲人所愛重 輒擧輒斥而去 雖親友惜 其欲改 或勸或責 不能納 中年頗自悔 然人已待以非可牢籠 未果用 而隱者亦不復有意於斯世矣

주석 〖猊〗 사자 예 〖覆姓(복성)〗 두 자로 된 성 〖倂〗 아우르다 병 〖孩提(해제)〗 두세 살 된 어린아이 〖滯〗 집착하다 체 〖纔〗 겨우 재 〖歸〗 뜻 귀 〖汎〗 넓다 범 〖稍〗 점점 초 〖慨〗 분개하다 개 〖伺候(사후)〗 옆에서 받듦 〖爵〗 술잔 작 〖解〗 =能 〖擧斥(거척)〗 기용했다 배척함 〖責〗 꾸짖다 책 〖牢籠(뢰롱)〗 묶어둠

국역 은자의 이름은 하계, 혹은 하체라 하며 창괴는 그의 성으로, 대대로 용백국의 사람이다. 본래 두 자의 성이 아닌데, 은자에 이르러 우리나라의 음이 느리기 때문에 그 이름과 함께 이렇게 바꾸었다. 은자는 어릴 적에 이미 하늘의 이치를 아는 듯하였으며, 공부를 하게 되면서부터는 한 방면에만 얽매어 있지 아니하였으며, 겨우 뜻만을 아는 정도에 그치고, 한 가지도 공부를 완전히 마친 것이 없었으니, 그것은 넓게 보기만 하고 깊이 파고들지 않았기 때문이었다. 차츰 자라나게 되자, 비장한 각오로 출세하는 데 뜻을 두었으나, 세상에서는 그를 허락하지 않았다. 이것은 그의 성격이 잘 받들지 못하고, 또 술을 좋아하여 두어 잔만 마시면 남의 좋은 점 나쁜 점을

얘기하기를 좋아하여, 무릇 귀로 들은 것이면 입이 그것을 간직할 줄을 몰랐다. 그러므로 남에게 아끼며 소중히 여김을 받지 못하였다. 벼슬을 할 뻔하다가는 곧 배척을 당하여 쫓겨나게 되었다. 비록 친구들이 애석히 여겨서 그의 성격을 고쳐주려 하여, 더러 권하기도 하며 더러 책망도 하였으나 받아들이지 못하였다. 중년에 이르러서는 상당히 스스로 뉘우쳤다. 그러나 사람들은 이미 그는 얽매어 있을 사람이 아니라고 대우하였기 때문에 마침내 쓰이지 못하였다. 은자도 또한 이 세상에 다시 뜻을 두지 아니하였다.

嘗自言　吾所嘗往來者皆善人　而其所不與者多　欲得衆允難矣　此其所短　迺其所以爲長也　晩從師子岬寺僧　借田而耕　開園曰取足　自號猊山農隱　其銘座右曰　尒田尒園　三寶重恩　取足奚自　愼勿可諼　隱者素不樂浮屠　而卒爲其佃戶　蓋訟夙志之爽　以自戲云

주석 〖與〗 허여하다 여 〖允〗 미쁨 윤 〖迺〗 이에 내 〖尒〗 ＝爾 〖三寶(삼보)〗 불교에서 말하는 佛·法·僧 〖諼〗 잊다 훤 〖素〗 평소 소 〖浮屠(부도)〗 불교 〖卒〗 마침내 졸 〖佃戶(전호)〗 소작인 〖訟〗 자책하다 송 〖夙志(숙지)〗 일찍부터 품은 뜻 〖爽〗 어그러지다 상 〖戲〗 희롱하다 희

국역 일찍이 스스로 말하기를, "내가 일찍이 왕래하던 사람은 모두 좋은 사람이었다. 그런데도 인정받지 못한 사람이 많았으니, 여러 사람에게 미더움을 얻기 바라는 것은 어려운 일이다." 하였다. 이것은 그의 단점인 동시에 그의 장점도 되는 것이다. 늦게 사자갑사의 중을 따라가서 땅을 빌려 농사를 지었는데, 농원을 개척하여 취족이라 이름하고, 스스로 예산농은이라고 호를 지었다. 그의 좌우명에 이르기를, "너의 땅과 너의 농원은 삼보로부터 받은 무거운 은혜로다. 넉넉함을 취한 것은 어디서 온 것이냐? 삼가 잊지 말지어다." 하였는데, 은자는 평소에 불교를 좋아하지 않으면서도 마침내 그들의 소작인이 되었으므로, 대저 평소의 뜻이 어그러진 것을 하소연하며 스스로를 조롱한 것이다.

감상 ▶ ● 이 작품은 自傳으로, 화가가 자화상을 그리듯 작자 자신의 모습을 담담히 객관적 실체로 드러내 보이고 있다. 작품 말미에 보이는 자신의 처지에 대한 自嘲는 작가 자신에 대한 냉철한 자기성찰이 특히 두드러짐을 살필 수 있다. 이 작품은 현실에 굴하지 않고 그에 맞서 자기를 지탱하려는 작자의 의식 상태를 처음부터 끝까지 그 밑바닥에 깔고 있다. 작자의 냉철한 자기 성찰은 현실에 맞서 자신의 정체성을 확보하려는 노력이 자리하고 있는 것이다.

참고논문 ▶ 박희병, ≪한국고전인물전 연구≫, 한길사, 1993.
여증동, <최졸옹과 예산은자전 고>, ≪논문집≫제2집, 진주교대, 1968.

26. 〈櫟翁稗說前序〉李齊賢[8]

至正壬午 夏雨連月 杜門無跫音 悶不可袪 持硯承簷溜 聯友朋往還折簡 遇所記 書諸紙背 題其端曰 櫟翁稗說 夫櫟之從樂聲也 然以不材遠害 在木爲可樂 所以從樂也 予嘗從大夫之後 自免以養拙 因號櫟翁 庶幾其不材而能壽也 稗之從卑亦聲也 以義觀之 稗禾之卑者也 余少知讀書 壯而廢其學 今老矣 顧喜爲駁雜之文 無實而可卑 猶之稗也 故名其所錄 爲稗說云

주석 〖櫟〗 상수리나무 력 〖稗〗 피 패 〖杜〗 막다 두 〖跫〗 발자국소리 공 〖悶〗 번민 민 〖袪〗 버리다 거 〖承〗 받다 승 〖簷〗 처마 첨 〖溜〗 물방울 류 〖折簡(절간)〗 편지 조각 〖記〗 기억하다 지 〖庶幾(서기)〗 바람 〖顧〗 도리어 고 〖駁雜(박잡)〗 뒤섞여 순정하지 아니함

---

8) 이제현(1287, 충렬왕 13～1367, 공민왕 16). 字는 仲思, 號는 益齋・實齋・櫟翁. 1301년(충렬왕 27) 15세에 성균시에 장원하고 권보(權溥)의 딸과 혼인했다. 1314년(충숙왕 1) 백이정의 문하에서 程朱學을 공부했고, 같은 해 원나라에 있던 충선왕이 萬卷堂을 세워 그를 불러들이자 燕京에 가서 원나라 학자 요수・조맹부・원명선 등과 함께 학문을 연구했다. 1319년 원나라에 갔다가 충선왕이 모함을 받고 유배되자 그 부당함을 원나라에 밝혀 1323년 풀려나오게 했다. 1357년 문하시중에 올랐으나 사직하고 학문과 저술에 몰두했다. 그는 탁월한 유학자로 성리학 발전에 매우 중요한 역할을 했다. 충목왕 때는 개혁안을 제시하여 格物致知와 誠意正心의 도를 강조하기도 했다. 문학에 있어서는 道와 文을 本末의 관계로 파악하여 이들을 같은 선상에 두면서도 道의 전달에 상대적인 비중을 두는 문학관을 지니고 있었다. 그의 시는 형식과 내용이 조화를 이루면서도 修己治人과 관계되는 충효사상・觀風記俗・현실고발의 내용과 주제도 담고 있는데 詠史詩가 많은 부분을 차지하는 것이 특징이다. 산문은 앞 시대의 형식 위주의 문학을 배격하고 내용을 위주로 한 載道的인 문학을 추구했다. ≪익재난고≫의 <小樂府>에 고려의 민간가요를 7언절구로 번역한 17수가 수록되어 있는데, 오늘날 고려가요 연구에 귀중한 자료가 된다.

국역 지정(元 順帝의 연호) 임오년(고려 충혜왕 복위 3, 1342), 여름비가 연이어 내렸다. 문을 닫으니 찾아오는 사람도 없어 답답한 마음을 없앨 수 없었다. 벼루를 들고 나가 처마에서 떨어지는 빗물을 받아, 친구들 사이에 오간 편지 조각들을 이어 붙인 다음, 생각나는 대로 편지 뒷면에 적고서 끝에다 역옹패설이라고 썼다. 대저 '역' 자에 '낙' 자를 붙인 것은 소리를 따른 것이다. 그러나 재목감이 못 됨으로써 피해를 멀리하는 것은 나무에게 있어서 즐거울 수 있기 때문에 '낙' 자를 붙인 것이다. 내가 일찍이 벼슬아치로 종사하다가 스스로 물러나 옹졸함을 지키면서 호를 역옹이라 하였으니, 이는 그 재목감이 되지 못함으로써 장수할 수 있기를 바라는 뜻에서이다. 패자에 비자를 붙인 것 역시 소리를 따른 것인데, 뜻으로 살펴보면 돌피는 곡식 중에 비천한 것이기 때문이다. 내가 젊어서는 글 읽을 줄 알았으나 장성하면서 그 배움을 폐지하였으며, 지금 늙어서는 도리어 잡문 쓰기를 좋아하여 그 부실하고 비천한 것이 마치 돌피와 같다. 그러므로 그 기록한 것들을 패설이라 하였다.

감상 ● ≪역옹패설≫은 이제현이 56세 때 지은 비평서로, 前集에서는 역사를 後集에서는 문학을 주로 다루고 있으며, 이인로의 ≪파한집≫ · 최자의 ≪보한집≫과 더불어 고려시대 3대 비평서의 하나로 유명하다. ≪역옹패설≫은 稗說이라 하였지만, 筆記라고 보는 학자도 있다. 筆記는 문인학자의 서재에서 형성된 것일 뿐 아니라 사대부의 생활의식을 그 내용으로 삼고 있는 반면, 稗說은 민간에 돌아다닌 이야기를 기록한 것이기 때문이다. 이 <역옹패설전서>는 ≪역옹패설≫의 성립과정과 命名의 의미를 풀이하고 있다. 그런데 서문에 나와 있는 내용을 두고, 오랜 세월 동안 많은 사람들이 읽어왔던 것처럼 ≪역옹패설≫이라고 읽어야 한다거나 소리부분에 중점을 두어≪낙옹비설≫이라고 읽어야 한다는 주장이 양분되어 있다. 益齋는 저작동기를 무료해서 썼다고 했으나, 그가 元으로부터 귀국하자 群小의 선동이 심함을 보고 물러나 살면서 故事에 관해 평소에 느꼈던 것과 作詩 태도와 詩評에 겸해 저작한 것이다.

참고논문 차용주, <이제현론>, ≪한국한문학작가론≫, 형설출판사, 1992.

27. 〈櫟翁稗說後〉李齊賢

客謂櫟翁曰 子之前所錄 述祖宗世系之遠 名公卿言行 頗亦載其間 而乃以滑稽之語終焉 後所錄 其出入經史者無幾 餘皆雕篆章句而已 何其無特操耶 豈端士壯夫所宜爲也 答曰 坎坎擊鼓列於風 屢舞婆娑編乎雅 矧此錄也 本以驅除閑悶 信筆而爲之者 何怪夫其有戲論也 夫子以博奕者爲賢於無所用心 雕篆章句比諸博奕 不猶愈乎 且不如是 不名爲稗說也

주석 〖祖宗(조종)〗 대대의 임금 〖乃〗 전환이나 의외를 나타내며, '오히려'·'마침내' 등으로 해석함 〖滑稽(골계)〗 익살 〖幾〗 얼마 기 〖彫篆(조전)〗 글자를 아로새김 〖端〗 바르다 단 〖坎坎(감감)〗 북을 치는 소리 〖擊鼓章(격고장)〗 衛나라 州吁가 桓公을 시해하고 자립하여 宋·衛·陳·蔡가 연합하여 鄭나라를 칠 때에, 여기에 종군하던 위나라 사람이 주우를 원망한 詩임 〖屢〗 자주 루 〖悶〗 번민 민 〖婆娑(파사)〗 너울너울 춤추는 모양 〖賓之初筵(빈지초연)〗 衛武公이 술에 빠졌다가 뒤에 뉘우쳐 자신을 경계하기 위해 지은 시로, 술자리를 처음 벌였을 때에는 점잖다가 술이 취할수록 예법을 잃어 衣冠이 흩어지는 줄도 모르고 춤을 추면서 벌이는 추태를 서술한 詩 〖矧〗 하물며 신 〖博奕(박혁)〗 쌍륙과 바둑 〖賢〗 낫다 현

국역 어떤 사람이 역옹에게 말하기를, "그대가 전에 기록한 것은 먼 조종 세계를 서술하고, 이름난 공경의 언행도 자못 또한 그 사이에 실었는데, 도리어 골계의 말로 끝맺었다. 뒤에 기록한 것은 경사에 관한 것은 얼마 안 되고, 나머지는 모두 장구를 다듬어 꾸민 것뿐이니, 어찌 그렇게 특별히 견지하는 것이 없는가? 이것이

어찌 품행이 단정한 선비와 씩씩한 대장부가 해야 할 일이겠는가?" 하므로, 답하기를, "둥둥 북을 치는 <격고장>도 국풍에 들어 있고, 자주 너울너울 춤추는 <빈지초연>도 소아에 편입되어 있는데, 더구나 이 기술은 본디 무료하고 답답함을 달래기 위하여 붓 가는 대로 기록한 것이니, 실없는 이야기가 있다고 무엇이 괴이할 것이겠는가? 공자도 '쌍륙과 바둑놀음이 아무것에도 마음을 쓰지 않는 것보다는 낫다.' 하였으니, 장구를 다듬어 꾸미는 것이 박혁놀음에 비교했을 때 오히려 낫지 않겠는가? 게다가 이렇지 않다면 명칭을 패설이라 하지도 않았을 것이다." 하였다.

감상 ● 이 글은 <櫟翁稗說後集序>라고 불리는 작품으로, 전체 문장이 묻고 대답하는 問對의 수법으로 구성되어 있다. 이 問對는 자신의 뜻을 보다 효과적으로 나타내기 위하여 사용되는 修辭이다. 익재는 위에서 장구를 아로새기는 것은 장부가 할 일이 아니라는 말로 詞章을 일삼는 자들이 經學을 멀리하고 詩文의 기교만을 전념하던 당시를 언급하고 있는데, 이것은 당시의 병폐를 바로잡기 위해 經明行修之士가 되고자 했던 자신과 雕篆章句의 문풍이 만연했던 당시 사회의 文人으로서 모순된 갈등을 보여주고 있다. ≪역옹패설≫에 나타난 이제현의 기술의식은 단순히 前集의 작은 재미와 後集의 詩나 詩評의 詩文意識으로 둘로 분리시켜 처리할 성질이라기보다는 민족자주를 향한 하나의 일관된 흐름으로 파악되어야 할 것이다. 실제 ≪역옹패설≫의 내용을 살펴보면, 祖宗世系의 國姓問題나 우리나라 史實에 대한 오류비판 등 당시 시대적 상황이 元의 식민지로 전락된 어려운 처지에 있어 나라의 존망이 조석에 달려 있을 때였으므로, 高麗를 위하고 高麗의 자주성을 지키려는 뿌리 깊은 愛國愛族의 사상과 연계된 民族自主意識이 나타나지 않을 수 없었다.

참고논문 장덕철, <역옹패설연구>, 경북대 석사논문, 1986.
김건곤, <이제현문학연구>, 한국정신문화연구원 박사논문, 1993.

28. 〈送辛員外北上序〉李齊賢

士之行斯世也 其猶舟乎 有其才爲之楫 有其命爲之順風 然後利有攸往矣 有才與命 其志之或卑 猶之楫完風利 而操舟者非其人 烏能任萬斛之重 致萬里之遠 以濟其不通乎

주석 〖員外(원외)〗 員外郞은 尙書省의 정6품 〖楫〗 노 즙 〖攸〗 바 유 〖斛〗 휘 곡(열 말)

국역 선비가 이 세상에서 행세하는 것은 배와 같다. 그 재주는 노가 되고 그 운명은 순풍이 된 뒤에야 잘 갈 수 있는 것이요, 재주와 운명이 있어도 그 뜻이 혹 낮으면 노가 완전하고 바람도 이로운데 배를 조정하는 자가 적당한 사람이 아닌 것과 같으니, 어찌 만곡의 무게를 싣고 만 리 먼 곳에 도달하여 그 통하지 못하는 곳을 건널 수 있겠는가?

員外辛侯 束髮讀書 敏而好問 揚鑣翰墨之場 游刃簿書之藪 可謂有其才矣 筮仕不幾年 歷提學代言 遷密直僉議 仍爲星郞東省 可謂有其命矣 引舊故同升諸公 咨耆艾以諳庶政 正色匡君主 推誠待賓旅 可謂有其志矣 今以朝官被召 騰裝而西笑 才之奇 命之達 志之大 將於是乎益見矣 權贊善而下二十有八家 用鄭愚谷謝宴詩 分韻聯章 以美其行 屬予爲序 予執爵而前 請畢舟之說

주석 〖束髮(속발)〗 성인이 되어 머리를 묶고 관을 씀 〖揚鑣(양표)〗 빛나는 재주를 날림(鑣 재갈 표) 〖簿書(부서)〗 관문서 〖藪〗 수풀 수 〖筮仕(서사)〗 =初仕 〖諸公(제공)〗 조정이나 관청 〖咨〗 묻다 자 〖耆艾(기애)〗 늙은이 〖諧〗 조화롭다 해 〖匡〗 바로잡다 광 〖騰裝(등장)〗 여행준비 함(騰 타다 등) 〖西笑(서소)〗 ≪新論≫에 "사람이 장안악을 들으면 문을 나와 서쪽을 향해 웃는다(人聞長安樂 則出門西向而笑)."에서, 사모하거나 수도를 그리워한다는 의미 〖於是乎(어시호)〗 뒷일이 앞일과 긴밀하게 이어짐을 나타내며, 번역할 필요는 없음 〖美〗 칭찬하다 미 〖屬〗 권하다 촉 〖爵〗 술잔 작

국역 원외 신후는 머리를 묶은 뒤부터 글을 읽었으며, 민첩하면서 묻기를 좋아하여 문단에서 뛰어난 재주를 드날리고 부서에 있어서도 출중한 능력을 발휘하니 재주가 있다고 이를 만하다. 벼슬길에 나아가 몇 해가 못 되어 제학·대언을 역임하고, 밀직·첨의로 옮기었다가 성랑·동성이 되었으니, 운명이 있다고 이를 만하다. 옛 친구들을 끌어서 함께 조정에 올려놓았고, 노인에게 물어서 모든 정사를 조화시켰고, 낯빛을 단정히 하여 군주를 바로잡고 정성으로 손님을 대접했으니, 그는 뜻이 있다고 이를 만하다. 이제 조정의 관리로서 부름을 받아 행장을 수습하고 수도를 갈망하니, 재주의 기이함과 운명의 통달함과 뜻의 큰 것을 장차 이에서 더욱 보게 되었다. 권찬선 이하 28명이 정우곡의 사연시를 토대로 하여, 운자를 나누고 장을 이어 그의 사행(使行)을 찬미하고, 나에게 서문을 쓰라고 부탁하므로, 나는 술잔을 잡고 앞으로 나가서 배에 대한 이야기를 끝마치기로 한다.

夫江河之與溟渤 大小則殊 舟於其中者同也 檣而帆之 所以進也 纜而碇之 所以止也 又必有衣袽焉 所以備漏濡者也 王國 江河也 天子之邦 溟渤也 侯之舟由江河而溟渤之之也 苟能檣其義 帆其信 纜其禮 碇其智 衣袽其敬愼廉勤 何重之不任 何遠之不致 何不通之不濟乎 昔田叔韓安國 以梁趙之臣 立於漢廷 揚名當時 流譽後世 吾今侯焉是望矣

주석 〖溟渤(명발)〗 큰 바다 〖檣〗 돛대 장 〖帆〗 돛 범 〖纜〗 닻줄 람 〖碇〗 닻 정 〖衣袽(의여)〗 물이 샐 것에 대비한 헌옷(袽 해진옷 여) 〖濡〗 젖다 유 〖任〗 견디다 임 〖田叔(전숙)〗 趙나라에서 郎中에 있다가, 황제를 죽이려는 역적모의로 趙王 등이 잡혀갈 때 長安으로 따라갔다가 황제의 눈에 들어 漢中守를 지냄 〖韓安國(한안국)〗 梁나라에서 中大夫로 있다가, 나중에 漢나라의 御史大夫가 됨 〖焉〗 =也

국역 대저 강하와 명발이 크고 작음은 비록 다르나, 그 안에 배로 건너가는 것은 같다. 돛대와 돛을 다는 것은 나가기 위한 것이요, 닻줄과 닻을 내리는 것은 멈추어 있기 위한 것이며, 또 반드시 해진 옷이 있는 것은 물이 새는 것에 대비하기 위한 것이다. 왕의 나라는 강하요, 천자의 나라는 명발이다. 후의 배는 강하로 말미암아 명발로 가는 것이니, 진실로 그 의를 돛대로 삼고, 그 신을 돛으로 삼으며, 그 예를 닻줄로 삼고, 그 지혜를 닻으로 삼으며, 그 경신염근을 해진 옷으로 삼을 수 있다면, 어느 무거운 것인들 싣지 못하며, 어느 먼 곳인들 가지 못하며, 어느 통하지 못한 곳인들 건너지 못하겠는가? 옛날 전숙·한안국은 양나라·조나라의 신하로서 한나라 조정에 서서 당시에 이름을 날리고, 명예를 후세에 전하게 되었는데, 나는 지금 후에게 이것을 바라는 것이다.

감상 ◗ ● 이 글은 贈序로 이별에 임하여 贈言하며 주는 것이다. 晉대에 발생하여 唐·宋대에 형성되고 성행하였으며, 증서의 내용은 증서를 받는 사람과 작가와의 관계·우의·상대방에 대한 기대·권면·관심 등을 서술하며, 명칭은 주로 <送00序>나 <贈00序>라고 쓴다. 이 작품은 辛蕆가 중국 조정에 벼슬을 받고 떠날 때 써 준 贈序로, 세상을 경륜하는 이를 배에다 비유한 글로, 비유적 구성이 훌륭한 글이라 하겠다. 이 글의 구성법은 서두에서 제시한 이야기를 마지막에 다시 이끌어내어 首尾를 相關시키고 있는데, 이러한 구성법을 抑揚開闔 혹은 起伏呼照라고 한다. 박지원이 말한 '照應'과 같은 의미이다.

참고논문 ◗ 김충희, <益齋 古文의 硏究>, 영남대 석사논문, 1988.

29. 〈雲錦樓記〉李齊賢

山川登臨之勝　不必皆在僻遠之方　王者之所都　萬衆之所會　固未嘗無山川也　爭名者於朝　爭利者於市　雖使衡廬湖湘列于跬步俯仰之內　將邂逅而莫之知有也　何者　逐鹿而不見山　攫金而不見人　察秋毫而不見轝薪　心有所專　而目不暇他及也　其好事而有力者　踰關津卜田里　規規於丘壑之遊　自以爲高　康樂之開道　小民之所驚　許氾之問舍　豪士之所諱　又不若不爲之爲高也

주석 〖僻〗 후미지다 벽 〖跬〗 반걸음 규 〖邂逅(해후)〗 우연히 서로 만남 〖攫〗 움켜쥐다 확 〖攫金(확금)〗 ≪열자≫에, 齊나라 어떤 사람이 대낮에 금을 훔치다가 잡혔는데, 관리가 대낮에 도둑질한 이유를 묻자, '금을 움켜쥘 때는 사람이 보이지 않았다.'라고 대답했다고 함 〖秋毫(추호)〗 가을철에 짐승의 털이 가늘어지는 것에서, 매우 細微함을 비유 〖轝〗 =輿 〖暇〗 겨를 가 〖田里(전리)〗 마을 〖規規(규규)〗 얼빠진 모양 〖康樂(강락)〗 南朝 宋나라의 謝靈運으로, 지방의 수령이 되어 산수가 좋은 곳이 있다는 말을 듣고 일군을 동원해 길을 닦으니, 백성들이 도둑인 줄 알고 놀랐다고 함 〖許氾(허범)〗 허범이 劉備와 당시의 인물들을 평할 때, 陳登에 관해 헐뜯어 말하자, 유비가 "그대는 國士의 이름이 있는데, 세상을 구제할 마음은 갖지 않고 밭이나 구하고 집값이나 물으러 다니니, 이것이 진등이 꺼리는 것이다."라고 했다고 함. 본문에 호걸스러운 선비는 진등을 말함 〖諱〗 꺼리다 휘

국역 산천에 올라가 볼 만한 명승지가 반드시 모두 궁벽하고 먼 지방에만 있는 것은 아니다. 임금이 도읍한 곳으로 대중이 모인 곳에도 진실로 일찍이 산천이 없

는 것은 아니다. 그러나 명성을 다투는 사람은 조정에 모이고, 이익을 다투는 사람은 시장에 모이니, 비록 형산·여산·동정호(洞庭湖)·소상강(瀟湘江)이 반 발짝 나서면 굽어볼 수 있는 거리 안에 있어서 장차 우연히 만나게 된다 하더라도, 그런 것이 있음을 알지 못한다. 왜냐하면, 사슴만 쫓아가면 산을 보지 못하고, 금을 움켜쥘 때는 사람이 보이지 않는다. 아주 작은 것은 살피면서도 수레의 나뭇짐은 보지 못하니, 이는 마음에 쏠리는 곳이 있어 눈이 다른 데를 볼 겨를이 없기 때문이다. 일을 벌이기를 좋아하면서 세력 있는 사람은 관문과 나루를 건너 시골 마을을 골라 터를 잡고는 산수놀이에 몰두하면서 스스로 고상한 체하지만, 사강락이 길을 개척한 것은 백성들이 놀랬던 것이고, 허범이 집을 물은 것은 호걸스런 선비가 꺼리는 것이니, 또한 그렇게 하지 않는 것이 고상한 것이 됨만 못하다.

京城之南有池　可方百畝　環而居者　閭閻煙火之舍　鱗錯而櫛比　負戴騎步　道其傍而往來者　絡繹而後先　豈知有幽奇閑廣之境　迺在其間耶　後至元丁丑夏　荷花盛開　玄福君權侯見而愛之　直池之東　購地起樓　倍尋以爲崇　參丈以爲袤　不礎而楹取不朽　不瓦而茨取不漏　桷不斲　不豐而不撓　堊不雘　不華而不陋　大約如是而一池之荷　盡包而有之　於是請其大人吉昌公與兄弟姻婭　觴于其上　怡怡愉愉竟日忘歸　子有能大書者　使之書雲錦二字　揭爲樓名

주석 〖畝〗 이랑 묘 〖閭閻(여염)〗 마을 〖櫛〗 빗 즐 〖錯〗 섞이다 착 〖絡繹(락역)〗 왕래가 끊이지 아니한 모양 〖迺〗 이에 내 〖購〗 사다 구 〖崇〗 높이 숭 〖尋〗 8자 심 〖袤〗 길이 무 〖礎〗 주춧돌 초 〖朽〗 썩다 후 〖茨〗 띠 자 〖桷〗 서까래 각 〖斲〗 깎다 착 〖豐〗 두텁다 풍 〖撓〗 휘다 요 〖堊〗 흙을 바르다 악 〖雘〗 붉게 칠하다 확 〖約〗 대략 약 〖姻婭(인아)〗 친척 〖怡〗 기뻐하다 이 〖愉〗 기뻐하다 유 〖竟〗 마치다 경 〖揭〗 걸다 게

국역 서울 남쪽에 너비가 1백 묘쯤 되는 못이 있는데, 빙 둘러 있는 것은 여염집의 밥 짓는 연기가 나는 집으로, 비늘처럼 엇갈려 즐비하고, 짊어지고 이고 타고

걸으며 그 옆으로 왕래하는 사람들이 줄지어 앞서거니 뒤서거니 한다. 어찌 그윽하면서 뛰어나며 한가로우면서 넓은 지역이 이에 그 사이에 있을 줄 알 것인가? 그 후 지원(元順帝의 연호) 정축년(충숙왕 6, 1337) 여름 연꽃이 만발했을 때에, 현복군 권겸이 그곳을 보고는 사랑하여 바로 못 동쪽에 땅을 사서 누각을 세웠다. 높이는 두 길이나 되고, 넓이는 세 장이나 되는데, 주춧돌이 없이 기둥을 마련하였음은 썩지 않도록 한 것이요, 기와를 덮지 않고 띠로 이었음은 새지 않도록 한 것이었다. 서까래는 다듬지 않았지만 굵지도 않고 휘지도 않으며, 흙만 바르고 단청하지 않았지만 화려하지도 않고 누추하지도 않았다. 대략 이와 같은데, 온 못의 연꽃을 모두 차지하고 있다. 이에 그의 아버지 길창공과 형제·친척들을 초청하여, 그 위에서 술을 마시며 즐겁고 유쾌하게 노느라, 하루해가 지는데도 돌아갈 줄 몰랐다. 아들 중에 큰 글씨를 잘 쓰는 자가 있어, 그에게 '운금' 두 자를 쓰도록 하여 누각 이름으로 걸었다.

余試往觀之 紅香綠影 浩無畔岸 狼藉風露 搖曳煙波 可謂名不虛得者矣 不寧惟是 龍山諸峯 攢靑抹綠 輻輳簷下 晦明朝夕 每各異狀 而嚮之閭閻煙火之舍 其面勢曲折 可坐而數 負戴騎步之往來者 馳者休者顧者招者 遇朋儔而立語者 値尊長而趨拜者 亦皆莫能遁形 而望之可樂也 在彼則徒見有池 不知有樓 又安知樓之有人 信乎登臨之勝 不必在僻遠 而朝市之心目 邂逅而莫之知有也 抑亦天作地藏 不輕示於人耶

주석 〖畔岸(반안)〗 끝 〖狼藉(낭자)〗 여기저기 흩어져 어지러움(狼 어지럽다 랑) 〖搖曳(요예)〗 흔들흔들 움직임 〖不寧惟是(불녕유시)〗 =不僅如此 〖攢〗 모으다 찬 〖抹〗 바르다 말 〖輻輳(폭주)〗 모임 〖簷〗 처마 첨 〖晦〗 어둡다 회 〖嚮〗 대하다 향 〖面勢(면세)〗 형세 〖曲折(곡절)〗 자세한 사정 〖儔〗 무리 주 〖値〗 만나다 치 〖遁〗 숨기다 둔 〖抑〗 아니면 억

국역 내가 시험 삼아 가보니, 붉은 꽃향기와 푸른 잎의 그림자가 넓어 끝이 없는데, 어지러이 흩어지는 바람과 이슬이 물안개에 움직이니, 명성이 헛되이 얻은 것

이 아니라고 할만 했다. 어찌 그것뿐이랴? 용산의 여러 봉우리가 청색을 모으고 녹색을 바르고 처마 밑에 몰려들어, 컴컴할 때와 밝을 때와 아침과 저녁이면 늘 각각 형상이 달라진다. 건너편 여염집의 밥 짓는 집들이 나타내는 자세한 모습을 누각에 앉아서 셀 수도 있으며, 지고 이고 타고 걸으면서 왕래하는 사람·달려가는 사람·쉬는 사람·돌아다보는 사람·손짓해 부르는 사람·친구를 만나자 서서 이야기하는 사람·어른을 만나자 달려가 절하는 사람들이 또한 모두 모습을 감출 수 없으니, 바라보며 즐길 만하다. 저쪽에 있으면 다만 못이 있는 것만 보이고 누각이 있음은 알지 못하니, 또한 어찌 누각에 사람이 있다는 것을 알겠는가? 미덥도다! 올라가 내려다볼 만한 명승지가 반드시 궁벽하고 거리가 먼 지방에만 있는 것이 아닌데, 조정이나 시장에만 마음이 쏠리고 눈이 팔려 우연히 만나면서도 있는 줄을 알지 못하여 그렇다는 것이. 아니면 또한 하늘이 만들고 땅이 숨겨 경솔히 사람들에게 보이지 않았음인가?

侯腰萬戶之符　席外戚之勢　齒不及古人强仕之年　宜於富貴利祿　寖酣而夢醉　乃能樂乎仁智之所樂　不見驚于民　不見諱于士　而奄有幽奇閑廣之境於市朝心目之所不及　樂其親以及於賓　樂其身以及於人　是可尙也已　益齋居士某 記

주석 〖腰〗 허리에 차다 요 〖符〗 부절 부 〖齒〗 나이 치 〖强仕(강사)〗 40세 〖寖〗 빠지다 침 〖奄有(엄유)〗 전부 점유함(奄 크다 엄)

국역 권후는 만호후의 부절을 허리에 차고 외척의 권세를 깔고 앉아, 나이는 옛날 40세가 채 되지도 않았다. 마땅히 부귀와 이록에 빠져서 취해 있을 때인데도, 그는 인자와 지자가 즐기는 것을 즐길 수 있었으나, 백성들에게 놀라움을 주지도 않고 선비들에게 꺼림을 받지도 않으면서, 그윽하고 뛰어나며 한가하고 넓은 지역을 시장이나 조정에 있는 사람들의 마음과 눈이 미치지 못하는 곳에서 전부 소유하여, 그 어버이를 비롯하여 손님들까지도 즐겁게 하고, 자신을 비롯하여 남에게까지 즐겁게 하니, 이것은 가상한 일이다. 익재 거사 아무개가 기를 쓴다.

감상 ▶ ● 이 글은 ≪여한십가문초≫에도 실려 있을 정도로 유명한 글이다. 익재는 시대의 병폐를 바로잡으려면 士大夫의 인간자세를 바로 일으켜 세워야 하는데, 그러자면 무엇보다도 文風을 개선해야 할 것으로 생각했다. 그래서 충선왕에게 건의를 통해, 古文倡導를 주장했으며, 이것으로 인해 사대부문학이 형성되어 갔다. 이 글의 두 번째 단락의 운금루의 단출한 구조는 화려하게 누각을 꾸며 백성들에게 피해를 입히고 있는 당시 세태에 대한 비판을 보여주고 있으며, 세 번째 단락은 記가 단지 사실을 전달하는 데 그치는 것이 아니라 자연 경관을 곡진하게 잘 묘사하고 있어 뛰어난 부분이라 하겠다. 더구나 길을 가고 있는 사람들에 관한 묘사는 생동적이기까지 하다.

참고논문 ▶ 임형택, <고려말 익재의 고문창도>, ≪한국문학사의 시각≫, 창작과비평사, 1984.

윤상림, ≪익재 이제현의 詩·文의 형상화 기법≫, 태학사, 2004.

30. 〈范增論〉李齊賢

或問漢用三傑而王 楚不用范增而亡 然則增孰與三傑賢 曰 增方之陳平 猶謂不足 況於三傑乎 高祖之寬仁 項羽之禍賊 增所知也 莫不信於背約 而羽背入關之約 莫不仁於殺無罪 而羽坑已降之卒 莫不義於弑君 而羽殺懷王 其至五年而後亡 亦幸也 高祖則初入關也 五星聚于東井 天與之也 其王漢中也 楚子諸侯人之慕從者數萬人 而項氏爪牙之臣亦多歸漢 人與之也 王陵之母甘自殺 而不忍其子之背漢與楚 高祖之必王 項羽之必亡 匹婦之所明知也 增從必亡之人 不能從必王之主 其爲不智明矣 向使羽用增之策 終亦未免於亡矣

주석 〖三傑(삼걸)〗 漢나라의 세 공신인 韓信·張良·蕭何를 가리킴 〖孰與(숙여)〗 A孰與B: A와 B 중 누가 더 나은가? 〖賢〗 낫다 현 〖方〗 견주다 방 〖坑〗 묻다 갱 〖五星(오성)〗 木星·火星·土星·金星·水星 〖爪牙之臣(조아지신)〗 손톱과 어금니처럼 자기를 수호하고 보좌하는 신하 〖向〗 접때 향

국역 어떤 이가 묻기를, “한나라는 삼걸을 써서 왕이 되고, 초나라는 범증을 쓰지 않아서 망했으니, 그렇다면 범증과 삼걸과는 누가 더 나은가?” 하기에, 나는, “범증은 진평과 견주어도 오히려 부족하다 할 수 있는데, 하물며 삼걸에야 비교할 수 있겠는가? 한 고조의 관대함과 仁, 항우의 재앙과 해침은 범증이 아는 것이다. 약속을 어기는 것보다 더 불신은 없는데 항우는 관중(關中)에 들어가는 약속을 어겼고, 죄 없는 사람을 죽이는 것보다 더 불인은 없는데 항우는 이미 항복한 군졸을 묻어 죽였으며, 임금을 시해하는 것보다 더 불의는 없는데 항우는 초 회왕을 죽였다. 그

러고서도 5년이나 뒤에 망한 것은 진실로 요행 때문이다. 고조는 처음 관중에 들어갈 때에 오성이 동정에 모였으니 하늘이 준 것이요, 한중에서 임금이 되었을 때 사모하여 따르는 초나라의 자제와 제후와 백성들이 수만 명이나 되었고, 항우의 손톱과 어금니 같은 신하들이 또한 한나라로 많이 귀순하였으니, 사람이 준 것이다. 왕릉의 어미는 자살을 달게 여겨 그 아들이 한나라를 배반하고 초나라에 붙는 것을 차마 보지 않았으니, 고조가 반드시 임금이 되고 항우가 반드시 망할 것은 필부까지도 환하게 알았던 것이다. 그런데 범증은 반드시 망할 사람을 따르고 반드시 임금이 될 주인을 따를 수 없었으니, 그가 지혜롭지 못한 것은 분명하다. 예전에 항우로 하여금 범증의 계책을 쓰게 했더라도 끝내 망함을 면치 못하였을 것이다." 하였다.

曰 增旣委質於項氏 雖知其必亡 焉得而背之哉 曰 始懷王以宋義爲上將 羽爲次將 增爲末將 使北救趙 當是時 增豈羽之臣乎 羽擅殺上將 詐報於君 可謂無道 且前攻襄城 襄城無噍類 諸將皆謂羽不可使先入關 如是而增竟從羽 見疑以死 陳平則知羽不足與爲天下 杖劍歸漢而爲謀臣 故曰 方之陳平 猶爲不足 況於三傑乎

주석 〖委〗 맡기다 위 〖焉〗 어찌 언 〖詐〗 거짓 사 〖噍類(초류)〗 밥을 먹는 사람으로, 백성을 뜻함(噍 씹다 초) 〖爲〗 다스리다 위 〖杖劍(장검)〗 단지 검 하나만을 지팡이 삼아 의지할 뿐이고, 달리 아무 의지할 것이 없다는 뜻

국역 또 묻기를, "범증이 이미 항우에게 몸을 맡겼는데, 비록 그가 반드시 망할 것을 알았다 하더라도 어떻게 그를 배신할 수 있었겠는가?" 하기에, 나는 대답하기를, "처음에 회왕이 송의를 상장으로, 항우를 차장으로, 범증을 말장으로 삼아 북쪽에 가서 조나라를 구하게 하였으니, 그 당시에 범증이 어찌 항우의 신하였겠는가? 항우가 마음대로 상장을 죽이고 거짓으로 회왕에게 보고하였으니, 무도하다 할 수 있다. 또 전날 양성을 공격할 때에, 양성 사람 중에 살아 있는 사람이 없었으므로, 여러 장수들이 모두 항우가 먼저 관중에 들어가게 해서는 안 된다고 하였다. 이와 같은데도 범증은 끝내 항우를 따르다가 의심을 받아 죽게 되었고, 진평은 항우는

함께 천하를 다스릴 수 없음을 알고, 칼 하나만을 차고 한나라에 귀순해서 모신이 되었다. 그러므로 진평에게 견주어도 오히려 부족한데, 하물며 삼걸에 비교하겠는가?" 하였다.

감상 ◗ ● 論은 사리를 분석하고 시비를 판명하는 論辨文의 하나로, 論은 정면 논술의 문장이다. 이 작품은 앞서도 보았듯이, 전체의 구성이 가상의 인물인 或人과 益齋의 問答으로 이루어진 問答法을 활용하여, 범증의 不智를 명확하게 드러내고 있어 익재의 대표적인 古文 가운데 한 작품이라 하겠다.

31. 〈原水旱〉李穀[9]

水旱果天數乎 果人事乎 堯湯未免 天數也 休咎有徵 人事也 古之人修人事 以應天數 故有九七年之厄 而民不病 後之人委天數 而廢人事 故一二年之災 而民已轉于溝壑矣 國家非惟省歲 月日 且有儲備 人事可謂修矣 自去年之水旱而民甚病 多方救療之 不得其要 何哉 嘗聞之父老 曰 移民移粟 食飢飲渴 僅足以紓目前之急 若欲因其已然之迹 而防其未然之患 盍亦究其原

주석 〖旱〗 가물다 한 〖數〗 운수 수 〖休咎(휴구)〗 =吉凶이나 禍福 〖厄〗 재앙 액 〖委〗 맡기다 위 〖儲〗 쌓다 저 〖療〗 치료하다 료 〖要〗 목 요(중요한 곳) 〖僅〗 겨우 근 〖紓〗 풀다 서 〖盍〗 어찌 아니하다 합

국역 홍수와 가뭄이 과연 하늘이 정한 운수인가? 과연 사람의 일인가? 요와 탕도 면하지 못하였으니 하늘이 정한 운수라 하겠고, 길흉의 징험이 있으니 사람의 일이라고도 할 것이다. 옛 사람은 인사를 닦아 천수에 응하기 때문에, 7, 9년의 재

9) 이곡(1298, 충렬왕 24~1351,충정왕 3). 字는 仲父, 號는 稼亭. 백이정・정몽주・우탁(禹倬)과 함께 經學의 대가로 꼽힌다. 1317년 擧子科에 합격, 예문관검열이 되었다. 1332년 원나라에서 정동성 鄕試에 수석, 殿試에 차석으로 급제했고, 원나라 문사들과 사귀었다. 1334년 귀국했다가 이듬해 다시 원나라에 가서 征東行中書省左右司員外郎 등의 벼슬을 거쳤고, 고려에서의 처녀 징발을 중지하도록 건의했다. 1344년 귀국, 이듬해 韓山君에 봉해졌다. 李齊賢 등과 함께 <編年綱目>을 중수했고, 충렬왕・충선왕・충숙왕 3조의 실록 편찬에 참여했다. 문장이 뛰어나 원나라에서도 존경받았다. 중소지주 출신의 신흥사대부로서 유학의 이념을 가지고 현실에 적극적인 관심을 보였으나 이상을 이루기는 어려웠다. 가전체 작품 <竹夫人傳>과 100여 편의 시가 ≪東文選≫에 전하며 저서로 ≪가정집≫ 4책 20권이 전한다.

앙이 있어도 백성이 병들지 않고, 후세 사람은 천수에 맡기고 인사를 폐하기 때문에, 1, 2년의 재앙에도 백성은 이미 구렁에서 구른다. 국가는 오직 해마다 살필 뿐만 아니라 달마다 날마다 비축을 하니, 인사를 닦는다고 할 수 있으나, 지난해의 홍수와 가뭄으로부터 백성이 심히 병들어 여러 방법으로 그들을 구제하여 치료하려고 해도 그 요령을 얻지 못하니 어찌할 것인가? 내가 일찍이 노인들에게 들으니, 백성을 옮기고 곡식을 옮겨 주린 자를 먹이고 목마른 자에게 마시게 하는 것은 겨우 눈앞의 급한 것을 풀 수 있을 뿐이라 하였다. 만약 이미 그렇게 된 자취에 따라 아직 그렇지 않은 근심을 막으려면, 어찌 그 원인을 강구해야 하지 않겠는가?

夫民之寄命者有司 凡有利害 必赴而訴之 若子於父母 然父母之於子 祛其害而已 豈計其利己乎 今之有司 則不然 設二人爭訟 甲若有錢 乙便無理 其民安得不死冤 其氣安得不傷和乎 此所由召水旱也 監有司曰監司 凡有貪廉 卽按而誅賞之 監監司曰監察 凡有賢否 卽察而黜陟之 今皆不然 間有志古者 反不見容於時 蓋今日之監司 卽前日監察 今日之監察 卽前日有司 相扳援相蔽覆 故如此 苟使今之民 一見古之有司 今之有司 一見古之監司 今之監司 一見古之監察 則吾赤子庶免溝壑矣 然則天數也人事也 其要去貪而已 如欲去貪 則有成憲具在 擧而行之在乎宰天下者耳 作原水旱

주석 〖有司(유사)〗 =官吏 〖赴〗 가다 부 〖訴〗 하소연하다 소 〖祛〗 제거하다 거 〖設〗 가령 설 〖訟〗 소송하다 송 〖黜陟(출척)〗 관직을 떨어뜨리거나 올림 〖扳援(반원)〗 세력 있는 사람을 의뢰함(扳=攀 당기다 반) 〖覆〗 덮다 부 〖赤子(적자)〗 임금의 다스림 아래에서 은택을 받는 백성 〖庶〗 거의 되려하다 서 〖宰〗 주관하다 재

국역 대저 백성이 생명을 의탁하는 곳은 유사이다. 무릇 이해가 있으면, 반드시 자식이 부모에게 호소하듯이 유사에게 가서 호소한다. 그러니 부모는 자식에게 해되는 일을 제거할 뿐이니, 어찌 자기에게 이로운 것을 꾀하겠는가? 지금의 유사는 그렇지 않다. 가령 두 사람이 다투어 소송하는데, 갑이 만약 돈이 있으면 을은 곧

이유가 없게 된다. 그런 백성이 어찌 원한을 품고 죽지 않으며, 그 원기가 어찌 조화를 상하게 하지 않을 수 있겠는가? 이것이 홍수와 가뭄을 부르게 된 까닭이었다. 유사를 감독하는 것은 감사이다. 무릇 탐욕스럽거나 청렴함이 있으면, 살펴서 탐욕스런 자는 죽이고 청렴한 자는 상을 준다. 감사를 감독하는 것은 감찰이다. 무릇 어질거나 어질지 않음이 있으면, 살피어 어질지 않은 이를 파면하거나 어진 이를 진급시키는데, 지금은 다 그렇지 않고, 간혹 옛 일에 뜻을 두는 자가 있으면, 도리어 그 시속에 용납되지 못한다. 대개 오늘날의 감사는 곧 옛날의 감찰이요, 오늘날의 감찰은 곧 앞날의 유사이다. 서로 의뢰하고 덮어주기 때문에 이와 같이 되었다. 만약 오늘의 백성으로 하여금 한 번 옛날과 같은 유사를 보게 하며, 오늘의 유사로 하여금 한 번 옛날과 같은 감사를 보게 하며, 오늘의 감사로 하여금 한 번 옛날과 같은 감찰을 보게 한다면, 우리 백성은 거의 구렁에 빠지는 것을 면할 것이다. 그러면 천수이거나 인사이거나 그 요령은 탐관을 버릴 뿐이다. 만약 탐관을 버리고자 하면, 국가에 이미 만들어 둔 법이 갖추어져 있다. 이 헌법을 들어 행하는 것은 천하를 주관하는 자에게 있을 뿐이다. 그러므로 <원수한>이란 글을 짓는다.

감상 ▶ ● 原이란 論辨體의 하나로, 사리의 본원을 추론한다는 뜻이며, 唐의 韓愈의 <原道>·<原人> 등 '五原'에게서 시작되었다. 李穀은 어떻게 하면 백성들이 믿음을 가지고 法을 받들 수 있으며, 元의 구속을 받고 있는 상황에서 최소한 그들의 비위에 거슬리지 않고 高麗의 전통적 法秩序를 유지시켜 일관성 없는 고려사회의 현실을 믿음의 사회로 만들까 하는 것에 관심을 가졌다. 이러한 국가사회의 안녕을 희구하는 비판과 연민이 공존하는 이곡의 사회의식은 곧 治者들에게 비판의 화살을 돌려, 윤리부재의 담당 관리들에 의해 법에 대한 믿음이 좌절되는 현상을 비판하고 나아가 그러한 탐관오리들을 과감하게 척결하지 못하는 고위관리에게 중대한 책임이 있음을 이 글에서 논하고 있다.

참고논문 ▶ 황재국, <이곡문학연구>, 경희대 박사논문, 1984.

32. 〈趙苞忠孝論〉李穀

君親果有先後乎　聖人已言之　忠孝果無本末乎　余不得不辨焉　孔子序易曰　有天地然後有萬物　有萬物然後有男女　有男女然後有父子　有父子然後有君臣　有君臣然後有上下　有上下然後禮義有所錯　此君親之分不得無先後者也　出以事君　入以事親　本之性行之身　以立於天地之間者忠與孝也　昧乎此則禽獸矣　孔子又曰　事親孝　故忠可以移於君　孟子曰　未有仁而遺其親者也　未有義而後其君者也　夫忠孝者　仁義之事　事二而理一　雖以所處之勢不一　而有緩急之不同　其本末蓋有秩然而不可紊者

주석 〖錯〗 두다 조 〖昧〗 어둡다 매 〖遺〗 버리다 유 〖秩然(질연)〗 질서가 정연한 모양 〖紊〗 어지럽다 문

국역 임금과 어버이에 대해 과연 선후를 따질 수 있겠는가? 이에 대해 성인이 벌써 말한 바가 있다. 충성과 효도는 과연 근본과 끝이 없는가? 이에 대하여는 내가 변론하지 않을 수 없다. 공자는 ≪주역≫을 서술하면서 이르기를, "하늘과 땅이 있는 뒤에 만물이 있고, 만물이 있은 뒤에 남자와 여자가 있고, 남자와 여자가 있은 뒤에 아버지와 아들이 있고, 아버지와 아들이 있은 뒤에 임금과 신하가 있고, 임금과 신하가 있은 뒤에 위와 아래가 있으며, 위와 아래가 있은 뒤에 예의를 실시할 곳이 있다." 하였으니, 이것은 임금과 어버이와의 관계에 있어서 그 선후가 없을 수 없다는 것이다. 나가서는 임금을 섬기며 들어와서는 어버이를 섬기는 것은, 성품에 타고난 것을 몸으로 실천하여 하늘과 땅 사이에 서 있게 되는 것으로, 충성과 효도이다. 이것에 어둡다면 짐승이다. 공자는 또 이르기를, "어버이를 효도로 섬기기 때

문에 충성을 임금에게 옮길 수 있다." 하였고, 맹자는 이르기를, "어질면서 그 어버이를 버리는 자는 없으며, 의로우면서 그 임금을 뒤로 하는 자도 없다." 하였으니, 저 충성과 효도는 인과 의를 실천하는 일이다. 일은 두 가지지만 이치는 한 가지다. 비록 그 입장이 같지 않아 느리게 하고 급하게 하는 차이는 있지만, 그 근본과 끝은 대개 질서정연하여 문란하게 할 수 없는 것이다.

略擧古人已行之事明之 吳起戰國之能士也 棄母以求仕 殺妻以求將 起之殘忍薄行 於忠孝何責焉 王陵西漢之名臣也 項王質其母以招陵 陵不肯往 然其母先斷以義 以勉之 此則陵之責輕矣 非惟士夫爲然 高帝之與項羽爭天下也 羽置太公俎上 欲烹以趣降 高帝則曰 幸分我一杯羹 高帝雖失言 然爲天下者不顧家 此其說猶在也

주석 〖責〗 꾸짖다 책 〖質〗 볼모 질 〖勉〗 권면하다 면 〖責〗 책임 책 〖太公(태공)〗 아버지 〖俎〗 도마 조 〖趣〗 재촉하다 촉 〖幸〗 바라다 행 〖羹〗 국 갱 〖爲〗 다스리다 위

국역 대략 옛사람이 이미 행한 일들을 들어 이를 밝히려 한다. 오기는 전국시대의 유능한 사람이다. 어머니를 버리고 벼슬을 구하였으며, 아내를 죽여서 장군이 되기를 구하였으니, 오기의 잔인스럽고 천박한 행동은 충성과 효도에 대하여 무엇을 책망하겠는가? 왕릉은 서한의 명신이다. 항왕이 그의 어머니를 볼모로 왕릉을 불렀으나, 왕릉은 가려 하지 않았다. 그러나 그의 어머니는 먼저 의로써 결단을 내려 그에게 (한왕을 따를 것을) 권면하였으니, 이것은 곧 왕릉의 책임이 가벼운 것이다. 사대부만 그런 것이 아니다. 고제가 항우와 천하를 다툴 때에, 항우는 아버지를 도마 위에 올려놓고 삶아 죽이겠다 하며 항복을 재촉하였다. 고제는 말하기를, "부디 나에게도 국 한 그릇을 나누어 달라." 하였으니, 이것은 고제가 비록 실언한 것이지만, 천하를 다스리는 사람은 가정을 돌보지 않는 법이니, 이 경우는 그래도 해명할 말이 있다.

至若趙苞殺母與妻以全一城 君子許之 稱其獨行 余竊惑焉 初苞守遼西 使迎母 値鮮卑入寇 取其母及妻子 質載以擊之 苞悲號謂母曰 昔爲母子 今爲王臣 義不顧私恩以毁忠義 其母遙謂曰 人各有命 何得相顧以虧忠義 爾其勉之 苞卽進戰破賊 母妻皆爲所害 苞歸葬 謂鄕人曰 食祿而避難 非忠臣也 殺母以全義 非孝子也 遂歐血而死 君子之有取焉者此也 此則苞之於忠孝 可謂兩得者也

주석 〖許〗 인가하다 허 〖苞〗 덤불 포 〖値〗 당하다 치 〖號〗 울다 호 〖毁〗 무너지다 훼 〖遙〗 멀리 요 〖虧〗 이지러지다 휴 〖歐〗 토하다 구

국역 그러나 조포가 어머니와 아내를 죽이고 하나의 성을 완전히 지킨 데 대하여, 군자는 그를 인정하고 그의 독특한 행위를 칭찬하였다. 그러나 나는 속으로 이를 의심스럽게 생각한다. 당초에 조포가 요서를 지키고 있을 때에 그의 어머니를 맞아들이게 하였고, 선비족이 침략해 들어오는 것을 당하고는 그의 어머니와 처자식을 취해서 인질로 싣고서 그를 공격하였다. 조포는 슬피 울면서 어머니에게 말하기를, "옛날은 어머니의 아들이었습니다만 지금은 임금의 신하가 되었으므로, 의리상 사사로운 은혜를 돌보아 충성과 의리를 무너뜨릴 수 없습니다." 하니, 그의 어머니가 멀리서 말하기를, "사람이 각기 운명이 있는데, 어찌 서로 돌보다가 충성과 의리를 무너뜨릴 수 있겠느냐? 너는 부디 힘써 싸우라." 하였다. 조포가 곧 나아가서 싸워 적을 쳐부수니, 어머니와 아내는 모두 적에게 살해되었다. 조포는 돌아와서 장사를 지내고 마을 사람들에게 말하기를, "녹을 먹으며 어려움을 피하는 것은 충신이 아니요, 어머니를 죽여 가며 의를 온전히 한 것은 효자가 아니다." 하며, 마침내 피를 토하고 죽었다. 군자가 여기에서 취한 것은 이것이며, 이것은 조포가 충성과 효도에 있어서 두 가지를 모두 획득한 것이라고 말할 수 있다.

蓋其意則以爲苟以親故 屈膝於賊 失其所守之地之民 則其爲負漢多矣 故寧負母與妻子而敢爲之 旣已爲之則曰 漢則不負矣 吾母死於賊 吾妻子死於賊 而吾身獨全 享功以光榮 是賣親以食 其異於吳起者幾何 於是乎歐血而死 其臨危取

舍 可謂審詳矣 然於先後本末 有未盡焉者 母不能先斷以義若陵母之伏劍 而苞乃曰 義不顧恩 則是苞先絕之也 其母勉之之言 豈非出於不得已耶 況勝敗難期又安知其身之不并肉於賊手乎 幸而全其身全其地全其民 而母與妻子不可得全則終亦自殞其身 其視王陵助基大漢 卒以安劉 功大名美者 霄壤不侔矣

주석 〖膝〗 무릎 슬 〖負〗 저버리다 부 〖幾何(기하)〗 어느 정도 〖於是乎(어시호)〗 뒷일이 앞일과 긴밀하게 이어짐을 나타내며, 번역할 필요는 없음 〖審詳(심상)〗 자세히 앎 〖肉〗 肉은 魚肉으로 생선의 고기인데, 참살당함을 비유함 〖殞〗 죽다 운 〖霄壤(소양)〗 하늘과 땅으로 엄청난 차이 〖侔〗 같다 모

국역 대개 그 취지는 만일 어버이 때문에 적에게 무릎을 꿇으며 그가 지키고 있는 영토와 백성을 잃어버린다면, 한나라를 크게 저버리게 되는 것으로 여겼다. 그러므로 차라리 어머니와 처자를 저버리면서도 감히 그렇게 하였고, 이미 그 일을 하고 나서는 "한나라는 저버리지 않았으나, 나의 어머니가 적에게 죽었고 나의 처자가 적에게 죽었는데, 내 몸만이 홀로 온전하여 공로를 누리며 영광을 본다면, 이는 어버이를 팔아서 먹고사는 것이니, 그것은 오기와 다른 것이 어느 정도이겠는가?" 하고, 이에 피를 토하고 죽었으니, 그 위험한 시기에 임하여 그의 취사선택을 자세히 알았다 할 수 있다. 그러나 선후와 본말에 대해서는 미진한 점이 있다. 그의 어머니는 왕릉의 어머니가 칼을 물고 자살한 것처럼 대의로써 먼저 결단을 내릴 수 없었는데, 조포는 마침내 말하기를, "의리상 은혜를 돌아볼 수 없습니다." 하였으니, 곧 이것은 조포가 먼저 그를 끊은 것이요, 그의 어머니가 그를 권면한 말은 어찌 마지못해 나온 말이 아니었겠는가? 더구나 승리와 실패는 기약하기 어려운 일이며, 또 그 자신이 함께 적의 손에 피해를 당하지 않으리라는 것을 어떻게 알 수 있었겠는가? 다행히 그의 몸을 온전히 하였고 그의 영토를 확보하고 그 백성을 온전히 구하였으나, 어머니와 처자를 온전히 할 수 없어서 마침내 또한 스스로 자기의 목숨을 끊었으니, 그것은 왕릉이 기초적인 사업을 도와 한나라를 강하게 하여 마침내 유 씨를 안정시켜 공로가 크고 명예가 훌륭했던 것과 비교한다면 하늘과 땅처럼 차이가 난다.

且劉項之際 勝負呼吸之間 而天下之向背 民生之治亂係焉 故高帝寧負父與妻子 而敢爲之 旣已爲之則尊爲天子 富有四海 以天下養親 其爲孝何如也 然先後本末猶有未盡焉者 其敢爲而能爲之者 特幸耳 或問孟子曰 舜爲天子 皐陶爲士 瞽瞍殺人 則如之何 孟子曰 執之而已矣 然則舜不禁歟 曰 夫舜惡得而禁之 夫有所受之也 然則舜如之何 曰 舜視棄天下 如棄弊屣也 竊負而逃 遵海濱而處 終身訢然樂而忘天下 此雖設辭 據理處事 則不過如是而已 故先儒有云 杯羹之言 天地不容

주석 〖際〗 때 제 〖呼吸(호흡)〗 한숨 쉬는 사이로, 극히 짧은 시간을 의미함(呼 숨내쉬다 호) 〖係〗 매이다 계 〖向背(향배)〗 좇음과 등짐 〖特〗 다만 특 〖士〗 士官으로 法官을 의미함 〖弊〗 해지다 폐 〖屣〗 짚신 사 〖遵〗 따라가다 준 〖訢〗 기뻐하다 흔 〖據〗 의거하다 거

국역 또 유 씨와 항 씨의 때에는 한 번 숨 쉬는 사이에 승부가 결정 나는 것이라서 천하의 향배와 백성의 치란이 거기에 달려 있었다. 그러므로 고제는 차라리 아버지와 처자를 저버리면서도 자기의 목적을 용감히 수행하였고, 이미 수행하고 보니 곧 지위는 높은 천자가 되었고 재산은 천하를 차지하였다. 천하로 어버이를 봉양하였으니, 그의 효도가 어떻다 하겠는가? 그러나 선후와 본말에 있어서는 오히려 미진한 점이 있었으니, 그가 용감히 목적을 수행하여 그것을 이룰 수 있었던 것은 다만 요행일 뿐이었다. 어떤 이가 맹자에게 묻기를, “순이 천자가 되고 고요가 법관이 되었을 때에, 고수가 사람을 죽였다면 어떻게 하였겠습니까?” 하니, 맹자는 “그를 체포할 뿐이다.” 하였다. “그렇다면 순이 금지시키지 않겠습니까?” 하니, “순이 어떻게 이를 금할 수 있는가? 무릇 그것을 전수받은 곳이 있다.” 하였다. “그러면 순은 어떻게 했겠습니까?” 하니, “순은 천하를 버리기를 헌 짚신 버리는 것처럼 생각하기 때문에, 몰래 고수를 업고 달아나서 바닷가에 가서 살면서, 몸이 마칠 때까지 기뻐하며 즐겁게 살면서 천하를 잊어버릴 것이다.” 하였다. 이것은 비록 가정하여 한 말이긴 하지만, 사리에 의거하여 일을 처리한다면 이와 같음에 불과할 뿐

이다. 그러므로 옛날 선비 중에, "국 한 그릇을 나누어 달라는 말은 하늘과 땅 사이에 용납될 수 없는 것이다."라고 말하는 이가 있었다.

苞乃一郡守耳 所守不過百里之地一郡之民 全而有之 敗而失之 漢不爲之安危 況當此之時 主昏臣佞 忠良殄滅 黎庶塗炭 教化大壞 如洪水橫流 不可隄防 如病在膏肓 醫藥之所不及 豈君子食君食衣君衣 損軀立功之秋也 苞以區區節義 惟知食祿不避難之爲是 而不知助桀富桀之爲非 知殺母市功之爲忠 而不知保身事親之爲孝 虛慕王陵之賢 實獲吳起之忍 當不可爲之時 爲不必爲之事 故曰 苞於忠孝有未盡焉者此也 然則爲苞之計奈何 曰 以孟子竊負而逃 樂而忘天下之義處事 則天理人欲之公私判然矣 以孔子有道則見 無道則隱之道處身 則無倉卒一朝之患矣 趙苞之事 有關於名教 而不可不辨 故有是說焉

주석 〖佞〗 아첨하다 녕 〖殄〗 모조리 진 〖黎庶(려서)〗 백성(黎 많다 려) 〖塗炭(도탄)〗 진흙과 숯불로, 몹시 곤란한 경우를 의미함 〖隄防(제방)〗 막다 〖膏肓(고황)〗 심장과 격막의 사이로, 침이나 약으로 고치지 못하는 곳임 〖損〗 상하다 손 〖秋〗 때 추 〖區區(구구)〗 작은 모양 〖市〗 사다 시 〖虛〗 부질없다 허 〖處〗 처리하다 처 〖倉卒(창졸)〗 매우 급한 모양 〖關〗 관계하다 관 〖名教(명교)〗 인륜의 명분을 밝히는 교훈

국역 조포는 이에 일개의 군수일 뿐이다. 맡은 지역은 백리가 되는 영토와 한 군의 백성에 불과하였다. 이것을 온전히 보전하거나 실패하여 이것을 잃는다 하더라도, 한나라가 그것 때문에 안전해지거나 위험해지지는 않는다. 더구나 당시에 임금은 어리석고 신하는 아첨하여 충신과 선량한 사람이 모두 화를 당하며 백성들이 도탄에 빠졌으며 교화가 크게 무너져 홍수가 횡행하여 막을 수 없는 것 같으며 병이 골수에 스며들어 의약으로 고칠 수 없는 것과 같은 상태였으니, 어찌 군자가 임금이 주는 음식을 먹으며 임금이 주는 의복을 입고, 몸을 희생하며 공적을 세우는 시기였겠는가? 조포는 조그마한 절의를 가지고 오직 녹을 먹으면 어려운 일을 피하

지 않는다는 것이 옳다는 것만 알고 걸을 도와 걸을 부하게 만드는 것이 잘못인 줄은 알지 못하였으며, 어머니를 죽이면서라도 공적을 세우는 것이 충성이라는 것만 알았지 자신을 보전하여 어버이를 섬기는 것이 효도라는 것은 알지 못하였다. 부질없이 왕릉의 현명함을 사모하였으나 실제로는 오기의 잔인함을 얻었으며, 해서는 안 될 시기에 반드시 하지 않아도 될 일을 수행하였다. 그러므로 "조포는 충성과 효도에 있어 미진함이 있다." 한 것은 이 때문이다. 그렇다면 조포를 위한 계책으로는 어떠한 것이 있는가? 그 해답은 다음과 같다. "맹자가 '몰래 업고 달아나서 즐겁게 지내며 천하를 잊어버린다.'라고 말한 뜻으로 일을 처리했다면, 천리와 인욕의 공정함과 사사로움이 뚜렷이 구별되었을 것이다. 공자가 '천하에 도가 있으면 나타나고 도가 없으면 숨는다.'라고 말한 방법으로 자신을 처신하였다면, 곧 하루아침에 갑자기 닥치는 걱정이 없었을 것이다." 조포의 일은 명교에 관계가 있으므로, 분별하지 않을 수 없어서 이 설을 쓴다.

감상 ● 이 작품은 성리학적 이데올로기로 무장한 신흥사대부의 忠孝 실천에 관련된 논의로, 충과 효 가운데 어느 것이 우선시되어야 하는 것이 핵심이다. 결론적으로 이곡은 조포의 경우를 들어서 충보다 효가 앞서야 함을 제시하며, 효는 어떠한 상황에서도 절대적인 인간가치에 직결되는 인간성 유지의 근본적 보루이므로 어떤 상황에서도 선행되어야 한다는 것이다. 儒家에서 가족이 강조되는 것은 가족 간의 사랑은 인간의 가장 자연스러운 감정이라는 이유로 자식의 부모에 대한 윤리인 孝와 부모의 자식에 대한 사랑인 慈愛는 사회적 규범에 우선한다.

참고논문 김영우, <유가의 가족 윤리론－이곡의 <조포충효론>과 관련하여>, ≪철학연구≫제61집, 철학연구회, 2003.

33. 〈小圃記〉李穀

京師福田坊所賃屋 有隙地 理爲小圃 袤二丈有半 廣三之一 橫從八九畦 蔬茱若干味 時其先後而迭種之 足以補鹽虀之闕 一之年 雨暘以時 朝甲而暮牙 葉澤而根腴 旦旦采之而不盡 分其餘隣人焉 二之年 春夏稍旱 甕汲以灌之如沃焦 然種不苗 苗不葉 葉不舒 蟲食且盡 敢望其下體乎 已而霪雨 至秋晩乃霽 沒溷濁冒泥沙 負墻之地皆爲穨壓 視去年所食 僅半之 三之年 早旱晩水皆甚 所食又半於去年之半

주석 〖京師(경사)〗 京은 大, 師는 衆, 곧 大衆이 사는 곳이라는 뜻으로, 임금의 궁성이 있는 곳을 이름 〖賃〗 빌리다 임 〖理〗 수리하다 리 〖袤〗 길이 무(남북 또는 세로의 길이는 袤, 동서 또는 가로의 길이는 廣) 〖畦〗 쉰이랑 휴 〖迭〗 번갈아 질 〖鹽虀(염제)〗 소금에 절인 채소로 겉절이 같은 것임(虀 나물 제) 〖暘〗 날이 개다 양 〖甲〗 새잎 갑 〖腴〗 기름지다 유 〖稍〗 점점 초 〖甕〗 항아리 옹 〖汲〗 물긷다 급 〖灌〗 물대다 관 〖沃〗 물대다 옥 〖焦〗 타다 초 〖苗〗 싹 묘 〖下體(하체)〗 식물의 뿌리와 줄기 〖已而(이이)〗 얼마 안 되어 〖霪〗 장마 음 〖霽〗 개이다 제 〖溷〗 흐리다 혼 〖冒〗 뒤집어쓰다 모 〖泥〗 진흙 니 〖穨〗 무너지다 퇴 〖視〗 견주다 시 〖僅〗 겨우 근

국역 경사의 복전방에서 빌린 집에 빈 터가 있어 고쳐서 작은 채소밭으로 만들었는데, 세로길이는 두 길 반이고 가로길이는 3분의 1이어서 가로와 세로 8·9휴로 만들어, 채소 몇 가지를 맛보려고 계절의 선후에 따라 번갈아 심으니, 부족한 겉절이를 보충할 만하였다. 첫 해에는 비오고 볕 나는 것이 제때에 맞아서 아침에 떡잎

이 나면 저녁에 새잎이 나오고 잎이 윤택하고 뿌리가 기름져서 아침마다 캐어도 다 하지 않으므로 나머지를 이웃 사람에게 나누어 주었다. 이태 되는 해에는 봄과 여름에 점점 가물어서 항아리로 물을 길어다가 부어 주어도 마치 타는 불에 물을 붓는 것 같았다. 그래서 심어도 싹이 트지 않고 싹이 터도 잎사귀가 나오지 못하고 잎이 나도 피어나지 못하여 벌레가 다 먹어 버렸으니, 감히 뿌리를 바랄 수가 있겠는가? 얼마 뒤에 장마가 져서 가을 늦게야 겨우 개어, 흙탕물에 빠지고 진흙 모래를 뒤집어쓰고 담 밑에 있는 땅은 모두 무너져 눌려서, 지난해에 먹은 것에 비교하면 겨우 절반밖에 되지 않았다. 삼 년 되는 해에는 이른 가뭄과 늦은 비가 모두 심하여, 먹은 것이 또 지난해의 반의반이었다.

予嘗以小揆大 以近測遠 謂天下之利當耗其大半也 秋果不熟 冬闕食 河南北民多流徙 盜賊竊發 出兵捕誅 不能止 及春 飢民雲集京師 都城內外 呼號丐乞 僵仆不起者相枕籍 廟堂憂勞 有司奔走 其所以設施救活無所不至 至發廩以賑之 作粥以食之 然死者已過半矣 由是物價湧貴 米斗八九千 今又自春末至夏至不雨 視所種菜如去年 未知從今得雨否 側聞宰相親詣寺觀禱雨 想必得之 然於予小圃亦已晚矣 不出戶庭知天下 斯言信不誣 時至正乙酉五月十七日也

주석 〖揆〗 헤아리다 규 〖耗〗 덜다 모 〖闕〗 모자라다 궐 〖丐乞(개걸)〗 빌어먹음 〖僵仆(강부)〗 넘어짐 〖枕籍(침자)〗 =枕藉 이리저리 베고 자는 것으로, 많거나 혼란함을 뜻함 〖廟堂(묘당)〗 =朝廷 〖廩〗 창고 름 〖賑〗 구휼하다 진 〖粥〗 죽 죽 〖湧貴(용귀)〗 물가가 오름 〖側聞(측문)〗 어렴풋이 듣거나 풍문으로 들음 〖詣〗 가다 예 〖禱〗 빌다 도 〖誣〗 속이다 무

국역 내가 일찍이 작은 것으로 큰 것을 헤아리고 가까운 것으로 먼 것을 추측하여, 천하의 이익이 마땅히 그 태반은 없어졌을 것이라고 생각하였다. 가을에 과연 익지 않아 겨울에 먹을 것이 없어서 하남·하북의 백성들이 옮겨 가는 자가 많고, 도적들이 몰래 일어나서 군사를 출동시켜 잡아 베었으나 종식시킬 수가 없었다. 봄

이 되어 주린 백성들이 경사에 구름처럼 모여 도성 안팎에서 울부짖으며 구걸하느라 넘어져서 일어나지 못하는 자가 깔고 벨 정도로 많았다. 조정에서는 근심하고 노력하며 유사들은 이리저리 분주하여, 베풀어 구제하여 살리는 것이 이르지 않는 것이 없었다. 창고를 열어 진휼하고 죽을 쑤어 먹이기까지 하였으나, 죽는 자가 이미 반이 넘었다. 이 때문에 물가가 뛰어서 쌀 1말에 8·9천 냥이나 되었다. 지금 또 늦은 봄부터 하지 때까지 비가 오지 않아서 심은 채소를 보면 지난해와 같으니, 이제부터라도 비가 오려는지 알 수 없다. 풍문을 듣자니, 재상이 친히 절이나 道觀에 나아가서 비오기를 빈다니, 생각하건대 반드시 비를 얻을 것이다. 그러나 나의 작은 채소밭은 역시 이미 늦었다. 문과 뜰에 나가지 않고도 천하를 안다는 이 말이 참으로 거짓말이 아니로다. 때는 지정 을유년(1345년, 충목왕 1년) 5월 17일이다.

감상 ▶ ● 이 작품은 그의 나이 48세 때, 元나라에 있으면서 지은 글이다. 이곡은 당시의 농민의 실정과 농민 위에 군림하는 온갖 유형의 인간들을 그들 서로 간의 이해대립의 정황까지 뚜렷이 그려낸 詩들을 지었다. 이 작품도 역시 그러한 경향을 지니고 있으며, 다만 관념적 표현이 되기 쉬운 시세계와는 달리, 직접 채소밭을 가꾸면서 경험한 생생한 체험, 즉 흉년의 참상을 느껴봄으로써 농민들의 實情을 진지하게 그려낼 수 있었던 것이다.

참고논문 ▶ 김시업, <고려후기 사대부문학의 성격>, 성균관대 박사논문, 1989.

34. 〈杯羹說〉李穀

天命不可以智求　民心不可以力得　三代之革命也　皆積功累德　天命之民心之故有不戰　戰必一擧而得之　至若匹夫起氓隷之中　遽有天下難矣　秦之天下亦三代之天下　天命民心豈有古今之異　劉氏之與項羽爭者　以智力乎功德乎

주석 〖羹〗 국 갱 〖三代〗 夏·殷·周 〖革〗 바꾸다 혁 〖心〗 관심 심 〖氓隷(맹례)〗 =賤民 〖遽〗 갑자기 거

국역 하늘의 운명은 지혜로 구할 수 없으며, 백성의 마음은 힘으로 얻을 수 없다. 삼대가 혁명할 때에는 모두 공덕을 쌓았기 때문에, 하늘이 그에게 명을 내렸고 백성이 그에게 마음을 돌렸다. 그러므로 싸움을 하지 않을지언정, 싸우기만 하면 반드시 한 번에 이를 차지하게 되었다. 그러나 보통 사람으로 백성의 속에서 일어나서 갑자기 천하를 차지한다는 것은 어려운 일이다. 진의 천하는 또한 3대의 천하였다. 하늘의 명과 백성의 마음이 어찌 고금의 차이가 있겠는가? 유 씨가 항우와 다툰 것은 지혜와 힘으로 한 것인가? 공과 덕으로 한 것인가?

古謂劉氏有寬仁大度　余觀杯羹之言　不能無疑也　秦之虐也　塗炭日甚　民見起兵而圖秦者　響應而雲合　惟恐拯之不亟也　顧將望拯之民　戕賊於百戰之場　劉氏之爲　爲爲民乎　及其羽欲烹太公　則曰　幸分我一杯羹　所爲爭之者民也　今乃戕之所以爲人者親也　今乃置之虎口　略無顧慮　惟以勝負爲計　設若項伯膠口　而羽憤

不勝 則安知俎上之肉不爲杯中之羹乎 縱不能竊負而逃 杯羹之言 不可出諸人子之口 劉氏猶假禮義 以羽殺義帝爲賊 縞素而請諸侯 其視羹父 不有間邪 故曰劉氏非寬仁者也

주석 『度』 기량 도 『塗炭(도탄)』 진흙과 숯불로, 몹시 곤란한 경우를 의미함 『嚮』 울리다 향 『拯』 건지다 증 『亟』 빠르다 극 『將』 거느리다 장 『戕』 죽이다 장 『太公(태공)』 아버지 『幸』 바라다 행 『乃』 도리어 내 『略』 거의 략 『設若(설약)』 만약 『膠』 붙이다 교 『項伯膠口(항백교구)』 ≪사기 항우본기(史記項羽本紀)≫에 따르면, 항우(項羽)와 유방(劉邦)이 다 같이 廣武라는 땅에서 서로 마주보이는 곳에 진을 치고 있을 때에, 항우는 자기에게 포로로 잡혀 온 유방의 태공을 높은 탁자 위에 올려놓고, 말하기를, "빨리 항복하지 않으면 태공을 삶아 죽이겠다." 하였다. 유방은, "내가 항우와 형제가 되기로 약속하였으니, 나의 아버지는 곧 너의 아버지이다. 네가 너의 아버지를 삶으려거든 부디 나에게 국 한 그릇만 나누어 다오." 하였다. 항우는 노하여 태공을 죽이려 하였으나 항백의 만류로 죽이지 않았음 『憤』 분노하다 분 『俎』 도마 조 『縱』 비록 종 『竊負而逃(절부이도)』 ≪孟子≫ <盡心上>에 따르면, 孟子의 제자인 桃應이 묻기를, "舜이 임금으로 있을 때에 순의 아버지인 瞽瞍가 살인죄를 범했다면 순은 어떻게 하겠느냐." 하니, 맹자는, "순은 임금의 지위를 헌신처럼 버리고 그의 아버지를 몰래 업고 달아나서 멀리 바닷가에 가서 살 것이다." 하였음 『縞素(호소)』 =喪服(縞 희다 호) 『視』 견주다 시

국역 옛적에 이르기를, "유 씨는 너그럽고 어질고 도량이 컸다." 했는데, 나는 '국 한 그릇'이라는 말을 보고서는 의심이 없을 수 없었다. 진의 사나운 정치로 백성의 고통은 날로 심하였는데, 백성들은 군사를 일으켜 진을 꾀하려는 것을 보고 메아리처럼 호응하며 구름처럼 모여들어 오직 구원이 빠르지 않을까 염려하였다. 그러나 도리어 구원을 바라는 백성을 거느리고 수없는 싸움터에 죽였으니, 유 씨가 한 일을 백성을 위하여 한 일이라고 할 수 있겠는가? 그러다가 항우가 아버지를 삶아 죽이려 할 때에, 곧 말하기를, "부디 나에게도 국 한 그릇을 나누어 달라." 하였

다. 그가 다툰 목적은 백성이었는데 이제 도리어 백성을 해쳤으며, 그가 사람노릇을 하게 된 것은 부모였는데 이제 도리어 범의 입에 놓아두고서도 거의 걱정함이 없이 다만 이기고 지는 것만으로 계획을 세우고 있으니, 만약 항백이 입을 다물고 항우가 분노를 참지 못하였다면, 도마 위에 얹힌 고기가 잔 속의 국이 되지 않으리라는 것을 누가 보장했겠는가? 비록 몰래 업고서 도망을 치지는 않더라도, 국 한 그릇이란 말은 사람의 자식의 입에서 나올 수 없는 것이다. 유 씨는 오히려 예의를 가장하여 항우가 의제를 죽인 것을 역적이라고 생각하고, 상복을 입고 제후에게 청하였으니, 그것과 자기 아버지를 삶아서 국을 끓여도 좋다한 것과 비교하면, 너무나 차이가 있지 않은가? 그러므로, "유 씨는 너그럽고 어진 사람이 아니었다."고 말하는 것이다.

或曰 漢高奮一布提尺劍 五載而得天下 賢孰過焉 若爲親屈己 一失機會 其能化家爲國乎 抑以高祖之大度 必料其不能害父也 此大不然 當其時 以羽之强暴不殺太公者幸也 況劉氏自無兄弟之義 而以若翁望羽乎 向旣脫身於鴻門 歸王漢中 宜修政敎養士卒 結仁固義 以培其根本 聽其天命民心之歸 則秦之天下 捨劉氏而誰適哉 以百里而創四百年宗周文王可企也 漢道之盛 豈止幾於成康乎 三代之後稱漢唐 而漢唐賢主未免慙德於父子間 良由專務智力歟 吁

주석 〖提〗 들다 제 〖載〗 해 재 〖抑〗 또한 억 〖若〗 너 약 〖向〗 접때 향 〖培〗 북돋다 배 〖聽〗 따르다 청 〖宗周(종주)〗 周나라의 王都를 이름 〖企〗 도모하다 기 〖成康(성강)〗 모두 周의 임금으로, 이 두 임금 때에 정치가 잘 되었으므로, 堯·舜의 다음에 가장 훌륭한 정치라 일컬음 〖吁〗 탄식하다 우

국역 어떤 이가 말하기를, "한고조(漢高祖)는 무명옷 한 벌 걸치고 칼 한 자루만을 들고 5년 만에 천하를 차지하였으니, 이보다 더 훌륭한 사람이 어디 있겠는가? 만일 부모를 위하여 자기를 굽혔다가 한 번 기회를 놓쳐버렸다면, 어떻게 천하를 차지할 수 있었겠는가? 또한 한고조의 큰 도량으로는 반드시 그가 자기의 아버지를

해칠 수 없으리라는 것을 짐작했을 것이다." 하는데, 이것은 절대로 그렇지 않다. 그 당시 항우같이 강폭한 사람으로서 아버지를 죽이지 않은 것은 다행이었다. 하물며 유 씨는 자기가 항우와 형제의 의리가 없었는데, 어떻게 항우에게 저의 아버지로 생각해 주기를 바랄 수 있겠는가? 지난번에 이미 홍문에서 몸을 빼내 돌아와서 한중에서 임금이 되었으니, 마땅히 정치와 교화를 닦고 군대를 양성하며 인을 맺고 의를 굳게 하여 그 근본을 북돋아 두었다가, 하늘의 명령과 백성의 마음이 돌아가는 것을 따르면 진의 천하가 유 씨를 버리고 누구에게로 갔겠는가? 백 리의 땅으로 4백 년의 주의 왕업을 창조한 문왕의 업적을 도모할 수 있었을 것이니, 한의 도의 성대함이 어찌 성왕과 강왕에 근사한 정도에만 멈추겠는가? 3대 이후에 한과 당을 칭찬하지만, 한과 당의 어질다는 임금도 부자간의 관계에 있어서 부끄러운 덕에서 벗어나지 못했으니, 진실로 오로지 지혜와 힘만을 힘쓴 때문이었는가? 아!

감상 ▶ ● 이 글은 앞서 보았던 <조포충효론>과 함께 보아야 할 글이다. 이 작품의 주제는 "하늘의 운명은 지혜로 구할 수 없으며, 백성의 마음은 힘으로 얻을 수 없다."는 것이다. 그런데 그렇게 하지 못하고 술책과 힘만 쓴 漢나라와 唐나라를 이곡은 비판하고 있다. 결국 정치의 주체는 임금과 신하이지만, 나라의 백성이 근본으로서 백성을 위한 정치가 되어야 한다는 民本政治를 주장한 것이다. 저술 동기는 당시 고려에서는 충렬왕부터 계속되어 온 왕위계승문제로 인한 부자간의 갈등문제였다. 여기서 보여준 충효의 문제는 친족관계의 분화에 따른 새로운 가족질서의 확립이라는 측면이 아니라 올바른 역사와 올바른 군주 확립에 중요한 의미를 두었던 것이다.

참고논문 ▶ 한영우, <稼亭 李穀의 생애와 사상>, ≪한국사론≫제40집, 서울대 국사학과, 1998.

35. 〈借馬說〉李穀

余家貧無馬 或借而乘之 得駑且瘦者 事雖急 不敢加策 兢兢然若將蹶躓 値溝塹則下 故鮮有悔 得蹄高耳銳駿且駛者 陽陽然肆志 着鞭縱靶 平視陵谷 甚可快也 然或未免危墜之患 噫 人情之移易一至此邪 借物以備一朝之用 尙猶如此 況其眞有者乎 然人之所有 孰爲不借者 君借力於民以尊富 臣借勢於君以寵貴 子之於父 婦之於夫 婢僕之於主 其所借亦深且多 率以爲已有 而終莫之省 豈非惑也 苟或須臾之頃 還其所借 則萬邦之君爲獨夫 百乘之家爲孤臣 況微者邪 孟子曰 久假而不歸 烏知其非有也 余於此有感焉 作借馬說 以廣其意云

주석 〖瘦〗 파리하다 수 〖駑〗 둔하다 노 〖兢兢然(긍긍연)〗 조심하는 모양 〖蹶躓(궐지)〗 失足하여 넘어짐 〖値〗 만나다 치 〖塹〗 해자 참 〖蹄〗 발굽 제 〖駿〗 준마 준 〖駛〗 빠르다 사 〖陽陽(양양)〗 득의한 모양 〖肆〗 방자하다 사 〖鞭〗 채찍 편 〖靶〗 고삐 파 〖率〗 대략 솔 〖須臾(수유)〗 잠시 〖頃〗 잠깐 경 〖獨夫(독부)〗 惡政을 행하여 전 국민에게 배반당한 군주 〖孤臣(고신)〗 임금의 신임을 받지 못하는 신하

국역 내가 집이 가난하여서 말이 없어 혹 빌려서 타는데, 노둔하면서 여윈 놈을 얻으면 일이 비록 급하여도 감히 채찍을 더하지 못하여 금방 쓰러질 듯 조심하며, 개천이나 해자를 만나면 내리므로 후회가 적다. 굽이 높고 귀가 쫑긋하고 잘생기고 날랜 놈을 얻으면, 의기가 양양하여 채찍을 잡고 고삐를 놓고서 언덕과 골짜기를 평지처럼 여겨 마음에 심히 쾌하나, 간혹 떨어지는 위험을 면치 못한다. 아! 사람의 기분이 달라지고 바뀜이 어찌 하나같이 이렇단 말인가? 남의 물건을 빌려 한때 잠깐 쓰는데도 오히려 이렇거늘, 하물며 정말 제 소유일 경우에 있어서랴? 그

러나 사람이 가지고 있는 것 중에 남에게서 빌리지 않은 것이 무엇이겠는가? 임금은 백성에게 힘을 빌려 높고 부하며, 신하는 임금에게 세력을 빌려 총애를 받아 귀하고, 아들은 아비에게서, 아내는 남편에게서, 비복은 주인에게서 각기 빌리는 바가 깊고 또 많은데, 대개 그것을 제 소유로 생각하여 끝내 반성함이 없으니, 어찌 미혹된 생각이 아니겠는가? 만약 혹 잠간 사이에 그 빌린 것을 돌려주고 나면, 만방의 임금이 독부가 되고, 백승의 집이 고신이 될 것이니, 하물며 미천한 자에 있어서랴? 맹자가 말하기를, "오래 빌려 돌려주지 않으면, 어찌 그것이 자기 소유가 아닌 줄을 알리요?" 하였다. 내가 여기에 느낌이 있어 <차마설>을 지어 그 뜻을 넓혀 본다.

감상 ▶ ● 이곡은 말을 빌려 탔을 때 느꼈던 개인적 경험을 통해, 남의 힘에 의존하여 권세를 부리는 자들에 대하여 깊은 혐오감을 드러내고 있다. 남의 힘을 빌려서 권세를 휘두르는 자기시대의 정치풍토를 은연중 비판하고 있는 것이다. 동시에 국내외 정치현실에 입각한 君臣·父子·夫婦·婢僕과 主人과의 관계에 대한 은근한 비판을 가하고, 당시 정치 현황에서 가장 중요하게 부각되어야 할 사회관계의 上下에 대한 정체성을 제시하고 있다.

참고논문 ▶ 류인희, <이곡·이색의 윤리철학과 고려 유학의 성격>, ≪동방학지≫ 93집, 연세대국학연구원, 1998.

36. 〈市肆說〉李穀

商賈所聚 貿易有無 謂之市肆 始予來都 入委巷 見冶容誨淫者隨其姸媸 高下其直 公然爲之 不小羞恥 是曰女肆 知風俗之不美也 又入官府 見舞文弄法者隨其重輕 高下其直 公然受之 不小疑懼 是曰吏肆 知刑政之不理也 于今又見人肆焉 自去年水旱民無食 强者爲盜賊 弱者皆流離 無所於餬口 父母鬻兒 夫鬻其婦 主鬻其奴 列於市賤其估 曾犬豕之不如 然而有司不之問 嗚呼 前二肆其情可憎 不可不痛懲之也 後一肆其情可矜 亦不可不早去之也 苟三肆之不罷 予知其不美不理者將不止於此也

주석 〖市肆(시사)〗 市場 〖委巷(위항)〗 꼬불꼬불한 좁은 길 〖冶〗 요염하게 단장하다 야 〖姸媸(연치)〗 잘생겨 예쁨과 못생겨 추함 〖直〗 값 치 〖羞〗 부끄러워하다 수 〖流離(류리)〗 =流浪 〖餬〗 입에 풀칠하다 호 〖鬻〗 팔다 육 〖估〗 값 고 〖曾〗 이에 증 〖有司(유사)〗 관리 〖痛〗 힘껏 통 〖矜〗 불쌍히 여기다 긍

국역 장사꾼들이 모여서 있는 곳으로 없는 것을 거래하는 곳을 시장이라 한다. 내가 일찍이 서울에 와서 골목에 들어가 보니, 얼굴을 단장하고 매음(賣淫)을 가르치는 자가 그 고움과 못생김의 정도에 따라 값을 올리고 내리는데, 버젓이 그런 짓을 하며 조금도 부끄러워하지 않았다. 그것을 계집 시장이라 이르니, 풍속이 아름답지 못한 것을 알겠다. 또 관청에 들어가 보니, 붓대를 놀려 법을 희롱하는 자가 죄의 가볍고 무거움에 따라 값을 올리고 내려 버젓이 돈을 받으며 조금도 의심하거나 두려워하지 않았다. 이것을 관리 시장이라 이르니, 형벌과 정치가 다스려지지 않은 줄을 알겠다. 지금 또 사람 시장을 보았다. 작년부터 장마와 가뭄에 백성이 먹을 것

이 없어서, 강한 자는 도둑이 되고 약한 자는 떠돌아다니며, 입에 풀칠할 길이 없어 부모는 자식을 팔고 남편은 그 아내를 팔고 주인은 그 종을 팔아, 저자에 늘어놓고 싼값에 매매하니, 이에 개·돼지만도 못한데 담당자는 본체만체 한다. 아! 앞의 두 시장은 그 풍정이 밉살스러울 만하니 힘껏 징계해야 할 것이요, 뒤의 한 시장은 그 정황이 불쌍할 만하니 또한 빨리 없애버려야 할 것이다. 만약 세 시장을 없애버리지 않는다면, 나는 그 아름답지 못하고 다스려지지 못한 것이 장차 이에 그치지 않을 것임을 알겠다.

감상 ● 이 글은 당시의 문란했던 질서를 잘 제시하고 있으며, 그가 서민의 아픔을 제거하려는 데 얼마나 힘썼는가 하는 면모를 이해할 수 있는 글이다. 이곡은 당시 조정은 장사치의 모임이라 규정하고, 이러한 비참한 현실을 직시하고 이를 시정하고자 힘썼던 것이다. 결국 이곡은 이 작품을 통해 風俗의 不美와 刑政의 不理와 개·돼지만도 못한 인정과 당국의 태도를 비판하고 있으며, 이런 사회현상에서는 백성과 왕 사이에 덕치도 실현되지 않고 법치 준수도 나타나지 않을 것임을 보여주고 있다.

참고논문 유이경, <이곡의 說 작품 연구>, 이화여대 석사논문, 2002.

37. 〈愛惡箴〉李達衷10)

有非子造無是翁曰 日有群議人物者 人有人翁者 人有不人翁者 翁何或人於人或不人於人乎 翁聞而解之曰 人人吾 吾不喜 人不人吾 吾不懼 不如其人人吾而其不人不人吾 吾且未知人吾之人何人也 不人吾之人何人也 人而人吾 則可喜也 不人而不人吾 則亦可喜也 人而不人吾 則可懼也 不人而人吾 則亦可懼也喜與懼 當審其人吾不人吾之人之人不人如何耳 故曰 惟仁人 爲能愛人能惡人其人吾之人仁人乎 不人吾之人仁人乎 有非子笑而退 無是翁因作箴以自警 箴曰子都之姣 疇不爲美 易牙所調 疇不爲旨 好惡紛然 盍亦求諸己

주석 〖有非子〗 글을 만들기 위하여 주인과 客의 문답을 가정한 것인데, 有非와 無是는 모두 실제로 있지 않는 가공의 인물로, '아니다' '없다'의 의미임 〖造〗 가다 조 〖日〗 접때 일 〖警〗 경계하다 경 〖子都(자도)〗 춘추시대 鄭나라의 美男子 〖姣〗 아름답다 교 〖疇〗 누구 주 〖易牙(역아)〗 齊 桓公을 섬긴 환관으로 음식을 잘 만들기로 유명함 〖調〗 맞다 조 〖旨〗 맛있다 지 〖盍〗 어찌 아니하다 합

국역 유비자가 무시옹에게 찾아가서 이르기를, "지난번에 여럿이 인물을 평론하는 일이 있었는데, 어떤 사람은 옹을 사람이라 하고 어떤 사람은 옹을 사람이 아

---

10) 이달충(?~1385, 우왕 11). 字는 止中, 號는 霽亭. 충숙왕 때 문과에 급제했다. 成均館祭酒를 거쳐 1359년(공민왕 8)에는 호부상서로 동북면 병마사가 되었다. 다음해 팔관회 때 왕의 노여움을 사서 파면되었으나 1366년 밀직제학으로 다시 기용되었다. 그러나 신돈에게 주색을 일삼는다고 공석에서 직언한 것이 화가 되어 다시 파면되었다. 신돈이 죽은 뒤에는 鷄林府尹이 되었으며, 이때 신돈을 두고 시 <辛旽二首>를 지었는데, 그 시문이 李齊賢의 칭찬을 받을 정도였다고 한다. 저서로 ≪제정집≫이 있다. 시호는 文靖이다.

니라고 하니, 옹은 어찌하여 어느 사람에게는 사람대접을 받고, 어느 사람에게는 사람대접을 받지 못하는가요?" 하니, 옹이 그 말을 듣고 해명하기를, "남이 나를 사람이라 하여도 내가 기뻐할 것이 없고, 남이 나를 사람이 아니라 하여도 내가 두려워할 것이 없다. 사람다운 사람이 나를 사람이라 하고, 사람답지 않은 사람이 나를 사람이 아니라 하는 것만 못하다. 나는 또한 나를 사람이라 하는 사람이 어떤 사람이며, 나를 사람이 아니라 하는 사람이 어떠한 사람인지를 모른다. 사람다운 사람이 나를 사람이라 하면 기뻐할 일이요, 사람답지 않은 사람이 나를 사람이 아니라 하면 또한 기뻐할 일이다. 사람다운 사람이 나를 사람이 아니라 하면 두려워할 일이요, 사람답지 않은 사람이 나를 사람이라 하면 또한 두려워할 일이다. 기뻐하거나 두려워하는 것은 마땅히 나를 사람이라 하고 나를 사람이 아니라 하는 사람이 사람다운 사람인지 사람다운 사람이 아닌지를 살필 뿐이다. 그러므로 (孔子가) 오직 인한 사람이어야 사람을 사랑할 수 있으며 사람을 미워할 수 있다고 했으니, 나를 사람이라 하는 사람이 인한 사람인가? 나를 사람이 아니라 하는 사람이 인한 사람인가?"라고 하였다. 유비자가 웃으면서 물러가니, 무시옹이 이것으로 잠을 지어 자신을 경계했다. 잠에 이르기를, "자도의 어여쁜 것이야 누가 아름답다 하지 아니하며, 역아가 음식 만든 것이야 누가 맛있다 하지 않으랴? 좋아함과 미워하는 것이 어지러운 때, 어찌 자기 몸에서 반성하지 아니하랴?"

감상 ● 箴은 본래 針의 이체자로, 침으로 병을 치료하듯이 경계가 될 말을 하여 잘못을 간하는 성격을 지닌 것으로, 남이나 자신을 規戒하려는 목적은 지닌 글이다. 그 종류로는 신하가 군왕에게나 혹은 조정의 관리에게 규탄이나 권면하는 글이 官箴이고, 자기 자신에 대해 경계하는 글이 私箴이다. 중국에서는 초기에는 관잠이 우세하였으나 시간이 갈수록 사잠이 우세하게 되었는데, 우리나라의 箴은 거의 사잠으로, 이 작품 역시 私箴이다. 이 글은 ≪論語≫<子路>편에 "鄕人之善者好之……其不善者惡之."에 나타난 생각을 기초로 하여 지어졌다. 이달충은 강직한 성격을 지닌 사람으로, 신돈의 횡포에 대해 비판적인 언사를 주저 없이 하다가 파직되기도 하는 등 강직한 성격으로 인해 정치적 좌절도 겪었다. 이 글은 타인의 평에 자신의 지조와 행동이 좌우되는 것이 아니라 자신이 옳다고 여기는 것에 따라 올곧게 처신하겠다는 다짐을 드러내 보이고 있으며, 또한 타인의 好惡에 대한 反求諸己의 자세로 대처하겠다는 의지를 드러내고 있다.

참고논문 ▶ 홍성욱, <성리학 수용기 산문의 연구>, 고려대 박사논문, 1998.

38. 〈雪谷詩藁序〉李穡11)

天之厚予嗜 何其多乎哉 往年在京師 同閈吳縣尹家 有唐百家詩 從借其半讀一過 間又獲時之名卿才大夫家集讀之 雖不盡解深淺 皆足以自樂 及東歸 槖唐詩十餘秩 將以資韓山考槃之樂 謬爲主知 供職是務 不能專意吟咏間 旣以自傷又嘗恨前輩著述之不多見 況今亂後 能復有意是事哉 然及菴遺稿益齋文集 蓋嘗得之一讀 以快南來不平之氣 豈非天幸哉

---

11) 이색(1328, 충숙왕 15~1396, 태조 5). 字는 穎叔, 號는 牧隱. 1341년(충혜왕 복위 2) 진사가 되었으며, 1348년(충목왕 4) 원나라 국자감의 생원이 되었다. 이색은 李齊賢을 座主로 하여 주자성리학을 익혔고, 이 시기 원의 국립학교인 국자감에서 수학하여 주자성리학의 요체를 파악할 수 있었다. 1352년(공민왕 1) 아버지가 죽자 귀국했으며, 1355년 공민왕의 개혁정치가 본격화되자 왕의 측근세력으로 활약하면서 <時政八事>를 올렸는데 그중 하나가 政房의 혁파였다. 이 일로 이부시랑 겸 병부시랑에 임명되어 文武의 전선(銓選)을 장악하게 되었다. 1365년 신돈이 등장하고 개혁정치가 본격화되면서 그는 교육·과거 제도 개혁의 중심인물이 되었다. 1367년 성균관이 重營될 때 이색은 대사성이 되어 金九容·鄭夢周·李崇仁 등과 더불어 程朱性理의 학문을 부흥시키고 학문적 능력을 바탕으로 성장하는 유신들을 길러냈다. 1371년 공민왕이 죽자 그의 정치활동은 침체기를 맞았다. 1388년 위화도회군이 일어나자 문하시중에 임명되었다. 그는 위화도회군을 군령을 위반하고 왕의 명령을 거역한 행위로 이해했으므로 그 주체세력이나 동조세력에 반감을 갖고 있었다. 위화도회군의 중심인물과 동조세력은 당대의 大儒인 이색과 같은 반대세력을 제거함으로써 정치권력을 장악하고 개혁을 추진하고자 했다. 鄭道傳 등의 상소로 인하여 장단으로, 금주·여흥 등지로 유배당하는 등 고려 말기의 정치권에서 멀어지게 되었다. 1396년 여주 神勒寺에서 죽었다. 이색은 원나라에서의 유학과 이제현을 통하여 주자 성리학을 수용했고, 이를 바탕으로 고려 말기의 사회혼란에 대처하면서 정치사상을 전개했다.

주석 〖嗜〗 즐기다 기 〖京師(경사)〗 京은 大, 師는 衆, 곧 大衆이 많이 사는 곳이라는 뜻으로, 임금의 궁성이 있는 곳을 이름 〖閈〗 마을 한 〖唐百家詩選(당백가시선)〗 宋 王安石이 唐나라 德宗과 玄宗의 詩를 위시해서 107명의 詩 1262수를 20권으로 모아 놓은 책 〖槖〗 주머니에 넣다 탁 〖考槃(고반)〗 은거하여 산수 사이를 돌아다니며 즐김 〖謬〗 그릇되다 류 〖供〗 받들다 공 〖傷〗 불쌍히 여기다 상 〖嘗〗 항상 상

국역 하늘이 내가 즐기는 것에 후한 것이 어찌 그리 많은가? 지난해 중국 서울에 있을 적에, 같은 마을 오현윤의 집에 ≪당백가시선≫이 있으므로, 그 절반을 빌려서 한 번 읽고, 그 사이에 또 당세의 이름 높고 재주 있는 경대부의 가집을 얻어서 읽었다. 비록 깊고 얕음을 다 알지는 못했지만, 모두 스스로 즐길 만하였다. 동으로 돌아올 적에, 당나라 시 십여 질을 행장에 넣어 가지고 와서, 장차 한산에서 은거하는 즐거움에 이바지하려 하였다. 그런데 실력 없는 몸이 주상의 알아줌을 받아 직무에 힘쓰게 되니, 시를 읊고 노래하는 데 전념할 수 없어서 스스로 서글프게 생각하였으며, 또 항상 선배의 저술을 많이 보지 못하는 것을 한스럽게 여겼다. 하물며 지금 난리 뒤라 다시 이 일에 뜻을 둘 수 있었겠는가? 그러나 ≪급암유고≫와 ≪익재문집≫은 대개 일찍이 한 번 읽을 기회를 얻음으로써 남쪽으로 온 이래(공민왕 10년, 1361년 홍건적의 침입으로 왕을 모시고 安東으로 피난 간 것을 말함) 불편한 기분을 상쾌하게 씻었으니, 어찌 천행이 아니겠는가?

同年鄭公權父錄先諫議公所作 號曰雪谷詩稿 凡二卷 授予序其端 予觀雪谷之詩 淸而不苦 麗而不淫 辭氣雅遠 不肯道俗下一字 就其得意 往往與予所見中州才大夫相上下 置之唐姚薛諸公間不愧也

주석 〖父〗 =甫, 남자에 대한 美稱 〖中州(중주)〗 =中國 〖姚薛(요설)〗 姚合과 薛據로, 요합은 일찍이 武功縣詩 30수로 명성을 떨쳐 武功體 詩派를 형성하였으며, 설거는 詩를 잘 지어서 王維나 杜甫와 친밀하게 지냈던 인물임

국역 동년인 정공권 씨가 자기 선친인 간의공의 작품을 기록하여 이름을 ≪설곡시고≫라 하였는데, 모두 두 권으로 나에게 주며 그 머리에 서문을 써 달라고 하였다. 내가 설곡의 시를 보니, 맑으면서도 궁상맞지 않고 화려하면서도 음탕하지 아니하여, 말의 기가 우아하고 심원하여, 저속한 글자는 하나도 사용하려고 하지 않았다. 그 득의작을 보면, 왕왕 내가 중국에서 보았던 재주 있는 대부와 더불어 서로 대등하였으며, 당의 요합·설거 등 제공의 사이에 두어도 부끄럽지 아니하였다.

嗚呼 天下倉卒之難 孰有慘於辛丑之仲冬乎 當是時 人無智愚賢不肖 視其家所有 雖其切用於造次 有亡至於關死生 棄之而去 无有難色 矧此古紙賫重棄易者乎 顧彼子職 固有所不忍 然非公權父 吾不敢保 又非天厚予嗜 予亦何從而得是樂事於喪亂播遷之餘 優游吟詠 以賞平昔所願也哉 雖然 是豈獨予之幸哉 他日大史氏志藝文 將於是集乎徵 或有踵猊山農隱類東文 亦將於是集乎取 則雪谷之名 愈久而愈顯 將不在於是集乎 而是集之不亡也 則在吾公權父 嗚呼 若公權父 可謂能後也已 雪谷諱誧 字仲孚 與先稼亭公相好 予愛公權父又甚 欲不泯先業 其志又同 故樂爲序之

주석 〖倉卒(창졸)〗 썩 급함(倉 갑자기 창) 〖慘〗 비통하다 참 〖辛丑(신축)〗 辛丑년은 1361년(공민왕 10)으로, 이해에 홍건적의 재침으로 개경이 함락된 사건이 있었음 〖造次(조차)〗 창졸간 〖關〗 관계하다 관 〖矧〗 하물며 신 〖賫〗 가져가다 재 〖保〗 보증하다 보 〖播〗 달아나다 파 〖優游(우유)〗 한가로운 모양 〖賞〗 즐기다 상 〖平昔(평석)〗 평소 〖他日(타일)〗 과거나 미래 〖大史氏(대사씨)〗 =史官 〖志〗 기록하다 지 〖徵〗 증거 징 〖踵〗 잇다 종 〖農隱(농은)〗 목은보다 40년 선배인 崔瀣의 號로, ≪東人之文≫을 편찬함 〖類〗 나누다 류 〖愈～愈(유～유)〗 ～할수록 더욱～하다 〖泯〗 멸하다 민

국역 아! 천하의 갑작스런 난리 가운데 신축년 11월에 있었던 난리보다 참혹한 것이 어디 있겠는가? 이때를 당하여 지혜 있는 자나 어리석은 자 그리고 어진 자나

불초한 자를 막론하고, 자기 집의 소유물 중에 비록 잠깐 사이에 절실하게 쓰이는 것들이나 있고 없는 데 따라 죽고 사는 일에 관계된 것이라도, 버리고 가서 난색을 보이지 않았는데, 하물며 가져가기는 무겁고 버리기는 쉬운 이 묵은 종이야 말해 무엇 하겠는가? 그런데 그 자식 된 도리를 생각하면, 진실로 차마 못할 바가 있을 것이다. 그러니 공권 씨가 아니면 나는 감히 보증을 못하겠다. 또 하늘이 내가 즐기는 것에 대해 후하지 않았다면, 내가 어떻게 국난을 당하여 파천까지 한 뒤에 이런 즐거운 일을 얻어서, 한가롭게 읊조리며 평소의 소원을 누릴 수 있었겠는가? 비록 그렇긴 하지만, 이것이 어찌 유독 나만의 행운이겠는가? 뒷날 사관이 예문을 기록할 때에도 장차 이 문집을 증거로 삼을 것이요, 혹시 예산 농은을 이어 우리나라 글을 뽑는 사람이 있다면, 역시 장차 이 문집을 취할 것이다. 그러고 보면 설곡의 이름이 오래될수록 더욱 드러나게 되는 것이 장차 이 문집에 있다고 해야 하지 않겠는가? 이 문집이 없어지지 않은 것은 우리 공권 씨 때문이니, 아! 공권 씨 같은 사람은 아들 된 도리를 잘했다고 할 만하다. 설곡의 휘는 보요 자는 중부인데, 나의 선친 가정공과 서로 좋은 사이였고, 나도 또한 공권 씨를 매우 좋아할뿐더러, 선인의 업적을 없어지지 않게 하려는 그 뜻도 또한 같으므로, 즐겁게 서문을 쓰는 것이다.

감상 ● 이 글은 諫議公 鄭誧(1308～1344)의 문집에 붙인 序文으로, 국난을 맞아 피난하는 사이에도 부친의 遺稿를 버리지 않고 간직한 아들 鄭樞의 孝를 기리고 있는 작품이다. 목은은 이렇게 문집이 전해지게 된 연유에 대한 議論에다 자신의 강한 情感을 더함으로써 ≪설곡시고≫의 가치를 선명히 부각시키고 있다. 고려후기로 오면서 議論은 활성화되는데, 목은의 산문에서도 상당 부분 성리학사상을 기조로 한 議論을 발견할 수 있다. 그러나 목은은 여기서 그친 것이 아니라 이렇게 자신의 情感을 개입시켜 抒情을 펼치기도 함으로써, 글을 읽는 독자들로 하여금 강한 인상과 감동을 주게 하는 구성방식을 즐겨 사용하고 있다.

참고논문 원주용, <牧隱 李穡 散文 硏究>, 성균관대 박사논문, 2004.

39. 〈及菴詩集序〉李穡

六義旣廢 聲律對偶又作 詩變極矣 古詩之變 纖弱於齊梁 律詩之變 破碎於晩唐 獨杜工部兼衆體而時出之 高風絶塵 橫蓋古今 其間超然妙悟 不陷流俗 如陶淵明孟浩然輩 代豈乏人哉 然編集罕傳 可惜也 今陶孟二集 僅存若干篇 令人有不滿之嘆 然因是以知其人於千載之下 不使老杜專美天壤間 是則編集之傳 其功可小哉 又況唐之韓子 宋之曾蘇 天下之名能文辭者也 而於詩道有慊 識者恨之 則詩之爲詩 又豈可以巧拙多寡論哉

주석 〖六義(육의)〗 ≪시경≫에 나오는 문학의 창작 정신 및 원칙을 말하는데, 시의 작법상의 3가지 체제라 할 風(民俗歌謠)·雅(正樂)·頌(宗廟之樂)과 3가지의 표현 방법이라 할 賦(直說)·比(比喩)·興(다른 사물을 말하여 읊은 말을 일으킴)을 가리킴 〖聲律(성률)〗 聲韻과 格律(언어를 음악적으로 구성하는 시의 구성형식) 〖纖〗 가늘다 섬 〖碎〗 잘다 쇄 〖乏〗 모자라다 핍 〖罕〗 드물다 한 〖僅〗 겨우 근 〖老杜(로두)〗 杜牧을 少杜라 함에 대한 말로, 두보를 일컬음 〖慊〗 마음에 차지 않다 겸 〖拙〗 서툴다 졸

국역 육의가 이미 폐한 가운데 성률과 대우가 또 만들어지면서 시의 변화가 극도에 이르렀다. 고시가 변하여 제·양의 시대에 와서 가늘어지고 유약해졌고, 율시가 변하여 만당에 와서 잘게 부서져서 좀스럽게 되고 말았다. 유독 두공부(杜甫)가 여러 체를 겸비하여 (당시 상황에 맞추어) 적절히 작품을 내놓았는데, 높은 시풍이 탈속하여 고금을 뒤덮었다. 그 사이에 뛰어나게 절묘하여 세속의 흐름에 빠지지 아

니한 이로는 도연명·맹호연 같은 이가 있었는데, 시대마다 어찌 사람이 없었겠는가? 그러나 편집하여 전한 것이 드무니 애석할 만한 일이다. 지금 도연명과 맹호연의 두 시집은 겨우 약간 편만 보존되어 사람들로 하여금 불만의 탄식이 있게 하였지만, 이로 인하여 천년이 지난 지금에서도 그 사람들을 알 수 있고, 노두로 하여금 천지간의 아름다움을 독차지하지 못하게 하였으니, 이를 보면 편집해서 전하게 한 그 공이 작다 할 수 있겠는가? 또 더구나 당의 한유(韓愈)와 송의 증공(曾鞏)·소식(蘇軾)은, 천하에서 문장에 능하기로 유명한 사람들인데도 시도에는 마음에 차지 않은 점이 있어 식자들이 이를 한스럽게 여겨왔다. 그러고 보면 시다운 시에 대해서 또 어떻게 기교가 뛰어나다거나 부족한 것, 시가 많고 적은 것으로 따질 수 있겠는가?

予之誦此言久矣 及讀及菴先生之詩 益信 先生詩似淡而非淺 似麗而非靡 措意良遠 愈讀愈有味 其亦超然妙悟之流歟 其傳也必矣 先生之外孫齊閔齊顔 皆以文行名于時 去歲倉卒之行 能不失墜 又來求序 其志可尙已 予故題其卷首如此

주석 〖靡〗 사치하다 미 〖良〗 진실로 량 〖愈~愈(유유)〗 ~할수록 더욱~하다 〖其~歟(기여)〗 아마도~일 것이다 〖流〗 무리 류 〖倉卒(창졸)〗 썩 급함(倉 갑자기 창) 〖墜〗 잃다 추

국역 내가 이 말을 욀 적이 오래되었는데, 급암(閔思平) 선생의 시를 읽고 나서는 더욱 확신을 가질 수 있었다. 선생의 시는 담담한 것 같으면서도 천박하지 않고, 화려한 것 같으면서도 사치스럽지 않았는데, 뜻을 둔 것이 진실로 심원해서 읽으면 읽을수록 더욱 맛이 났다. 아마 역시 뛰어나게 절묘한 유인가보다. 그러니 그 전해질 것은 기필할 수 있다. 선생의 외손 제민·제안이 다 문장과 행실로 당시에 유명하였는데, 지난해 정신없이 피난을 떠날 적에도 분실하지 않고, 또 와서 서문을 청하니, 그 뜻이 가상하다. 그러므로 나는 그 책머리에 이와 같이 쓴다.

감상 ● 이 글은 첫 번째 단락에서는 詩에 대한 목은의 생각을, 두 번째 단락

에서는 목은이 생각하고 있는 뛰어난 詩에 대한 詩評을 읽을 수 있다. 목은은 詩다운 詩는 기교가 뛰어나다거나 부족한 것, 詩가 많고 적은 것으로 따질 수 있는 것이 아니며, 뜻을 둔 것, 즉 詩의 주제가 진실로 심원해서 읽으면 읽을수록 더욱 맛이 나는 詩가 훌륭한 詩라고 여겼던 것이다. 이 작품에 대해, 詩의 변천을 꿰뚫어보고 詩道에 있어서는 소동파의 詩가 부족하다고 하여 두보의 詩를 으뜸으로 삼아 宋風에서 벗어나 唐風을 지향하고자 하였으며(목은의 詩가 唐宋의 詩風이 혼융되어 있다고도 봄), 詩史的 측면에서 볼 때 송풍에서 당풍으로 옮아가는 과정을 보여준다고 보기도 한다.

참고논문 ▶ 안영훈, <이색 문학 연구>, 경희대 석사논문, 1993.

40. 〈選粹集序〉李穡

類書以代 孔氏法也 故上古之書 目曰虞書夏書商書周書 類詩以體 亦孔氏法也 故侯國之詩 目曰風 天子之詩 曰雅曰頌 孔氏祖述堯舜 憲章文武 刪詩書 定禮樂 出政治 正性情 以一風俗 以立萬世大平之本 所謂生民以來 未有盛於夫子者 詎不信然 中灰於秦 僅出孔壁 詩書道缺 泯泯棼棼 至于唐韓愈氏 獨知尊孔氏 文章遂變 然於原道一篇 足以見其得失矣 宋之世 宗韓氏學古文者 歐公數人而已 至於講明鄒魯之學 黜二氏詔萬世 周程之功也 宋社既屋 其說北流 魯齋許先生 用其學相世祖 中統至元之治 胥此焉出 嗚呼盛哉

주석 〖類〗 나누다 류 〖目〗 이름 목 〖祖述(조술)〗 스승의 道를 본받아서 서술하여 밝힘 〖憲章(헌장)〗 본받아 밝힘 〖刪〗 깎다 산 〖詎〗 어찌 거 〖灰〗 재로 만들다 회 〖灰於秦(회어진)〗 秦始皇의 焚書坑儒를 일컬음 〖出孔壁(출공벽)〗 漢 武帝 말년 魯恭王이 궁실을 확장하던 중에 우연히 공자가 살던 옛집의 벽속에서 ≪古文尙書≫·≪禮記≫ 등 수십 편의 서책이 나옴 〖缺〗 없어지다 결 〖泯〗 멸하다 민 〖棼〗 어지럽다 분 〖講明(강명)〗 해석하여 밝힘 〖黜〗 물리치다 출 〖詔〗 가르치다 조 〖屋〗 국가가 망하다 옥 〖中統至元(중통지원)〗 元 世祖의 연호(1259~1294)로, 儒臣을 重用하여 몽고의 옛 제도를 개혁하고 중국의 예법을 적용하면서 원나라의 기초를 다진 시기임 〖胥〗 모두 서 〖焉〗 조사로 결구관계를 나타내며, 도치된 動賓詞組 사이에 쓰이고, 賓語는 焉자 앞에 놓이며, 해석할 필요는 없음

국역 시대순으로 글을 분류하는 것이 공자의 법이다. 그러므로 상고의 글은 이름을 우서·하서·상서·주서라 하였다. 체로 시를 분류하는 것도 역시 공자의 법

이다. 그러므로 제후 나라의 시는 이름을 풍이라 하고, 천자의 시는 아·송이라 하였다. 공자가 요순을 받들어 계승하고 문왕·무왕을 드러내어 밝히면서, ≪시경≫과 ≪서경≫을 정리하고 예와 악을 제정하였다. 정치를 내고 성정을 바로잡음으로써, 풍속이 한결같이 되게 하고 만세 태평의 근본을 세웠으니, (≪맹자≫<공손추 상>에서) 이른바, "사람이 생긴 이래로 공자보다 더 훌륭한 이는 없다."는 말이 어찌 미덥지 않을 수 있겠는가? 도중에 진나라에서 불타버리고 겨우 공자의 벽에서 (일부의 책만이) 나왔으나, 시·서의 도가 없어져 흩어지고 어지러워졌다. 당에 이르러, 한유가 홀로 공자를 존숭할 줄을 알아 문장이 드디어 변하였으나, <원도> 한 편에서 (원래의 古文과 비교해 보면) 그 득실을 볼 수 있다. 송의 시대에 이르러 한유를 숭배하여 고문을 배운 자는 구양수(歐陽脩) 등 몇 사람일 따름이요, 공자와 맹자의 학을 해석하여 밝히고 이씨(老子·釋迦)를 축출하여 만세를 깨우친 것에 있어서는 오로지 주돈이(周敦頤)·정자(程子) 형제의 공이었다. 송나라가 망하고 나서 그 설이 북방으로 흘러 들어가서, 노재 허 선생(許衡)이 그 학술을 사용하여 元 세조를 도와 중통과 지원의 정치가 모두 이에서 나왔으니, 아! 성대하다.

吾友金敬叔慨然嘆曰 文中子續經法論語 幾於僭越 論者亦嘗末減 是以不揆淺陋 編輯舊聞 以贅■■ 至于今凡若干家 詩文有關於風化性情者若干篇 釐爲若干卷 某官某又來曰 金敬叔仕不得行其志 老且至矣 雖吾亦爲之悲焉 幸而博求典章 叢爲一錄 先生名之曰周官六翼 又集古今詩文若干卷 先生又名之曰選粹集 選取昭明 粹取姚鉉 其義則選其粹也 選則粹 粹則選 所以歎美其作者也 所以歆動其學者也 願先生仍賜一言 冠諸篇端

주석 〖慨〗 분개하다 개 〖文中子(문중자)〗 隋나라 王通의 私諡가 문중자로, 續六經 6종과 ≪中說≫등을 지었는데, ≪중설≫은 ≪논어≫의 체제를 모방했다 하여 많은 비판을 받았다. 그러나 '周孔之道'의 우수성을 적극 홍보하고, 특히 '窮理盡性'의 명제를 제창하여 朱熹나 王守仁 등으로부터 대체적으로 긍정적인 평가를 받았음

〖幾〗 가깝다 기 〖僭越(참월)〗 분수에 넘침 〖末減(말감)〗 형벌을 가볍게 함 〖揆〗 헤아리다 규 〖陋〗 좁다 루 〖輯〗 모으다 집 〖贅〗 군더더기 췌 〖家〗 용한이 가(학문이나 기예 등에 뛰어난 사람) 〖風化(풍화)〗 풍속과 교화 〖釐〗 다스리다 리 〖典章(전장)〗 제도와 문물 〖叢〗 모으다 총 〖歎美(탄미)〗 감탄하여 칭찬함 〖歆〗 움직이다 흠 〖仍〗 이에 잉 〖冠〗 서두에 두다 관

국역 내 친구 김경숙(金九容)이 개연히 탄식하며 말하기를, “문중자가 육경을 이어 짓고 ≪논어≫를 본뜬 저술을 내놓으니, 거의 참람하고 분에 넘치는 짓이나 논하는 자가 또한 일찍이 용서를 하였다. 그래서 나는 천박하고 고루함을 헤아리지 아니하고, 옛날에 들은 것을 편집하여 췌언을 가하면서 운운해보기도 하였다. 지금에 이르러 무릇 몇 명의 시문 가운데 풍화와 성정에 관한 것이 있는 몇 편을 정리하여 몇 권을 만들었다.” 하였는데, 아무 벼슬을 지낸 아무개가 또 와서 말하기를, “김경숙이 벼슬길에서 그 뜻을 실행하지 못하고 늙어 버렸으니, 비록 나로서도 그를 위해 슬프게만 여겨집니다. 그가 다행히 전장을 널리 구하여 모아서 하나의 책으로 만들자, 선생께서 ≪주관육익≫이라 이름을 지어주셨고, 또 고금의 시문 몇 권을 모으니, 선생께서 또 ≪선수집≫이라 이름을 붙여 주셨습니다. 선은 소명태자(昭明太子)의 ≪문선(文選)≫에서 취하였고, 수는 요현(姚鉉: 鉉이 원문에는 炫으로 되어 있음)의 ≪당문수(唐文粹)≫에서 취한 것으로, 그 의미는 순수한 것을 뽑았다는 것입니다. 뽑히려면 순수해야 하고 순수하면 뽑히게 된다는 것이니, 그 작자를 찬미하려는 동시에 그 배우는 자를 격동시키는 것입니다. 원컨대 선생께서 이에 한 말씀 내려 주어 편 첫머리를 장식해 주셨으면 합니다.” 하였다.

予不獲讓 自敍之曰 穡少也游中原 聞縉紳先生之論 曰 文法漢 詩法唐 未知其所以也 旣入翰林 天下大亂 母且老 掛冠而歸 誤爲玄陵所知 奉職救過 不能專志 所得一二 亦皆消磨殆盡 今觀敬叔樹立 卓卓如此 寧不泚顙 雖然 是集也傳 則予序之傳也可知矣 序之傳也 名之傳也 予何讓焉 異日刪中國文章 著爲一書者 法孔氏秦誓費誓魯頌商頌之例 或取一二篇 置之篇末 則其幸大矣 予何讓焉

주석 〖獲〗 할 수 있다 획 〖縉紳(진신)〗 公卿이나 高官을 일컬음 〖掛冠(괘관)〗 관을 걸어둔다는 뜻으로, 사직을 의미함 〖救〗 막다 구 〖殆〗 거의 태 〖卓〗 높다 탁 〖寧〗 어찌 녕 〖泚〗 땀나다 체 〖顙〗 이마 상 〖異日(이일)〗 과거나 미래 〖冊〗 꾀하다 책 〖秦誓費誓魯頌商頌(진서비서노송상송)〗 <진서>와 <비서>는 ≪서경≫의 맨 마지막에 나오는 편명이고, <노송>과 <상송>은 ≪시경≫의 맨 마지막에 나오는 편명인데, 모두 천자국과 관계가 없는 제후국의 文과 詩인데도 孔子가 <진서>와 <비서>를 '周書'에 편입시켰는가 하면, 魯와 商에다 '頌'이라는 글자를 붙여서 천자국의 詩歌처럼 대우해 준 것을 말함

국역 나는 사양할 수 없어서 자서를 붙이기를, "내가 젊어서 중국에 노닐 적에, 진신 선생이 '문은 한을 본받고 시는 당을 본받아야 한다.'고 논하는 것을 들었는데, 그 까닭을 몰랐었다. 한림원에 들어가게 되자, 천하가 너무 어지럽고 어머니도 늙으셨기에 벼슬을 그만두고 돌아왔다. 그릇되게 현릉(공민왕)의 알아줌을 얻어 관직에 봉직하여 허물이 없기를 힘쓰다 보니, (문학에) 정신을 집중할 수가 없어서 (예전에 터득하였던) 한두 가지마저도 다 소멸되어 거의 없어졌다. 그런데 지금 경숙이 수립한 것이 이와 같이 우뚝함을 보니, 어찌 이마에 땀이 흐르지 않겠는가? 비록 그렇긴 하지만 이 책이 전해지면 나의 서문도 전해질 것을 알 수 있고, 서문이 전해지면 내 이름도 전해지는 것이니, 내가 어찌 사양하겠는가? 뒷날 중국의 문장을 상고하여 한 책을 만들어내는 자가, 공자의 진서・비서나 노송・상송의 예를 본받아서, 혹시 (≪선수집≫가운데서) 한두 편을 취하여 편의 말미에라도 두게 되면, 그야말로 큰 다행이니, 내가 어찌 사양하겠는가?

감상 ● 이 작품에서는 목은이 古文을 愛好하였으며, '文은 漢을 본받고 詩는 唐을 본받아야 한다.'라는 언급으로 볼 때 古文 중에서도 그가 모범으로 삼고자 했던 것은 漢의 文이었으며(물론 그의 다른 글에서는 唐을 모범으로 삼기도 하였음), 또한 고문가 중에서는 韓愈에 경도되었음을 알 수 있다. 또한 '정치를 내고 성정을 바로잡음으로써, 풍속이 한결같이 되게 하고 만세 태평의 근본을 세웠다.'라는 언급

에서는, 목은이 바른 문장을 통하여 당대의 혼란을 바로잡고자 하였음을 엿볼 수 있다. 목은은 문장을 통해 당대인들의 심성을 바르게 하여 당대의 정신기풍을 바로잡고 나아가 淸明한 세계의 실현이라는 자신의 經世理想을 달성코자 했던 것이다. 그에게 있어 문장은 경세이상을 실현하는 중요한 도구였던 것이다.

참고논문 ▶ 류호진, <목은 이색의 문학관>, ≪한문학논집≫제17집, 근역한문학회, 1999.

41. 〈西京風月樓記〉李穡

上之十九年秋七月 以開城尹林公 長萬夫于安州 未踰時 軍政具擧 其冬十又一月移尹西京 巡問其道 御兵撫民 威惠益著 明年二月 進拜密直副使 蓋褒之也化既大行 人樂爲用 廼以五月初吉 卜地于迎仙店之舊基 作樓五楹 塗塈丹雘 五閱月而告成 望之翼如也 東南衆山 如在席下 而江水更其前 鑿池左右 種之芙蕖臨覽之勝 與浮碧相爲甲乙 而華麗則過之 既得上黨承旨韓公孟雲大書風月樓三字以揭之 而徵記於韓山李穡 且曰 子之靳吾記 以吾莫能名吾樓也 今吾之托輿也不淺 子能衍其義乎

주석 〖未踰時(미유시)〗 얼마 지나지 않아 〖擧〗 흥하게 하다 거 〖尹〗 벼슬 윤 〖拜〗 벼슬주다 배 〖褒〗 기리다 포 〖廼〗 이에 내 〖吉〗 초하루 길 〖塈〗 벽바르다 기 〖丹雘(단확)〗 고운 빨간 빛깔의 흙 〖閱〗 지나다 열 〖更〗 지나다 경 〖鑿〗 뚫다 착 〖芙蕖(부거)〗 연 〖上黨(상당)〗 清州의 옛 이름 〖徵〗 요구하다 징 〖靳〗 아끼다 근 〖托〗 맡기다 탁 〖衍〗 펴다 연

국역 금상(공민왕) 19년(1370) 가을 7월에, 개성윤 임공을 안주의 장관으로 삼으니, 얼마 지나지 않아서 군사와 정사가 다 잘 이루어졌다. 그해 겨울 11월에 서경윤(평양부윤)으로 옮겼는데, 그 도를 순찰하여 군사를 제어하고 백성을 위로하니, 위엄과 은혜가 더욱 나타나서 이듬해 2월에 밀직부사로 승진시켰으니, 대개 그 공을 표창하려는 것이었다. 이미 교화가 크게 행해져 사람들이 쓰이기를 좋아하였으므로, 이에 5월 초하룻날에 영선점 옛터에 자리를 잡아서, 기둥 다섯 개짜리 누대를 짓고

단청을 입혀 다섯 달을 지나서 완성되니, 누를 바라보매 나는 듯하였다. 동남쪽 여러 산이 자리 아래에 있는 것 같으며, 강물이 그 앞을 지나가고 있는데, 좌우에 못을 파고 그곳에 연꽃을 심으니, 올라서 바라보는 좋은 경치는 부벽루와 서로 다툴 만하였는데, 화려함은 그보다 더 나았다. 이미 상당 사람 승지 한맹운(韓脩)이 크게 쓴 '풍월루' 석 자를 얻어서 걸고, 또 한산 이색에게 기를 청하면서 말하기를, "그대가 나에게 기문 써 주는 것에 인색하다면, 그것은 내가 그런 누대의 이름을 가질 수 없다고 여기기 때문일 것이다. 지금 내가 여기에 흥취를 붙인 것이 얕지 않으니, 그대가 그 뜻을 펼쳐줄 수 있겠는가?" 하였다.

余曰 公之高識洪量 蓋一世而有餘 且其名樓之若是也 風來而無方 月行而無迹 浩乎莫知其涯涘也 雖道之在大虛 本無形也 而能形之者 惟氣爲然 是以大而爲天地 明而爲日月 散而爲風雨霜露 峙而爲山嶽 流而爲江河 秩然而爲君臣父子之倫 粲然而爲禮樂刑政之具 其於世道也 淸明而爲理 穢濁而爲亂 皆氣之所形也 天人無間 感應不忒 故彝倫敍而政教明 則日月順軌 風雨以時 而景星慶雲醴泉朱草之瑞至焉 彝倫斁而政教廢 則日月告凶 風雨爲災 而彗孛飛流 山崩水渴之變作焉 然則理亂之機 審之人事而可見 理亂之象 求之風月而足矣

주석 〖涯涘(애사)〗 끝(涘 물가 사) 〖峙〗 우뚝 솟다 치 〖秩然(질연)〗 질서가 정연한 모양 〖粲〗 밝다 찬 〖穢〗 더럽다 예 〖忒〗 어긋나다 특 〖彝倫(이륜)〗 사람으로서 항상 지켜야 할 도리(彝 떳떳하다 이) 〖軌〗 바퀴자국 궤 〖景星慶雲醴泉朱草(경성경운례천주초)〗 모두 고대 태평시대에 나타난다고 인식했던 상서로운 현상들로, 경성은 德星이라고도 하고, 경운은 오색의 彩雲을 가리키며, 예천은 단물이 솟는 샘이고, 주초는 붉은 색의 香草임 〖斁〗 패하다 두 〖彗孛(혜패)〗 혜성(彗星)과 패성(孛星)으로, 고대에는 이 별들이 나타나면 재앙이나 전쟁이 발생할 것으로 생각하였음 〖機〗 기틀 기

국역 내가 말하기를, "공의 높은 식견과 넓은 도량은 한 세상을 덮고도 남음이

있다. 그런데 또 누대의 이름을 이렇게 지었으니, 바람이 불어오는데 방향이 없고 달이 운행하는데 자취가 없는 것처럼, 넓어 그 끝을 알지 못하겠다. 비록 도가 태허에 있을 때에는 본래 형상은 없으나, 형상을 나타낼 수 있는 것은 오직 기가 그렇게 작용하기 때문이다. 그렇기 때문에 크게는 하늘과 땅이 되고, 밝게는 해와 달이 되며, 흩어져서는 바람·비·서리·이슬이 되고, 솟아서는 산악이 되며, 흘러서는 강과 내가 된다. 질서정연하여 군신·부자의 윤리가 되고, 찬연하여 예악·형정(刑政)의 도구가 되며, 그 세도에 있어서는 맑고 밝아서 治世를 이루기도 하고, 더럽고 탁하여 亂世를 이루기도 하는데, 다 기의 작용으로 나타나는 현상이다. 그런데 하늘과 사람은 간격이 없어서 감응이 어긋나지 않는다. 그러므로 윤리가 펴지고 정치와 교화가 밝아지면, 해와 달이 궤도에 순행하고, 바람과 비가 때를 맞추며, 경성·경운·예천·주초와 같은 상서로움이 이르는 것이요, 윤리가 무너지고 정치의 교화가 폐해지면, 해와 달이 凶兆를 고하고 바람과 비가 재앙을 이루며, 혜패가 날아다니고 산이 무너지고 물이 마르는 변고가 일어나기 마련인 것이다. 그렇다면 다스려짐과 어지러워짐의 기틀은 사람의 일을 살펴서 알 수 있고, 다스려지고 어지러움의 형상은 바람과 달에서 구하면 충분할 것이다.

今中原甫定 四方無虞 所謂理世也 我國家及閑暇 修政刑 民物阜康 江山淸麗 無適而非吟風弄月之地 況西京爲國根柢 控制西北 人士樂業 有箕子之遺風焉 而斯樓也又據一府之勝 賓客之至 一獻百拜 投壺雅歌 風來而體爽 月出而神淸 荷香左右 情境悠然 豈不樂哉 其爲此大平之人也 雖然 鷁退 聖人筆之 牛喘 史氏書之 所以警夫世者至矣 此又公之所以寓微意者歟 非樂以天下 憂以天下者 不可以語此 不然 流連光景 害義傷敎 君子所羞道也 後之來者 尙愼之哉

주석 〖甫〗 겨우 보 〖虞〗 걱정 우 〖阜〗 많다 부 〖柢〗 뿌리 저 〖控〗 제어하다 공 〖據〗 웅거하다 거 〖一獻百拜(일헌백배)〗 ≪예기≫에 나오는 말로, 한 잔을 주고받을 때 주인과 손님이 서로 백 번씩 절을 하는 것으로, 종일 마셔도 취하지 않아, 主

客間에 점잖게 술을 마시는 것을 말함 〖投壺雅歌(투호아가)〗 =雅歌投壺 투호놀이를 하고 고상한 詩를 읊조리며 노니는 것을 말하는데, 특히 後漢의 장군 제준(祭遵)이 아가투호했다는 데에서 武將의 儒雅한 행동을 가리킬 때 많이 쓰는 표현임 〖爽〗 시원하다 상 〖悠然(유연)〗 한가로운 모양 〖鷁退牛喘(익퇴우천)〗 익(鷁)새는 물새인데 기후를 따라 다니는 새로, 6마리 익이 宋나라 도성 위를 지나갈 때 강풍을 만나 뒤로 밀려서 날자, 송나라 사람들이 일종의 災異로 여겼는데, 공자가 ≪춘추≫에 '육익퇴비(六鷁退飛)'라 기록하였고, 牛喘(숨차다 천)은 西漢의 재상 丙吉이 사람들이 길에서 싸우다 죽고 다친 일은 묻지 않고 소가 혀를 빼물고서 헐떡이는 것을 보고는 계절의 기후가 바뀐 것을 중대시하여 자세히 물었다는 고사임 〖筆〗 쓰다 필 〖寓〗 칭탁하다 우 〖流連(류련)〗 노는 데 팔려 집으로 돌아가기를 잊음 〖光景(광경)〗 경치 〖羞〗 부끄러워하다 수 〖尙〗 더하다 상

국역 지금 중원이 겨우 안정되어 사방에 근심이 없으니, 이른바 治世라고 할 만하다. 따라서 우리나라가 한가한 때를 당하여 정치와 형벌을 닦아 나간다면, 백성이 편하고 재물이 풍부해질 것이니, 강과 산이 맑고 화려하여 어디를 가더라도 음풍농월하지 못할 곳이 없게 될 것이다. 더욱이 서경은 나라의 터전이 되어 서북을 제압하며, 백성과 선비가 업을 즐기면서 기자의 유풍을 간직하고 있다. 게다가 이 누대는 한 부의 勝地를 차지하고 있으니, 손님이 찾아와서 한 잔 올리며 백 번 절하고 투호놀이하며 맑은 노래를 부를 적에, 바람이 불면 몸이 상쾌해지고, 달이 뜨면 정신이 맑으며, 좌우에는 연꽃이 향기로워서 정경이 유연하니 어찌 즐겁지 않겠는가? 그것은 태평한 시대의 사람이기 때문에 가능한 일이다. 비록 그렇긴 하지만 익이 물러가자 성인이 기록하였고, 소가 헐떡이자 史家가 그것을 기록하였으니, 세상을 경계하는 것이 지극하였다. 이것이 또한 공이 그윽한 뜻을 붙인 까닭인가? 천하로써 즐거워하고 천하로써 근심하는 이가 아니면, 이것을 말할 수 없을 것이다. 그렇지 않고서 경치에 빠져 의리를 해치고 교화를 상하게 하면, 군자가 말하기를 부끄러워할 것이니, 뒤에 오는 사람은 더욱 신중해야 한다." 하였다.

감상 ● 이 작품은 牧隱 李穡의 나이 대략 44세 정도에 지어진 것으로, 청탁

자의 치적과 記의 청탁, 氣의 작용과 治亂, 風月樓의 정취, 後人에 대한 당부와 설교로 구성되어 있다. 이 <西京風月樓記>는 風月樓의 風과 月 두 글자를 文眼으로 해서, 글의 중간 중간에 風月을 각각 8번이나 사용하여 전체 글의 제목과 주제를 환기시키는 尊題法을 사용하여, 氣와 '天人無間'을 통해 성리학적으로 풀이하면서 義理와 名教의 수립을 '設教'하고 있다. 그래서 조선후기 송백옥은 이 글에 대해 "風月을 말함으로 말미암아 의리를 덧붙여 가르침을 펴고 있다."(≪동문집성≫, <牧隱李先生集文 上>, 16면. "因說風月, 寓義設教.")고 評을 하였으며, 조선후기 안석경은 "우리나라 사람 가운데 다시는 이렇게 이야기할 수 있는 사람이 없을 것이며, 정말로 歐陽修나 蘇東坡와 비교해도 부끄러움이 없을 것이다."(≪삽교집≫, 640면. "東人得復道此否?……誠無愧於歐蘇.")라고 하여, 古文의 大家인 歐陽修와 蘇軾에 비길 정도라며 極讚을 보내고 있는 것이다.

참고논문 ▶ 원주용, <<西京風月樓記>를 통해 본 牧隱 散文의 문예적 특징>, ≪동방한문학≫제29집, 동방한문학회, 2005.

42. 〈遁村記〉李穡

廣李氏旣取孟子集義之集爲名 而取浩然之氣爲字 星山李子安說其義 予又題辭其後以與之 浩然曰 吾名吾字 旣受敎矣 吾之遁于荒野 以避鷲城之黨之禍 艱辛之狀 雖鷙忍者聞之 不能不動乎色 雖然 吾之所以得至今日 遁之力也 夫叔孫勝敵 以名其子 蓋喜之也 子身之分也 猶且名之 以志其喜 況吾一身乎 今吾旣皆更之 則我之再初也 遁之德于我也 將終吾身而不可忘焉者 故名吾所居曰遁村 所以德其遁也 亦欲寓其出險不忘險之意以自勉焉 蓋遁者知言之一也 而義則竊取之如是 惟先生哀憐之 忘其再三之瀆 以終惠焉

주석 『集義(집의)』 ≪맹자≫<공손추 상>에 浩然之氣를 설명하는 대목에 "그 기운은 의리가 안에 축적된 결과 나오는 것이다(是集義所生者)"라는 말에서 나옴 『星山(성산)』 星州의 옛 이름 『鷲城(취성)』 취성은 영산(靈山)의 별칭인데, 辛氏는 영산이 본관이므로, 취성당화는 신돈(辛旽)의 화를 말함(신돈의 화는 李元齡이 신돈을 논박하다가 화가 미치자 永川으로 도망한 일을 말함) 『艱辛(간신)』 고생(艱 고생 간) 『鷙忍(지인)』 굳세고 잔인함(鷙 굳세다 지) 『力』 덕택 력 『叔孫(숙손)』 원문에는 孫이 向으로 되었으나 誤記이므로 孫으로 고침. 숙손은 춘추 때에 長狄의 군주인 僑如를 죽이고 자기 아들 이름을 僑如라고 지었음 『知言(지언)』 ≪맹자≫<공손추 상>에, 공손추가 "남이 하는 말을 안다고 한 것은 무슨 뜻입니까?(何謂知言)" 하고 묻자, 맹자가 "도망쳐 숨는 말을 들으면 그 사람이 어떤 궁지에 몰려 있는지를 알 수 있다(遁辭知其所窮)."이라는 말에서 나온 것임 『瀆』 버릇없이 굴다 독

국역 광주(廣州) 이 씨가 이미 ≪맹자≫에 나오는 '집의'의 집자를 취하여 이름으로 삼고, '호연지기'의 호연을 취하여 자(字)로 삼았다. 성산 이자안(李崇仁)이 그 뜻을 해설하였고, 내가 또 그 뒤에 글을 써서 그에게 주었다. 그러자 호연이 말하기를, "내 이름과 내 자에 대해서는 이미 가르침을 받았습니다. 그런데 내가 거친 들판으로 도망하여 취성의 패거리가 꾸민 화를 피하였는데, 그 고생스러운 형상은 비록 흉포하고 잔인한 사람이라도 그 말을 듣고 안색이 바뀌지 않을 수 없을 것입니다. 비록 그렇긴 하지만 내가 오늘까지 이를 수 있었던 것은 도망친 덕분입니다. 무릇 숙손은 적을 이기고 그 아들의 이름을 지었으니, 대개 그 기쁨을 표시한 것입니다. 아들은 자신의 분신인데도 오히려 그렇게 이름을 지어서 자신의 기쁨을 표시했는데, 하물며 나의 이 한 몸이야 더 말해 무엇 하겠습니까? 지금 내가 이미 모두 이름과 자를 다 고쳤으니, 내가 다시 처음이 된 것입니다. 달아남이 나에게 덕을 끼쳐 주었으니, 장차 내 몸을 마치도록 잊을 수 없습니다. 그러므로 내가 거처하는 곳을 둔촌이라 하였으니, 그 달아남을 덕스럽게 생각하는 동시에, 또한 그 위험에서 나와서 위험을 잊지 않는다는 뜻을 붙여서 스스로 힘쓰고자 함입니다. 대개 둔은 지언의 하나입니다만, 뜻은 내 나름대로 이와 같이 취하였으니, 오직 선생은 가엾게 여겨 두세 번 번거롭게 함을 잊으시고 끝내 은혜를 베풀어 주셨으면 합니다." 하였다.

予曰 子於鄒國之書 誠味而樂之矣 其求觀聖人之道 殆庶幾乎 予故不徵他書 就孟子以畢其說 或問舜爲天子 皐陶爲士 瞽瞍殺人 則如之何 孟子曰 竊負而逃 遵海濱而處 訢然樂以忘天下 此雖設辭 處之不過如此爾 浩然之禍 雖自其身致之 親老子幼 抱負携持 晝藏榛莽 夜犯雨露 崎嶇山谷之中 猶恐追者踵至 屛氣縮縮 戒妻子無敢出聲 其遁也亦慘矣

주석 『鄒國之書(추국지서)』 추나라가 맹자의 고향이기 때문에 ≪맹자≫를 일컬음 『求觀聖人之道(구관성인지도)』 韓愈의 <送王塤序>에 "성인의 도를 구해보려면, 반드시 ≪맹자≫로부터 시작해야 한다(求觀聖人之道 必自孟子始)."라는 말에 나옴

〖殆〗 거의 태 〖庶幾(서기)〗 가까움 〖徵〗 밝히다 징 〖士〗 士官으로 法官 〖遵〗 따라가다 준 〖訢〗 기뻐하다 흔 〖設〗 가령 설 〖致〗 부르다 치 〖携〗 끌다 휴 〖榛莽(진망)〗 잡목이 우거진 곳(榛 덤불 진 莽 풀 망) 〖崎嶇(기구)〗 산길이 험함 〖踵〗 뒤밟다 종 〖屛氣(병기)〗 겁이 나서 숨을 죽임 〖縮〗 오그라들다 축 〖慘〗 혹독하다 참

국역 내가 말하기를, "그대가 추나라의 글에 대해서 진실로 음미하며 즐기고 있으니, 성인의 도를 구해 보려는 경지에 거의 이르렀도다. 내가 이런 까닭으로 다른 글은 찾지 않고 ≪맹자≫의 글을 통해 말을 마치겠다. (≪맹자≫<진심 상>에) 어떤 사람이 묻기를, '순이 천자가 되고 고요가 법관일 때, 고수(순의 아버지)가 사람을 죽이면 순은 어떻게 했겠습니까?' 하니, 맹자가 말하기를, '몰래 업고 도망가서 바닷가에 살면서 흔쾌히 즐거워하며 천하를 잊었을 것이다.'라고 하였다. 이는 비록 가정한 말이긴 하나, 이와 같이 처리할 수밖에 없을 것이다. 호연의 화가 비록 자신이 초래한 것이기는 하지만, 늙은 어버이와 어린 자식들을 안고 업고 잡아끌면서, 낮에는 숲속에 숨고 밤에는 비와 이슬을 무릅쓰고 험한 산골 속을 헤매는 중에도 오히려 쫓는 이가 뒤에 따라올까 두려워하여, 숨을 죽이고 몸을 움츠리면서 처자에게 감히 소리를 내지 못하도록 경계시켰을 것이니, 그 도망은 정말 참혹하였을 것이다.

是宜夢驚而悟愕也　方且揚揚焉　內以樂於己　外以誇於人　浩然信非尋常人矣　其中必有所主　而名不虛得矣　孟子曰　天將降大任於是人也　必將餓其體膚　行拂亂其所爲　增益其所不能　浩然信乎餓其體膚矣　拂亂其所爲矣　則其降大任也　又信乎其可必也　予恐浩然之不得終身於遁村也　若其江山風物之勝　朝耕夜讀之樂　浩然自有地矣　故不詳著云　蒼龍丁巳九月　記

주석 〖悟〗 깨다 오 〖愕〗 놀라다 악 〖揚揚(양양)〗 득의한 모양 〖誇〗 자랑하다 과 〖尋常(심상)〗 보통 〖拂〗 거스르다 불 〖地〗 여지(餘地) 지 〖蒼龍(창룡)〗 =干支

국역 이는 마땅히 꿈에도 놀라고 깨어서도 놀랄 것인데, 바야흐로 더욱 의기양양하여 안으로는 자기 마음속으로 즐거워하는 듯하고 밖으로는 남에게 자랑하려는 듯하니, 호연은 참으로 보통 사람이 아니다. 그 마음에 반드시 주관하는 것이 있을 것이니, 명성이 그냥 얻어진 것이 아니다. 맹자가 말하기를, '하늘이 장차 어떤 사람에게 큰 임무를 내릴 적에는, 반드시 그 살과 뼈를 굶주리게 하고 하는 일마다 그가 하는 것을 어그러지게 하며 어지럽게 하여, 그동안 잘하지 못했던 것을 더 잘하게 해준다.' 하였으니, 호연은 참으로 그 몸이 굶주렸고 그가 하는 것도 어그러졌으니, 이렇게 본다면 큰 임무가 그에게 내려 반드시 이룰 수 있게 해 주리라는 것을 기필할 수 있을 것이다. 나는 호연이 둔촌에서 몸을 마치게 될 수는 없을 것이라는 생각이 들기도 한다. 그 강산과 풍물의 아름다움이나 아침에 밭 갈고 저녁에 글 읽는 즐거움은 호연이 자신이 실컷 누리고 있을 터이므로, 자세히 기록하지 않겠다. 창룡 정사년(1377, 우왕 3) 9월에 기를 쓴다.

감상 ● 이 작품은 號에 대해 풀이한 號記로, 공민왕의 개혁정치를 보좌하기 위해 등용된 신돈은 공민왕의 두터운 신임으로 획득한 권세를 이용하여 온갖 폐단을 자행하였다. 당시 신흥사대부들은 성리학을 중심으로 고려 후기의 부패한 정치와 제도 개혁에 적극적이었다. 그들이 신돈의 정치적 횡포로 인해 李集이 겪었던 온갖 고통에 대해 동정한 것은 이를 개인의 고통으로만 여기지 않고 신흥사대부 일반이 권문세족의 횡포에 당할 수도 있는 사안으로 여겼기 때문이다. 그들은 사대부 의식을 확립하고 상호 교류를 통해 계층 연대를 이룩하고자 하였던 것이다. 목은은 또한 뛰어난 재능을 지녔지만 신돈을 논박하다 불우한 생을 살았던 이집에 대해, '명성이 그냥 얻어진 것이 아니다.'라고 했던 것처럼, 포부와 재능을 지녔지만 시대와 맞지 않아 곤궁한 생활을 해야 했던 이집에 대한 연민을 제시하기도 했다.

참고논문 원주용, <養氣를 통해 본 麗末鮮初 文人들의 意識에 관한 일고찰>, ≪한문학보≫제17집, 우리한문학회, 2007.

43. 〈陽村記〉李穡

陽村吾門生永嘉權近之自號也 近之言曰 近也在先生之門 年最少 學最下 然所慕而跂之者 近而之遠也 故字曰可遠 天下之近而又遠者 求之內曰誠 求之外曰陽 誠惟君子 然後踐之 若夫陽也 愚夫愚婦之所共知也 春而溫 夏而可畏 秋而燥 冬而復乎溫 歲功得以成 民生得以遂

주석 〖永嘉(영가)〗 安東의 옛 이름 〖跂〗 발돋움하다 기 〖踐〗 이행하다 천 〖夏而可畏(하이가외)〗 ≪春秋左傳≫文公 7년 조에, “겨울 햇빛은 사랑할 만한데, 여름 햇빛은 두려움을 느낄 만하다(冬日可愛 夏日可畏).”라는 말에서, 한여름의 뜨거운 태양빛을 뜻함 〖燥〗 말리다 조 〖遂〗 이루다 수

국역 양촌은 나의 문생인 영가 권근의 자호이다. 근이 말하기를, “제가 선생의 문하 가운데에서 나이는 가장 어리고 학문도 가장 낮습니다. 그러나 사모하여 지향하는 것은 비근한 곳에서 고원한 경지에 도달하는 것입니다. 그러므로 자를 가원이라 하였습니다. 천하에서 비근하면서도 고원한 것은 그것을 안으로 구하면 성이요, 밖으로 구하면 양이라 할 것입니다. 그런데 성은 오직 군자가 된 뒤에 실천하는 것이요, 저 양이란 것은 어리석은 사람이라도 모두 같이 알고 있는 것입니다. (태양이) 봄에는 따뜻하게 해 주고, 여름에는 겁이 나게 했다가 가을에는 말려 주고, 겨울에는 다시 따뜻하게 해주어, 한 해의 일이 이루어져서 백성들의 삶이 이루어질 수 있게 되는 것입니다.

近竊自謂聖人之化成人材也亦如此 詩書禮樂之敎 皆所以順乎天時矣 而仲尼則嘗曰 以我爲隱乎 吾無隱乎爾 蓋仲尼猶天地也 猶日月也 廣大而無所不包 代明而無所不照 物乎其間者 形形色色 呈露靡遺 故曰鳶飛戾天 魚躍于淵 言其上下察也 尙何幽隱之有哉 雖其陰險邪類 亦皆無所遁其情 則夫子之無所不知 無所不化 昭昭乎其明也 浩浩乎其大也 浴沂風詠之流 猶足以知和氣流行 與唐虞氣象無異 則其時雨化之者 發榮滋長 復何言哉

주석 〖化成(화성)〗 개선함(化 교화 화) 〖代〗 번갈아들다 대 〖呈〗 나타나다 정 〖鳶〗 솔개 연 〖戾〗 이르다 려 〖躍〗 뛰다 약 〖察〗 드러나다 찰 〖遁〗 숨다 둔 〖唐虞(당우)〗 陶唐氏인 堯와 有虞氏인 舜 〖流〗 무리 류 〖猶〗 더욱 유 〖滋〗 번식하다 자

국역 제가 나름대로 스스로 생각해보건대, 성인이 인재를 교화시켜 만드는 것도 역시 이와 같다고 생각합니다. 시서예악의 가르침이 모두 하늘의 때에 순응하라는 것인데, 중니도 일찍이 말하기를, '나를 숨긴다고 생각하는가? 나는 너희들에게 숨기는 것이 없다.'고 하였으니, 대개 중니는 천지와 같고 일월과 같습니다. (천지는) 넓고 커서 포용하지 않은 것이 없고, (일월은) 교대로 밝게 비치지 않는 것도 없습니다. 그 사이에 모든 물건은 형형색색으로 드러내 보여주며 빠짐이 없기 때문에, (≪중용≫12장에서) '솔개는 날아 하늘에 이르고 물고기는 못 속에 뛴다고 한 시는, 위아래에서 이치가 밝게 드러남을 말한 것이다.'라고 한 것입니다. 그러니 어찌 숨김이 있겠습니까? 비록 그 음험하고 간사한 무리라도 역시 모두 그 뜻을 숨김이 없으니, 부자가 알지 못하는 것이 없게 되고 감화하지 않음이 없게 되어, (일월처럼) 밝게 빛나고 (천지처럼) 광대하게 된 것입니다. (≪논어≫<선진>에 나오는) 기수(沂水)에 목욕하고 바람 쐬며 노래하고 싶다는 것도, 화기가 넘쳐흘러 요순시대의 기상과 다를 것이 없다는 사실을 충분히 알 수가 있으니, 제때 내리는 비가 만물을 변화시켜주는 것처럼 그 당시에 얼마나 성장시키고 발전시켜 주었을지 다시 말해 무엇 하겠습니까?" 하였다.

嗟夫 仲尼爲天地爲日月於從游三千 速肖七十之間者 皆陽道之發見昭著者也 而見而知之者甚寡 曾子子思幸而著書 至於今日 濂洛之說行 然後學者讀其書 如游仲尼之天地 如見仲尼之日月 秦漢以來 陰翳否塞 泯泯昏昏 幾於鬼蜮者 如淸風之興而掃之無跡 何其快哉 十月無陽矣 然謂之陽月者 聖人之意也 觀乎碩果不食之訓 則聖人扶陽也至矣 春秋聖人志也 麟陽物也而見獲 聖人傷之甚 故作春秋 書春王正月 釋之者曰 大一統也 嗚呼 士生斯世 不遇則已 遇則佐天子大一統 布四海陽春焉而已耳 若余也老矣 復何望哉 可遠其思所以自號 而益勉之哉 勉之當如何 必自誠始 己未春三月癸酉 記

주석 〖肖〗 닮다 초 〖濂洛(렴락)〗 濂溪의 주돈이(周敦頤)와 洛陽의 程顥, 程頤 〖翳〗 가리다 예 〖否塞(비색)〗 막힘(否 막히다 비) 〖泯泯(민민)〗 넓고 어두운 모양 〖蜮〗 물여우 역 〖十月無陽(시월무양)〗 ≪주역≫剝卦 上九爻에 '碩果不食'이 나오며, 그 爻辭의 程傳에 "10월은 6개의 효가 모두 陰인데도 그 달을 陽月이라고 말하는 것은 그 속에 陽이 없다고 의심할까 두려워해서이다."라는 해설이 나옴 〖志〗 기록하다 지 〖傷〗 근심하다 상 〖春王正月(춘왕정월)〗 춘왕정월은 '어느 해 봄 周나라 왕이 쓰는 달력으로 정월'이라는 뜻으로, ≪춘추≫에 통용된 연대표기 방식인데, ≪춘추공양전≫隱公 원년 조에, "왜 王正月이라고 하였는가? 大一統을 하기 위해서이다."라고 하였다. 대일통은 천하의 諸侯가 모두 周나라 왕에게 귀의하여 이를 중심으로 통일되어야 한다는 의미임 〖勉〗 힘쓰다 면

국역 (내가 다음과 같이 말한다) 아! 중니가 자신을 따라 노니는 3천 명의 제자와 서둘러 닮아 가려는 70명의 사이에서 천지가 되고 일월이 된 것은 모두 양의 도를 발현하여 분명히 드러내 준 것인데, 그것을 보고서도 아는 자는 매우 적었다. 증자와 자사만은 다행히 글을 저술하여 오늘날에 이르렀지만, 염락의 학설이 행해진 뒤에야 학자들이 그 책(증자가 지었다는≪대학≫과 자사가 지었다는 ≪중용≫)을 읽고 나서야 중니의 천지에서 노닐고 중니의 일월을 보는 것처럼 되었다. 진한 이래로 그늘에 가려지고 막혀서 어두컴컴하여 귀신이나 물여우처럼 되었던 것이 맑은 바람이 일어 흔적도 없이 쓸어버린 것과 같이 되었으니, 얼마나 통쾌한 일인가? 10

월은 양이 없는데도 그 달을 양월이라고 이르는 것도 성인의 뜻이니, 이것은, "큰 과일은 먹히지 않는다."는 교훈에서 살펴보면 성인이 양을 세우려는 것이 지극한지를 알 수 있다. 또≪춘추≫는 성인이 기록해 놓은 글이다. 기린이 양물인데도 붙잡히자 성인이 몹시 상심했기 때문에 ≪춘추≫를 지은 것인데, '춘왕정월'이라고 쓴 것에 대해 해석하는 이는, '대일통'의 뜻이 그 속에 담겨 있다고 하였다. 아! 선비가 이 세상에 나서 때를 만나지 못했으면 그만이지만, 만났으면 천자의 대일통을 도와서 사해에 양춘을 펴게 할 뿐이다. 나 같은 사람은 늙었으니, 다시 무엇을 바라겠는가? 가원은 스스로 호한 까닭을 잘 생각해서 더욱 힘써야 할 것이다. 힘써 나가려면 마땅히 어떻게 해야 하겠는가? 반드시 성으로부터 시작해야 할 것이다. 기미(1279, 우왕5)년 봄 3월 계유(癸酉)에 쓴다.

감상 ● 이 글은 목은의 성리학 사상을 잘 표출하고 있는 작품이다. 목은은 우주자연과 인간의 생성 및 운행을 陰과 陽, 五行의 변화과정에 의한 것으로 설명하는 가운데, 陰과 陽에 있어서 보다 근본적이고 중요한 것은 陽의 기운이라 보았다. 더 나아가 목은은 陽의 덕은 만물의 기운을 북돋워 생동시키는 것이자, 세상을 태평스럽고 조화롭게 하는 治世의 道로 보았다. 또한 陽을 誠과 대응시키는 수양론적 관심을 보여주고 있다. 목은은 천하에서 가깝고도 먼 것은 안에서 구하면 誠이요, 밖에서 구하면 陽이 되고 誠은 오직 군자라야 실천할 수가 있다고 하였다. 여기서 誠과 陽을 內와 外로 대비시키면서 이를 君子의 道로 파악하는 목의의 입장을 볼 수가 있다.

참고논문 금장태, <목은 이색의 유학사상>, ≪목은 이색의 생애와 사상≫, 목은연구회편, 일조각, 1996.

44. 〈六友堂記〉李穡

永嘉金敬之氏名其堂曰四友　蓋取康節先生雪月風花也　請予說其義　予不願學也　且無暇　未之應久矣　其在驪興也　以書來曰　今之在吾母家也　江山之勝　慰吾於朝夕　非獨雪月風花而已　故益之以江山曰六友　先生其有以敎之

주석 『康節(강절)』 宋나라 邵雍의 시호가 강절로, "관물의 즐거움을 말하면, ……사시에 따라 바람과 꽃과 눈과 달이 우리의 눈앞에 한 번 스쳐 지나가는 것과 무엇이 다르겠는가(何異四時風花雪月一過乎眼也≪伊川擊壤集≫<自序>)"라 하였음 『慰』 위로하다 위

국역 영가 김경지가 자기 집의 이름을 사우라고 하였으니, 대개 강절 선생의 눈・달・바람・꽃을 취한 것이다. 나에게 그 뜻을 해설해 줄 것을 청했는데, 나는 강절을 배우기를 원하지도 않은데다가, 또한 겨를조차 없어 오랫동안 응해 주지 못하였다. 그런데 그가 여흥(驪州의 옛 이름)에 살면서 글을 보내어 말하기를, "지금 우리 모친의 집에 있는데, 강과 산의 경치가 좋습니다. 아침저녁으로 나를 위로해 주는 것이 눈・달・바람・꽃만이 아니기에, 강과 산을 더하여 육우라고 하였으니, 선생께서 진실로 가르쳐주십시오." 하였다.

予曰　吾之衰病也久　天時變于上　吾懵然而已　地理隤于下　吾冥然而已　康節之學　深於數者也　今雖以江山冠之　示不康節同　然易之六龍六虛　爲康節之學之所

從出 則是亦歸於康節而已 雖然 旣曰不願學 則舍是豈無言乎 曰 山吾仁者所樂也 見山則存吾仁 水吾智者所樂也 見江則存吾智 雪之壓冬溫 保吾氣之中也 月之生夜明 保吾體之寧也 風有八方 各以時至 則吾之無妄作也 花有四時 各以類聚 則吾之無失序也 又況敬之氏胸中洒落 無一點塵滓 又其所居 山明水綠 謂之明鏡錦屛 ▩無忝也哉

주석 〖懵〗 어리석다 몽 〖隤〗 순하다 퇴 〖冥〗 어둡다 명 〖數〗 象數로, 천지의 운행과 만물의 형상 〖六龍六虛(육룡육허)〗 육룡은 乾卦의 6爻, 육허는 64괘 모두의 6효를 뜻하는 말인데, 요컨대 卦를 형성하는 爻 6개라는 의미임 〖舍〗 버리다 사 〖壓〗 막다 압 〖八方(팔방)〗 동·서·남·북·동북·동남·서북·서남 〖洒落(쇄락)〗 마음에 조금도 티가 없이 시원함 〖滓〗 찌끼 재 〖屛〗 병풍 병 〖忝〗 황송하다 첨

국역 나는 말하기를, "나는 쇠해서 병든 지 오래되었다. 그래서 천시가 위에서 변하는데도 나는 어리석어 알지 못하고, 지리가 아래에서 순응해도 나는 어두워 느끼지 못할 따름이다. 하지만 강절의 학은 상수에 조예가 깊다. 지금 그대가 비록 강과 산을 맨 앞에 올려놓고서 강절과 같지 않다는 것을 보여주려 하고 있지만, ≪주역≫의 육룡과 육허에서 강절의 학설이 나왔으니, 이것(六友)도 강절에게 귀속되는 것일 뿐이다. 비록 그렇긴 하지만 이미 강절의 학설을 배우기를 원하지 않는다고 하였으니, 이것(상수)을 놓아두어야 할 터인데, 그렇다고 어찌 할 말이 없겠는가? 산은 우리 인자가 좋아하는 것이니 산을 보면 우리의 인을 보존할 수 있을 것이요, 물은 우리 지자가 좋아하는 것이니 강을 보면 우리의 지를 보존할 수 있을 것이다. 눈은 겨울에 온기를 덮어서 감싸주니 우리 기운의 中和를 보존하고, 달은 밤에 밝음을 내어 우리 몸의 편안함을 보존한다. 바람은 팔방에서 각각 때에 따라 이르니 우리가 망령되지 않을 수 있을 것이요, 꽃은 사시로 각각 종류대로 모이게 되니, 우리의 차례를 잃지 않을 수 있게 될 것이다. 하물며 경지는 가슴속이 맑아 한 점의 티끌이나 찌꺼기도 없고, 또 그가 사는 곳은 산이 맑고 물이 푸르러 밝은 거울이나 비단 병풍과 같다고 일컬어지는 곳이니, 이보다 더 황송할 것이 없다.

雪也在孤舟蓑笠爲益佳 月也在高樓樽酒爲益佳 風在釣絲 則其淸也益淸 花在書榻 則其幽也益幽 四時之勝 各極其極 以經緯乎江山之間 敬之氏侍側餘隙 舟乎江屩乎山 數落花立淸風 踏雪尋僧 對月招客 四時之樂 亦極其極矣 敬之氏其獨步一世者哉 友同志也 尙友乎古 則古之人 不可以一二計求友乎 今則如吾儕者亦豈少哉 然敬之氏所取如此 敬之氏其獨步一世者哉 雖然 天地父母也 物吾與也何往而非友哉 又況大畜之山 習坎之水 講習多識 眞吾益友也哉 於是作六友堂記

주석 〖蓑〗 도롱이 사 〖笠〗 삿갓 립 〖樽〗 술그릇 준 〖榻〗 걸상 탑 〖侍側(시측)〗 높은 사람 곁에서 시중듦 〖屩〗 신 갹 〖踏〗 밟다 답 〖尋〗 찾다 심 〖尙友(상우)〗 거슬러 올라가 옛날의 어진 사람을 벗으로 삼음(尙 옛 상) 〖儕〗 무리 제 〖大畜習坎(대축습감)〗 ≪주역≫대축괘의 象에 "하늘이 산속에 있는 것이 대축괘이다. 군자는 이로써 옛 성인들의 언행을 많이 알아 자신의 덕을 키운다.(君子 以 多識前言往行 以畜其德)" 하였고, 습감괘의 象에 "물이 거듭 흘러오는 것이 습감괘이다. 군자는 이로써 덕행을 항상 행하고 가르치는 일을 강습한다.(君子 以 常德行 習敎事)" 하였음 〖講〗 익히다 강

국역 눈은 외로운 배를 타고서 도롱이와 삿갓을 쓰고 있을 때에 더욱 아름답고, 달은 높은 다락위에 앉아서 술잔을 기울일 적에 더욱 아름답도다. 바람은 낚싯줄을 드리울 적에 그 맑음을 더 느끼게 될 것이요, 꽃은 책상머리 앞에서 바라볼 적에 그윽한 것이 더욱 그윽할 것이다. 사시의 승경이 각각 더욱 지극하면서 강과 산 사이에서 가로세로로 걸쳐 있게 될 것이다. 그리하여 경지가 어버이를 모시는 여가에 강물에 배 띄우거나 산에 나막신으로 올라가거나, 떨어지는 꽃잎을 세어 보거나 맑은 바람 앞에 서 있거나, 눈을 밟으며 중을 찾든가, 달을 대하여 손님을 청하노라면, 사시의 즐거움이 역시 더욱 지극할 것이니, 이쯤 되면 경지는 아마 한 세상에 독보적 존재가 될 것이다. 그리고 벗이란 뜻을 같이하는 사람이다. 옛날 세상으로 거슬러 올라가서 벗하려면 옛 사람이 벗을 구함에 있어 한두 명 정도일 뿐만이 아닐 것이다. 지금 (사람을 벗하더라도) 우리와 같은 무리가 어찌 적다고 하겠는

가? 그러나 경지가 벗을 취한 점이 이와 같으니, 경지는 아마 한 세상의 독보적인 존재라고 해야 할 것이다. 비록 그렇긴 하지만 천지는 부모요 만물은 우리의 벗이니, 어디로 간들 벗이 아니겠는가? 또한 하물며 대축의 산과 습감의 수는 강습하게 해 주고 많이 알게 해 주니, 진실로 우리의 유익한 벗이로다. 그래서 육우당의 기를 짓는다." 하였다.

감상 ▶ ● 이 작품은 對偶가 뛰어난 글이다. 첫 단락에서 命名한 사실을 제시하는데, 글자 수가 같지 않은 구를 뒤섞여 쓰는 散行으로 일관하다가, 六友에 대한 본격적인 논의가 시작되는 다음 단락에서부터는 對偶의 수법을 채택하고 있다. 經傳에서 故事를 끌어오는 典故對偶를 사용하기도 하고, 세 句 이상의 對偶로 이루어진 排比의 수법을 활용하기도, 對偶의 방법에 변화를 주기도 하였다. 목은은 이렇게 자신의 논점을 중점적으로 제시하고자 할 때 對偶를 집중적으로 구사하여, 작품의 정제미뿐만 아니라 율동성도 아울러 제공하고 있다.

참고논문 ▶ 원주용, <牧隱 李穡 散文 硏究>, 성균관대 박사논문, 2004.

45. 〈寂菴記〉李穡

華嚴大選景元住興王寺 未幾絶去世網 超然雲水間 衲衣蔬食 將終身焉 而氣豪志潔 人之見之 無不愛敬 予之往來甓寺也 始內交焉 元公嘗師事懶翁 翁名之曰寂久矣 今得孟雲韓先生大字以扁 徵予文爲記

주석 〖大選(대선)〗 僧科에 합격한 승려에게 주던 初級 法階 〖未幾(미기)〗 얼마 안 되어 〖衲〗 승복 납 〖甓寺(벽사)〗 驪州의 神勒寺가 벽돌로 쌓았기에 벽절이라 한 데에서 신륵사를 이름 〖內交(납교)〗 사귐 〖扁〗 현판 편 〖徵〗 요구하다 징

국역 화엄종의 대선인 경원이 흥왕사에 머물다가, 얼마 안 되어 속세의 그물을 끊어버리고 구름과 물 사이에 초연하게 살면서 장삼과 나물밥으로 일생을 마치려 하였다. 그런데 그의 기상은 호방하고 뜻은 고결하여, 보는 사람마다 사랑하고 존경하지 않는 이가 없었는데, 나도 벽사를 왕래할 때 비로소 교분을 맺게 되었다. 경원공이 일찍이 나옹을 스승으로 섬겼는데, 나옹이 그에게 적이라고 이름 지어 준 것이 오래되었다. 이제 한맹운(韓脩) 선생으로부터 큰 글자 하나를 얻어 편액으로 내걸고, 나의 글을 요구하여 기문으로 삼으려 한다.

且曰 二覺歸於寂 教之極也 三觀終於寂 禪之極也 功行已斷 知見不立 俱忘永嘉是非 直透達磨功德 是吾志也 然先生何能知之 予之在山也 晝而一鳥不鳴 夜而孤月又出 水流花間 雪壓松上 獨立固寂 群居亦寂 寂之有味 舌難以旣 吾

是以扁之吾菴　吾觀先生似避喧者　然未必知吾道也　故略擧二覺三觀達磨永嘉之說 而終之以山中之事 先生何所取乎

주석 〖二覺(이각)〗 本覺과 始覺을 말하는데, 本覺은 중생이 본래 갖추고 있는바, 如來와 같이 청정한 지혜를 말하고, 始覺은 일단 迷惑된 중생의 本覺이 다시 본성으로 환원된 지혜를 말함 〖寂〗 일체의 相을 떠난 寂滅의 상태 〖三觀(삼관)〗 灌法을 닦을 때의 마음의 상태로, 靜觀・幻觀・寂觀을 말함 〖知見(지견)〗 사리를 깨달아 아는 능역 〖永嘉是非(영가시비)〗 唐僧 영가의 <證道歌>에, "그르다고 하는 것도 사실 그른 것이 아니고, 옳다고 하는 것도 사실 옳은 것이 아니니, 처음에 털끝만큼이라도 분별심을 낸다면 나중에는 천리나 어긋나게 될 것이다.(非不非是不是 差之毫釐失千里)"라는 말이 나옴 〖透〗 꿰뚫다 투 〖達磨功德(달마공덕)〗 梁 武帝가 달마에게 "내가 즉위한 이후로 절을 짓고 불경을 간행하며 승려를 양성하는 일을 이루 헤아릴 수 없이 많이 하였는데, 앞으로 무슨 공덕을 받겠는가?"라고 물으니, 달마가 "공덕이 하나도 없다."고 대답했던 그 진정한 뜻을 말함 〖旣〗 다하다 기 〖喧〗 시끄럽다 훤 〖略〗 대략 략

국역 말하기를, "이각이 적으로 돌아가는 것은 교의 극치이며, 삼관이 적에서 마치는 것은 선의 극치입니다. (이런 경지에서는) 공덕을 쌓으려는 행동도 끊어지고, 옳으니 그르니 하는 분별심도 없어질 것이니, (이 寂을 통해서) 영가가 거론한 시비도 모두 잊고, 달마가 공덕에 대해 말한 의미를 꿰뚫어 아는 것이 나의 뜻입니다. 그러나 선생이 어찌 그 寂을 알 수 있겠습니까? 내가 산에 있을 때, 낮에는 한 마리 새도 울지 않고 밤이면 외로운 달이 또 떠오르고, 물은 꽃 사이를 흐르고 눈은 소나무 위를 누릅니다. 혼자 있어도 본래 고요하지만 여럿이 살아도 역시 고요합니다. 고요함의 맛은 혀로는 다하기 어렵습니다. 그래서 내가 나의 암자를 적암이라고 현판을 단 것입니다. 내가 보니, 선생께서도 시끄러운 세상을 피하는 것 같습니다만, 아직 우리의 도를 반드시 알지는 못할 것입니다. 그런 까닭에 대략 이각・삼관・달마・영가의 설을 들어 말하고, 산중의 일로 마쳤는데, 선생은 그중에서 어느 것을 취해서 말씀해 주시겠습니까?" 하였다.

予曰 吾儒者自庖羲氏以來 所守而相傳者 亦曰寂而已矣 至于吾不肖 蓋不敢墜失也 大極寂之本也 一動一靜而萬物化醇焉 人心寂之次也 一感一應而萬善流行焉 是以大學綱領 在於靜定 非寂之謂乎 中庸樞紐 在於戒懼 非寂之謂乎 戒懼敬也 靜定亦敬也 敬者主一無適而已矣 主一 有所守也 無適 無所移也 有所守而無所移 不曰寂不可也 治平 政事之明效 位育 道德之大驗 師之寂也 其亦普利含識之源本歟 如或槁木其形 寒灰其心 而滯於寂 則與吾儒之群鳥獸者何異 吾儒之絶物也 釋氏之罪人也 吾與寂菴 當善自圖 不流入於一偏可也 若夫山中之寂 屬之師而不屬於我 我奈何我奈何

주석 〖庖羲〗=伏羲 〖墜〗 잃다 추 〖醇〗 순수하다 순 〖靜定(정정)〗 ≪대학장구≫에 "止한 곳을 안 뒤에야 定함이 있고, 定한 뒤에야 靜할 수 있고, 靜한 뒤에야 安할 수 있다."는 말이 나옴 〖樞紐(추뉴)〗 문장 중의 主眼이 되는 곳 〖戒懼(계구)〗 ≪중용≫에 "군자는 보이지 않는 곳에서도 경계하며 조심하고, 들리지 않는 곳에서도 두려워하며 겁을 내는 것이다.(君子戒愼乎其所不睹 恐懼乎其所不聞)"는 말이 나옴 〖治平(치평)〗 治國과 平天下를 말함 〖位育(위육)〗 ≪중용≫의 "중과 화에 이르게 하면, 천지가 제자리를 잡게 되고 만물이 육성된다.(致中和 天地位焉 萬物育焉)"을 요약한 것 〖驗〗 효능 험 〖普〗 넓다 보 〖含識(함식)〗 衆生 〖灰〗 재 회 〖群鳥獸(군조수)〗 ≪논어≫<미자>에, 공자가 隱者인 장저와 걸닉의 비평을 듣고는 "새와 짐승과는 더불어 무리지어 살 수 없다.(鳥獸不可與同群)"고 탄식한 말 〖屬〗 속하다 속

국역 내가 말하기를, "우리 유학자들이 복희씨 이래로 지켜서 서로 전해 오는 것은 역시 적뿐이니, 형편없는 나도 감히 이를 실추시킬 수는 없습니다. 태극은 적의 근본이니, 한번 움직이고 한번 고요함에 만물이 순일하게 변화하고, 사람의 마음은 적의 다음이니, 한번 감동하고 한번 감응하여 모든 선한 것이 널리 행해집니다. 이런 까닭에 ≪대학≫의 강령도 정정에 두고 있는 것이니, 적을 말함이 아니겠습니까? ≪중용≫의 가장 중요한 점도 계구에 두고 있으니, 적을 말함이 아니겠습니까? 계구는 경이요, 정정도 역시 경입니다. 경이란 한 가지에 전념하고 다른 데로 가지 아니할 뿐입니다. 한 가지에 전념하게 한다고 함은 지키는 것이 있음이요, 다른 데

로 감이 없다는 것은 옮기는 일이 없는 것입니다. 지키는 것이 있고 옮기는 것이 없다면 적이라고 말하지 않을 수 없습니다. 치국과 평천하는 정치의 밝은 공효이며, 천지가 제자리 잡고 만물이 잘 육성되는 것은 도덕의 큰 효험입니다. 스님의 적이라는 것도 아마 중생을 널리 이롭게 해 주는 마음의 본원이 아니겠습니까? 만약 혹시라도 그 형태를 마른 등걸처럼 만들고 그 마음을 차가운 재처럼 만든 채 적에만 걸려버린다면, 우리 유자들이 말하는 '새와 짐승과 무리지어 사는 자'와 무엇이 다르겠습니까? (그렇게 된다면) 우리 유학자가 인간관계를 단절하는 것이 될 뿐만 아니라, 석 씨의 입장에서도 죄인인 것입니다. 나와 적암은 마땅히 스스로 잘 도모하여 한쪽으로 휩쓸려 들어가지 않는 것이 좋겠습니다. 산중의 적막함 같은 것은 스님에게 속한 것이고 나에게 속한 것이 아니니, 내가 어찌 말을 할 수가 있겠습니까?" 하였다.

감상 ● 이 글은 經學的 입장과 佛教에 대한 목은의 생각이 잘 드러난 작품이다. 목은은 ≪대학≫의 靜·定 및 ≪중용≫의 戒·懼를 寂이라 규정하며, 동시에 寂을 근본으로 하면서 敬을 수양의 방법으로 파악하는 특징을 보여주고 있다. 이는 宇宙論과 心性論을 일관시키면서 修養論에 있어 靜을 중시한 주돈이의 <태극도설>을 원용하여 유학의 핵심적 원리를 성리학적 개념에 따라 설명하고 있는 것으로서, ≪대학≫과 ≪중용≫을 유학의 이념이 집약된 근본적인 경전으로 파악하는 목은의 경학적 입장이 잘 드러나 있다. 또 유학의 太極 및 靜·定·戒·懼의 개념이 불교의 寂의 개념과 근본적으로 통하는 것으로 이해하고 있음을 지적할 수 있다. 이러한 사실은 그가 불교의 교리에 대해 전면적으로 부정하는 입장이 아니라, 정주학의 정통성을 강조하면서도 불교에 대해 일정한 친화성을 유지하고 있음을 보여주는 것이라 하겠다.

참고논문 이동환, <목은에게 있어서의 도학사상의 문학적 闡發>, ≪한국문학연구≫제3호, 고려대 한국문학연구소, 2002.

원주용, <牧隱 李穡의 記에 관한 고찰>, ≪대동한문학≫제24집, 대동한문학회, 2006.

46. 〈澄泉軒記〉李穡

澈首座參普濟尊者懶翁　從之居者久　翁號之曰澄泉　未幾翁示滅　哀慕日甚　乃曰　翁遠矣　不可得而復見之矣　聲音之所觸　入吾心而最深　被吾體而最著　與吾名稱相隨而不竭者　澄泉是已　今又扁吾所居之軒曰澄泉　蓋欲心存目想　不欲斯須忘懶翁也　知吾心者　固知吾之爲澄泉也　不知吾者　見吾軒之扁　亦知吾之爲澄泉矣　請先生一言爲之記

주석 〖參〗 법을 듣기 위해 집회에 참여함 참 〖未幾(미기)〗 얼마 안 되어 〖滅〗 죽다 멸 〖竭〗 다하다 갈 〖扁〗 편액 편 〖斯須(사수)〗 잠깐

국역 철수좌는 보제존자 나옹의 회상에 참여하여 그를 따라 거처한 지 오래되었다. 나옹이 그에게 '징천'이라 호를 지어주었는데, 얼마 안 되어 나옹이 세상을 떠나자, 슬픈 마음과 사모하는 정이 날이 갈수록 더하여지자, 이에 말하기를, "옹은 멀리 떠나시어 그 모습을 다시 볼 수 없게 되었습니다. 접한 음성 가운데, 제 마음에 가장 깊이 자리잡았고 제 몸에 가장 뚜렷이 나타난 것으로, 제 이름과 서로 따라다니며 다함이 없을 것은 징천입니다. 이제 또 제가 거처하는 집에 징천이라 편액을 내걸게 되었으니, 대체로 마음에 담아두고 눈으로 응시하여 잠시라도 나옹을 잊어버리지 않기 위해서입니다. 제 마음을 아는 사람은 참으로 제가 징천임을 알 것이요, 저를 모르는 사람도 제 집의 편액을 보면 제가 징천임을 알 것입니다. 선생의 한 말씀으로 기문을 삼고자 합니다." 하였다.

予曰 吾未之釋學也 姑引儒言之 鄒國曰 源泉混混 不舍晝夜 盈科而後進 放乎四海 有本者如是 蓋因夫子水哉水哉而發也 吾儒以格致誠正而致齊平 則釋氏之澄念止觀 以見本源自性天眞佛 度人於生死波浪而歸之寂滅 豈有異哉 首座超出俗流 又游善知識之堂下 旣得其手澤 施之心身者又如此 其慕之也深矣 慕之深 故取之切 其不負懶翁也審矣 世之得懶翁以自號者多矣 如首座之慕之者 能幾人哉 予喜之甚 承其請而不復辭 第以病困 不能究其說 異日山中 坐石弄泉 滌淸心熱 當爲首座更言之

주석 〖姑〗 잠시 고 〖釋〗 석가 석(널리 불교 또는 중의 뜻으로도 쓰임) 〖鄒〗 나라 이름 추(추나라는 孟子의 출생지로 맹자의 異稱으로 쓰임) 〖混〗 많이 흐르다 혼 〖科〗 구덩이 과 〖放〗 이르다 방 〖止觀(지관)〗 많은 妄想을 억제하고 만유의 진리를 관조하여 깨닫는 일 〖寂滅(적멸)〗 번뇌의 경지를 벗어나 생사의 患累를 끊음 〖首座(수좌)〗 상좌에 앉은 중 〖善知識(선지식)〗 高僧 〖手澤(수택)〗 손때 〖審〗 명백하다 심 〖第〗 다만 제 〖究〗 다하다 구 〖異日(이일)〗 과거나 미래 〖滌〗 씻다 척

국역 나는 말하기를, "내가 아직 석가의 학문을 배우지 못했으니, 잠시 유가의 말을 인용하여 말하고자 한다. ≪맹자≫에, '근원이 있는 물이 콸콸 솟아나와 밤낮을 쉬지 않기에 웅덩이를 채우고 난 뒤에야 앞으로 나아가서 사해에 이르게 되는데, 근본이 있는 자도 이와 같다.'고 하였는데, 이것은 아마 공자의 '물이여, 물이여.'라는 말에서 나온 것 같다. 우리 유가에서 격물치지와 성의정심으로써 제가·치국·평천하를 이룩한다면, 불가에서는 징념과 지관으로써 우리의 본원인 자성이 천진불임을 깨달아 생사의 苦海에서 사람들을 濟度하여 적멸에 돌아가게끔 하니, (둘 사이에) 무슨 차이가 있겠는가? 수좌는 세속 사람들보다 뛰어나고 또 고승의 문하에서 노닐며 직접 가르침을 받기까지 하였다. 그리하여 자신의 마음과 몸에 적용한 것이 또 이와 같았으니, 스승을 사모함이 깊다고 하겠다. 사모함이 깊기 때문에 그 가르침을 취한 것이 절실하기만 하니, 나옹을 저버리지 아니한 것이 분명하다. 세상 사람들은 자신의 호를 나옹으로부터 얻은 자가 많지만, 수좌와 같이 나옹을 사모하

는 자가 과연 몇 사람이나 되겠는가? 내가 매우 기쁜 나머지 그의 청을 받아들여 다시 사양하지 못하였다. 다만 병 때문에 곤궁하여 그 말을 다할 수 없었는데, 뒷날 산중에서 돌에 앉아 샘물을 톰방거리면서 마음의 열기를 깨끗이 씻은 다음에, 마땅히 수좌를 위하여 다시 말을 계속해볼까 한다." 하였다.

감상 ● 이 작품 역시 앞서 보았던 <적암기>와 같이 목은의 思想的인 측면을 엿볼 수 있는 글이다. 즉 목은은 儒學과 같은 사상이 불교에도 있다고 주장하고 있다. 유학의 格物致知, 誠意定心에 의하여 治國平天下를 하는 이른바 '修己安人'이 불교에서 澄念·止觀에 의하여 自性의 天眞을 깨닫고 인간들은 마침내 生死波浪에서 濟度하여 寂滅의 경지로 돌아가게 함과 같다는 주장이다. 이렇게 불교에 대한 우호적인 태도는 조선시대에 들어와 비판의 표적이 되었다. 그러나 단순히 목은을 好佛論者라고만 하기는 어려우며, 기본적으로 정주학의 도통론적 관점에 입각하고 있으면서 불교에 대한 일부 타협적인 태도를 취하고 있었던 것으로 이해할 수 있겠다.

참고논문 윤사순, <목은 이색의 사상사적 위상>, 《목은 이색의 생애와 사상》, 목은연구회, 일조각, 1996.

47. 〈可明說〉李穡

甲寅科及第李百之字以可明 求予說 予曰 本然之善固在也 而人有賢不肖智愚之相去也 何哉 氣質蔽之於前 物欲拘之於後 日趨於晦昧之地 否塞沈痼 不可救藥矣 嗚呼 人而至此 可不悲哉 一日克己復禮 則如淸風興而群陰之消也 方寸之間 粲爛光明 察乎天地 通于神明矣 泝而求之 則堯之克明峻德 光被四表者也

주석 〖去〗 거리 거 〖敝〗 =蔽 가리다 폐 〖拘〗 잡다 구 〖晦昧(회매)〗 어두컴컴함(우매함) 〖否塞(비색)〗 막힘 〖痼〗 고질 고 〖消〗 사라지다 소 〖方寸之間(방촌지간)〗 마음속 〖粲爛(찬란)〗 빛이 번쩍이는 모양 〖神明(신명)〗 하늘의 신령과 땅의 신령 〖泝〗 거슬러 올라가다 소 〖克明峻德光被四表(극명준덕광피사표)〗 ≪서경≫<堯典>첫머리에 "빛이 사방에 퍼지면서 하늘과 땅에 이르셨다.(光被四表 格于上下)"라는 말과 "큰 덕을 밝힐 수 있어……온 세상을 합하여 고르게 하셨다.(克明俊德……協和萬邦)"라는 말이 나옴

국역 갑인년(1374, 우왕1) 과거에 급제한 이백지가 가명이라고 자를 짓고 나에게 해설을 청하기에, 내가 말하기를, "본래부터 타고난 선은 그대로 지니고 있는데, 사람이 어질고 못난 사람과 지혜롭고 어리석은 사람의 서로의 거리가 있음은 무엇 때문인가? 기질이 천성을 앞에서 가리고 물욕이 천성을 뒤에서 막기 때문이다. 그리하여 날마다 흐릿하고 몽롱한 상태로 빠져 들어가 꼭 막혀서 고질병이 되어 구해낼 약이 없게 되고 마는 것이다. 아! 사람이 이렇게 되면 슬프지 않을 수 있겠는가? 그러나 하루라도 자기의 사욕을 이겨내고 예로 돌아가기만 한다면, 맑은 바람이 일어 모든 어두움을 씻어 주는 것처럼 될 것이다. 그리하여 마음속이 빛나며 밝아서 하늘과 땅

의 이치를 다 알며 신명에 통하게 될 것이다. 거슬러 올라가서 찾는다면, 요임금의 '극명준덕'과 '광피사표'가 그것이다.

嗚呼 在天曰明命 在人曰明德 非二物也 而天與人判而離也久矣 仲尼蓋悲之 道統之傳 不絶如線 幸而再傳 有聖孫焉 著爲一書 所以望後人者至矣 生知鮮矣 困學之士 惟力行一言 實入道之門也 力行之道 孜孜屹屹 不舍晝夜 始也 吾心也昭昭之明也 終也 吾心也與日月合其明 則堯之放勳光被 亦不能遠過於此 其克明之大驗歟

주석 〖困學(곤학)〗 '困而知之'와 '學而知之'의 준말로, ≪중용≫에, "어떤 이는 태어나면서부터 알고, 어떤 이는 배워서 알고, 어떤 이는 困苦한 상황에 처해서 안다.(或生而知之 或學而知之 或困而知之)"라는 말에서 나옴 〖孜〗 부지런하다 자 〖屹〗 부지런하다 흘 〖放〗 =至 지극하다 방 〖被〗 널리 미치다 피

국역 아! 하늘에 있어서는 '밝은 명'이라 하고, 사람에 있어서는 '밝은 덕'이라 하니, 두 가지가 아니다. 그런데도 하늘과 사람이 갈라져서 떨어진 지가 오래되었으므로, 공자는 대개 이것을 슬프게 여겼다. 도통의 전함이 실낱처럼 끊어지지 않다가, 다행히 재차로 전해지면서 성손(子思를 말함)이 출현하여 책 한 권(≪중용≫을 말함)을 저술하였으니, 후세사람에게 바란 것이 지극하였다. 나면서부터 아는 자는 드물다. 곤학의 선비는 오직 노력하고 실천하는 역행 한 마디가 실로 도에 들어가는 문이다. 역행의 도는 부지런히 노력하여 낮과 밤을 쉬지 않는 것이다. 그리하여 처음에는 나의 마음이 환하게 밝던 것이 마침내는 나의 마음이 해와 달과 함께 그 밝음이 일치될 것이니, 그렇게 되면 요의 지극한 공이 빛나게 퍼지는 것도 여기에서 멀리 벗어나지 않을 것이니, 그것은 '극명준덕'의 큰 효험일 것이다.

可明其思所以踐名與字也乎無也 將欲踐之 必自三達德 將踐三達德 必自一 一者何 誠而已 誠之道 在天地則洋洋乎鬼神之德也 在聖人則優優大哉 峻極于天者也 天之體 本於太極 散於萬物 脈絡整齊 其明大矣 然人之虛靈不昧 雖在方寸之間 然與天也斷然無毫髮之異 謂天與人不相屬者 非知斯道者也 予亦非知斯道者也 然與可明言之如眞知 豈不可愧哉 然億則屢中 賜之所以多言也 予何敢避多言之責哉 孟子曰 予豈好辯哉 稽也蓋傷焉

주석 〖踐〗 이행하다 천 〖三達德(삼달덕)〗 3가지 높은 덕인 智・仁・勇 〖洋洋(양양)〗 두루 충만한 모양 〖優〗 넉넉하다 우 〖峻〗 높다 준 〖極〗 이르다 극 〖虛靈不昧(허령불매)〗 우리 마음이 텅 빈 가운데 신령스럽기 그지없어서 어느 것이나 환히 알고서 감응하지 않는 것이 없다는 뜻 〖毫髮(호발)〗 조금 〖屬〗 잇다 촉 〖億則屢中(억즉루중)〗 ≪논어≫ <선진>에 "사는 천명을 받지 않고 돈을 많이 벌었는데, 억측하면 자주 들어맞기도 하였다.(賜不受命 而貨殖焉 億則屢中)"라는 말이 나오는데, 范氏의 註에 "사는 불행히도 말을 하면 들어맞는 때가 있었으니, 이것이 바로 사로 하여금 말을 많이 하게 만든 이유이다.(賜不幸言而中 是使賜多言也)"라는 말이 나옴 〖責〗 책망 책 〖傷〗 걱정하다 상

국역 가명이 이름과 자의 뜻을 제대로 실천할 방법을 생각해야 하지 않겠는가? 장차 그것을 실천하려면 반드시 삼달덕에서부터 하고, 장차 삼달덕을 실천하려면 반드시 하나에서 시작해야 할 것이니, 하나는 무엇인가? 성일 따름이다. 성의 도는 천지에 있어서는 충만하게 귀신의 덕으로 나타나고, 성인에 있어서는 넉넉하게 그 높이가 하늘에까지 닿은 것이다. 하늘의 체는 태극에 근본을 두고 만물에 흩어져서 맥락이 질서 정연하니, 그 밝음이 크다. 그런데 사람의 허령불매한 것이 마음속에 있다고 하더라도 하늘과 단연코 조금의 차이도 없다. 만약 하늘과 사람이 서로 관련되어 있지 않다고 말하는 자가 있다면 이 도를 아는 자가 아니다. 나도 이 도를 아는 자는 아닌데, 가명에게 말해 주면서 정말 아는 것처럼 했으니, 어찌 부끄럽지 않겠는가? 그러나 억측하면 자주 들어맞기도 하였던 까닭에, 사가 말이 많았던 이유이기도 하다. 내가 어찌 감히 말이 많다는 꾸지람을 피할 수 있겠는가? 맹자는, '내

가 어찌 말하기를 좋아하겠는가?' 하였는데, 나 역시 동정심이 들기도 한다." 하였다.

감상 ◗ ● 목은의 說작품은 대부분 名과 字를 풀이하는 名字說로 이러한 경향은 고려 후기에 이르러 활성화되었다. 이 작품에서 우리는 목은의 經學觀을 읽을 수 있다. 본래 天의 明命과 사람의 明德은 두 가지의 다른 것이 아닌데도 현상적으로는 분리되어 있다. 다시 하늘과 일체가 되는 방법은 力行하는 것인데, 力行의 중심은 誠을 실천하는 것으로 귀결된다는 것이 목은의 생각이다. 이처럼 목은은 誠을 天地自然과 聖人의 道의 본체인 동시에 德을 실천하기 위한 인간수양의 목표로 파악하고 있으며, 이를 추구함에 있어서는 무엇보다 구체적 실천이 필요함을 역설하고 있다. 여기서 그가 ≪중용≫의 誠개념을 天道와 人道를 일치시키는 지표이자 유학의 근본이념을 요약하고 있는 것으로 인식하고 있음을 확인할 수 있다.

참고논문 ◗ 이기동, ≪동양삼국의 주자학≫, 성균관대출판부, 2003.

48. 〈之顯說〉李穡

門生左副代言姜隱字之顯 請其說 予曰 隱不可見之謂也 其理也微 然其著於事物之間者其迹也粲然 隱也顯也非相反也 蓋體用一源也明矣 請畢顯之說 天高地下 萬物散殊 日月星辰之布列 山河嶽瀆之流峙 不曰顯乎 然知其所以然者鮮矣 尊君卑臣 百度修擧 詩書禮樂之焆興 典章文物之賁飾 不曰顯乎 然知其所由來者亦鮮矣

주석 〖粲〗 밝다 찬 〖體用一源(체용일원)〗 정주학의 '體用一源'과 '顯微無間'의 명제를 도입해서, 體가 본질이요 본체요 이치요 形而上의 절대적 진리를 표상하는 용어로서 微를 그 속성으로 하고 있다면, 用은 작용이요 기능이요 자취요 形而下의 현상 세계를 표상하는 용어로서 顯을 그 속성으로 하고 있음 〖布〗 펴다 포 〖瀆〗 큰 강 독 〖峙〗 우뚝 솟다 치 〖擧〗 행하다 거 〖焆〗 빛나다 위 〖典章(전장)〗 제도와 문물 〖賁〗 꾸미다 비

국역 문생인 좌부대언 강은의 자는 지현인데, 그 해설을 청하기에, 내가 말하기를, "은은 볼 수 없는 것을 말한다. 그 이치는 은미하나, 그것이 사물 사이에 나타날 때에는 그 자취가 찬연하다. 은과 현이 서로 반대되는 것이 아니니, 체와 용은 하나의 근원인 것이 분명하다. 현에 대한 설명을 다해 보겠다. 하늘은 높고 땅은 낮은데 만물이 제각기 다르게 흩어져 있다. 일월과 성신이 펼쳐져 나열되어 있고, 산악이 솟아 있고 강하가 흘러가니, 현이라고 해야 하지 않겠는가? 그러나 그러한 이유를 아는 자는 드물다. 그리고 임금을 높이고 신하를 낮추어 온갖 법도가 닦여 거

행되고 있다. 그리하여 시서·예악이 성대하게 일어나며, 전장과 문물이 빛나게 꾸며져 있으니, 또한 현이라고 해야 하지 않겠는가? 그러나 그 유래를 아는 자 또한 드물다.

求之人心 鑑空衡平 物之來也無少私 雲行水流 物之過也無少滯 其體也寂然不動 其用也感而遂通 光明粲爛 純粹篤實 謂之隱 則徹首徹尾 謂之顯 則無聲無臭 故曰 君子之道 費而隱 鬼神之德 鳶魚之詩 可見矣 是以顯之道 觀乎吾心 達乎天德而已矣 士君子素其位而行 無入而不自得 胸中洒落 如光風霽月 陰邪無所遁其情 鬼蜮無所遁其形矣

주석 〖衡〗 저울 형 〖寂然不動(적연부동)〗 ≪주역≫<계사전 상>에 “역은 생각도 없고 하는 것도 없어서, 고요히 움직이지 않고 있다가 느끼게 되면 마침내 천하의 일을 통하나니, 천하의 지극한 신령스러움이 아니면 그 누가 여기에 참여할 수 있겠는가?(易 无思也 无爲也 寂然不動 感而遂通天下之故 非天下之至神 其孰能與於此)”라는 말이 나옴 〖徹〗 통하다 철 〖費而隱(비이은)〗 ≪중용≫註에 “費는 用이 광대한 것이요, 隱은 體가 은미한 것이다.”라고 하였음 〖鬼神之德(귀신지덕)〗 ≪중용≫ 16장에 귀신의 성대한 덕에 대해 설명하면서 “은미한 것이 분명히 드러나나니, 성을 가릴 수 없는 것이 바로 이와 같다.(夫微之顯 誠之不可揜 如此矣)”라는 말이 나옴 〖鳶魚(연어)〗 ≪중용≫12장에 “솔개는 날아 하늘에 이르고, 물고기는 연못에서 뛰논다.(鳶飛戾天 魚躍于淵)”란 ≪시경≫의 시를 인용하면서, 이처럼 上下의 이치가 밝게 드러남이 바로 用의 費요, 그 所以然이 바로 體의 隱임을 암시해 주고 있음 〖素〗 현재 소 〖胸中洒落如光風霽月〗 宋나라 黃庭堅이 <濂溪詩序>에서 주돈이의 고결한 인품을 표현한 말임(洒落: 마음에 조금도 티가 없이 시원함) 〖遁〗 숨다 둔 〖蜮〗 물여우 역

국역 그것을 사람의 마음에서 찾아본다면, (性의 體가) 거울처럼 비어 있고 저울처럼 공평해서 외물이 들어올 적에 조금도 사적인 것이 없고, (性의 用이) 구름이

떠가고 물이 흘러가는 것 같아서 외물이 지나간 뒤에는 조금도 집착하는 것이 없다. 그 체는 고요히 움직이지 않음이요, 그 용은 느껴서 마침내 통함으로써, 광명이 찬란하게 빛나고 순수하고 독실하다. 그것을 은이라 한다면 (그 用이) 머리끝에서 발끝까지 드러나 있다고 할 것이요, 그것을 현이라 한다면 (그 體가) 소리도 없고 냄새도 없다고 할 것이다. 그러므로 (≪중용≫에) '군자의 도는 광대하면서도 은미하다.'고 한 것인데, 귀신의 덕과 연어의 시를 통해서도 알 수 있다. 그러므로 현의 도는 우리의 마음을 살펴서 하늘의 덕에 이르는 것일 뿐이다. 따라서 사군자가 현재의 위치에서 따라 행하고 들어가는 곳마다 스스로 만족하지 않는 것이 없어야 가슴속이 시원해져서 마치 맑은 바람이 불어오고 갠 달빛이 비치는 것처럼 될 것이니, 음란하고 삿된 것들이라도 그 정체를 숨기지 못할 것이요, 귀신이나 물여우도 그 형체를 숨기지 못하게 될 것이다.

之顯少年擢第 敭歷臺省 夷考其行 蓋君子人也 剛毅之氣 觸姦邪而立推 溫柔之質 敦孝友以相感 平生所行 無不可與人言者 則顯之道行矣 夫子曰 以我爲隱乎 吾無隱乎爾 夫子昭然日月也 之顯其仰止焉 其服膺焉

주석 〖擢〗 뽑히다 탁 〖敭〗 =揚 오르다 양 〖臺省(대성)〗 御史臺와 門下省 〖夷考(이고)〗 공평하게 생각함(夷 공평하다 이) 〖毅〗 굳세다 의 〖立〗 곧 립 〖推〗 밀어 젖히다 퇴 〖止〗 어조사 지 〖服膺(복응)〗 잘 지켜 잠시도 잊지 아니함(服 생각하다 복)

국역 지현은 젊은 나이에 과거에 뽑혀 대성을 두루 거쳤으니, 그 행적을 상고해 보면 군자답다. 강하고 굳센 기운은 간특하고 사악한 일에 부닥치면 곧 거꾸러뜨렸고, 온화하고 부드러운 바탕은 효도와 우애를 도탑게 하여 상대를 감동시켰다. 그리하여 평생에 행한 것이 남에게 말하지 못할 것이 없으니, 현의 도가 행하여진 것이다. (≪논어≫<술이>에서) 공자는 말하기를, '내가 무엇을 숨긴다고 생각하는가? 나는 너희에게 숨김이 없다.' 하였다. 공자는 밝기가 일월과 같으시니, 지현이 (이 말을) 우러러 사모하면서 가슴에 새겨야 할 것이다." 하였다.

감상 ▶ ● 이 글 역시 목은의 성리학 사상이 잘 드러나 있다. 程朱의 '體用一源'과 '顯微無間'의 공식에 따라 理와 우주만물의 관계를 논하였다. 體와 用, 微와 顯은 성리학자들이 本體(理, 道, 天, 太極)와 現象(事物, 形象, 作用)의 관계를 설명하는 철학적 기본 개념이다. 理에서 보면 理는 세계의 本體이고, 가지각색의 현상들은 理本體에의 流動과 作用이다. 理本體 안에는 본래 표면화된 현상이 있다. 때문에 '體用一源'이라 한다. 象에서 보면 현상은 분명하고 有形的이며, 理는 정교하고 無形的이다. 또한 분명하고 유형적인 현상 안에 정교하고 무현인 理가 들어 있다. 때문에 顯微無間이라 한다. 목은은 이 두 개의 개념을 바탕으로 顯에 대해 설명을 가하고 있는 것이다.

참고논문 ▶ 갈영진, <이색의 理本論 思想>, ≪한중 목은 이색 연구≫, 목은연구회, 예문서원, 2000.

49. 〈浩然說〉李穡

浩然之氣　其天地之初乎　天地以之位　其萬物之原乎　萬物以之育　惟其合是氣以爲體　是以發是氣以爲用　是氣也無畔岸　無罅漏　無厚薄淸濁夷夏之別　名之曰浩然　不亦可乎

주석 〖位育(위육)〗 ≪중용≫의 "중과 화에 이르게 하면, 천지가 제자리를 잡게 되고 만물이 육성된다.(致中和　天地位焉　萬物育焉)"를 요약한 것 〖畔岸(반안)〗 끝 〖罅〗 틈 하

국역 호연지기는 천지의 시초이니, 천지가 그것으로 제 위치에 놓인다. 호연지기는 만물의 근원이니, 만물이 그것으로 육성된다. 오직 이 기운을 합친 것을 체라 하고, 이 기운이 발한 것을 용이라 한다. 이 기운은 끝도 없고 틈으로 새지도 않으며, 후박·청탁·이적(夷狄)과 중화(中華)의 구별이 없으니, 호연이라 이름하는 것이 또한 옳지 않겠는가?

堯之仁　舜之智　以至夫子溫良恭儉讓　皆由自彊不息　純亦不已而發見者也　惟彊故能不撓於天下之物　天下之物　無得而沮之　所以不息也　惟純故能不雜於天下之物　天下之物　無得而間之　所以不已也　德由是崇　功由是著　顯當世而垂無窮　非所謂浩然者渾淪於其間　何以至是哉　古之聖人者　心存而體察　見諸行事　無待於云云　孟軻氏悶斯道日益殘弊　發其機牙　激昂天下之士　策其鈍而進其銳　於是養氣之說出焉　孟軻氏夫豈誇言者哉　鮮有從事於此者　其亦可怪也夫

주석 〖撓〗 휘다 뇨 〖沮〗 막다 저 〖崇〗 높다 숭 〖渾淪(혼륜)〗 구별이 확실치 않은 상태 〖氏〗 姓名字號 뒤에 붙여 敬稱을 의미함 〖悶〗 근심하다 민 〖機牙(기아)〗 계기 〖激昂(격앙)〗 감정이 격발하여 높아짐 〖策〗 채찍질하다 책

국역 요의 인과 순의 지혜로부터 공자의 온화·선량·공손·절검·겸양에 이르기까지 모두 자신을 향상시키려고 끊임없이 노력하고, 순수한 자세를 계속해서 유지하는 것으로 말미암아 발현된 것이다. 오직 강하기 때문에 천하의 사물에 흔들리지 않을 수 있는 것이며, 천하의 사물이 저지할 수 없기 때문에 쉬지 않게 되는 것이다. 오직 순수하기 때문에 천하의 사물에 섞이지 않을 수 있는 것이며, 천하의 사물이 끼일 수 없기 때문에 그치지 않게 되는 것이다. 덕이 이것으로 말미암아 높아지고 공이 이것으로 말미암아 드러나서, 당세에 나타나고 후세에 무궁토록 전해지게 되는 것이니, 이른바 호연이라는 것이 그 속에 가득찬 것이 아니면 어떻게 여기에 이를 수 있겠는가? 옛날의 성인은 마음에 보존하고 몸으로 살펴, 행하는 일마다 이것을 드러내었기 때문에 말로 운운할 필요가 없었다. 맹가 씨는 이 도가 날마다 쇠잔하여 피폐해지는 것을 근심하여, 그 계기를 일으켜 천하의 선비를 격앙시키면서, 그 둔감한 자에게는 채찍질하고 날카로운 자에게는 나아가게 하였다. 이에 기를 기른다는 말이 나온 것이니, 맹가 씨가 어찌 과장하여 말한 것이겠는가? 그런데도 여기에 종사하는 자가 드무니, 그 또한 괴이한 일이도다!

甫州刺史鄭君謂予曰　昔予也名瑀　子嘗以溫叔字我矣　余今也更之以寓　願子之終惠焉　予曰　大哉名乎　天地四方之謂寓　中天地四方而立　左瞻右顧　不其大乎　而以眇然之身　養浩然之氣　使之渾淪於其間　不其難乎　然天地也萬物也　同一體也　人之一身而天地萬物備　修其身　先持其志　持其志　氣斯可養　馴至於不息不已之地　則所謂眇然之身　上下與天地同流　已不與草木禽獸同腐於須臾之頃　而垂光於千百載之下　其所以不與草木禽獸同腐於須臾之頃　而垂光於千百載之下者　卽浩然之氣充盈乎大寓者也

주석 〖瞻〗 보다 첨 〖眇〗 작다 묘 〖馴〗 길들이다 순 〖地〗 장소 지 〖須臾之頃(수유지경)〗 순식간 〖大寓(대우)〗 =大宇 천지의 사이

국역 보주 자사 정군이 나에게 말하기를, "전에 내가 이름을 우라고 지었을 때에, 선생께서 내 자를 온숙이라 지어 주셨습니다. 내가 지금 우로 고쳤으니, 원컨대 선생께서 끝까지 은혜를 베풀어 주십시오." 하였다. 내가 말하기를, "그 이름이 크기도 하다. 천지의 네 모퉁이를 우라고 하는데, 천지의 네 모퉁이 중앙에 서서 좌편으로도 보고 우편으로도 돌아보면, 그것이 크지 않은가? 작은 몸으로 호연지기를 길러 그 사이에 가득차게 하는 것이 어렵지 않은가? 그러나 천지와 만물은 일체이므로, (이렇게 본다면) 사람의 한 몸에도 천지와 만물이 갖추어져 있는 것이다. 따라서 그 몸을 닦되 먼저 그 뜻을 가져야 하고, 뜻을 가지되 기운을 기를 수 있어서, 쉬지 않고 그치지 않는 지경에 이르도록 점차 변화시킨다면, 이른바 조그마한 몸이 위와 아래로 천지와 함께 유행하게 될 것이니, 이미 초목·금수와 같이 순식간에 함께 썩지 않고 천백 년 후까지 빛을 드리우게 될 것이다. 초목·금수와 더불어 순식간에 썩지 않아서 천백 년 후까지 빛을 드리울 수 있는 것은 곧 호연지기가 천지 사이에 가득찼기 때문이다.

或曰 孟軻氏以大剛直爲說 今子以彊純釋浩然 何歟 予曰 箋其義 不箋其語 予學如此 鄭君性脩潔慷慨 有志當世事 懼其所以養氣者或未至焉 故以浩然字之 庶有以實其名 其赴甫州也 求贈言 遂書以冠餞行詩之首

주석 〖箋〗 주석 전 〖脩〗 선량하다 수 〖慷慨(강개)〗 의분에 북받치어 슬퍼하고 한탄함 〖庶〗 바라건대 서 〖赴〗 가다 부 〖甫州(보주)〗 醴泉의 옛 이름 〖餞〗 전송하다 전

국역 어떤 사람이 말하기를, "맹가 씨는 대와 강과 직으로 말하였는데, 지금 그대는 강과 순으로 호연을 풀이하는 것은 어째서인가?" 하였다. 내가 말하기를, "그 뜻을 풀어본 것이지 그 말은 해설하려고 하지는 않았다. 내가 배운 것이 이러하다."

하였다. 정군의 성품은 선량하고 깨끗하며 강개한데, 당세의 사업에 뜻은 있으나 그 기를 기르는 방법에는 미치지 못함이 있을까 걱정이 들기에, 호연으로 자를 지어 주니, 그 이름대로 실행해 주었으면 좋겠다. 그가 보주로 부임할 때 글을 지어 주기를 청하기에, 드디어 써서 가는 데에 전송하는 시의 머리에 둔다.

감상 ● 이 작품은 氣에 대한 목은의 생각을 잘 읽을 수 있다. 목은은 氣에 의해 천지 만물이 생성되는데, 이러한 기운이 하나로 합쳐지느냐 개별로 발산하느냐에 따라 體와 用으로 분류된다고 하여, 한 실체의 본체와 작용이 서로 떨어질 수 없는 양면성을 설명하는 용어인 體用論을 가지고 氣의 작용을 설명하고 있다. 이어서 浩然之氣를 배양하기 위해서는 어떻게 해야 하는가를 언급하고 있다. 孟子의 설에 근거하여, 持志→養氣→不息不已의 경지인 浩然之氣에 이른다는 수양의 단계를 밝히고 있다. 이처럼 牧隱은 孟子의 浩然之氣를 가지고 논의를 펼치면서 맹자가 大와 剛과 直을 가지고 해설을 한 데 반해, 목은은 彊과 純을 가지고 浩然之氣를 풀이하고 있는 것이다. 이것은 단순히 맹자의 학설을 수용하는 것이 아니라 나름대로의 立論을 가지고 해석하고 있는 것이다. 즉 맹자의 修養論을 성리학 입장에서 脚色한 것이라 하겠다. 또한 스스로 세상의 일을 담당해 보려는 뜻을 지닌 鄭寓에게 浩然이라 이름한 뜻을 실행에 옮겨주기를 바라고 있다는 점에서 外物에 동요되거나 뒤섞이지 않아야 한다는 彊純의 실천적인 면도 살필 수 있겠다.

참고논문 원주용, <養氣를 통해본 麗末鮮初 文人들의 意識에 관한 일고찰>, ≪한문학보≫제17집, 우리한문학회, 2007.

50. 〈觀魚臺小賦〉李穡

(幷序)觀魚臺在寧海府 臨東海 石崖下游魚可數 故以名之 府吾外家也 爲作小賦 庶幾傳之中原耳

주석 〖崖〗 낭떠러지 애 〖庶幾(서기)〗 바람

국역 관어대는 영해부에 있는데, 동해에 임하고 있어 바위의 낭떠러지 밑에 노는 고기를 셀 수 있으므로 그렇게 이름한 것이다. 영해부는 나의 외가이므로, 소부를 지어서 중국에 전해지기를 바란다(당시 아버지 이곡이 중국에 있었기 때문에 한 말임).

(賦)丹陽東岸 日本西涯 洪濤淼淼 莫知其他 其動也如山之頹 其靜也如鏡之磨 風伯之所槖籥 海若之所室家 長鯨群戲而勢搖大空 鷙鳥孤飛而影接落霞

주석 〖丹陽(단양)〗 寧海府의 별호 〖濤〗 물결 도 〖淼〗 아득하다 묘 〖頹〗 무너지다 퇴 〖風伯(풍백)〗 바람의 신 〖槖籥(탁약)〗 풀무 〖海若(해약)〗 海神의 이름 〖搖〗 흔들다 요 〖鷙〗 맹금 지

단양의 동쪽 해안이요 일본 서편 물가에, 큰 물결이 아득하여 그 나머지는 알 수가 없네. 물결이 움직이면 산이 무너지는 듯 물결이 고요하면 거울을 갈아 놓은 듯하도다. 풍백이 풀무질하는 곳이요 해신이 거처하는 집이네. 큰 고래가 떼 지어 놀면 기세가 하늘을 뒤흔들고 사나운 새가 혼자 날면 그림자가 저녁노을에 닿네.

有臺俯焉 目中無地 上有一天 下有一水 茫茫其間 千里萬里 惟臺之下 波伏不起 俯見群魚 有同有異 圉圉洋洋 各得其志 任公之餌夸矣 非吾之所敢擬 太公之釣直矣 非吾之所敢冀

주석 〖茫〗 아득하다 망 〖圉圉(어어)〗 괴로워 펴지 못하는 모양 〖洋洋(양양)〗 두루 충만한 모양 〖任公(임공)〗 ≪장자≫에, 任나라 公子가 50마리의 소를 미끼로 회계산에 걸터앉아 동해에 낚싯줄을 드리워 매우 큰 고기를 낚았다고 함 〖餌〗 먹이 이 〖夸〗 크다 과 〖擬〗 흉내내다 의 〖釣直(조직)〗 강태공이 渭水에서 낚시할 때, 곧은 낚시 바늘을 사용했다는 고사에서 온 말로, 고기를 잡는 것이 목적이 아니었기 때문임

국역 관어대가 굽어보고 있으니 눈에는 땅이 보이지 않도다. 위에는 한 하늘만 있고 밑에는 한 물만 있어, 망망한 그 사이 천 리인가? 만 리인가? 오직 관어대 밑에는 파도가 일지 않아서, 고기들을 내려다보면 같고 다른 놈이 있어, 느릿한 놈 활발한 놈 각기 만족해하누나. 임공의 미끼는 엄청나니 내가 감히 흉내낼 것이 아니요, 태공의 낚싯바늘은 곧았으니 내가 감히 기대할 것이 아니로다.

嗟夫我人 萬物之靈 忘吾形以樂其樂 樂其樂以歿吾寧 物我一心 古今一理 孰口腹之營營 而甘君子之所棄 慨文王之旣歿 想於牣難跂 使夫子而乘桴 亦必有樂于此 惟魚躍之斷章 迺中庸之大旨 庶沈潛以終身 幸摳衣於子思子

주석 〖嗟夫(차부)〗 감탄하여 내는 소리 〖歿〗 죽다 몰 〖營營(영영)〗 악착같이 이익을 추구하는 모양 〖慨〗 슬퍼하다 개 〖於牣(오인)〗 '아! 가득하다'의 뜻인데, ≪시경≫에 文王이 仁政을 펴자 백성들이 문왕의 연못에 뛰어노는 고기를 보고 "아! 가득히 고기가 뛰어노는구나.(於牣魚躍)"라 찬미한 말에서 나옴(牣 가득차다 인) 〖跂〗 발돋움하다 기 〖桴〗 뗏목 부. 乘桴는 孔子가 일찍이 탄식하기를, "도가 행해지지 않으니,

나는 뗏목을 타고 바다에 뜨리라.(道不行 乘桴浮于海)"라고 한 데서 온 말 〖斷章(단장)〗 詩文 중의 한 토막 〖沈潛(침잠)〗 마음을 진정하고 깊이 생각함 〖摳衣(구의)〗 옷의 아랫도리를 걷어 올린다는 뜻으로, 공경을 표시함

국역 아! 우리 인간은 만물의 영장이니, 내 형체를 잊고 그 즐거움을 즐기며 즐거움을 즐기다 죽어서 내 편안하리. 외물과 내가 한 마음이요 예와 이제가 한 이치인데, 누가 구복 채우기에 급급하여 군자의 버림받기를 달게 여기랴? 슬프다! 문왕이 이미 돌아가셨으니 오인을 생각하나 발돋움하기 어렵고 부자로 하여금 뗏목을 타게 한다면 또한 반드시 여기에 낙이 있었으리라. 오직 고기가 뛴다는 짧은 구절은 이에 ≪중용≫의 큰 뜻이니, 종신토록 그 뜻을 깊이 탐구하면 다행히 자사자를 본받을 수 있으리.

(後識)予年十七歲 赴東堂賦和氏璧 二十一歲 入燕都國學月課 吳伯尙先生賞予賦 每日可教 旣歸 赴癸巳東堂賦黃河 鄕試賦琬圭 會試賦九章 今皆不錄 非古文也 非吾志也 非吾志而出身于此 非此無階於榮養耳 嗚呼悲哉

주석 〖東堂(동당)〗 式年科 또는 增廣試 때 講經試驗을 보는 곳인데, 나중에 식년과나 증광시 자체를 東堂이라고도 불렀음 〖月課(월과)〗 매달 학생에게 내는 課試 〖賞〗 칭찬하다 상 〖鄕試(향시)〗 大科・小科・雜科의 初試로, 京畿를 제외한 각 도에서 그 관내의 거주자에게 보이는 시험 〖會試(회시)〗 =覆試 初試 합격자를 서울로 모아 2차로 보이는 시험 〖出身(출신)〗 벼슬을 함 〖階〗 일의 경로 계

국역 내가 17세 때 동당시에 응하여 <화씨벽부>를 지었고, 21세에는 연도의 국학에 들어가 월과를 지었는데, 오백상 선생이 나의 부를 칭찬하여 늘 "가르칠 만하다." 하였다. 본국에 돌아와서는 계사년(1353, 공민왕2)의 동당시에 응시하여 <황하부>를 짓고, 향시에서는 <완규부>를 지었으며, 회시에서는 <구장부>를 지었는데, 지금 모두 기록하지 않는다. 이는 고문도 아니요 나의 뜻도 아닌데, 나의 뜻이 아니면

서도 이것으로 출신한 것은 바로 이것이 아니면 부모를 영화롭게 봉양할 계제가 없기 때문이었으니, 아! 슬프다.

감상 ● 辭와 賦는 韻文文學에서 詩와 雙璧을 이루면서 이어져온 문학의 한 유파로, 半韻文 半散文型으로 모두 楚辭에서 출발하여, 분명히 구분되는 것은 아니나 내용 면에서 辭는 敍情的이며 賦는 敍事的이며, 형태 면에서 辭는 兮를 쓰나 賦는 쓰지 않는다. 이 작품은 바다의 광경 묘사, 관어대 아래의 고기들에 관한 묘사, 마지막으로 이 글의 창작의도가 담겨 있는 구도로 이루어져 있다. 마지막 부분의 "내 형체를 잊고 그 즐거움을 즐기며 즐거움을 즐기다 죽어서 내 편안하리."는 '物我一心'의 경지에 도달함이요, "오인"은 文王의 與民同樂의 태평세계를 구현함을 함의로 지니고 있으며, "고기가 뛴다."는 '上下에 드러난, 만물을 낳고 기름으로써 활발하게 유행하는 天理를 깊이 사유함'을 그 함의로 지니고 있다. 그리고 後識에서는 그의 古文觀을 읽을 수 있다. 牧隱이 '나의 뜻이 아니면서도 이것으로 출신을 한 것은 바로 이것이 아니면 부모를 영화롭게 봉양할 계제가 없기 때문이었다.'라고 한 것은 당시 과거제도의 폐단에 관해 언급한 것이다. 이러한 폐단에 대한 지적은 牧隱 이전 이른 시기에 崔冲이나 金富軾 등에게서 이미 보이며 이제현에 이르러서도 나타난다. 고려 전기의 문학은 浮華한 문장을 짓는 일에 기울였기 때문에 문장의 末弊가 심했다. 詩·賦·論의 과목만 부과하고 時政의 득실을 논하는 글을 과목으로 채택하지 않음으로써 道를 표방하고 천명할 수 있는 길이 없었던 것이다. 끝의 탄식인 '嗚呼悲哉'에서는 당시 古文이 아닌 賦, 즉 科擧의 浮華한 문장만이 우대를 받는 문단 풍토에 대한 목은의 아쉬움을 읽을 수 있다.

참고논문 이동환, <목은에게 있어서의 도학사상의 문학적 闡發>, ≪한국문학연구≫제3호, 고려대 한국문학연구소, 2002.
원주용, <牧隱 李穡의 記에 관한 고찰>, ≪대동한문학≫제24집, 대동한문학회, 2006.

51. 〈辭辨〉李穡

賦 近出也 源於三緯 變而騷 騷而後賦作矣 辭出於孔氏 所以翼易也 今讀其文 韻語甚多 其亦本於賡載者歟 楚屈原作騷 變雅之流也 宋玉景差賈誼繼起而賦之 源流於是備矣 漢興 武帝作秋風辭 蓋本於騷而詞益簡古 晉處士陶淵明賦歸去來辭 又稍馳騁 而視賦則尙簡 班馬出而包絡無餘 至有十年且就之說 吁盛矣 其亦可憾也已 非獨文也 凡飾於外者日增 而積於中者日削 枝葉茂而本根弱甚可怪也 使本根苟壯而扶疏其枝葉也 亦何傷哉 亦何傷哉

주석 〖三緯(삼위)〗 賦・比・興의 체제를 말함 〖翼〗 十翼으로, 孔子가 ≪주역≫64괘의 본문을 經으로 해서 이를 輔翼할 목적으로 알기 쉽게 설명하기 위해 지었다고 전해지는 <文言傳> 등 10傳을 말함 〖賡載(갱재)〗 임금의 노래에 화답하여 지은 詩歌라는 뜻(賡 잇다 갱) 〖變雅(변아)〗 ≪시경≫의 <小雅>와 <大雅> 중에서 正雅와 상대되는 개념으로, 대개 周나라가 쇠퇴하여 정치가 문란했던 시대를 반영하는 내용으로 채워진 것 〖源流(원류)〗 물의 本源과 支流 〖稍〗 작다 초 〖視〗 견주다 시 〖包絡(포락)〗 포괄함 〖十年且就(십년차취)〗 晉의 左思가 <三都賦>를 지으려고 결심했으나 10년이 지나서야 겨우 완성했는데, 이를 두고 蘇軾이 “10년 만에 <삼도부>1편을 완성했다네.(十年且就三都賦)”라고 표현함 〖吁〗 탄식하다 우 〖扶疏(부소)〗 枝葉이 무성한 모양

국역 부는 근세에 나오긴 했지만 그것도 삼위에 근원하니, 삼위가 변하여 소가 되고, 소가 나온 이후에 부가 출현했다. 사는 공씨에서 나왔는데, ≪주역(周易)≫을

해설한 十翼이 그것이다. 지금 그 글을 읽어보면, 운자에 맞는 말이 매우 많은데, 아마 역시 갱재에 근본하였는 듯하다. 초나라 굴원이 지은 소도 변아에서 흘러나온 것인데, 송옥·경차·가의가 잇달아 일어나 부를 지음으로써 본원과 지류가 여기에서 갖추어지게 되었다. 漢나라가 일어나자 무제가 <추풍사>를 지었는데, 대개 소에 근본한 것으로 말이 더욱 簡朴하고 古雅하다. 그리고 晉나라 처사 도연명이 지은 <귀거래사>는 약간 문자를 치달린 면이 있지만, 부와 비교해보면 오히려 간략하다. 반고(班固)와 사마상여(司馬相如)가 출현하여 (모든 문체를) 남김없이 포괄하였기 때문에, 심지어 1편을 10년 만에 이루었다는 말까지 있으니, 아! 성대하기도 하나 그 또한 유감스러운 일이기도 하다. 유독 문장뿐만 아니다. 외면을 꾸미는 것이 날로 더해 가면서 내면에 쌓인 것은 날로 깎여 나가서, 지엽만 무성하면서 근본이 쇠약해지고 말았으니, 매우 괴이한 일이다. 가령 근본이 진실로 굳건해지기만 한다면 지엽이 무성해진들 또한 무엇이 해롭겠는가? 또한 무엇이 해롭겠는가?

감상 ● 辨은 論辨體의 하나로, 論駁하는 문장으로 唐나라에 이르러서 독립된 체제로 칭해졌다. 이 글은 辭에 대해 辨釋한 글인데, 핵심은 후반부에 있다. 즉 가지가 무성하면 뿌리가 약해진다는 비유와 외면에만 힘쓰는 경우는 내면에 쌓이는 덕이 적어진다는 비유를 들고 있다. 표면적으로는 내실에 힘써야 한다는 이치를 드러내고 있지만, 그 이면에서는 문체의 문제를 통하여 실질이 없고 형식만을 추구하는 당대의 정신기풍을 질타하고 있다. 더 나아가면 이는 당대의 부화한 문장과 당대인의 형식적인 사고를 연결시키는 시각을 암암리에 드러내고 있다고 할 수 있다.

참고논문 류호진, <목은 이색의 문학관>, ≪한문학논집≫제17집, 근역한문학회, 1999.

52. 〈答問〉李穡

問爲文 先生曰 必言必言 必用必用 止矣 問其次 言遠矣 或補於近 用迂矣 或類於正 又問其次 言不必言 用不必用 不亦傎乎 又問宜何師 曰 師不在人也 不在書也 自得而已矣 自得也者 堯舜以來 未之或改也 旣十餘年矣 問者謝曰 先生前言是矣 請終身行之 童子在傍 問其由 錄之曰答問

주석 〖迂〗 현실에 맞지 않다 우 〖次〗 다음 차 〖類〗 비슷하다 류 〖傎〗 뒤바뀌다 전

국역 (어떤 사람이) 문장을 짓는 법을 묻자, 선생이 이르기를, "반드시 말해야 할 것만 반드시 말하고, 반드시 써야 할 것만 쓰면 된다." 하였다. 그 다음을 묻자, "말이 심원하면 더러 비근한 것으로 보충하고, 쓰는 것이 현실과 거리가 멀면 더러 바른 것으로 비슷하게 하라." 하였다. 또 그 다음을 묻자, "반드시 말할 것이 아닌데도 말을 하거나 반드시 쓸 것이 아닌데도 쓴다면, 또한 뒤바뀐 것이 아니겠는가?" 하였다. 또 마땅히 무엇을 스승으로 삼아야 하는지를 묻자, "스승은 사람에게 있지 않으며, 책에도 있지 않으니, 스스로 터득할 뿐이다. 스스로 터득한다는 것이야말로 요순 이래로 바뀐 적이 없었다." 하였다. 이미 10여 년이 지나서 물은 자가 감사하며 말하기를, "선생께서 전에 말씀하신 것이 옳습니다. 죽을 때까지 그 말을 실행할까 합니다." 하였다. 동자가 곁에 있다가 그 까닭을 묻기에, 이것을 기록하고서 <답문>이라 하였다.

감상 ● 매우 짧은 문장 속에 글을 짓는 방법에 대한 목은의 생각이 잘 드러나 있다. "반드시 말해야 할 것만 반드시 말하고, 반드시 써야 할 것만 쓰면 된다."라는 언급에서는 형식이나 修辭에만 매달리는 浮華한 문장들을 배격하는 작문정신을 읽을 수 있으며, 후반부의 自得을 강조한 것은 내용에 맞는 형식을 스스로 터득해야 함을 의미하는 것이다.

53. 〈答田父〉鄭道傳[12]

寓舍卑側隘陋 心志鬱陶 一日出遊於野 見一田父 厖眉皓首 泥塗霑背 手鋤而耘 予立其側曰 父勞矣 田父久而後視之 置鋤田中 行原以上 兩手據膝而坐 頤予而進之 予以其老也 趨進拱立 田父問曰 子何如人也 子之服雖敝 長裾博袖行止徐徐 其儒者歟 手足不胼胝 豐頰皤腹 其朝士歟 何故至於斯 吾老人 生於此老於此 荒絶之野 窮僻瘴癘之鄕 魑魅之與處 魚鰕之與居 朝士非得罪放逐者不至 子其負罪者歟 曰然

주석 〖寓〗 우거 우 〖隘〗 좁다 애 〖鬱陶(울도)〗 마음이 답답함(陶 근심하다 도) 〖厖眉(방미)〗 흰 털이 섞인 눈썹(厖 섞이다 방) 〖皓〗 희다 호 〖泥塗(니도)〗 진흙 〖霑〗 젖다 점 〖鋤〗 호미 서 〖耘〗 김매다 운 〖據〗 의지하다 거 〖頤〗 턱 이 〖趨〗 추창하다 추 〖拱〗 팔짱끼다 공 〖裾〗 옷자락 거 〖袖〗 소매 수 〖其〗 아마도 기 〖胼胝(변지)〗 수족의 피부가

---

12) 정도전(1342, 충혜왕 3～1398, 태조 7). 字는 宗之, 號는 三峰. 향리집안 출신으로 어머니는 노비의 피가 섞여 있었다. 1360년(공민왕 9) 成均試, 1362년 진사시에 합격하고, 1375년(우왕 1) 이인임·慶復興 등이 親元政策으로 돌아가려 하고 원나라 사신이 명나라를 치기 위한 합동작전을 위해 오자, 이를 반대하고 관련되는 업무를 거부하다가 전라도 나주목 회진현으로 귀양갔다. 1377년 고향으로 옮겨져 4년간 머물다가 유배가 완화되자, 三角山 밑에 초려(草廬: 三峰齋)를 지어 제자들에게 유학을 가르쳤다. 1383년 咸州 막사로 동북면도지휘사 李成桂를 찾아가 세상사를 논하고 그와 인연을 맺고, 1387년 이성계의 천거로 성균관대사성이 되었다. 1392년 이성계를 새로운 왕으로 추대하여 조선왕조를 개창하고, <文德曲>·<夢金尺> 등의 악장을 지어 왕에게 창업의 쉽지 않음과 守成의 어려움을 반성하게 하는 자료로 삼게 했다. 1394년 <心氣理篇>을 지어 불교·도교를 비판하고 유교가 실천 덕목을 중심으로 인간문제에 가장 충실하다는 점을 체계화했다. 1397년 <佛氏雜辨>을 저술하여 불교의 여러 이론을 비판했다. 1398년 이방원 세력의 기습을 받아 살해되었다.

갈라짐(胼 트다 변 胝 트다 지) 〚頰〛 뺨 협 〚皤〛 불룩하다 파 〚絶〛 멀리 떨어지다 절 〚僻〛 후미지다 벽 〚瘴癘(장려)〛 풍토병으로 인해 걸리는 병(瘴 산천의 惡氣 장 癘 염병 려) 〚魑魅(리매)〛 도깨비 〚鰕〛 새우 하 〚放〛 추방하다 방

국역 살고 있는 집이 낮고 기울고 좁고 더러워서 마음이 답답했다. 하루는 들에 나가 노닐다가 농부 한 사람을 보았는데, 눈썹이 하얗고 머리가 희고 진흙이 등에 묻었으며, 손에는 호미를 들고 김을 매고 있었다. 내가 그 옆에 다가서서 말하기를, "노인장 수고하십니다." 했다. 농부는 한참 뒤에 나를 보더니, 호미를 밭이랑에 두고는 언덕으로 올라와 두 손을 무릎에 얹고 앉으며 나에게 턱을 끄덕이어 오라고 했다. 나는 그가 늙었기 때문에 빨리 걸어가서 팔짱을 끼고 서 있으니, 농부가 묻기를, "그대는 어떠한 사람인가? 그대의 의복이 비록 해지기는 하였으나, 옷자락이 길고 소매가 넓으며 행동거지가 느린 것을 보니, 혹시 유자가 아닌가? 또 수족이 갈라지지 아니하고 뺨에 살이 찌고 배가 나온 것을 보니, 혹시 조정의 벼슬아치가 아닌가? 무슨 일로 여기에 왔는가? 나는 노인이며 여기서 나서 여기에서 늙었기 때문에, 거친 들과 궁벽하여 풍토병에 걸린 시골에서 도깨비와 더불어 살고 물고기와 더불어 사는 처지가 되었지만, 조정의 벼슬아치라면 죄를 짓고 추방된 사람이 아니면 여기에 오지 않는데, 그대는 혹시 죄를 지은 사람인가?" 했다. 나는 답하기를, "그러합니다." 하였다.

曰 何罪也 豈以口腹之奉 妻子之養 車馬宮室之故 不顧不義 貪欲無厭以得罪歟 抑銳意仕進 無由自致 近權附勢 奔走於車塵馬足之間 仰哺於殘杯冷炙之餘 聳肩諂笑 苟容取悅 一資或得 衆皆含怒 一朝勢去 竟以此得罪歟 曰否

주석 〚豈〛 추측의 뜻(어쩌면~일지 모른다) 〚抑〛 아니면 억 〚銳意(예의)〛 마음을 단단히 차려 힘써 함 〚仰〛 마시다 앙 〚哺〛 머금다 포 〚炙〛 고기구이 자 〚聳〛 솟게 하다 용 〚諂〛 아첨하다 첨 〚苟容(구용)〛 비굴하게 남의 비위를 맞춤 〚資〛 자리 자

국역 그는 "무슨 죄인가? 혹시 구복의 봉양과 처자의 양육과 거마·궁실의 일 때문에 불의를 돌아보지 않고서 한없이 욕심을 채우려다가 죄를 얻은 것인가? 아니면 벼슬을 꼭 해야겠는데 스스로 이를 능력이 없어서, 권신을 가까이하고 세도에 붙어 수레의 먼지와 말 발의 사이에 분주하면서, 찌꺼기 술이나 남은 고기를 먹으려고 어깨를 움츠리고 아첨을 떨며 비굴하게 비위를 맞추는 데 즐거움을 취했기 때문에 어쩌다가 한 자리를 얻으니, 여러 사람들이 모두 성을 내어 하루아침에 형세가 가버려서, 결국 이것으로 죄를 얻게 된 것인가?"라고 물으니, 나는 "그런 게 아닙니다." 하였다.

然則豈端言正色 外示謙一本作廉退 盜竊虛名 昏夜奔走 作飛鳥依人之態 乞哀求憐 曲邀橫結 釣取祿位 或有官守 或居言責 徒食其祿 不思其職 視國家之安危 生民之休戚 時政之得失 風俗之美惡 漠然不以爲意 如秦人視越人之肥瘠 以全軀保妻子之計 偸延歲月 如見忠義之士不顧身慮 以赴公家之急 守職敢言 直道取禍 則內忌其名 外幸其敗 誹謗侮笑 自以爲得計 然公論諠騰 天道顯明 詐窮罪覺 以至此乎 曰否

주석 〖飛鳥依人(비조의인)〗 친애하는 모양을 형용함 〖邀〗 구하다(부당한 것을 요구하여 받다) 요 〖官守(관수)〗 관리의 직책 〖休戚(휴척)〗 기쁨과 근심 〖瘠〗 파리하다 척 〖秦人視越人之肥瘠(진인시월인지비척)〗 서로 교섭 관계가 소원하기 때문에 잘되고 못 되는 데에 대해서 관심을 갖지 않는 것을 말하는데, 韓愈가≪韓昌黎集≫ <爭臣論>에서, "양자는……정사의 득실 보기를 월나라 사람이 진나라 사람의 살찌고 여윈 것 보듯 하여, 무심히 그 마음에 조금도 관심을 갖지 않았다(今陽子……視政之得失 若越人視秦人之肥瘠 忽然不加喜戚於其心)"라고 했음 〖偸〗 구차하다 투 〖延〗 끌다 연 〖侮〗 업신여기다 모 〖諠〗 떠들다 훤 〖騰〗 오르다 등

국역 "그러면 혹시 말을 단정하게 하고 얼굴빛을 바르게 하여 겉으로 겸손한 체하여 헛된 이름을 훔치고, 어두운 밤에는 분주하게 돌아다니면서 나는 새가 사람

에게 의지하는 태도를 지어 애걸하고 가엾게 보여 굽게 결탁하고 횡으로 맺어 녹위를 낚아채서, 혹 관리의 직책에 있거나 혹 언책을 맡거나 다만 그 녹만을 먹고 그 직책은 돌아보지 않으며, 국가의 안위와 생민의 기쁨·근심과 시정의 득실과 풍속의 미악에 있어서는 막연히 뜻을 두지 않아 진나라 사람이 월나라 사람의 살찌고 여윈 것 보듯이 하며, 자기 몸만 온전히 하고 처자를 보호하는 계책으로 구차하게 세월을 보내다가, 만일 충의지사가 자기 몸을 돌볼 것을 생각하지 않고, 국가의 급한 일에 나아가 직분을 지키고 바른말을 하거나 곧은 도를 행하다가 화를 당하게 된 것을 보면, 안으로는 그 이름을 꺼리고 밖으로는 그 패한 것을 다행으로 여겨 비방하고 업신여기어 비웃으며 스스로 계책을 얻었다고 여겼으나 공론이 들끓고 천도가 밝게 드러나 간사한 것이 다하고 죄가 발각되어 이런 지경에 이르게 된 것인가?" 하였다. 나는 "아닙니다." 하였다.

然則豈爲將爲帥 廣樹黨與 前驅後擁 在平居無事之時 大言恐唱 希望寵錫 官祿爵賞 惟意所恣 志滿氣盛 輕侮朝士 及至見敵 虎皮雖蔚 羊質易慄 不待交兵 望風先走 棄生靈於鋒刃 誤國家之大事 否則豈爲卿爲相 狠愎自用 不恤人言 佞己者悅之 附己者進之 直士抗言則怒 正士守道則排 竊君上之爵祿爲己私惠 弄國家之刑典爲己私用 惡稔而禍至 坐此得罪歟 曰否

주석 〖樹〗 세우다 수 〖擁〗 안다 옹 〖平居(평거)〗 평상시 〖恐〗 공갈 공 〖錫〗 하사하다 석 〖爵賞(작상)〗 敍爵과 賞賜 〖蔚〗 아름답다 위 〖慄〗 두려워하다 률 〖交〗 엇갈리다 교 〖望風(망풍)〗 기세를 바라봄 〖生靈(생령)〗 =生民 〖鋒〗 병기 봉 〖狠愎(흔퍅)〗 패려궂음(狠愎 성질이 강퍅하다) 〖自用(자용)〗 남의 말을 듣지 아니하고 자기 생각대로 함 〖恤〗 사랑하다 휼 〖佞〗 아첨하다 녕 〖抗〗 대항하다 항 〖刑典(형전)〗 刑獄에 관한 모든 제도 〖稔〗 쌓이다 임 〖坐〗 죄를 받다 좌

국역 "그렇다면 혹시 장수가 되어서 널리 당파를 만들어 앞에서 몰고 뒤에서 옹위하며, 아무 일도 없을 때에는 큰소리로 공갈을 쳐서 왕의 은총이 내려지기를

희망하여 관록과 작상을 오직 뜻대로 이루어 자만심이 가득차고 기운이 성하여 조정의 선비들을 경멸하다가, 적군을 만나게 되면, 호랑이 가죽은 비록 아름답지만 본질이 양이라 겁을 잘 내어 교전을 하지 않고 적의 풍진만 보아도 먼저 달아나버리는 것처럼, 生民을 적의 칼날에 버리고 국가의 대사를 그르치기라도 하였는가? 아니면 경상이 되어서 제 마음대로 고집을 세우고 자기 생각대로 하며 남의 말은 듣지 않으며 자기에게 아첨하는 이는 즐거워하고 자기에게 붙는 이는 진급시키며, 곧은 선비가 대항해서 말하면 성을 내고 바른 선비가 도를 지키면 배격하며, 임금의 작록을 훔쳐 자기의 사적인 은혜로 만들고, 국가의 형전을 희롱하여 자기의 사적인 용도로 삼다가 악행이 쌓여 화가 이르러 이러한 죄에 걸린 것인가?"고 하였다. 나는 "아닙니다." 하였다.

然則吾子之罪 我知之矣 不量其力之不足而好大言 不知其時之不可而好直言 生乎今而慕乎古 處乎下而拂乎上 此豈得罪之由歟 昔賈誼好大 屈原好直 韓愈好古 關龍逄好拂上 此四子皆有道之士 或貶或死 不能自保 今子以一身犯數忌 僅得竄逐 以全首領 吾雖野人 可知國家之典寬也 子自今其戒之 庶乎免矣 予聞其言 知其爲有道之士 請曰 父隱君子也 願館而受業焉 父曰 予世農也 耕田輸公家之租 餘以養妻子 過此以往 非予之所知也 子去矣 毋亂我 遂不復言 予退而歎之 若父者 其沮溺之流乎

주석 〖拂〗 거스르다 불 〖貶〗 떨어뜨리다 폄 〖竄逐(찬축)〗 먼 곳으로 귀양 보냄 〖首領(수령)〗 머리 〖典〗 은혜 전 〖庶乎(서호)〗 가깝다 〖館〗 묵다 관 〖輸〗 보내다 수 〖公家(공가)〗 朝廷 〖沮溺(저닉)〗 長沮와 桀溺으로, 孔子 시대의 두 隱者로 공자가 周流天下하는 것을 기롱하였음 〖流〗 무리 류

국역 "그렇다면 그대의 죄목을 나는 알겠다. 그 힘의 부족한 것을 헤아리지 않고 큰소리를 좋아하고 그 시기의 불가함을 알지 못하고 바른말을 좋아하며, 지금 세상에 나서 옛사람을 사모하고 아래에 처하여 위를 거스른 것이 아마 죄를 얻은

원인일 것이다. 옛날 가의가 큰소리를 좋아하고 굴원이 곧은 말을 좋아하며, 한유가 옛 것을 좋아하고 관룡방이 윗사람을 거스르기 좋아했다. 이 네 사람은 다 도가 있는 선비였는데도 혹은 폄직되고 혹은 죽어서 스스로 자기 몸을 보전하지 못하였는데, 지금 그대는 한 몸으로써 몇 가지 금기를 범하였는데 겨우 귀양만 보내고 목숨은 보전할 수 있었으니, 나는 비록 촌사람이지만 국가의 은전이 너그러움을 알 수가 있겠다. 그대는 지금부터라도 조심하면 화를 면하게 될 것이오." 하였다. 나는 그 말을 듣고서 그가 도가 있는 선비임을 알았다. 그리하여 청하기를, "노인장께서는 은군자이십니다. 객관에 모시고 학업을 배우고자 합니다." 하니, 전부는 말하기를, "나는 대대로 농사짓는 사람이오. 밭을 갈아서 조정에 세금을 내고 나머지로 처자를 양육하니, 이 밖의 것은 내 알 바가 아니오. 그대는 물러가라. 나를 어지럽히지 말라." 하고, 마침내 다시는 말하지 않았다. 나는 물러나며 '저 노인은 아마 장저와 걸닉 같은 무리이라.'고 탄식하였다.

감상 ▶ ● 이 작품은 전편에 걸쳐 田父와 對話를 기록한 글로, 삼봉은 이 글에서 田父의 입을 통해 당시 지배층의 현실에 대해 지니고 있던 비판적인 생각을 네 차례에 걸쳐 제시하고 있다. 불의를 돌보지 않고 자신의 욕심만을 채우려는 탐욕의 벼슬아치와 벼슬을 하고 싶어 세도가에게 아첨하는 부류, 虛名으로 爵祿만 차지하고 忠義之士를 싫어하며, 장수나 재상이 되어 정권을 농락하는 부류 등 당시 집권자들의 專橫에 대해 삼봉은 언급하고 있다. 여기서의 田父는 실제 존재한 인물일 가능성도 없지 않으나, 삼봉이 만들어낸 가공인물일 것으로 보인다. "何故至於斯"·"遂不復言" 등 <漁父辭>에 보이는 표현들이 그대로 보이는 것으로 보아, 삼봉은 屈原이 어부와의 문답 형식을 빌려 자신의 지조를 辭로 기록한 것처럼, 가공의 田父와의 대화를 통해 지배층에 대한 비판적 생각을 제시하고 있는 것이다. 삼봉은 고려말 당시 조정에 만연된 부패와 부조리한 현실에 대해 직접 자신의 의견을 말하지 않고, 전편을 田父와의 대화를 통해 田父의 입으로 간접적으로 제시하고 있는 것이다.

참고논문 ▶ 원주용, <鄭道傳 散文에 관한 一考察>, ≪한문고전연구≫제14집, 한국한문고전학회, 2007.

54. 〈上鄭達可書〉鄭道傳

異端日盛　吾道日衰　驅民於禽獸之域　陷民於塗炭之中　四海滔滔　未有紀極　嗚呼痛哉　伊誰正之　必也學術之正　德位之達　爲人所信服者　然後可以正之矣　且下民昏愚　不知取舍　苟有一時之達者　闢之則去之　倡之則和之　此蓋但知達者之爲所信服　而不知道之有邪正也

주석 〖陷〗 빠뜨리다 함 〖塗炭(도탄)〗 진흙과 숯으로, 더러운 것을 의미 〖滔滔(도도)〗 세상의 풍조를 따라가는 모양 〖紀極(기극)〗 끝 〖昏愚(혼우)〗 어리석음 〖闢〗 물리치다 벽

국역 이단이 날로 성하고 우리의 도는 날로 쇠잔해져서, 백성들을 금수와 같은 지경에 몰아넣고 또 도탄에 빠뜨렸습니다. 온 천하가 그 풍조에 휘말려 끝이 없으니, 아! 통탄할 일입니다. 그 누가 이를 바로잡겠습니까? 반드시 학술이 바르고 덕·위가 뛰어나서 사람들이 믿고 복종하는 자가 된 뒤에야 이를 바룰 수 있을 것입니다. 또 백성들은 어리석어서 취할 것과 버릴 것을 모르고 있습니다. 만약 한 시대의 뛰어난 자가 있어서 이단을 물리치면 이단을 버릴 것이고, 이단을 제창하면 이단과 조화롭게 될 것입니다. 이는 대개 뛰어난 자를 믿고 복종할 줄만 알았지 도에 사·정이 있다는 것은 모르기 때문입니다.

昔孟子雖窮而在下　卒能闢楊墨尊孔氏　而天下從之　蓋以德達　而其德足以信服乎天下也　蕭衍雖昏而無知　卒能興佛教　易風俗　而天下從之　蓋以位達　而其位足

以信服乎天下也 孔子曰 君子之德風 小人之德草 草上之風 必偃 其是之謂歟 自是以來 上無賢君 下無眞儒 世敎陵夷 邪說橫流 達而在上者 又從而倡之 嗚呼 其弊有不可勝言者矣 及宋之盛 眞儒迭興 挾遺經繼絶統 扶斯道闢異端 而學者靡然從之 斯亦以德達 而爲人所信服故也 惜乎 有德無位 不能大行於世 永絶邪說之根本也 然而中國學士 尙賴其說 莫不以扶斯道闢異端爲己任 雖其弊之深也 不能遽絶 尙可望夫斯道之復振也

주석 『風俗(풍속)』 임금이 위에서 교화시키는 것이 風이요, 백성이 아래에서 익히는 것이 俗임(君上所化謂之風 民下所習謂之俗) 『偃』 쓰러지다 언 『陵夷(릉이)』 언덕이 점점 평평해진다는 뜻으로, 사물이 점점 쇠퇴해짐을 이름 『勝』 다 승 『迭』 번갈아 질 『挾』 믿고 의지하다 협 『靡』 쏠리다 미 『賴』 힘입다 뢰 『遽』 갑자기 거

국역 옛날 맹자는 비록 궁하여 평민의 자리에 있었지만, 마침내 양주(楊朱)와 묵적(墨翟)을 물리치고 공자를 높일 수 있었는데, 천하가 그를 따를 수 있었던 것은 대개 덕이 뛰어나 그 덕이 천하를 믿고 복종하게 할 수 있었기 때문입니다. 소연(梁武帝의 本名)은 비록 어리석고 아는 것이 없었으나 마침내 불교를 일으켜 풍속을 바꿀 수 있었는데, 천하가 그를 따랐던 것은 대개 지위가 높아서 그 지위가 천하를 믿고 복종하게 할 수 있었기 때문입니다. 그래서 공자가, '군자의 덕은 바람이요 소인의 덕은 풀이니, 풀 위로 바람이 불면 반드시 쓰러진다.'고 하였던 것은 이를 두고서 한 말인 것입니다. 그 후부터 위에는 어진 임금이 없고 아래에는 참된 선비가 없어서, 세교는 점점 쇠퇴하고 사설이 횡행하고 있는데, 높아 위에 있는 자마저 그를 따라 제창하였으니, 아아! 그 폐단은 이루 다 말할 수가 없습니다. (그 후) 송나라가 융성하게 되어, 참된 선비들이 번갈아 일어나서 전래한 경서를 바탕으로 끊어진 도통을 계승하여 우리의 도를 붙들고 이단을 물리치는데 학자들이 거기에 쏠리어 따르게 되었으니, 이것 역시 덕이 뛰어나 사람들이 믿고 복종하였기 때문입니다. 그런데 애석하게도 덕만이 있고 지위가 없어서, 도를 세상에 크게 행하여 사설의 뿌리를 뽑지 못하였습니다. 그러나 중국의 학사들이 여전히 그 학설에 힘입어서 이 도(유교)를 붙들고 이단을 물리치는 것을 자기의 책임으로 삼지 않은 이가 없으니,

비록 그 폐단이 깊어서 급작스럽게 단절시킬 수는 없었지만 그래도 이 도가 다시 진흥될 것을 바랄 수는 있게 되었습니다.

若東方則其弊尤甚 人皆好之篤而奉之謹 又號爲大儒者 反爲讚誦歌詠 助揚聲勢 鼓舞振動 彼下民之昏愚 惟從達者之好者爲如何也 於是先王之學 寂寥無聞 耳目所接 無非異端 襁褓孩兒 學語之始 卽誦其言 嬉戱之時 便設其儀 習與性成 恬不知非 邪與心熟 堅不可破 雖聰明之士 眩惑其空玄 暴悖之人 喜懼其禍福 莫不尊奉依歸 毁倫滅理 風俗頹敗 傾家破產 父子離散 其禽獸之歸 塗炭之苦 亦不可旣矣

주석 〖反〗 도리어 반 〖聲勢(성세)〗 명성과 위세 〖寂寥(적료)〗 고요하여 소리가 없음 〖襁褓(강보)〗 포대기 〖嬉〗 놀다 희 〖儀〗 예법 의 〖恬〗 편안하다 념 〖空玄(공현)〗 =幻想 〖悖〗 어그러지다 패 〖毁〗 헐다 훼 〖頹〗 쇠하다 퇴 〖旣〗 다하다 기

국역 우리 동방은 그 폐단이 더욱 심하여, 사람마다 이단을 돈독하게 좋아하고 근엄하게 받들고 있습니다. 대유라 불리는 자까지도 도리어 찬송하고 노래 불러서, 성세를 도와 고무하고 진동시킵니다. 그러니 뛰어난 자의 좋아하는 것만을 따르는 저 어리석은 백성들이야 어떻게 되겠습니까? 그래서 선왕의 학문은 적료하여 듣지를 못하고, 귀와 눈에 보고 듣는 것은 이단이 아님이 없습니다. 강보에 싸인 어린아이가 처음 말을 배울 적에도 이단의 말을 외며, 소꿉장난할 때에도 문득 그 의식을 베풉니다. 그 습관이 성품으로 성장되어 편안히 여기고 그릇됨을 깨닫지 못하니, 간사한 것이 마음에 배어서 굳어져 깨뜨릴 수가 없습니다. 비록 총명한 선비라 할지라도 그 공현한 말에 현혹되며, 어긋난 사람들은 그 화복설을 기뻐하기도 하고 두려워하기도 해서 높여 받들어 따르지 않는 이가 없습니다. 그래서 윤리는 헐리고 이치는 멸해져 풍속은 쇠퇴하고, 가세가 기울어 파산하여 부자가 흩어졌으니, 금수로 돌아가고 도탄의 고통을 또한 다 끝낼 수가 없는 것입니다.

幸玆秉彝 極天罔墜 雖在波頹之中 尙有一二明經之士 深知其害 竊議而私歎之 往往辨之於人 則或有所聽信而開悟之者 是理義之心 人皆有之矣 然下焉不尊 民卒不從 及與爲佛者辨之 則彼亦有是心 自知其非 屢至辭窮 然恥爲之屈 惟務自勝 援引公卿之尊奉 大儒之讚誦 以折辨者 乃曰 夫豈不義而某公信之 以某公之位之德 而尊奉讚誦如此 汝反非之 汝能賢於某公歟 辨者若曰 位爲公卿 而於道有不學 號爲大儒 而於學有不正 但當質諸本心 辨其邪正而已 豈以某公之故 而遽以此爲是云爾 則爲有說矣 然此不惟獲以下訕上之罪 人反不信 以爲狂妄 譏笑毁謗 使無所容 辨者默然無言 彼爲佛者 意氣洋洋 自以爲吾說勝也

주석 〖秉彝(병이)〗 常道를 굳게 지킴(彝 법 이) 〖墜〗 잃다 추 〖頹〗 질풍 퇴 〖賢〗 낫다 현 〖援引(원인)〗 증거로 끌어 댐 〖訕〗 헐뜯다 산 〖譏〗 비난하다 기 〖毁謗(훼방)〗 비방함 〖洋洋(양양)〗 성대한 모양

국역 그러나 다행하게도 常道는 하늘이 다할 때까지 없어지는 것이 아니어서, 비록 어지러운 세파 속일지라도 오히려 경륜(經綸)을 밝히는 한두 선비가 있어서, 이단의 피해를 깊이 깨닫고 가만히 의논하며 사사로이 통탄하다가는 이따금 사람들에게 명확하게 분석해주면 들어 믿고서 깨우치는 자도 간혹 있으니, 이것은 의리의 마음이 사람마다 있기 때문입니다. 그러나 (그런 사람은 지위가) 낮아 높지 않으므로 백성들이 끝내 따르지 않습니다. 그리고 불을 위하는 자와 시비를 따지게 되면, 그들도 역시 이러한 마음을 가졌기 때문에 스스로 그 그름을 알아서 자주 말이 궁해집니다. 그러나 굴복하는 것을 수치로 여겨서 이기려고만 힘씁니다. 그래서 공경들이 이단을 높여 받드는 말과 대유들이 찬송하는 말을 이끌어다가 변론자를 꺾으려 하며, '어찌 의롭지 않은데 모공께서 믿겠는가? 모공의 지위와 학덕으로도 받들고 찬송하는 것이 이와 같은데 그대는 도리어 불도(佛道)를 그르게 여기니, 그대는 모공보다 나을 수 있는가?'라고 말합니다. 변론자가 만일 '지위는 공경이 되었어도 도는 배우지 못할 수 있고, 대유라고 불리어도 학문이 바르지 못할 수 있다. 다만 본심에 근본하여 사특하고 정직함을 분별할 따름이지, 어찌 모공의 연고 때문에 갑자기 이것을 옳다고 하겠느냐?'라고 한다면 하나의 설이 될 수도 있으나, 이 말은

아랫사람으로서 윗사람을 비방한 죄를 얻을 뿐만 아니라, 사람들이 도리어 믿지 않고서 미쳤다고 여겨 비난하고 비웃으며 헐뜯어 용납할 곳이 없게 되므로, 변론자가 잠자코 말하지 않습니다. 그러면 저 불을 위하는 자들은 의기양양해서 스스로 '나의 말이 이겼다.'고 여깁니다.

是知異端之邪 不可以口舌爭也 下民之惑 不可以義理曉也 惟其學術之正 德位之達 爲人所信服者 然後可以正矣 吾友達可其人也 達可雖無其位 達可之學 學者素服其正也 達可之德 學者素服其達也 以予昏庸 不恤譏議 慨然有志於闢異端者 亦以達可爲之依歸也 天生達可 其斯道之福歟 近聞往來之言 達可看楞嚴 似佞佛者也 予曰 不看楞嚴 曷知其說之邪 達可看楞嚴 欲得其病而藥之 非好其道而欲精之也 旣而私自語曰 吾保達可必不佞佛 然昌黎一與太顚言 後世遂以爲口實 達可爲人所信服 其所爲繫於斯道之廢興 不可不自重也 且下民昏愚易惑難曉 達可幸思之

주석 〖曉〗 깨우치다 효 〖庸〗 어리석다 용 〖恤〗 근심하다 휼 〖慨〗 분개하다 개 〖曷〗 어찌 갈 〖藥〗 고치다 약 〖旣而(기이)〗 ＝旣已＝旣以 머지않아 〖保〗 보증을 서다 보 〖幸〗 바라다 행

국역 여기에서 이단의 사특한 점은 입으로는 다툴 수가 없으며 백성들이 현혹된 것은 의리로써 깨우치지 못하며, 오직 학술이 바르고 덕과 지위가 뛰어나서 사람들이 믿고 복종하는 자가 된 뒤에야 그들을 바르게 할 수 있으리라는 것을 알았습니다. 나의 벗 달가는 참으로 그 적격자라고 하겠습니다. 달가가 비록 그만한 지위는 없다 하더라도, 달가의 학문을 학자들이 본래부터 그 바름에 감복하였고 달가의 덕을 학자들이 본디부터 그 뛰어남에 감복하였기 때문입니다. 나처럼 어리석은 사람으로서도 세상의 비웃음을 아랑곳하지 않고 개연히 이단을 물리치는 데 뜻을 두게 된 것은 역시 달가를 의지하기 때문입니다. 하늘이 달가를 내신 것은 참으로 이 도의 복입니다. 그런데 요즈음 오고가는 말을 들으니, '달가가 ≪능엄경≫을 보

니, 불에 아첨하는 자인 것 같다.'는 것입니다. 그래서 나는, '≪능엄경≫을 보지 않으면 어찌 그 설의 사특함을 알 것인가? 달가가 ≪능엄경≫을 보는 것은 그 속의 병통을 터득하여서 치료를 하자는 것이지, 그 도를 좋아하여 정진하고자 하는 것은 아니다.'라고 했습니다마는, 얼마 후 나는 혼잣말로, '나는 달가가 반드시 부처에게 아첨하지 않는다는 것을 보증한다. 그러나 옛날에 한창려(韓退之의 호임)가 한 번 태전(중의 이름)과 이야기한 것이 뒷세상에 구실이 되고 있는 것으로 보면, 달가는 사람들의 믿음과 존경을 받고 있어서 그가 행하는 것이 이 도의 흥폐를 매고 있으므로 자중하지 않을 수 없다.'고 하였습니다. 게다가 백성들은 어리석어서 의혹되기는 쉽고 깨우쳐주기는 어렵사오니, 달가는 그 점을 생각해 주시기 바랍니다.

감상 ▶ ● 이 글은 鄭夢周에게 보낸 편지다. 정도전은 당시 정몽주가 ≪능엄경≫ 보기를 좋아한다는 소문을 듣고 그에게 보낸 이 편지에서 道의 흥폐와 관련하여 그의 自重을 간곡하게 촉구하고 있다. 이것은 新興士大夫들이 공통범주 속에서 同志意識으로 뭉쳐 麗末의 위기 상황을 극복하고자 하는 강한 의욕을 보여주고 있는 것이다. 고려 말에 처음으로 들어온 性理學은 李穡을 중심으로 확산되는데, 정도전 역시 성균관 교관으로 있으면서 후진 양성과 동시에 성리학에 대한 깊은 연구를 통해 <心氣理篇>·<心問> 등 많은 성리학에 관한 논설을 남기고 있다. 정도전은 도학을 밝히기 위해서는 異端을 물리쳐야 한다고 생각했기 때문인지 불교에 대한 태도는 완강하게 배격하고 있어, 이색과의 차이를 보이기도 한다.

참고논문 ▶ 문철영, <詩文을 통해 본 정도전의 내면세계>, ≪한국학보≫제42집, 일지사, 1986.

55. 〈若齋遺藁序〉鄭道傳

道傳一日得亡友若齋遺稿若干卷 泣且讀 因濡翰書其端曰 此東國詩人金敬之所作也 書未訖 客詰之曰 金先生學術行義 豈但詩人而止歟 先生生世族 幼而聰敏 旣就學 與圃隱鄭公陶隱李公及故正言李順卿 義愛尤篤 朝夕講論切磋不少怠 吾東方義理之學 蓋由數公倡之也 國家崇重正學 更張舊制 增廣生員 宰相韓山李公主盟師席 拔薦名儒爲學官 而先生以佗官兼直講 諸生執經受業 列于席前 雖告休沐 從而質問者相繼于家 多所進益 先生學術之正爲如何 當甲寅乙卯之歲 國家多故 時相用事 先生上書 力言得失 不報 竄竹州 例徙居母鄕驪興郡 自號驪江漁父 扁其所居堂曰六友 按六友謂江山風花雪月 以樂江山四時之景凡七年

주석 〖濡〗 적시다 유 〖翰〗 붓 한 〖訖〗 마치다 글 〖詰〗 꾸짖다 힐 〖世族(세족)〗 =世家 대대로 國祿을 타 먹는 집안 〖倡〗 부르다 창 〖更張(경장)〗 사회적, 정치적으로 부패한 제도를 고치어 새롭게 함 〖佗〗 =他 〖告〗 관리의 휴가 고 〖休沐(휴목)〗 漢나라 때에는 5일에 하루, 唐나라 때에는 10일에 하루씩 집에서 쉬며 목욕을 한 일에서, 관리의 휴가를 이름 〖用事(용사)〗 정권을 마음대로 부림 〖竄〗 내치다 찬 〖例〗 전례 례 〖扁〗 현판 편 〖凡〗 대략 범

국역 도전이 하루는 죽은 친구인 약재(金九容 자는 敬之)의 유고 몇 권을 얻어서 울며 읽고는 이내 붓에 먹을 묻혀서 그 책머리에 쓰기를, '이것은 동국 시인 김경지가 지은 것이다.' 하였다. 쓰기를 마치지도 못했는데, 손님이 꾸짖기를 "김 선생의 학술과 행의가 어찌 다만 시인에 그칠 뿐이겠는가? 선생은 명문 집안에 태어나 어려서부터 총명하고 민첩하였으며, 학문에 나아가서는 포은 정공(鄭夢周)·도은 이

공(李崇仁)·고 정언 이순경 등과 우의가 더욱 돈독하여 아침저녁으로 강론하고 연마하기를 조금도 게을리 하지 않았다. 그리하여 우리 동방 의리의 학이 이 두세 분으로 말미암아서 제창된 것이다. 국가에서 정학을 숭상하고 중요시하여 옛 제도를 고치고 생원을 더하였다. 재상인 한산 이공(李穡)이 사석의 맹주가 되어 명유들을 뽑고 추천하여 학관을 삼았는데, 선생이 다른 관직에 있으면서 직강을 겸직하게 되었다. 여러 학생들이 경을 가지고 수업하는데 자리 앞에 열을 지었으며, 비록 휴가 중일지라도 좇아서 질문하는 자들이 집에 서로 잇달아 와서 진척된 것이 많았으니, 선생의 학술의 올바름이 어떠한가? 그리고 갑인(공민왕 23, 1374)과 을묘(우왕 1, 1375) 연간에 국가에 일이 많았는데, 당시의 정승이 정권을 마음대로 부림으로, 선생이 글을 올려 득실을 힘써 말하다가 답은 얻지 못하고 죽주(廣州의 속현임)로 유배되었으며, 전례에 의하여 외가인 여흥 고을로 이사를 하여, '여강어부'라 자호하고 그가 사는 집에는 육우당(살펴보니, 육우는 江·山·風·花·雪·月을 말한다.)이라고 편액하고, 강산과 사시의 풍경을 즐긴 것이 대략 7년이었다.

國家尙其風義　召拜諫官　尋長于成均　言責官守　兩無所愧　又以先生有專對才行禮遼東都司　適有朝命不許私交　置先生雲南　行至四川之瀘州　得病卒于旅次 按辛禑甲子　義州千戶曹桂龍至遼東　都指揮梅義等紿曰　我於爾國事　每盡心行之　爾國何不致謝耶　禑以九容爲行禮使　奉書幣往遼東　義與摠兵潘敬等曰　人臣無私交　何得乃爾　遂執歸京師　帝命流大理衛　行至瀘州永寧縣病卒　先生自始行至病卒　間關萬里　備嘗艱難　略無顧慮自惜之意　臨絶曰　吾在家死兒女手　誰肯知者　今在萬里外　死於王事　至使中國人知吾姓名　可謂得死所矣　無一言及家事　先生行義之高　又爲如何

주석 〖風義(풍의)〗 사람의 인품과 덕성 〖拜〗 벼슬주다 배 〖尋〗 얼마 아니 있다 심 〖言責(언책)〗 諫官 등의 책임 〖官守(관수)〗 관리의 직책 〖專對(전대)〗 타국에 사신가서 君命을 완수함 〖適〗 마침 적 〖旅次(여차)〗 여행 중의 숙박 〖紿〗 속이다 태 〖致謝(치사)〗 감사한 뜻을 표함 〖幣〗 폐백 폐 〖流〗 귀양보내다 류 〖間關(간관)〗 길이

험하여 걷기에 힘든 모양 〖備〗 모두 비 〖略〗 거의 략 〖顧慮(고려)〗 뒷일을 염려함 〖肯〗 기꺼이~하려하다 긍

국역 국가가 그 풍의를 고상히 여겨 불러들여 간관을 제수하였다가, 얼마 후 성균관 대사성을 제수하였는데 말할 책임과 관리의 직책 둘 다 부끄러울 것이 없었다. 또 선생은 사신이 될 만한 재주가 있다고 하여 요동도사에게 예를 드리게 하였는데, 때마침 명나라 조정의 명으로써 사교를 허여하지 않음이 있어 선생을 운남에다 유치하게 하였다. 길을 떠나 사천의 노주에 이르러서 병으로 여관에서 세상을 떠났다. (살펴보니, 신우 갑자년(1384)에 의주천호 조계룡이 요동에 가니, 도지휘 매의 등이 속여 말하기를, '내가 너희 나라 일에 늘 마음을 써서 도와주는데 너희 나라에서는 어찌 감사해하지 않느냐?'라고 하니, 신우가 구용을 행례사로 삼았다. 구용이 글과 폐백을 받들고 요동에 가니, 매의와 총병 반경 등이 말하기를, '남의 신하는 사교가 없는 것인데, 어찌 이럴 수가 있느냐?' 하고, 마침내 잡아서 경사로 보냈다. 그러자 황제가 대리위로 유배시켰는데, 가다가 노주 영녕현에 이르러 병으로 죽었다.) 선생이 처음 길을 떠날 때부터 병들어 죽을 때까지 험난한 만리 길을 가느라 모든 고난을 맛보았지만, 거의 걱정하거나 애달파하는 기색이 없었으며 죽음에 임해서도, '내가 집에서 아녀자 손에서 죽었으면 누가 알 수 있을 것인가? 지금 만리 밖에서 왕사를 수행하다 죽게 되어서 중국 사람까지 나의 성명을 알게 되었으니 죽을 곳을 얻었다 할 만하다.' 하고는 집안일엔 한 마디도 언급하지 않았으니, 선생이 행한 의의 높음이 또한 어떠한가?" 하였다.

道傳攬涕而言曰　子之言誠是也　敬之學術行義　備諸史牒　播於人口　奚待予言哉　詩道之難言久矣　自雅頌廢　騷人之怨誹興　昭明之選行而其弊失於纖弱　至唐聲律聲律舊本作律聲作　詩體遂大變　李太白杜子美尤所謂卓然者也　宋興　眞儒輩出其經學道德　追復三代　至於聲詩　唐律是襲　則不可以近體而忽之也　然世之言詩者　或得其聲而遺其味　或有其意而無其辭　果能發於性情　興物比類　不戾詩人之旨者幾希　在中國且然　況在邊遠乎

주석 〖攬涕(람체)〗 눈물을 뿌림(攬 잡다 람) 〖史牒(사첩)〗 =史冊 〖播〗 펴다 파 〖雅頌(아송)〗 ≪시경≫중의 正樂의 노래인 雅와 조상의 공덕을 찬송한 頌 〖騷人(소인)〗 =詩人 〖誹〗 헐뜯다 비 〖昭明(소명)〗 梁 武帝 소연(蕭衍)의 장자로 이름은 統이며, 저서로 ≪문선(文選)≫이 유명함 〖纖〗 가늘다 섬 〖聲律(성률)〗 聲韻과 格律(언어를 음악적으로 배열하는 詩의 구성형식) 〖卓〗 높다 탁 〖聲詩(성시)〗 =樂歌 〖襲〗 물려받다 습 〖忽〗 소홀하다 홀 〖遺〗 잃다 유 〖戾〗 어그러지다 려 〖幾〗 거의 기

국역 도전은 눈물을 흘리며 말하기를, "그대의 말이 진실로 옳다. 김경지의 학술과 행의는 사책에 갖추어 실려 있고 사람들의 입에 전파되었으니, 어찌 나의 말을 기다릴 필요가 있겠는가? 그런데 시도는 말하기가 어렵다고 한 것이 오래되었다. 아・송이 폐기됨으로부터 시인의 원망하고 비방하는 것이 일어났고, 소명의 ≪문선≫이 행해지자 그 폐단이 섬약에 치우쳤는데, 당(唐)나라에 이르러(성률은 구본에는 율성으로 되어 있음.) 성률이 시작되면서 시체가 크게 변하였으니, 이태백・두자미가 가장 탁월하다는 자이다. 송나라가 흥하여 진유가 쏟아져 나와 그 경학과 도덕이 삼대(夏・殷・周)를 따라갈 만하였다. 시에 있어서는 당률을 계승해 받았으니, 근체시라 하여 소홀히 여길 수 없는 것이다. 그런데 세상에서 시를 말하는 자들이 혹은 그 소리만 얻고 그 맛은 잃기도 하며 혹은 그 뜻은 있으나 그 문사가 없으니, 과연 성정에서 나와 사물에서 흥하고 유에서 비하여 시인의 지취에서 어긋나지 않을 수 있는 것은 거의 드물다고 하겠다. 중국에 있어서도 오히려 그러한데, 하물며 변두리 먼 곳이야 말할 나위나 있겠는가?

敬之外祖及菴閔公思平 善詞學 尤長於唐律 與益齋愚谷諸公相唱和 敬之朝夕侍側 目濡耳染 觀感開發而自得尤多 道傳嘗見敬之之作詩 其思之也漠然無所營 其得之也充然若自得 其下筆也翩翩然如雲行鳥逝 其爲詩也淸新流麗 殊類其爲人 敬之之於詩道 可謂成矣 客曰然 卒書以爲序

주석 〖詞學(사학)〗 詩文의 학문 〖和〗 화답하다 화 〖染〗 물들다 염 〖營〗 맡아서 하다 영 〖翩〗 오락가락하다 편 〖逝〗 가다 서 〖流麗(류려)〗 글이나 말이 유창하고 아름다움 〖殊〗 크다 수 〖類〗 비슷하다 류

국역 김경지의 외할아버지 급암 민사평이 사학을 잘하는데, 더욱 당률에 뛰어나 익재(李齊賢)・우곡(鄭以吾) 같은 분들과 서로 시를 주고받았다. 김경지가 아침 저녁으로 곁에서 모셨으니, 눈에 젖고 귀에 물들어 보고 느껴 열리어서 자득된 것이 더욱 많을 것이다. 도전이 일찍이 김경지가 시 짓는 것을 보았는데, 그 생각하는 것이 막연하여 애쓰는 것이 없어 보이는데 그 얻은 것이 넘쳐서 자득한 듯하였다. 그 시를 쓰는 데는 구름이 흐르고 새가 나는 듯하였으나, 그 시가 이뤄지면 청신하고 유창하고도 아름다워서 자못 그의 인품과 유사하였으니, 김경지는 시도에 있어서 완성되었다 할 만하다."고 하니, 손님이 옳다고 하여, 마침내 써서 서문으로 삼는다.

감상 ● 이 글은 정도전의 詩에 대한 생각을 읽을 수 있는 글로써, 정도전은 詩가 내용만으로 이루어지는 것이 아니라 형식도 중요하다고 하였다. "세상에서 시를 말하는 자들이 혹은 그 소리만 얻고 그 맛은 잃기도 하며 혹은 그 뜻은 있으나 그 문사가 없다."라는 언급을 통해서, 聲・味・意・辭 이 모두가 온건하게 갖추어지고, "성정에서 나와 사물에서 흥하고 유에서 비"해 질 때, 詩는 비로소 시인의 본뜻에 알맞게 된다고 했다. 그런데 이런 詩는 거의 드물다고 했다. 그만큼 정도전이 생각한 이상적인 詩는 쉽사리 실현될 수 없는 것이었다. 따라서 그는 天人의 道를 함께 구현한 詩는 周대의 雅頌에서나 있었던 것이라고 하고, 그 후 詩道를 말하기 어렵게 된 것이 오래라고 했던 것이다. 또한 정도전은 앞서 李穡에게서도 보았듯이 自得한 詩가 가장 좋은 詩로, 자연스럽게 이루어진 詩가 詩道를 이룬 詩로 보았던 것이다.

참고논문 김종진, <정도전 문학의 연구>, ≪민족문화연구≫제15집, 고려대학교, 1980.

56. 〈陶隱文集序〉鄭道傳

日月星辰 天之文也 山川草木 地之文也 詩書禮樂 人之文也 然天以氣 地以形 而人則以道 故曰文者 載道之器 言人文也 得其道 詩書禮樂之敎 明於天下 順三光之行 理萬物之宜 文之盛至此極矣

국역 일월성신은 하늘의 문이고 산천초목은 땅의 문이며, 시서예악은 사람의 문이다. 그러나 하늘의 문은 기로써 되고 땅의 문은 형으로써 되며 사람의 문은 도로써 이루어지는 것이다. 그러므로 문은 도를 싣는 그릇이다. 인문에 대해 말하건대, 그 도를 얻게 되면 시서예악의 가르침이 천하에 밝아져서 삼광(日・月・星)의 운행이 순조롭고 만물이 골고루 다스려지므로, 문의 성대함은 여기에 이르러야 지극해질 것이다.

士生天地間 鍾其秀氣 發爲文章 或揚于天子之庭 或仕于諸侯之國 如尹吉甫在周 賦穆如之雅 史克在魯 亦能陳無邪之頌 至於春秋列國大夫 朝聘往來 能賦稱詩 感物喩志 若晉之叔向 鄭之子產亦可尙已 及漢盛時 董仲舒賈誼之徒出 對策獻書 明天人之蘊 論治安之要 而枚乘相如 遊於諸侯 咸能振英摛藻 吟詠性情以懿文德 吾東方雖在海外 世慕華風 文學之儒 前後相望 在高句麗曰乙支文德在新羅曰崔致遠 入本朝曰金侍中富軾李學士奎報 其尤者也 近世大儒 有若雞林益齋李公 始以古文之學倡焉 韓山稼亭李公京山樵隱李公 從而和之 今牧隱李先生早承家庭之訓 北學中原 得師友淵源之正 窮性命道德之說 旣東還 延引諸生

見而興起者 烏川鄭公達可京山李公子安潘陽朴公尙衷密陽朴公子虛永嘉金公敬之權公可遠茂松尹公紹宗 雖以予之不肖 亦獲側於數君子之列

주석 〖鍾〗 모으다 종 〖穆如(목여)〗 ≪시경≫ 대아 <증민편(烝民篇)>을 가리킴. 이는 周 宣王 때 중산보(仲山甫)가 齊로 성을 쌓으러 가는데 윤길보가 그를 전별한 시다. 그 맨 끝구에 '길보가 송을 지으니 의미심장함이 청풍 같도다.(吉甫作誦 穆如淸風)'라는 글귀가 있음 〖無邪(무사)〗 ≪시경≫ 노송 <경편(駉篇)>을 이름. 이 송시는 魯 僖公의 말이 성한 것을 읊은 시로, 맨 끝구에 '생각함에 간사함이 없으니, 말을 생각함에 이에 가도다.(思無邪 思馬斯徂)'란 글귀가 있음 〖朝聘(조빙)〗 제후가 來朝하여 천자에게 알현함 〖賦〗 짓다 부 〖稱〗 맞다 칭 〖喩〗 비유하다 유 〖對策(대책)〗 漢나라 武帝가 동중서를 시험한 데서 시작된 것으로, 科擧에서 정치 또는 經義에 관한 문제를 내어 답안을 쓰게 하는 일 〖蘊〗 쌓이다 온 〖咸〗 다 함 〖摛藻(리조)〗 美文을 지음(摛 펴다 리 藻 무늬 조) 〖懿〗 아름답다 의 〖尤〗 가장 뛰어나다 우 〖倡〗 부르다 창 〖窮〗 궁구하다 궁

국역 선비가 천지 사이에 나서 그 빼어난 기운을 모아 문장으로 나타내는데, 혹은 천자의 뜰에서 드날리고 혹은 제후의 나라에서 벼슬을 한다. 윤길보 같은 이는 주나라에서 목여의 아를 짓고, 사극은 노나라에서 역시 무사의 송을 지었으며, 춘추시대에 이르러서도 열국 대부들이 조빙하고 왕래하면서 알맞은 시를 지어 물을 감상하고 뜻을 붙였으니, 진나라의 숙향이나 정나라의 자산 같은 자가 역시 높게 평가될 만하다. 한나라의 전성기에 이르러서는 동중서·가의 같은 무리들이 나와 대책과 상소를 올려 하늘과 사람의 온축을 밝히고 치안의 요령을 논하였으며, 매승과 사마상여(司馬相如) 같은 이는 제후의 나라에 노닐며 모두 영풍(英風)을 떨치고 美文을 지어 성정을 읊어서 문장의 덕을 아름답게 하였다. 우리나라는 비록 바다 밖에 있으나, 대대로 중국의 풍속을 사모하여 문학하는 선비가 전후로 끊어지지 않았다. 고구려에는 을지문덕, 신라에는 최치원, 본조에 들어와서는 시중 김부식·학사 이규보 같은 이들이 뛰어난 사람들이다. 근세 대유로 계림의 익재 이공 같은 이

는 비로소 고문학을 제창했는데, 한산 가정 이공(李穀)과 경산 초은 이공(李仁復)이 그를 따라 화답하였다. 그리고 목은 이 선생은 일찍이 가정의 가르침을 이어받고 북으로 가 중원에 유학하여 올바른 사우와 연원을 얻어 성명·도덕의 학설을 궁구한 뒤에 귀국하여 여러 선비들을 맞아들였다. 그래서 그를 보고 흥기한 사람으로 오천 정공 달가(鄭夢周)·경산 이공 자안(李崇仁)·반양 박공 상충(朴尙衷)·밀양 박공 자허(朴宜中)·영가 김공 경지(金九容)와 권공 가원(權近)·무송 윤공 소종(尹紹宗)들이며, 비록 나같이 불초한 자로도 또한 그분들의 대열에 끼이게 되었다.

子安氏精深明快 度越諸子 其聞先生之說 默識心通 不煩再請 至其所獨得 超出人意表 博極群書 一覽輒記 所著述詩文若干篇 本於詩之興比 書之典謨 其和順之積 英華之發 又皆自禮樂中來 非深於道者 能之乎 皇明受命 帝有天下 修德偃武 文軌畢同 其制禮作樂 化成人文以經緯天地 此其時也 王國事大之文 大抵出子安氏 天子嘉之曰 表辭誠切 今玆修歲時之事 渡遼瀋經一本作逕齊魯 涉黃河 奔放 入天子之朝 其所得於觀感者爲如何哉 嗚呼 季札適魯觀周樂 尙能知其德之盛 子安氏此行 適當制作之盛際 將有以發其所觀感者 記功述德 爲明雅頌 以追于尹吉甫無愧矣 子安氏歸也 持以示予 則當題曰 觀光集云

주석 〖度越(도월)〗 남보다 뛰어남 〖煩〗 번거롭다 번 〖意表(의표)〗 뜻 밖 〖輒〗 용이하다 첩 〖興比(흥비)〗 ≪시경≫ 6義에서 둘을 든 것으로, 6의는 賦·比·興·風·雅·頌 〖典謨(전모)〗 ≪서경≫의 <요전(堯典)>·<순전(舜典)>·<대우모(大禹謨)>·<고요모(皐陶謨)>를 가리킴 〖偃武(언무)〗 무기를 창고에 넣고 쓰지 않는다는 뜻으로, 천하가 태평해짐을 이름 〖畢〗 모두 필 〖化成(화성)〗 좋게 고침 〖經緯(경위)〗 순서를 세워 바르게 다스림 〖大抵(대저)〗 대개 〖嘉〗 칭찬하다 가 〖今玆(금자)〗 금년 〖經〗 지나다 경 〖奔放(분방)〗 세차게 흐름 〖季札(계찰)〗 계찰은 춘추 시대 吳王 壽夢의 작은 아들인데 아주 어질었으며, 일찍이 魯나라에 가서 周나라의 악(樂)을 보고서 열국의 치란 흥쇠를 알았다 함 〖適〗 가다, 마침 적

국역 그중에 자안 씨는 정심하고 명쾌한 것이 여러분보다 뛰어났으니, 그는 선생의 말씀을 들으면 조용히 해득하고 마음으로 통하여 번거롭게 두 번 묻지 아니하였고, 그 홀로 깨달은 것에 있어서는 사람의 뜻 밖에 뛰어났으며, 모든 서책을 널리 읽었는데도 한 번 본 것은 쉽게 기억하였다. 그리고 그가 저술한 몇 책의 시문은 ≪시경≫흥비와 ≪서경≫의 전모를 근본으로 했고, 그 쌓인 화순이나 드러나는 영화는 또 모두가 예악에서 나왔으니, 도에 깊은 자가 아니면 그럴 수 있겠는가? 명나라가 천명을 받아 황제가 천하를 차지하자, 덕을 닦고 무를 지양하여 문궤를 같이하였으며, 예를 제정하고 악을 만들어 인문을 좋게 고쳐 천지를 순서 있고 바르게 다스리게 되었다. 이때 우리나라의 사대문자가 대개 자안 씨에게서 나왔는데, 천자가 그것을 보고 아름답게 여겨 이르기를, '표의 말이 진실되고 간절하다.'고 하였다. 금년에 그는 세시의 인사를 닦기 위하여 요동(遼東)·심양(瀋陽)을 지나고 제·노를 거치고 세차게 흐르는 황하를 건너서 천자의 조정에 들어가게 되었으니, 그 보고 느껴 얻을 것이 어떠하겠는가? 아! 계찰이 노나라에 가서 주나라의 악을 구경하고도 그 덕이 성대한 것을 알 수 있었으니, 자안 씨의 이번 길은 마침 예를 제정하고 악을 만드는 가장 전성기(明을 지칭함)를 당하였으니, 장차 보고 느낀 바를 나타내서 공덕을 기술할 수 있다면 명나라의 아송이 되어, 윤길보를 뒤따라도 부끄러움이 없을 것이다. 자안 씨가 돌아와서 그것을 나에게 보여 준다면 마땅히 제목을 '관광집'이라고 붙이겠다.

감상 ▶ ● 이 작품은 정도전의 대표적인 작품으로 그의 문학에 관한 생각이 잘 드러난 글이다. 그런데 이 글은 序의 형식을 취하고 있지만, 이 글을 쓰기 전에 이미 ≪도은집≫이 간행되어 중국인이 쓴 序文이 있다. 그러니 이 글은 1388년 중국으로 떠나는 이숭인 일행을 전송하며 써 준 送序이다. 정도전은 "문은 도를 싣는 그릇이다."고 인식하고 경세적 수단으로 삼았다. 이때 文의 개념도 문학에만 한정시킬 수 없고 인류사회의 제도와 문명을 포괄하고 있다. 文이 載道의 기능을 발양하면 化成天地의 治世에 도달하게 된다는 것이다. 이때의 文은 이른바 성인의 위대한

經天緯地之文이며, 六經이 이에 해당한다. 文의 최고 원리가 이러하므로, 마땅히 이 원리에 입각해서 문학을 해야 한다는 주장이 도출된다. 정도전은 자기가 사는 시대는 元明이 교체된 전환점에서 制禮作樂·化成人文을 經緯天地의 대업을 세울 계기로 생각했던 것이다. 요컨대 그 시대를 세계사적 변혁기로 인식하고, 이 나라의 역사적 사명을 자기들이 주체적·적극적으로 담당하려 하였다. 이에 위의 이론이 필요했던 것이다. 이 이론에 의거하면 문학은 정치에 복무하는 것이 당연하다. 정도전은 이숭인을 비롯하여 문인학자 집단은 士로서의 각성을 지니고 자기들이 처한 현실을 한번 나서서 일을 해볼 시기로 판단한 것이다. 이제 자신을 詞章에 능한 문학의 기능인으로 안주시킬 수가 없었다. 그래서 자기들의 문학을 경세적인 방향으로 정립시키게 되었다. 그리하여 문학의 원리로서 載道를 주장한 것이다.

참고논문 ▶ 임형택, <이조전기의 사대부문학>, ≪한국문학사의 시각≫, 창작과비평사, 1984.

강명관, <정도전의 재도론 연구>, ≪한문학논집≫제10집, 단국한문학회, 1992.

57. 〈錦南野人〉鄭道傳

儒家者流 談隱先生居錦南 一日錦南野人 有不聞儒名者 求見先生 謂從者曰 吾儕野人 鄙不遠識 然吾聞居乎上 治國政曰卿大夫 居乎下 治田曰農 治器械曰 工 治貨賄曰商賈 獨不知有所謂儒者 一日吾鄕人 讙然相傳儒者至儒者至 乃夫 子也 不知夫子治何業而人謂之儒歟

주석 〖流〗 무리 류 〖儕〗 무리 제 〖賄〗 재물 회 〖讙〗 시끄럽다 환(훤)

국역 유가의 무리인 담은 선생이 금남에 살았다. 하루는 금남에 사는 야인으로 유란 이름을 듣지 못한 자가 있어 선생을 보려고 와서 종자에게 하는 말이, "나 같은 야인은 비루하여 원대한 식견이 없으나, 내가 들으니 '위에 있으면서 나라의 정사를 다스리는 이를 경대부라 하고, 아래에 있으면서 밭을 가는 이를 농부라 하고, 기계를 만드는 이를 공인이라 하고, 재물을 다스리는 이를 상인이라 한다.' 하는데, 유독 소위 유라는 것이 있는 줄은 몰랐는데, 어느 날 우리 고을 사람이 떠들썩하게 서로 '유자가 왔다, 유자가 왔다.' 하기에 보니, 바로 선생이었습니다. 선생은 무슨 일을 하고 계시기에 사람들이 유라고 하는지 모르겠습니다." 하였다.

從者曰 抑所治廣矣 其學之際天地也 觀陰陽之變五行之布 日月星辰之照臨 察山嶽河海之流峙 草木之榮悴 以達鬼神之情 幽明之故 其明倫理也 知君臣之 有義 父子之有恩 夫婦之有別 長幼朋友之有序有信 以敬之親之經之序之信之

其達於古今也 自始有文字之初 以至今日 世道之升降 俗尚之美惡 明君汚辟 邪臣忠輔 言語行事之否臧 禮樂刑政之沿革得失 賢人君子之出處去就 無不貫其趨向之正也 知性之本乎天命 四端五典萬事萬物之理 無不統其中 而非空之謂也 知道之具於人生日用之常 包乎天地有形之大 而非無之謂也 於是辨佛老邪遁之害 以開百世聾瞽之惑 折時俗功利之說 以歸夫道誼之正 其君用之則上安而下庇 其子弟從之則德崇而業進 其窮而不遇於時 則修辭以傳諸後 其自信之篤也 寧見非於世俗 而不負聖人垂教之意 寧窮餓其身 顚躓困厄 而不犯不義 以爲是心之羞愧 此儒者之業 而夫子之所欲治也

주석 〖抑〗 발어사 억 〖際〗 사이 제 〖峙〗 우뚝 솟다 치 〖悴〗 파리하다 췌 〖幽明(유명)〗 저승과 이승 〖經〗 紀律을 세우다 경 〖汚〗 더럽다 오 〖辟〗 임금 벽 〖否臧(비장)〗 악과 선 〖沿革(연혁)〗 변천되어 온 내력 〖四端(사단)〗 惻隱之心・羞惡之心・辭讓之心・是非之心 〖五典(오전)〗 =五倫 〖聾〗 귀머거리 롱 〖瞽〗 소경 고 〖功利(공리)〗 눈앞의 공효와 이익 〖道誼(도의)〗 도덕과 의리 〖庇〗 감싸다 비 〖顚躓(전질)〗 거꾸러짐 〖厄〗 재앙 액 〖羞愧(수괴)〗 부끄러워함

국역 종자가 답하기를, "하시는 것이 광범위합니다. 그 학문의 범위가 천지여서, 음양의 변화와 오행의 분포와 일월성신의 비춤으로부터 산악・하해의 흐르고 솟음과 초목의 크고 시듦을 관찰하고 귀신의 정과 유명의 일까지 통달하며, 그 윤리를 밝힘에 있어서는 군신 간에 의가 있는 것・부자간에 은혜가 있는 것・부부간에 분별이 있는 것・장유 간에는 차례가 있고 친구 간에는 믿음이 있어야 함을 알아서, 그를 공경하고 친애하고 분별하고 차례를 지키고 믿음을 갖게 합니다. 또 고금에 통달하여, 처음 문자가 있을 때부터 지금에 이르기까지 세도의 승강과 풍속의 미악과 그리고 밝은 임금과 어두운 임금, 간신과 충신들의 언어・행사의 잘잘못이며 예악형정의 연혁과 득실이며, 현인군자의 출처와 거취 등에 있어 그 바른 곳으로 향할 것에 관통하지 않은 것이 없습니다. 성이 천명에서 근본하여 사단・오전과 만사・만물의 이치가 그 성 가운데에 통합되어 있지 않음이 없음을 알고 있으니 이것은 불가에서 말한 공도 아니며, 또 도가 인생 일상생활의 떳떳한 것에 갖추어 있고 천지

의 모든 형체를 포괄하고 있는 것을 알고 있으니 도가에서 일컫는 무도 아닙니다. 그래서 불・노의 사특하고 달아나는 해를 분변하여 백 대의 무지한 의혹을 열어 주었으며, 시속의 공리설을 꺾어 도의의 올바른 데로 돌아가게 했습니다. 임금이 그를 등용하면 위가 편안하고 아래가 안온하며, 자제가 그를 따르면 덕이 높아지고 학업이 진취될 것이요, 그가 궁하여 때를 만나지 못하면 글로 써서 후세에 전할 것입니다. 또 그 자신을 독실하게 믿음에 있어서는 차라리 세속에서 비방을 당할지언정 성인의 가르친 뜻은 저버리지 않을 것이며, 차라리 그 몸이 주려서 아주 곤경에 빠질지언정 불의를 범하여 이 마음을 부끄럽게 하지 않을 것입니다. 이것이 유자의 업이며 선생님이 다스리고자 하는 것입니다." 하였다.

野人曰 侈哉言也 其無乃誇乎 吾聞諸吾鄕之老 曰無其實而有其名 鬼神惡之 雖有其實 自暴於外則爲人所怒 故以賢臨人則人不與 以智矜人則人不助 是以君子愼之 子從夫子遊 而其言若是 夫子可知已 其不有鬼惡 必有人怒乎 嗚呼 而夫子殆矣 吾不願見懼及也 奮袖而去

주석 〖誇〗 과장하다 과 〖暴〗 나타내다 폭 〖與〗 허여하다 여 〖矜〗 자랑하다 긍 〖已〗 =也 단정을 나타냄 〖其~乎(기호)〗 아마~일 것이다 〖袖〗 소매 수

국역 야인이 말하기를, "그 말은 사치스럽습니다. 혹시 너무 과장한 것이 아닙니까? 내가 우리 마을의 어른에게 들으니, '그 실상이 없으면서 그 이름만 있으면 귀신도 미워하고, 비록 그 실상이 있더라도 스스로 밖에 드러내면 남들이 성낸다.' 라고 했습니다. 그래서 어질다 자처하고 남에게 임하면 남이 허여하지 않고, 지혜롭다 자처하면서 남에게 자랑하면 남이 도와주지 않습니다. 그러므로 군자는 그것을 삼가는데, 그대는 선생을 좇아 노닐며 그 말이 이러하니, 그 선생은 알 만합니다. 아마 귀신이 미워하지 않는다 하더라도, 반드시 타인의 노여움을 살 것입니다. 아! 선생은 위태하겠으니, 나는 화가 미칠까 두려워 보기를 원하지 않습니다." 하고는, 소매를 뿌리치고 가버렸다.

감상 ▶ ● 이 작품은 당시 선비들이 실용성이 적은 학문에 치중하고 있는 것을 野人으로 하여금 날카롭게 비판한 글로써, 經世的인 재능이 없으면서 虛名만 가지고 있는 선비를 질책함과 아울러 재능을 가졌다 하더라도 겸손하고 숨길 줄 알아야 함을 제시하고 있다. 정도전은 당시 선비가 하고 있는 것이 지나치게 과장되었으며, 그 가운데는 현실적으로 필요로 하고 있지 않은 것도 있기 때문에 야인을 등장시켜 질책하고 있다. 이러한 내용은 당시 선비들이 현실적인 문제를 외면하고 지나치게 관념적인 것에 치우쳐 있는 것을 비판하고자 한 것이 아닌가 한다. 그리고 이 작품은 작가의 經世指向的인 儒者觀을 피력하면서, 儒者의 역사적 사명을 몰각한 채 隱으로 자처하는 당대 儒者들의 의식과 행태를 비판하기 위하여 집필된 것이다. 만약 작가의 儒者觀만을 피력하기 위하여 이 작품을 집필하였다면 從者의 설명을 들은 野人이 談隱先生을 찬양하는 것으로 작품을 종결하였을 것이다.

참고논문 ▶ 김남형, <정도전의 <答田父>와 <錦南野人>에 대하여>, ≪한문교육연구≫제13집, 한문교육연구, 1999.

58. 〈陶隱先生文集序〉權近13)

文章隨世道升降 是盖關乎氣運之盛衰 不得不與之相須 然往往傑出之才有不隨世而俱靡 掩前光而獨步者矣 昔屈原之於楚 淵明之於晉 雖當國祚衰替之季 而其文章愈益振發 曄然有光 且其節義凜凜 直與秋色爭高 足以起萬世臣子之敬服 其有功於人倫世敎爲甚大 獨其文章可尙乎哉

주석 〚關〛 관계하다 관 〚須〛 의지하다 수 〚靡〛 쏠리다 미 〚祚〛 복 조 〚替〛 멸하다 체 〚曄〛 빛나다 엽 〚凜〛 늠름하다 름 〚直〛 바로 직 〚敬服(경복)〛 존경하여 복종함

국역 문장은 세도를 따라 오르고 내리니, 이것은 대개 기운의 성과 쇠에 관계되는 것이어서 그것과 더불어 서로 따라가지 않을 수 없는 것이다. 그러나 왕왕 특이하게 뛰어난 재주로 세상을 따라 휩쓸려 넘어가지 않고 예전 사람의 빛을 덮어

13) 권근(1352, 공민왕 1~1409, 태종 9). 字는 可遠·思叔, 號는 陽村·小烏子. 1368년(공민왕 17) 성균시에 합격하고, 1388년(창왕 1) 同知貢擧가 되었다. 1393년(태조 2) 왕의 특별한 부름을 받고 계룡산 行在所에 달려가 새 왕조의 창업을 칭송하는 노래를 지어올리고, 1396년 이른바 表箋問題로 명나라에 가서 명태조의 명을 받아 應製詩 24편을 지어 중국에까지 문명을 크게 떨쳤다. 1402년에 知貢擧가 되었다. 왕명을 받아 경서의 구결(口訣)을 著定하고, 하륜(河崙) 등과 ≪동국사략≫을 편찬하였다. 그는 성리학자이면서도 詞章을 중시해 경학과 문학을 아울러 연마했다. 李穡을 스승으로 모시고, 그 문하에서 정몽주·金九容·朴尙衷·李崇仁·정도전 등 당대 석학들과 교유하면서 성리학 연구에 정진해 고려 말의 학풍을 일신하고, 이를 새 왕조의 유학계에 계승시키는 데 크게 공헌했다. 학문적 업적은 주로 ≪入學圖說≫과 ≪五經淺見錄≫으로 대표된다. ≪입학도설≫은 뒷날 李滉 등 여러 학자에게 크게 영향을 미쳤다.

독보적인 사람이 있다. 옛적에 굴원은 초나라에서 도연명은 진나라에서 비록 그 나라의 운수가 쇠퇴해 가는 때에도 그 문장은 더욱더 떨치고 일어서서 환히 광채가 있었다. 게다가 그 절의의 늠름함은 바로 가을 하늘과 높이를 다투어서 만세토록 신하된 사람의 존경하여 복종하는 마음을 불러일으킬 만하고 인륜과 세교에 대한 공이 몹시 크니, 단지 문장만을 숭배할 것이겠는가?

星山陶隱李先生生於高麗之季　天資英邁　學問精博　本之以濂洛性理之說　經史子集百氏之書　靡不貫穿　所造旣深　所見益高　卓然立乎正大之域　至於浮屠老莊之言　亦莫不硏究其是否　敷爲文辭　高古雅潔　卓偉精緻　以至古律倂儷　皆臻其妙　森然有法度　韓山牧隱李文靖公每加歎賞曰　此子文章　求之中國　世不多得　自有海東文士以來　鮮有其比者也　嘗再奉使如京師　中原士大夫觀其著述　接其辭氣　莫不歎服　有若豫章周公倬吳興張公溥嘉興高公巽志　皆有序跋以稱其美　是豈唯見重於一國 能鳴於一時而已者哉 眞所謂掩前光而獨步者矣

주석 〖邁〗 뛰어나다 매 〖濂洛(염락)〗 濂溪의 周敦頤와 洛陽의 程顥와 程頤 〖靡〗 없다 미 〖貫穿(관천)〗 널리 학문에 통함 〖造〗 깊은 경지에 도달하다 조 〖卓然(탁연)〗 높이 뛰어난 모양 〖浮屠(부도)〗 부처나 불교 〖敷〗 펴다 부 〖緻〗 면밀하다 치 〖臻〗 이르다 진 〖森然(삼연)〗 삼엄한 모양 〖賞〗 칭찬하다 상 〖京師(경사)〗 京은 大, 師는 衆, 곧 대중이 사는 곳으로 임금의 궁성이 있는 곳을 이름 〖中原(중원)〗 변방에 대하여 천하의 중앙의 땅을 이름 〖辭氣(사기)〗 말씨

국역 성산 도은 이 선생은 고려 말에 태어났다. 타고난 자질이 영특하고, 학문이 정미하고 풍부하였으며 염락의 성리의 학설을 바탕으로 하여 경·사·자·집과 백가의 글에 널리 통하지 않은 것이 없었다. 조예가 이미 깊고 식견이 몹시 높아 뚜렷이 정대한 위치에 섰으며, 부처와 노장의 말까지도 그 옳고 그른 것을 연구하지 않은 것이 없다. 펴서 문장을 지음에 고고하고 아결하며 탁월하고 정치하였으며, 고율과 변려까지도 모두 절묘한 지경에 이르러 정연한 법도가 있었다. 한산 목은

이문정공(李穡)이 매양 경탄하기를, “이분의 문장은 중국에서 찾아보아도 어느 세대고 많이 얻지는 못하며, 우리나라에서 글하는 선비가 있은 뒤로 그와 비교할 사람이 드물다.” 하였다. 일찍이 사명을 받들고 두 차례나 중국에 갔었는데, 중국 사대부들이 그의 저술을 보고 그의 말씨를 접해본 사람이면 탄복하지 않은 이가 없었다. 그래서 예장 사람 주탁과 오흥 사람 장부와 가흥 사람 고손지 같은 이가 서와 발을 지어 그 문장의 아름다움을 칭송하였으니, 이것이 어찌 단지 한 나라에서만 중하게 여기고, 한때에만 울리고 말 뿐이겠는가? 참으로 예전 사람의 빛을 덮어 독보적인 사람이라 할 만하다.

高麗有國五百年 休養生息 涵濡作成 人才之多 文獻之美 侔擬中華 然其名世者 未有若牧隱之盛 陶隱之雅者焉 是至衰季 而其文章乃益振發 是必數百年休養之澤 卒萃於是而終之也歟 及我朝鮮 王業方亨 而先生屛居于野 我太上王受命之後 愛惜其才 將欲徵用 而先生乃卒 嗚呼惜哉 先生嘗典成均之試 今我主上殿下之在潛邸也 登其科目 嗣位之後 每臨經筵 悼念甘盤之舊 追加封贈 爵其二子 以躋顯仕 又命印其遺藁 期於不朽 其所以尊禮師儒 崇重文獻 而褒獎節義者至矣 斯一擧而數善幷焉 宜我殿下拳拳於此也 臣近承命 不敢以辭 姑書此以爲序 永樂四年十月下澣

주석 〖休養(휴양)〗 조세를 경감하여 백성의 재력을 넉넉하게 함 〖生息(생식)〗 생활함 〖涵濡(함유)〗 은덕을 입음 〖侔〗 같다 모 〖澤〗 은덕 택 〖萃〗 모이다 췌 〖屛〗 물러나다 병 〖惜〗 아끼다 석 〖徵〗 부르다 징 〖典〗 맡다 전 〖潛邸(잠저)〗 天子가 아직 즉위하지 아니한 때에 살던 집(邸 고귀한 이의 집 저) 〖科目(과목)〗 =科擧 〖經筵(경연)〗 임금 앞에서 經書를 강론하는 자리 〖悼念(도념)〗 죽은 자에 대해 애통해하며 생각함 〖甘盤(감반)〗 감반은 殷 高宗의 스승이었는데, 고종이 踐位한 후 정승을 삼았으므로, 후에는 즉위하기 전의 임금의 스승을 감반이라 함 〖追贈(추증)〗 죽은 뒤에 官位를 내림 〖躋〗 오르다 제 〖印〗 서적을 간행하다 인 〖朽〗 썩다 후 〖師儒(사유)〗

教官이나 儒者 〖褒奬(포장)〗 칭찬함 〖一擧(일거)〗 한 번의 일 〖幷〗 아울러 가지다 병 〖拳〗 정성껏 지키다 권 〖下澣(하한)〗 =下旬(澣 씻다 한: 唐대에 10마다 休沐을 허가한 데서 '열흘'이란 뜻이 생김)

국역 고려가 생긴 지 5백 년에 백성을 잘 기르고 은덕이 이루어져 많은 인재와 아름다운 문헌이 거의 중화와 비슷하기는 하지만, 세상에 이름이 있는 사람으로서는 목은의 풍부한 것과 도은의 아담한 것이 있을 뿐이다. 쇠해 가는 말엽에 와서 그 문장이 더욱 떨치고 나타났으니, 이것은 반드시 수백 년 동안 잘 길러온 은택이 결국 여기서 뭉쳐 끝을 맺은 것인가? 우리 조선에 와서 왕업이 한창 잘되어 나가는데 선생이 시골로 물러가 있으니, 우리 태상왕이 천명을 받은 뒤에 그 재주를 사랑하여 장차 불러 쓰려 하는데, 선생이 이에 졸하였으니, 아! 애석하도다. 선생이 일찍이 성균관의 시관(試官)을 맡았는데, 지금 우리 주상전하가 잠저에 있을 때 그 과거에 뽑혔다. 임금이 된 뒤에 늘 경연에 나오기만 하면 감반의 예전 정을 애통히 생각하여 다시 벼슬을 추증하고, 그 두 아들에게 벼슬을 주어 현달한 지위에 두었으며, 또 그 유고를 발간하여 그 이름이 썩지 않게 하였으니, 그 선생님을 높이 예우하고 문헌을 존중히 여기며 절의를 포장함이 지극하다. 이 한 가지 일에도 몇 가지 훌륭한 일이 함께 드러나니, 우리 전하께서 여기에 정성을 다함이 마땅하다 하겠다. 신 권근이 명령을 받고 감히 사양할 수 없어, 대강 이 말을 써서 서로 삼는다. 영락 4년(태종6, 1406) 10월 하순

감상 ◗ ● 이 작품은 권근의 문학관이 잘 드러난 대표적 작품이다. 첫 단락에서 권근은 文章과 世道는 기운의 성쇠에 따라 서로 消長함으로, 道가 쇠하면 文은 따라 병든다고 보았다. 굴원이나 도연명의 글이 대단히 빛나고 가치 있는 것은 바로 그들의 높은 節義와 德行을 바탕으로 하여 지어졌기 때문이라는 것을 밝히고 있다. 여기서 절의와 덕행은 바로 道의 개인적 실천덕목이면서 對社會的 效用의 가치체계라 하겠다. 따라서 이렇게 볼 때 양촌은 道는 근본이며 文은 끝가지라는 생각, 道가 重하고 文이 輕하다는 생각 등, 이른바 道本文末, 道重文輕이라는 기본적 인식

을 가지고 있었던 것이 분명하다. 그리고 두 번째 단락에서는 학문의 내용이 보다 소상히 드러나 있다. 高古雅潔하고 卓偉精緻한 경지의 글을 이루는 바탕은 학문이 깊고 소견이 높은 까닭이라고 했다. 학문의 영역에는 경·사·자·집과 백가의 글과 불교나 노장의 글까지 포함된다. 그러나 근본이 염락성리의 설에 있음을 밝힌다. 性理說의 습득이 陶隱의 詩的 경지를 가능하게 한 것이다.

참고논문 ▶ 전수연, ≪권근의 시문학 연구≫, 태학사, 1998.

59. 〈恩門牧隱先生文集序〉權近

有天地自然之理　卽有天地自然之文　日月星辰得之以照臨　風雨霜露得之以變化　山河得之以流峙　草木得之以敷榮　魚鳶得之以飛躍　凡萬物之有聲而盈兩儀者莫不各有自然之文焉　其在人也　大而禮樂刑政之懿　小而威儀文辭之著　何莫非此理之發現也　物得其偏而人得其全　然因氣稟之所拘　學問之所造　能保其全而不偏者鮮矣　聖人猶天地也　六籍所載　其理之備　其文之雅　蔑以加矣　秦漢已前　其氣渾然　曺魏以降　光岳氣分　規模蕩盡　文與理固蓁塞也　唐興　文敎大振　作者繼起初各以奇偏　僅能自名　逮至李杜韓柳然後渾涵汪洋　千彙萬狀　有所總萃　宋之歐蘇亦能奮起　追軼前光　嗚呼盛哉

주석 〖峙〗 우뚝 솟다 치 〖敷〗 펴다 부 〖鳶〗 솔개 연 〖躍〗 뛰다 약 〖兩儀(양의)〗 ＝天地 〖懿〗 아름답다 의 〖偏〗 한쪽 편 〖氣稟(기품)〗 타고난 성질과 품격 〖造〗 깊은 경지에 도달하다 조 〖六籍(육적)〗 ＝六經≪시경≫·≪서경≫·≪역경≫·≪춘추≫·≪예기≫·≪악기≫로, ≪악기≫는 秦火에 없어지고 지금은 五經만 남아 있음 〖蔑〗 없다 멸 〖渾〗 온전하다 혼 〖曺魏(조위)〗 曺조가 건국한 魏나라 〖光岳(광악)〗 천지 〖規模(규모)〗 법 〖蕩盡(탕진)〗 죄다 써 버림 〖蓁〗 우거지다 진 〖逮〗 미치다 태 〖渾涵(혼함)〗 포함함 〖汪洋(왕양)〗 넓고 큰 모양 〖彙〗 무리 휘 〖總萃(총췌)〗 한 곳에 모임 〖軼〗 지나다 일

국역 천지자연의 이가 있으면 천지자연의 문이 있게 된다. 일월성신은 그것을 얻어 비추고, 풍우상로는 그것을 얻어 변화하고, 산하는 그것을 얻어 흐르고 솟았으

며, 풀과 나무는 그것을 얻어 꽃이 피고, 물고기와 솔개는 그것을 얻어 뛰며 나니, 무릇 만물 중에 성색을 가지고 천지 사이에 가득차 있는 것은 제각기 자연의 문채를 지니고 있지 않은 것이 없다. 그것이 사람에 있어서 크게는 예악 · 형정의 아름다움과 작게는 위의 · 문사에 나타남이 무엇이든 이 이치에서 발현되지 않는 것이 없다. 물은 그 한쪽만 얻었고 사람은 그 전체를 얻었다. 그러나 사람은 그 기품에 구애됨과 학문의 진전에 따라 그 온전함을 보존하여 기울어지지 않게 할 수 있는 자가 드물다. 성인은 천지와 같아, 육경에 기재된 그 이치가 다 갖추어지고 그 문이 단아하여 더 보탤 것이 없다. 진 · 한 이전에는 그 기운이 온전하였으나, 조위 이후에는 천지의 기운이 분산되고 법이 탕진되어 문과 이가 진실로 어두워졌다. 당나라가 일어남에 문화적 교화가 크게 떨쳐서 작자가 계속해 나왔으니, 처음에는 제각기 기이하고 편벽된 것을 가지고 겨우 자기 이름이나 내다가, 이백(李白) · 두보(杜甫) · 한유(韓愈) · 유종원(柳宗元)에 와서야 온통 넓고 크게 이루어, 천 가지 종류와 만 가지 형상이 모두 한 데 모이게 되었고, 송나라 구양수(歐陽脩) · 소식(蘇軾)이 또한 분발하여 옛사람의 빛을 따라가게 되었으니, 아! 참으로 훌륭하도다.

吾東方牧隱先生　質粹而氣淸　學博而理明　所存妙契於至精　所養能配於至大　故其發而措諸文辭者　優游而有餘　渾厚而無涯　其明昭乎日月　其變驟乎風雨　巋然而崒乎山岳　霈然而浩乎江河　賁若草木之華　動若鳶魚之活　富若萬物各得其自然之妙　與夫禮樂刑政之大　仁義道德之正　亦皆粹然會歸於其極　苟非稟天地之精英　窮聖賢之蘊奧　騁歐蘇之軌轍　升韓柳之室堂　曷能臻於此哉　自吾東方文學以來　未有盛於先生者也 嗚呼至哉 永樂二年秋七月 門人

주석 〖粹〗 순수하다 수 〖契〗 맞다 계 〖措〗 쓰다 조 〖優游(우유)〗 한가롭게 自得한 모양 〖渾厚(혼후)〗 크고 넉넉함 〖驟〗 갑작스럽다 취 〖巋〗 우뚝서다 귀 〖崒〗 =崒 험하다 줄 〖霈〗 물이 세차게 흐르다 패 〖賁〗 빛나다 비 〖會歸(회귀)〗 會合이나 歸結 〖稟〗 받다 품 〖蘊奧(온오)〗 심오한 이치 〖軌轍(궤철)〗 앞 사람이 한 일이나 법도 〖曷〗

어찌 갈 〖臻〗 이르다 진

국역 우리 동방의 목은 선생은 그 자질이 순수하고 기운이 맑으며 학문이 넓고 이치가 밝아서, 지니고 있는 것이 묘하게 지극히 정미한 데 들어맞고 수양한 것이 능히 지극히 큰 것에 짝할 수 있었다. 그러므로 발휘하여 문장에 쓰인 것이 한가롭고 여유가 있으며 크고도 넉넉하여 끝이 없다. 그 밝음은 일월보다 더 밝고 변화는 풍우보다 빠르며, 우뚝하여 산악보다 험하고 성대하여 강하보다 넓으며, 빛남은 초목의 꽃과 같고 움직임은 솔개와 물고기가 활발한 것 같으며 풍부함은 만물이 각각 그 자연의 묘리를 얻은 것과 같다. 또한 예악 형정의 큼과 인의 도덕의 바름과 더불어 또한 모두 순수하여 그 지극한 곳에 회합하였으니, 진실로 천지의 정영을 타고나서 성현의 깊은 이치를 궁구하고 구양수와 소식의 전철을 밟아 한유와 유종원의 마루에 오른 이가 아니면 어찌 여기에 이를 수 있겠는가? 우리 동방에 문학이 있은 이후로 선생보다 훌륭한 이가 없었으니, 아! 거룩하시도다. 영락 2년(태종 4년, 1404) 가을 7월 문인

감상 ● 이 작품 역시 앞서 본 글과 같이 권근의 문학관이 잘 표출되어 있다. 이 글은 물론 사물의 表裏關係, 곧 사물의 이치 혹은 본질과 그 示顯狀態와의 관계를 논의하는 것이 그 本旨다. 그러나 권근이 이 시현상태 일체를 文의 근원 내지 文 자체로 간주하고 있다는 점에 주목을 요한다. 그는 천지만물은 자연 그렇게 된 이치 혹은 본질이 있으며, 그것과 필연적인 대응의 표리관계를 지닌 시현상태가 있고, 그것이 바로 자연 그렇게 된 文이라는 것이다. 그는 이렇게 사물의 본질 자체와 그 표상체계 사이의 필연적 대응관계를 전제로 하여, 사물의 본질 변화에 따라 文의 변화가 있게 된다는 당연한 논리를 인식하고, 이것을 당위론적 文認識, 적극적으로는 世道敎化의 사명의식과 상관된 載道論으로 발전시키는 발판으로 삼고 있는 것이다.

참고논문 송준호, <權陽村의 文觀>, ≪인문과학≫제65집, 연세대 인문과학연구소, 1991.

60.〈漁村記〉權近

漁村 吾友孔伯共自號也 伯共與余生年同 月日後 故余弟之 風神踈朗 可愛而親 捷大科躋膴仕 飄纓紆組 珥筆尙璽 人固以遠大期 而蕭然有江湖之趣 往往興酣歌漁父詞 其聲淸亮 能滿天地 髣髴聞曾參之謌商頌 使人胸次悠然如在江湖 是其心無私累 超出物表 故其發於聲者如此夫

주석 〖風神(풍신)〗 풍채 〖踈〗 =疏 거칠다 소 〖朗〗 밝다 랑 〖躋〗 오르다 제 〖膴仕(무사)〗 후한 녹을 타는 벼슬(膴 두텁다 무) 〖飄〗 나부끼다 표 〖纓〗 갓끈 영 〖紆〗 얽다 우 〖組〗 끈 조 〖珥〗 끼우다 이 〖尙〗 맡다 상 〖蕭然(소연)〗 조용한 모양 〖趣〗 뜻 취 〖漁父詞(어부사)〗 ≪楚辭≫의 한 편명으로, 楚나라 屈原이 임금에게 추방되어 방랑하며 지은 것인데, 어부와의 문답형식을 빌려 자신의 처세관을 표현한 작품 〖亮〗 밝다 량 〖髣髴(방불)〗 서로 비슷함 〖謌〗 =歌 〖曾參之謌商頌(증삼지가상송)〗 증삼은 공자의 제자이며, 상송은 ≪시경≫의 편명임. ≪莊子≫ <讓王>에, "증삼이 위나라에 있을 때, 떨어진 신을 끌며 상송을 노래하면 그 소리가 천지에 가득차며 마치 금석에서 나온 듯하였다(曾子居衛, 曳縱而歌商頌, 聲滿天地, 若出金石)."라는 말에서 인용함 〖胸次(흉차)〗 가슴 속 〖悠〗 한가하다 유 〖累〗 묶다 루 〖物表(물표)〗 物外 〖夫〗 감탄사 부

국역 어촌은 나의 벗 공백공의 자호이다. 백공이 나와 동갑이나 생일이 늦기 때문에 내가 그를 아우로 삼았다. 풍채가 소탕하고 명랑하여 친애할 만하였다. 대과에 급제하여 높은 벼슬에 올라 갓끈을 휘날리며 인끈을 두르고, 붓을 위에 꽂고 옥

새를 맡았으니, 사람들이 진실로 원대한 앞날을 기대하였다. 그러나 조용히 강호에 뜻을 두어 이따금 흥이 무르익어 <어부사>를 노래하면 그 소리가 맑고 깨끗하여 천지를 가득 채울 수 있었는데, 마치 증삼이 <상송>을 노래하는 것을 듣는 듯하여, 사람의 가슴속을 유연하게 하여 마치 강호에 있는 듯한 느낌을 주니, 이것은 그의 마음에 사사롭게 매인 것이 없어 사물 밖으로 초탈하였기 때문에, 그 소리의 나타남이 이러한 것이다.

嘗一日語余曰 予之志在於漁 子知漁之樂也 夫太公聖也 吾不敢必其遇 子陵賢也 吾不敢兾其潔 携童冠侶鷗鷺 或持竹竿 或棹孤舟 隨潮上下 任其所之 沙晴繫纜 山好中流 炰肥膾鮮 擧酒相酬 至若日落月出 風微浪恬 倚船長嘯 擊楫高歌 揚素波而凌淸光 浩浩乎如乘星査而上霄漢也 若夫江烟漠漠 陰霧霏霏 揚蓑笠擧網罟 金鱗玉尾 縱橫跳踢 足以快目而娛心也 及夜向深 雲昏天晦 四顧茫茫 漁燈耿耿 雨鳴編篷 踈密間作 颼颼瑟瑟 聲寒響哀 息偃舟中 神遊寥廓 懷蒼梧而吊湘纍 固有感時而遐想者矣 花明兩岸 身在畫中 潦盡寒潭 舟行鏡裏 畏日流炎 柳磯風細 朔天飛雪 寒江獨釣 四時代謝而樂無不在焉

주석 〖太公(태공)〗 본성을 姜 씨로, 渭水에서 낚시하다 文王에게 등용되어 스승이 되었으며, 武王을 도와 殷나라 紂王을 치고 나라를 세운 공으로, 齊나라에 봉작되었다. 呂尙, 太公望, 師尙父(사상보)라고도 함 〖子陵(자릉)〗 본성은 莊, 이름은 光 또는 遵. 젊었을 때 漢 光武帝와 함께 공부했었는데, 광무제가 왕이 된 뒤 諫議大夫로 불렀으나 나가지 않고 富春山 속에서 농사를 지으며 살았다. 뒷사람들이 그가 낚시하던 곳을 嚴陵瀨라 불렀음 〖兾〗 =冀 바라다 기 〖携〗 끌다 휴 〖侶〗 벗하다 려 〖鷺〗 백로 로 〖竿〗 장대 간 〖棹〗 노젓다 도 〖潮〗 조수 조 〖纜〗 닻줄 람 〖炰〗 통째로 구운 고기 포 〖膾〗 회 회 〖酬〗 잔돌리다 수 〖恬〗 조용하다 념 〖嘯〗 휘바람불다 소 〖楫〗 노 즙 〖凌〗 건너다 릉 〖星査(성사)〗 은하수로 가는 배(査 뗏목 사) 〖霄漢(소한)〗 하늘 〖漠漠(막막)〗 펴 늘어놓은 모양 〖霏霏(비비)〗 미세한 것이 날아 흩어지는 모양

〖蓑〗 도롱이 사 〖罟〗 그물 고 〖跳〗 뛰다 도 〖踢〗 허둥지둥하다 착 〖耿耿(경경)〗 불빛이 반짝거리는 모양 〖篷〗 거룻배 봉 〖颼颼瑟瑟(수수슬슬)〗 쓸쓸한 모습 〖偃〗 눕다 언 〖寥廓(료확)〗 텅 비고 끝없이 넓음 〖蒼梧(창오)〗 舜임금이 죽었다는 곳 〖湘纍(상루)〗 楚나라 屈原이 누명을 쓰고 湘水에 추방되어 투신자살한 일(纍 원망의 죄로 죽은 사람 루) 〖遐〗 멀다 하 〖潦〗 길바닥물 료 〖畏日(외일)〗 여름 해 〖磯〗 물가에 돌출한 바위 기 〖朔〗 북쪽 삭 〖代謝(대사)〗 변천함

국역 일찍이 하루는 나에게 말하기를, “나의 뜻은 고기잡이에 있는데, 그대는 고기 잡는 즐거움을 아는가? 대저 태공은 성인이니, 내가 감히 그처럼 때를 만나기를 기필할 수 없고, 자릉은 어진분이니, 내가 감히 그처럼 고결하기를 바랄 수 없다. 童子와 冠者들을 이끌고 갈매기와 백로를 벗 삼아, 이따금 낚싯대를 들고 쪽배를 노질하여 조류를 따라 오르내리며 배 가는 대로 맡겨 두었다가, 깨끗한 모래사장에 배를 매거나 산수 좋은 中流에서 구운 고기와 신선한 회로 술잔을 들어 서로 주고받는다. 그러다가 해가 지고 달이 떠오르며 바람은 자고 물결이 고요한 때에는, 배에 기대어 길게 휘파람 불고 노를 치며 높이 노래하고 흰 물결을 날리며 맑은 달빛을 헤치노라면, 浩浩하여 마치 은하수로 가는 배를 타고 하늘로 올라가는 듯하다. 그러다가 강에 물안개가 자욱하고 짙은 안개가 내릴 때 도롱이와 삿갓을 펄럭이고 그물을 던지면, 금빛 비늘과 옥빛 꼬리의 고기들이 멋대로 펄떡거려, 눈을 상쾌하게 하며 마음을 즐거워지게 할 만하다. 그러다가 밤이 깊어 구름이 검어지고 하늘이 캄캄하면, 사방은 아득하고 고기잡이 등불만이 깜박이는데, 빗소리가 엮은 거룻배에 울려 느렸다 빨랐다 쓸쓸하여 소리가 애처롭게 들린다. 이때 배 안에 누워 쉬며 정신이 아득하여 창오를 생각하고 상루를 슬퍼하노라면, 진실로 시대를 느끼고 생각이 무한히 일어나게 된다. (봄에)양쪽 언덕에 꽃이 붉을 적엔 몸이 그림 속에 있는 듯하고, (가을에)고인 물이 다 빠지고 연못물이 차가울 적엔 배가 거울 위를 다니는 듯하고, (여름에)뜨거운 햇빛에 더위가 쏟아질 적엔 버들 밑 낚시터에 바람이 산들거리고, (겨울에)북쪽 하늘에 눈이 날릴 적엔 차가운 강 위에서 혼자 낚시질하여 사철이 바뀜에 따라 즐거움이 없는 때가 없다.

彼達而仕者 苟冒於榮 吾則安於所遇 窮而漁者 苟營於利 吾則樂於自適 升沉信命 舒卷惟時 視富貴如浮雲 棄功名猶脫屣 以自放浪於形骸之外 豈若趍時釣名 乾沒於宦海 輕生取利 自蹈於重淵者乎 此予所以身簪紱而志江湖 每托之於歌也 子以爲如何 予聞而樂之 因爲記以歸 且以自觀焉 洪武乙丑秋七月有日

주석 〖冒〗 탐하다 모 〖營〗 꾀하다 영 〖自適(자적)〗 마음이 가는 대로 유유히 생활함 〖沉〗 =沈 〖舒卷(서권)〗 =進退 〖脫屣(탈사)〗 헌 신을 벗어버리듯, 버리고 돌아보지 않음(屣 신 사) 〖形骸(형해)〗 육체 〖趍〗 =趣 향하다 취 〖乾沒(건몰)〗 탐냄 〖蹈〗 밟다 도 〖簪紱(잠불)〗 冠에 꽂는 비녀와 인끈으로, 벼슬을 뜻함

국역 저 현달하여 벼슬하는 사람들은 구차하게 영화를 탐하나 나는 만나는 것에 편안하고, 곤궁하여 고기 잡는 사람은 구차하게 이득만 노리나 나는 자적에 낙을 두고 있다. 출세하거나 침체됨은 운명에 맡기고 나아가고 물러남은 오직 시절대로 하여, 부귀를 뜬 구름처럼 보고 공명을 버리기를 헌신 버리듯 하여 스스로 형해 밖에서 방랑하니, 어찌 시속을 따라 이름을 낚으며 벼슬길을 탐내어 생명을 가볍게 여기며 이득만 취하다가, 스스로 깊은 수렁에 빠지는 자와 같겠는가! 이것이 내가 벼슬에 몸담고 있으면서도 강호에 뜻을 두어 늘 노래에 의탁하는 것이니, 그대는 어떻게 생각하는가?" 하기에, 내가 듣고서 그것을 즐겁게 여기고, 따라서 기문을 지어 돌려보내면서 자신도 두고 보려 한다. 홍무 을축년(우왕 11년 1385) 가을 7월 어느 날.

감상 ▶ ● 이 글은 陽村의 벗인 孔伯共이 漁村이라 號를 짓고, 記文을 청탁하기에 지어준 작품이다. 전체 구성은 첫째단락의 간략한 인품소개, 둘째단락의 고기잡이의 즐거움, 마지막 단락의 樂의 추구로 구성되어 있다. 양촌은 대부분을 공백공의 口述을 記述하는 것으로 작품을 구성하고 있으며, 이 작품의 핵심 주제는 마지막단락에 있다. 즉 形骸 밖에서 방랑한 陶淵明처럼 살고 싶다는 포부를 표출하고 있는 것이다. 陽村은 이렇게 주제를 마지막단락에 배치하여 두고, 절반이 넘는 부분을 고기 잡는 즐거움에 대해 기술하면서 '或'자를 반복해 쓰거나, 비유를 제시하는 '如'

자를 사용하여 생동감을 주기도 하고, '乎'를 붙여 상황이나 형태를 나타내기도 하며 '霏霏'·'茫茫'·'耿耿'·'瑟瑟'·'颼颼' 등 擬聲語나 擬態語를 만드는 疊字를 자주 활용하기도 하였다. 또한 動詞나 동작의 상태를 나타내는 글자를 사용하거나, 다양한 對偶를 활용하기도 하고, 色感을 사용해 繪畵的 느낌을 부여하기도 하였다. 양촌은 이렇게 시간의 변화에 따라 낮에서 밤으로, 맑은 날씨에서 비 오는 밤으로, 그리고 사계절에 따른 변화를 寫生的으로 묘사함으로써, 記가 단지 사실의 전달에서 그치지 않고 있음으로 보여주고 있다.

참고논문 ▶ 元周用, <陽村 權近의 記에 관한 고찰>, ≪동방한문학≫제33집, 동방한문학회, 2007.

61. 〈後山家序〉吉再14)

天之生民 莫不厚焉 或爲君子而貴 或爲小人而賤 何也 貴而爲貴 賤而爲賤 理之常也 或貴而賤 或賤而貴 命之然也 自古公卿之子 生長富貴 車馬足以代馳涉之艱難 使令足以息四體之勤勞 養而有兼珍之膳 衣而有寒暖之宜 旣生而君知之 旣長而君命之 祿秩之厚 不期而至 官爵之貴 自然而加 其知之也如此其易 其貴之也如此其足 此無他 祖宗積累之勳 豫養之恩故也 庶人之子 生長草萊 霑體塗足 衣不足以掩其身 食不足以養其體 迫寒餓死 瘦精極神 動心忍性 其功業之著而後有司知之 有司知之而後朝廷聞之 朝廷聞之而後君用之 其知之也如此其難 其達之也如此其遲 此無他 功業始基於一身 無積累之漸 豫養之恩故也

---

14) 길재(1353, 공민왕 2~1419, 세종 1). 字는 재보(再父), 號는 冶隱 또는 金烏山人. 11세에 처음으로 冷山 桃李寺에서 글을 배웠고, 18세에 박분(朴賁)에게 나아가서 ≪논어≫와 ≪맹자≫ 등을 읽고 비로소 성리학을 접하였다. 또한 아버지를 뵈려고 개경에 이르러 李穡·鄭夢周·權近 등 여러 선생의 문하에 從遊하며 비로소 학문의 至論을 듣게 되었다. 1374년(공민왕 23)에 생원시에 합격하고, 1386년 진사시에 급제해 淸州牧司錄에 임명되었으나 부임하지 않았다. 이때 李芳遠과 한마을에 살면서 서로 오가며 講磨해 정의가 매우 두터웠다. 1387년에 成均學正이 되고, 1389년(창왕 1)에 門下注書가 되었으나, 나라가 장차 망할 것을 알고서 이듬해 봄에 늙은 어머니를 모셔야 한다는 핑계로 벼슬을 버리고 고향인 선산으로 돌아왔다. 1400년(정종 2) 가을에 세자 방원이 그를 불러 太常博士에 임명했으나 글을 올려 두 임금을 섬기지 않는다는 뜻을 펴니, 왕은 그 절의를 갸륵하게 여겨 예를 다해 대접해 보내주고, 그 집안의 세금과 부역을 면제해 주었다. 그를 흠모하는 학자들이 사방에서 모여들어 항상 그들과 경전을 토론하고 성리학을 講解하였다. 오직 道學을 밝히고 異端을 물리치는 것으로 일을 삼으며 후학의 교육에만 힘썼다. 그의 문하에서는 金叔滋 등 많은 학자가 배출되어, 金宗直·金宏弼·鄭汝昌·趙光祖로 그 학통이 이어졌다. 67세로 죽으니, 이색·정몽주와 함께 고려의 三隱으로 일컬었다.

주석 〖涉〗 거닐다 섭 〖艱〗 고생하다 간 〖使令(사령)〗 심부름하는 사람 〖息〗 그치다 식 〖膳〗 찬 선 〖秩〗 벼슬 질 〖期〗 바라다 기 〖祖宗(조종)〗 先祖 〖累〗 축적하다 루 〖勳〗 공 훈 〖豫〗 미리 예 〖霑〗 적시다 점 〖塗〗 더럽히다 도 〖迫〗 닥치다 박 〖瘦〗 파리하다 수 〖有司(유사)〗 관리 〖遲〗 더디다 지 〖基〗 자리잡다 기

국역 하늘이 사람을 낳을 때 후하게 하지 않은 것이 없는데, 어떤 이는 군자가 되어 귀해지고 어떤 이는 소인이 되어 천해지는 것은 무엇 때문인가? 귀하다가 더욱 귀해지고 천하다가 더욱 천해지는 것은 이치가 떳떳한 것이지만, 어떤 이는 귀하다가 천해지고 어떤 이는 천하다가 귀해지는 것은 천명이 그렇게 하는 것이다. 예부터 공경의 자식들은 부귀 속에서 생장하여 수레와 말이 달리고 걷는 수고로움을 대신해 주고 하인들이 사지의 노동을 덜어주며, 봉양함에 진귀한 음식이 있고 입는데 춥고 더운 알맞음이 있다. 태어나자 임금이 그들을 알고 성장하자 임금이 그들을 임명하니, 두터운 봉록과 벼슬은 바라지 않아도 이르고 귀한 관작은 저절로 올라간다. 임금이 그들을 알아주는 것이 이처럼 정말 쉽고 임금이 그들을 귀하게 해주는 것이 이처럼 정말 넉넉한 것은 다른 까닭이 없다. 선조 때부터 쌓아온 공훈과 미리 길러온 은혜 때문이다. 서민의 자식들은 들에서 나고 자라 몸을 적시고 발에 흙을 묻혀도 옷은 그 몸을 가릴 수 없고 음식은 그 몸을 봉양할 수도 없어 추위가 닥쳐오면 굶어 죽을 지경이다. 정신은 극도로 써서 피로하고 마음은 애를 써서 견디다 그 공적이 드러난 이후에 관리가 알아주고, 관리가 알아준 이후에야 조정이 듣고, 조정이 들은 이후에 임금이 그를 등용하니, 임금이 그들을 알아주는 것이 이처럼 정말 어렵고 임금이 그들을 출세시키는 것이 이처럼 정말 더딘 것은 다른 까닭이 없다. 공업이 자기 한 몸에서 시작되었을 뿐 점차 쌓아오고 미리 길러온 은공이 없기 때문이다.

況愚也生長農畝 賤而莫賤 微而莫微 年纔八九 茱山牧羊 年抗長矣 朝耕夜讀 螢窓十年 寒衣蔬食自若也 畎畝治耨霑體塗足亦自若也 但以竭力耕田 馳心經學 下以養親 上以事君 養親則底豫其親 事君則堯舜其君 納民於唐虞 躋世於三代

此余平日所志也 今也不幸 逢天之慼 十年之功 掃地如也 嗚呼 天實爲之 謂之何哉 於是彷徨憾慨 翻然改圖 莫若隱然自晦 掛冠蘿月 吟嘯淸風 俯仰二儀之間 逍遙一世之上 不受當時之責 永保性命之正 如是則可以凌霄漢出宇宙之外 豈羨千駟萬鍾之富貴乎

주석 〖愚〗 나 우(자기의 겸칭) 〖畝〗 전답 묘 〖纔〗 겨우 재 〖抗〗 높다 항 〖蔬〗 푸성귀 소 〖自若(자약)〗 =泰然自若 〖畎畝(견묘)〗 전답 〖耨〗 김매다 누 〖霑〗 적시다 점 〖經〗 다스리다 경 〖底〗 이르다 저 〖豫〗 기뻐하다 예 〖唐虞(당우)〗 陶唐氏인 堯와 有虞氏인 舜 〖躋〗 올리다 제 〖慼〗 근심 척 〖掃地(소지)〗 땅을 쓸어 깨끗이 하다는 뜻으로, 흔적도 없게 됨을 의미함 〖憾〗 섭섭하다 감 〖慨〗 슬퍼하다 개 〖翻〗 변하다 번 〖莫若(막약)〗 ~만한 것이 없다 〖掛冠(괘관)〗 벼슬을 내놓음 〖蘿月(라월)〗 여라 덩굴에 걸려 보이는 달 〖嘯〗 읊조리다 소 〖俯仰(부앙)〗 고개를 숙였다 들었다 하는 것으로, 기거동작을 의미함 〖二儀(이의)〗 =天地 〖逍遙(소요)〗 유유히 자적함 〖性命(성명)〗 천부의 성질 〖凌〗 건너다 릉 〖霄漢(소한)〗 하늘 〖羨〗 부러워하다 선 〖駟〗 사마 사 〖鍾〗 되이름 종

국역 더구나 나는 농촌에서 나고 자라서 천하여 더 천할 수도 없고 미미하여 더 미미할 수도 없다. 나이 겨우 8·9세에 나무하고 양을 길렀고, 성장하여서야 아침에는 밭을 가고 밤에는 글을 읽어 螢雪之功한 지 10년 만에 추운 옷에 채식하기를 태연하게 하였고, 논밭에서 김매어 몸을 적시고 발에 흙을 묻혀도 또한 태연하였다. 다만 힘을 다해 밭을 갈고 애써 학문을 닦음으로써 아래로는 부모를 섬기고 위로는 임금을 섬기니, 부모를 섬기면 그 부모를 기쁘게 하고 임금을 섬기면 그 임금을 요순이 되게 하여, 요순시대 백성을 만들고 삼대(夏·殷·周)의 세상을 만드는 것이 내가 평소 뜻하던 것이었다. 그러나 지금 불행히도 하늘이 무너지는 근심을 만나 10년의 공이 사라져버렸다(고려의 멸망을 말함). 아! 하늘이 실로 이렇게 하였으니, 무슨 말을 할 것인가? 그래서 방황하며 슬퍼하다가 마음을 바꾸어, 숨어 스스로 자취를 감추고 여라 사이의 달에 갓을 걸어두고 맑은 바람에 시를 읊조리며 천

지를 우러러보고 굽어보며 한 세상을 소요하며 당시의 책임을 받지 않고 길이 바른 성명을 보존하는 것 만한 것이 없다고 여겼다. 이렇게 하면 하늘을 넘어 우주의 밖으로 나갈 수 있을 것이니, 어찌 수천 마리의 말과 만종의 부귀를 부러워하겠는가?

감상 ● 이 글은 <山家序>와 함께 길재의 대표적인 산문 가운데 하나로, 왕조 교체기쯤 지은 것으로 보인다. 길재는 첫 단락에서 天理와 天命을 들어 사람의 貴賤에 대한 주재성을 논하고 있다. 천명론에 따라 天人의 주종관계를 따진다면 인간은 어쩔 수 없이 무기력하고 불가항력을 절감할 수밖에 없다. 그러므로 둘째 단락에서 堯舜 三代의 정치와 같은 聖人政治의 실현이 길재 사상의 중심을 차지하고 있었으나, 이러한 천명에 의해 治世를 만나지 못한 아쉬움을 드러내고 있다. 자연으로의 귀의는 현실도피로 오해될 수도 있다. 따라서 이러한 역사적 상황 아래에서는 당시 지성으로서의 선비, 바로 길재 같은 인물은 마땅히 분명한 자기 정체의식을 갖고 거기에 대응하는 정신적 지표와 행동의 방향이 설정되어 있어야 한다. 그래서 길재는 그러한 역사적 상황이 전개되기 이전에 이미 그런 것들이 설정되어 있었다는 점에서 성리학적 학문이나 수양만을 힘쓴 학자가 아니고 철저한 시대인식과 올바른 대응으로 살아간 역사적 인물이라 하겠다.

참고논문
박유리, <길재의 의식세계와 은둔>, ≪석당논총≫제15집, 동아대 석당전통문화연구소, 1989.

송준호, <冶隱의 詩文과 문학세계>, ≪한국사상사학≫제4·5합집, 한국사상사학회, 1993.

• 편저자 •

원주용 (元周用)

•학 력•

성균관대학교 한문학과 박사과정 졸업
(문학박사)

•경 력•

안동대학교, 원광대학교 강사
(현) 성균관대학교·한림대학교 강사,
성균관대 동아시아지역연구소 선임연구원

•주요논문•

「牧隱 李穡의 碑誌文에 관한 고찰」
「陶隱 散文의 문예적 특징」
「鄭道傳 散文에 관한 일고찰」

•주요저서•

『한국 한문학의 이론, 산문』(공저)
『목은 이색 산문 연구』 외 다수

고려시대 산문 읽기

• 초판 인쇄 | 2008년 4월 10일
• 초판 발행 | 2008년 4월 10일

• 편 저 자 | 원주용
• 펴 낸 이 | 채종준
• 펴 낸 곳 | 한국학술정보㈜
경기도 파주시 교하읍 문발리 513-5
파주출판문화정보산업단지
전화 031) 908-3181(대표) · 팩스 031) 908-3189
홈페이지 http://www.kstudy.com
e-mail(출판사업부) publish@kstudy.com
• 등 록 | 제일산-115호(2000. 6. 19)
• 가 격 | 16,000원

ISBN 978-89-534-8576-1 93810 (Paper Book)
978-89-534-8577-8 98810 (e-Book)